BASTEI
LÜBBE
TASCHENBUCH

Weitere Titel der Autorin:

Perfect Passion – Stürmisch
Perfect Passion – Verführerisch
Perfect Passion – Sündig
Perfect Passion – Feurig
Perfect Passion – Fesselnd
Perfect Passion – Berauschend

Perfect Touch – Ungestüm (erscheint im Oktober 2016)
Perfect Touch – Intensiv (erscheint im November 2016)
Perfect Touch – Ergeben (erscheint im Sommer 2017)
Perfect Touch – Untrennbar (erscheint im Sommer 2017)

Weitere Bände in Vorbereitung

Über die Autorin:

Jessica Clare lebt mit ihrem Mann in Texas. Ihre freie Zeit verbringt sie mit Schreiben, Lesen, Schreiben, Videospielen und noch mehr Schreiben. Sie veröffentlicht Bücher in den unterschiedlichsten Genres unter drei verschiedenen Namen. Als Jessica Clare schreibt sie erotische Liebesgeschichten. Ihre Serie PERFECT PASSION erschien auf den Bestseller-Listen der *New York Times* und der *USA Today*.
Mehr Information unter: www.jillmyles.com

Jessica Clare

PERFECT PASSION

FESSELND

Roman

Aus dem amerikanischen Englisch
von Kerstin Fricke

BASTEI LÜBBE
TASCHENBUCH

BASTEI LÜBBE TASCHENBUCH
Band 17 408

Dieser Titel ist auch als E-Book erschienen

FSC
www.fsc.org
MIX
Papier aus verantwortungsvollen Quellen
FSC® C014496

Vollständige Taschenbuchausgabe

Deutsche Erstausgabe

Titel der amerikanischen Originalausgabe: »Romancing the Billionaire«
Originalverlag: InterMix Books, New York
Published in Agreement with the author,
c/o Baror International, Inc., Armonk, New York, USA

Textredaktion: Mona Gabriel
Titelillustration: © shutterstock/febri ardi antonius
Umschlaggestaltung: Tanja Østlyngen
Satz: Urban SatzKonzept, Düsseldorf
Gesetzt aus der Garamond
Druck und Verarbeitung: GGP Media GmbH, Pößneck
Printed in Germany
ISBN 978-3-404-17408-9

5 4 3 2 1

Anmerkung der Autorin:

In diesem Buch habe ich mir einige Freiheiten erlaubt, um meine Geschichte erzählen zu können, insbesondere, was die Tiefe der Themse an einer gewissen Stelle betrifft. Ich hoffe, Sie können es mir verzeihen …

1

Violet DeWitt strich mit den Fingern über den Umschlag, auf dem »Nach meinem Tod von meiner Tochter zu öffnen« stand.

»Und?«, fragte der Rechtsanwalt, der offensichtlich gespannt auf den Inhalt war. »Wollen Sie ihn nicht aufmachen?«

Aber Violet starrte die geschwungene Handschrift ihres Vaters nur an, die altertümlich wirkte, und musterte das wächserne Siegel. Es sah auf einem modernen Umschlag irgendwie falsch aus, hatte aber zu ihrem Vater gepasst.

Vorsichtig legte sie den Brief auf ihren Schoß und lächelte den Mann, der ihr am Schreibtisch gegenübersaß, höflich an. »Nein, das werde ich nicht tun.«

Der Mann runzelte seine breite Stirn und schien enttäuscht zu sein. »Aber es ist der Letzte Wille Ihres Vaters, Miss DeWitt. Wollen Sie diesen denn nicht ehren?«

»Ich kann mir auch so sehr gut vorstellen, was er geschrieben hat, Mr Penning«, erwiderte Violet und lächelte ihn ebenso forsch wie freundlich an, während sie die Hände auf den Umschlag legte. »Gibt es in Bezug auf das Erbe meines Vaters sonst noch etwas, das ich wissen sollte?«

Er musterte sie verwirrt, wandte sich dann aber dem Papierstapel vor sich zu und ging ihn durch. Sie wusste, was sein Blick zu bedeuten hatte. Die meisten Menschen, die vor dem Testamentsvollstrecker saßen, waren vermutlich in Trauer oder wollten wissen, wie viel Geld sie geerbt hatten, aber beides galt für Violet nicht. Sie wollte einfach nur hier weg.

»Ihr Vater war ein großer Mann«, meinte Mr Penning, der

ein weiteres Schriftstück hervorholte und es durch seine Gleitsichtbrille betrachtete.

»Ja.«

»Seine Arbeit wurde allseits hoch geschätzt. Ich habe drei seiner Bücher gelesen, und obwohl ich nur ein interessierter Laie bin, war ich überaus fasziniert. Er hat ein unglaublich aufregendes Leben geführt. Wirklich, ein wahrhaft großer Mann.«

»Das habe ich auch schon gehört.«

Mr Penning sah sie überrascht an. »Haben Sie Ihren Vater nicht gekannt, Miss DeWitt? Ich hatte den Eindruck ...«

»Doch, ich habe ihn gekannt«, versicherte sie ihm, auch wenn sie gehofft hatte, dass dieses Thema nicht zur Sprache kommen würde. Der Nachlassverwalter wollte bestimmt nichts über die ständige lange Abwesenheit ihres Vaters hören, der ein Workaholic gewesen war, und vermutlich auch nichts darüber, wie er ihre Mutter verlassen oder wie lieblos Dr. DeWitt seine Tochter behandelt hatte. Alle gingen immer davon aus, dass der legendäre Archäologe Dr. Phineas DeWitt seiner Familie gegenüber ebenso liebenswürdig und freundlich gewesen war, wie er in seinen Dokumentarfilmen gewirkt hatte. *Aber so war er nicht*, dachte Violet. *So war er ganz und gar nicht.* Trotzdem setzte sie ein geduldiges Lächeln auf und beugte sich vor, als würde sie sich für das Dokument interessieren, das Mr Penning ihr gerade vorlesen wollte. »Sein Nachlass ist doch geregelt, nicht wahr?«

»Oh.« Er rückte seine Brille zurecht und konzentrierte sich wieder auf die Dokumente vor sich. »Ja, ich glaube, dass der Umschlag das Letzte ist, was noch offen war. Ich muss Ihnen leider mitteilen, dass Ihr Vater vor seinem Tod einige Schulden gemacht hat. Anscheinend hat er aus eigener Tasche ein paar persönliche Expeditionen finanziert und dafür mehrere Hypotheken auf sein Haus aufgenommen, das die Bank drei Wochen vor seinem Tod gepfändet hat.«

Violet gab ein mitfühlendes Murmeln von sich. Das Geld oder das Haus waren ihr völlig egal, und sie hatte auch nicht damit gerechnet, etwas zu erben. Eigentlich wollte sie jetzt nur noch aus diesem Büro raus.

»Glücklicherweise ist dann jedoch eine anonyme dritte Partei auf den Plan getreten und hat die Schulden Ihres Vaters bezahlt.«

»Was für ein Glück«, stimmte ihm Violet zu. Sie hatte so eine Ahnung, wer dieser geheimnisvolle Gönner gewesen war, und sie konnte diesen Idioten nicht leiden. Anonym war der Mann bei Weitem nicht. Jetzt rechnete er vermutlich damit, dass sie ihm dankbar war und sich ihm deswegen an den Hals warf – aber darauf konnte er lange warten.

»Ich denke, das wäre dann alles.« Der Nachlassverwalter warf ihr noch einen letzten erwartungsvollen Blick zu und musterte den Umschlag auf ihrem Schoß. Als sie keine Anstalten machte, diesen zu öffnen, seufzte er und reichte ihr ein Formular, das sie unterschreiben musste. Sie tat es, und er stand auf und gab ihr die Hand.

»Vielen Dank, Mr Penning. Sie können mich jederzeit anrufen, wenn ich Ihnen noch irgendwie helfen kann«, sagte sie in geschäftsmäßigem Ton. Dann schüttelte sie ihm die Hand und verließ die Anwaltskanzlei, wobei sie den ungeöffneten Umschlag fest umklammerte.

Als sie in ihrem Wagen saß, ließ Violet den Motor an, warf den Umschlag auf den Beifahrersitz und hielt dann inne. Sie rieb sich die Stirn, um die Kopfschmerzen, die sich dahinter zusammenbrauten, zu vertreiben. Phineas DeWitt hatte Umschläge schon immer geliebt. Zu ihrem achten Geburtstag hatte sie von ihrem Vater einen Umschlag als Geschenk erhalten. Darin befand sich ein Hinweis, dem sie folgen musste, um zu einer Spur aus weiteren Hinweisen zu gelangen. Damals war sie unglaublich aufgeregt gewesen, und nach einer Reihe von weiteren, ebenfalls in Umschlägen verborgenen Hinweisen, die immer komplexer wurden, war sie bei ihrem eigentlichen Geschenk angelangt.

Es war eine Ausgabe der »Enzyklopädie des Studiums alter Hieroglyphen«, die noch dazu gebraucht war. Die Widmung darin lautete: »Für Phineas. Danke, dass du so ein guter Lehrer gewesen bist.«

Zugegebenermaßen handelte es sich um ein sehr gutes Buch, aber die achtjährige Violet hätte viel lieber eine Barbie bekommen.

Phineas ignorierte ihre nächsten Geburtstage, und erst als Violet sechzehn wurde, erhielt sie einen weiteren Umschlag mit der Post. Trotz ihrer anfänglichen Beklemmung war sie aufgeregt gewesen. Aber am Ende der Schatzsuche stand eine große Enttäuschung: die Kopie einer Doktorarbeit über minoische Fresken von einem der Studenten ihres Vaters. Er hatte eine Nachricht darangeheftet: »Pass genau auf, Violet. So etwas musst auch du schreiben, wenn du für deinen Vater arbeiten willst!«

Wieder hatte sie etwas bekommen, das sie eigentlich gar nicht haben wollte. Aber Phineas DeWitt glaubte an zwei Dinge: Wissen und Abenteuer. Alles andere war töricht.

Damals hatte sie die fotokopierte Doktorarbeit in den Müll geworfen und versucht, die schrecklichen Geburtstagsgeschenke ihres Vaters einfach zu vergessen. Doch zu ihrem achtzehnten Geburtstag fiel sie ein weiteres Mal darauf herein und wurde ebenso enttäuscht. Am Ende der Schnitzeljagd mit diversen Umschlägen erwartete sie ein hässlicher Kupferring, der ihren Finger grün verfärbte und aussah wie etwas, das man in jedem billigen Souvenirshop kaufen konnte. Dabei hatte sie eine Woche lang fieberhaft nach dem Geschenk ihres Vaters gesucht und wider jegliche Vernunft gehofft, er hätte sich daran erinnert, was ihr gefiel, und ihre Ängste, Hoffnungen und Träume bedacht, um ihr etwas zu schenken, das bewies, dass er seine Tochter wirklich und wahrhaftig verstand.

Doch dem war nicht so. Phineas DeWitt machte zwar Geschenke, aber letzten Endes ging es immer nur um ihn. So war es bei den Spielchen ihres Vaters üblich: Ihre anfängliche Aufregung führte jedes Mal unausweichlich dazu, dass sie enttäuscht wurde. Die Umschläge und die Schatzsuche sollten nur die Tatsache verschleiern, dass sich Phineas keine Gedanken darüber machte, was er verschenken wollte, und sich auch keine Mühe gab – ebenso wie er sich in seiner Rolle als Vater keine Gedanken machte und keine Mühe gab.

Und sie wusste, wohin – und zu wem – sie diese letzte Schnitzeljagd führen würde, ohne dass sie den Umschlag dafür aufmachen musste.

Ach, Vater, ich weiß doch, was du vorhattest. Dies ist nur wieder eines deiner kleinen Spiele. Doch dieses Mal habe ich nicht die Absicht mitzuspielen. Nichts, was du geschrieben oder getan hast, kann mich dazu bringen, ein weiteres Mal mit Jonathan Lyons reden zu wollen.

Violet fand nicht, dass sie eine harte, nachtragende Frau war. Eigentlich war sie sogar sehr nett, verdammt noch mal, und verständnisvoll noch dazu. Aber wenn ein Mann einen mit netten Worten umgarnte, schwängerte und dann im Stich ließ – so etwas konnte man nicht so einfach vergeben oder gar vergessen, selbst wenn ihr Vater sich das sehnlichst wünschte.

Einige Dinge konnte man eben nicht auf sich beruhen lassen.

*

»Das ist ihr Klassenzimmer«, sagte Rektorin Esparza zu Jonathan Lyons und deutete auf die Tür vor sich. »Sind Sie sich sicher, dass Miss DeWitt Sie erwartet? Sie hat mir gegenüber nicht erwähnt, dass sie Besuch bekommt, und dies hier ist ein geschlossener Campus.« Die Rektorin klang verstimmt, aber immerhin hatte sie ihn nicht rausgeworfen. Es war schon erstaunlich, womit man alles durchkommen konnte, wenn man nur in einem teuren Anzug und mit einem Bodyguard auftauchte. Natürlich war es dabei auch hilfreich, in den richtigen Kreisen berühmt – oder vielmehr berüchtigt zu sein.

»Sie erwartet mich«, versicherte Jonathan ihr und rückte sein Jackett zurecht. »Vielleicht hat sie einfach vergessen, Sie darüber in Kenntnis zu setzen. Violet ist eine alte Freundin meiner Familie.«

»Oh«, meinte Miss Esparza und strahlte ihn an. »Ich bin ein großer Fan Ihrer Autos, auch wenn ich mir leider keins davon leisten kann!« Sie stieß ein mädchenhaftes Kichern aus, das irgendwie nicht zu ihrem wahren Alter passen wollte.

Er schenkte ihr sein bestes verwegenes Grinsen und verfiel in die Rolle des flirtenden Playboy-Milliardärs. »Soll ich Ihnen einen liefern lassen?«

»Oh, nein.« Miss Esparza kicherte erneut und schob sich eine von Grau durchzogene Haarsträhne zurück in den Dutt. »Das wäre gegen die Regeln dieser Schule. Aber es ist sehr nett von Ihnen, das überhaupt anzubieten.« Sie trat einen Schritt vor und klopfte an die Tür, an der in farbenfrohen Buchstaben »Sozialkunde 5. Klasse« stand.

Jonathan schluckte den Kloß herunter, der ihm die Kehle zuschnürte, und verlagerte sein Gewicht. Es war so armselig, dass er jetzt nervös war. Er hatte sich in Nepal von Klippen abgeseilt, war zwischen Haien getaucht, hatte unzählige

Höhleneinstürze überstanden, und einmal war sogar ihr Schiff von somalischen Piraten angegriffen worden. Dabei war ihm jedes Mal das Adrenalin durch die Adern geschossen, nervös war er jedoch nie gewesen.

Aber als er jetzt vor diesem Klassenzimmer stand und auf eine Frau wartete, die er seit zehn Jahren nicht mehr gesehen hatte, bekam er schweißnasse Handflächen.

Wie würde Violet jetzt aussehen? Seine Erinnerungen beschränkten sich eher auf einzelne Körperteile. Er wusste noch, dass sie klein war und ihm gerade mal bis zur Schulter reichte, lange dunkle Zöpfe mit pinkfarbenen Strähnen gehabt hatte, sowie ein freches Grinsen, eine schlanke Figur und ein Tattoo über dem Hintern, auf dem die Worte »Carpe Diem« standen. Er erinnerte sich daran, wie ihre Haut gerochen hatte, wie sie immer leise keuchend aufschrie, wenn sie kam, und wie eng ihr Mund seinen Penis umschlossen hatte.

Allein der Gedanke an sie rief eine Menge Erinnerungen und Schuldgefühle in ihm wach, die auf ihn einströmten. Es hatte seitdem keinen Tag gegeben, an dem er diese letzte Nacht nicht bedauert hatte, diese letzte Stunde, die letzte Minute, die sie zusammen verbracht hatten.

Sie hatte heiraten wollen. Es war ihr Wunsch gewesen, ihren kleinen Sommerflirt in Griechenland in eine dauerhafte Beziehung zu verwandeln. Daher hatte sie darauf bestanden, dass sie in die Vereinigten Staaten zurückkehren und sesshaft werden mussten. Damals war Jonathan neunzehn gewesen, hatte ein Urlaubssemester vom College genommen und war rundum fasziniert von dem dynamischen Dr. Phineas DeWitt, der täglich kurz vor einer neuen wichtigen archäologischen Entdeckung zu stehen schien. Violet und er hatten an DeWitts letzter Ausgrabung in jenem Sommer teilgenommen, und das war das Aufregendste, was Jonathan jemals erlebt hatte. Als jüngster Sohn eines Geschäftsmannes, der verzweifelt auf ein Wunder wartete, hatte Jonathan Jahr um Jahr mitansehen müssen, wie sein Vater jede Stunde seines Lebens und jeden Dollar aus seiner Brieftasche darin investierte, *Lyons Motors* zu einem überlebensfähigen Unternehmen zu machen, ohne jemals Erfolg damit zu haben. Jonathan war nicht etwa eifersüchtig auf die Obsession seines Vaters für seine Firma, sondern hatte dies immer achselzuckend hingenommen.

In DeWitt fand er jedoch einen Mentor und Vaterersatz, der sich dafür interessierte, was in Jonathans Kopf vorging. Auf einmal war er wichtig, und das empfand er als berauschend.

Doch Violet hatte sehr bald einen Sinneswandel durchgemacht. Sie wollte auf gar keinen Fall dieses Leben voller archäologischer Ausgrabungen und Abenteuer. Vielmehr stand ihr der Sinn nach einem Zuhause und einer Familie, und zwar in dieser Reihenfolge. Keine Abenteuer mehr, und erst recht kein College, und das alles im zarten Alter von neunzehn. Außerdem hatte sie in ihrer letzten gemeinsamen Nacht vorgeschlagen, dass er ebenfalls alles aufgab und sich mit ihr irgendwo niederließ.

Aber Jonathan hatte ihr nur ins Gesicht gelacht, da er nun mal jung und ein Arschloch gewesen war.

Sie hatte ihm eine Ohrfeige gegeben, war in Tränen ausgebrochen und aus seinem Leben verschwunden.

In jener Nacht hatte er sie verloren, und es hatte nicht lange gedauert, bis er seine Grausamkeit bereute. Griechenland war ohne Violet an seiner Seite einfach nicht dasselbe. Eigentlich war gar nichts mehr so wie vorher. Er vermisste sie mit derselben Intensität, mit der er die archäologische Expedition liebte, und gestand Professor DeWitt, den er als Mentor und Freund ansah, seine Sehnsucht. Er dachte darüber nach,

Violet zu folgen, sich bei ihr zu entschuldigen und einen neuen Anfang mit ihr zu wagen.

Aber ihr Vater teilte ihm mit, dass das ein Fehler wäre. Seinen Worten zufolge war Violet gerade mal eine Woche zurück in den Staaten gewesen, da wohnte sie auch schon wieder bei einem Exfreund. Außerdem hatte er Jonathan einen Stapel Ausgrabungsaufzeichnungen in die Hand gedrückt, die ihm helfen sollten, seinen Kummer zu vergessen. Völlig verzweifelt hatte sich Jonathan in die Arbeit gestürzt.

Einige Wochen später hatte DeWitt dem niedergeschlagenen, Trübsal blasenden Jonathan mitgeteilt, dass Violet geheiratet hatte, und ihn aufgefordert, nach vorne zu sehen. Er hatte Jonathan sogar vorgeschlagen, ihn zur Ausgrabung eines neuen Grabes im Tal der Könige zu begleiten.

Natürlich hatte Jonathan das getan. Er hatte sich in die Abenteuer, Archäologie und Extremsportarten gestürzt – in alles, was nötig war, um ihn vergessen zu lassen, dass er seinen Vater enttäuscht und Violet verloren hatte. Als sein Vater starb und sein älterer Bruder erklärte, das angeschlagene Familienunternehmen Lyons Motors nicht übernehmen zu wollen, war Jonathan zum Firmenchef avanciert und hatte beschlossen, es endlich zum Erfolg zu führen. Zehn Jahre später hatte er die Firma durch harte Arbeit, seinen Einfallsreichtum und die Hilfe der Bruderschaft – der Geheimgesellschaft, der er angehörte – in ein mehrere Milliarden Dollar schweres Unternehmen verwandelt. Neben der Arbeit und seinen Ausgrabungen in aller Welt führte Jonathan ein hektisches Jetset-Leben.

Doch es gelang ihm nie wirklich, sich von dem abzulenken, was er verloren hatte. Zehn Jahre später war er noch immer nicht über Violet DeWitt hinweg und dachte oft darüber nach, wie wohl alles gelaufen wäre, wenn er sich tatsächlich mit ihr irgendwo niedergelassen hätte.

Schritte hallten über den Linoleumboden der Schule und rissen ihn in die Gegenwart zurück. Einen endlosen Augenblick später wurde die Tür des Klassenzimmers geöffnet. Jonathan hob den Kopf.

Da war sie und stand neben der schweren Holztür, mit einer leicht säuerlichen Miene, als hätte sie damit gerechnet, ihn zu sehen, aber gehofft, dass es nicht dazu kommen würde.

Seine Handflächen schwitzten noch mehr.

Sie sah anders aus als in seiner Erinnerung. Das war natürlich zu erwarten gewesen, schließlich war er auch nicht mehr der dünne neunzehnjährige Junge mit der pickligen Haut und der glatten Brust. Aber falls das überhaupt möglich war, so schien Violet sogar noch schöner geworden zu sein – und ernster. Ihre wilde, teuflische Aura, die er so geliebt hatte, war ebenso verschwunden wie die hüftlangen geflochtenen Zöpfe. Diese Violet war immer noch sehr klein, aber ihre schlanke Figur hatte weiche Kurven entwickelt, die in dem schlichten schwarzen Rock und der cremefarbenen Bluse mit den Rüschen am Hals und den langen, flatternden Ärmeln gut zur Geltung kamen. Sie trug einfache schwarze Pumps und keinen Schmuck, und das lange Haar, das ihm so gut in Erinnerung geblieben war, hatte sich in einen asymmetrischen schwarzen Bob verwandelt, den sie sich auf einer Seite hinter ihr kleines Ohr geschoben hatte, während ihre Haare auf der anderen Seite ihr Kinn umspielten.

Das war seine wilde Violet? Diese Frau sah genauso aus … aber irgendwie auch wieder nicht. Das Leben als Ehefrau passte zu ihr, so viel war klar. Sie war ebenso wunderschön wie bei ihrer letzten Begegnung, und bei der Vorstellung, dass es einen anderen Mann in ihrem Leben gab, spürte er tief in seinem Inneren einen stechenden Schmerz. Er hätte es sein müssen, der ihr Leben teilte, aber er war ja so ein egoistischer Mistkerl gewesen.

»Jonathan«, sagte sie mit ausdrucksloser, höflicher Stimme. »Was für eine schöne Überraschung.« Man konnte ihr anhören, dass es weder eine Überraschung noch schön war, ihn zu sehen.

»Bitte denken Sie in Zukunft daran, dass Besucher im Büro angemeldet werden müssen, Miss DeWitt«, sagte Rektorin Esparza und warf Jonathan dabei ein freundliches Lächeln zu.

»Aber natürlich. Entschuldigen Sie, dass ich es vergessen habe«, erwiderte Violet ausgesucht höflich. »Wollen wir nicht hineingehen, Jonathan?« Sie deutete hinter sich ins Klassenzimmer.

Er nickte seinem Bodyguard zu, der sich umdrehte und neben der Tür wachsam Position bezog. Nicht, dass Jonathan in der Neptune Middle School mit irgendwelchen Problemen rechnete, aber er hatte schon vor langer Zeit herausgefunden, dass es stets hilfreich war, wichtig auszusehen, und dass man damit oftmals weiter kam als mit Bestechungsgeldern.

Violets Absätze klackerten über den Boden, als sie zu ihrem übergroßen Schreibtisch im vorderen Teil des Raumes zurückkehrte und sich setzte. Ihm entging nicht, dass sie ihm keinen Platz anbot, und er musterte die wackligen Schülerschreibtische, die ihr gegenüber in mehreren Reihen aufgestellt waren. Ihr Klassenzimmer war bunt und fröhlich, mit Bildern von exotischen Orten und Karten aus der ganzen Welt an den Wänden, neben denen diverse Schaubilder und Flaggen hingen. Die Schule war ansonsten jedoch alt und dunkel, die Holzböden waren durch jahrelanges Betreten verzogen, und er war sich ziemlich sicher, dass die Deckenplatten, an denen sich ein Wasserschaden abzeichnete, bald herunterfallen würden. »Schön hier. Wo sind deine Schüler?«

»Es ist 15:30 Uhr«, erwiderte sie mit dieser viel zu glatten und kontrollierten Stimme. »Der Unterricht ist vorbei. Nur die Schüler, die nachsitzen müssen, sind noch da.«

Er drehte sich zu ihr um und schenkte ihr sein bestes flirtendes Lächeln, das ihr Herz in der Vergangenheit jedes Mal hatte schmelzen lassen. »Dann bin ich wohl nicht brav gewesen.«

Violet legte die Hände auf ihren Schreibtisch. »Mr Lyons, ich glaube, wir wissen beide, warum Sie hier sind.«

»Jonathan.«

»Mr Lyons«, wiederholte sie, und selbst ihr Blick schien ihm zu sagen, dass er es nicht wagen sollte, ihr zu widersprechen. Sie starrte ihn noch einen Moment lang an, griff dann in eine Schreibtischschublade und zog einen Umschlag heraus, den sie ihm reichte.

Er trat näher, nahm ihr den vertrauten Umschlag ab und bemerkte, dass das Siegel auf der Rückseite noch immer intakt war. »Du hast ihn nicht aufgemacht?«

»Ich kenne die kleinen Spielchen meines Vaters gut genug, daher muss ich ihn nicht aufmachen, um zu wissen, dass ich nicht mitspielen will. Das ist nur wieder einer seiner Tricks, mit denen er etwas Bestimmtes erreichen will, und ich möchte gar nicht wissen, was es ist.«

Jonathan verstand nicht, warum sie sich so eisig zeigte. Violet war ihm gegenüber ausgesprochen kalt, dabei hatte er ihr überhaupt nichts getan. »Bist du wegen damals noch immer sauer auf mich?«

Sie kniff die Augen zusammen.

Das war dann wohl ein Ja. »Hör mal, Violet, ich war ein dummer Junge, und du warst auch noch fast ein Kind. Wir waren jung. Wir haben dumme Sachen gemacht und blöde Fehler begangen. Können wir das Ganze nicht einfach vergessen und zusammenarbeiten?«

»Wir sollen zusammenarbeiten? Woran denn?«

Er zog seinen eigenen Umschlag aus der Innentasche seines Fioravanti-Jacketts und hielt ihn ihr hin.

Sie starrte ihn einfach nur an und zog eine Augenbraue hoch.

Na gut, dann musste er es eben auf die harte Tour machen. Er riss den Umschlag auf, zog das Dokument heraus und las es ihr vor. Die erste Zeile bestand aus der Adresse der Mittelschule, in der sie sich aufhielten. Danach stand: »Meine Tochter Violet hat den Schlüssel.« Er sah sie an, um ihre Reaktion auf diese rätselhafte Aussage mitzubekommen.

Violet verdrehte die Augen.

»Und? Was denkst du?«

»Ich bin der Ansicht, dass mein Vater seinen Beruf verfehlt hat und lieber Schauspieler hätte werden sollen«, meinte Violet. »Wenn es hier einen Schlüssel gibt, dann befindet er sich vermutlich in meinem Umschlag. Du kannst ihn haben.« Sie schob ihm den Umschlag über die Tischplatte zu, nahm einen Stapel Papier, der in einer Ecke auf ihrem Schreibtisch lag, und zog ihn vor sich. Dann holte sie einen roten Stift hervor und begann, Noten zu verteilen, als wäre Jonathan überhaupt nicht anwesend.

Er starrte sie für eine kleine Ewigkeit an. War sie denn überhaupt nicht neugierig? Wollte sie denn nicht wissen, worum es ging? »Interessiert es dich gar nicht, was dein Vater versteckt hat?«

»Nein.« Sie blickte nicht auf, sondern arbeitete einfach weiter.

»Wärst du überrascht zu erfahren, dass nach seinem Tod

nicht nur all seine Tagebücher verschwunden sind, sondern auch das Gerücht umgeht, er habe von seiner letzten Ausgrabungsstätte etwas sehr Wertvolles gestohlen?«

»Es würde mich nicht überraschen«, antwortete Violet, die noch immer vor sich auf die Tests starrte. Sie schrieb etwas in Rot auf ein Blatt, blätterte um und ging zum nächsten über. »Wenn er damit für Drama und Spannung sorgen könnte, hätte mein Vater es getan.«

»Das war meine Ausgrabung«, erklärte Jonathan. »Er hat mich bestohlen.«

Sie ignorierte ihn.

»Ist dir das denn völlig egal?«

Jetzt sah Violet doch auf und musterte ihn kalt. »Sollte es mich denn interessieren? Mir wurde mitgeteilt, dass eine anonyme dritte Partei nach dem Tod meines Vaters all seine Schulden bezahlt hat und dass ich mir deswegen keine Sorgen machen müsse. Außerdem hat man mir gesagt, dass ich dankbar sein soll.« Sie verzog bei den letzten Worten die Lippen, als hätte sie auf eine Zitrone gebissen. »Das gehört für mich auch zu den Schulden, die getilgt wurden.«

Dann wusste sie also, dass er sich um alles gekümmert hatte, und war nicht erfreut darüber. Doch er ließ sich nicht von seinem Ziel abbringen. »Ich will diese Tagebücher haben. Weitaus wichtiger ist allerdings, dass ich die Stele zurückbekomme, die er mir gestohlen hat. Sie ist unersetzlich.«

Wieder schaute sie auf ihren Test und schob den Umschlag mit einer Hand etwas näher zu Jonathan.

»Verdammt, Violet. Rede mit mir.«

»Das tue ich doch«, entgegnete sie mit dieser ruhigen Stimme.

»Ich möchte bei dieser Sache mit dir zusammenarbeiten. Ich brauche diese Tagebücher und das, was er gestohlen hat.«

»Wie ich bereits sagte, du kannst meinen Umschlag gern haben.«

Zornig griff er nach dem Umschlag und riss ihn auf. Darin befand sich allerdings nichts außer einem Symbol, das er noch nie in seinem Leben gesehen hatte. »Ich weiß nicht, was das bedeutet.«

»Das ist nun wirklich nicht mein Problem.« Sie bedachte ihn mit einem kaum merklichen Lächeln und deutete dann auf die Tür, als wollte sie andeuten, dass er jetzt gehen könne.

Es war offensichtlich, dass sie mit ihm fertig war, ebenso wie Jonathan mit Sicherheit wusste, dass er Violets Hilfe brauchen würde, um in dieser Sache weiterzukommen. Violet hatte Zugang zu Informationen über den verstorbenen Dr. DeWitt, wie es ihm unmöglich war. Er brauchte ihre Erinnerungen und ihr Insiderwissen.

»Ich zahle dir eine Million Dollar, wenn du mich in dieser Sache unterstützt.«

Sie hob den Kopf und starrte ihn mit vor Überraschung weit aufgerissenen Augen an. »Ist das dein Ernst?«

»Ich bin jetzt Milliardär, falls du das noch nicht gehört hast. Ich habe Lyons Motors übernommen.«

»Schön für dich.« Ihre Miene blieb ausdruckslos.

»Du bekommst eine Million Dollar, wenn du zustimmst, für mich zu arbeiten, bis wir herausgefunden haben, was das alles zu bedeuten hat.« Er schwenkte den Brief in der Luft.

Violet pochte mit ihrem Stift auf die Tests, als würde sie nachdenken. Dann schüttelte sie den Kopf. »Nein.«

»Du bist Lehrerin und kannst das Geld bestimmt gut gebrauchen.«

»Ja, ich bin Lehrerin«, stimmte sie ihm zu. »Und wir sind mitten im Schuljahr. Ich kann jetzt nicht weg. Das würde den ganzen Schulbezirk vor große Probleme stellen.«

»Es ist ein Abenteuer«, versuchte er, sie zu locken, weil er sich daran erinnerte, wie ihre Augen bei dem Gedanken an so etwas früher immer gestrahlt hatten. Seine Violet hatte Abenteuer genauso sehr geliebt wie er.

Doch dieses Mal sah sie ihn nur mit stählernem Blick an. »Nein, Jonathan.«

»Warum nicht?« Er ballte die Faust, sodass der Brief zerknitterte, und war gefährlich kurz davor, die Fassung zu verlieren und einfach aus dem Klassenzimmer zu stürmen.

»Zufälligerweise ist mir der kleine Plan meines Vaters, mit dem er uns beide wieder zusammenbringen will, schlichtweg egal.«

Er schnappte nach Luft. Dann glaubte sie also, ihr Vater hätte vorgehabt, sie auf diese Weise zu ihm zurückzubringen? Kein Wunder, dass sie ihn für den schlimmsten Abschaum hielt, der hier aufkreuzte, um einer verheirateten Frau Avancen zu machen. »Hör mal, Violet, es ist zwar sehr schön, dich zu sehen …«

»Das beruht leider nicht auf Gegenseitigkeit …«

»… aber ich bin nicht hier, um deine Ehe in Gefahr zu bringen«, fuhr er fort, während sich sein Herz schmerzhaft zusammenzog. Er war sich nicht sicher, was er sich von ihr erhofft hatte. Vielleicht ein kleines bisschen Zuneigung? Wehmut aufgrund gemeinsamer Erinnerungen? Ein Wiederaufleben von dem, was einst zwischen ihnen gewesen war? Dabei war doch offensichtlich, dass das, was immer sie damals miteinander gehabt hatten, der Vergangenheit angehörte und dass Violet nichts mit ihm zu tun haben wollte. Außerdem war sie ohnehin verheiratet, und es war sinnlos, einer glücklich verheirateten Frau den Hof zu machen. »Ich hatte nur gehofft, dass mir eine alte Freundin bei einer sehr wichtigen Sache weiterhelfen kann, verstehst du?«

Sie sah ihn mit schief gelegtem Kopf an, runzelte leicht die Stirn und schob sich eine Haarsträhne hinter das Ohr. Erinnerungen wirbelten plötzlich durch seinen Kopf. Er erinnerte sich noch gut an diese nachdenkliche Miene, und schon waren all das Verlangen und die Sehnsucht wieder da.

Nach zehn Jahren war er noch immer bis über beide Ohren in Violet DeWitt verliebt, auch wenn sie jetzt die Eisprinzessin spielte. Kein Wunder, dass sie ihn wieder loswerden wollte.

»Was hast du gerade gesagt?«

Er fummelte an seinem Revers herum und war froh, dass sein Jackett zugeknöpft war, sodass sie seine Erregung, die er aufgrund ihrer kleinen Geste empfand, nicht sehen konnte. »Ich habe gesagt, dass ich nicht hier bin, um dein Leben durcheinanderzubringen, okay?«

Sie stand auf, glättete ihren Rock und kam um ihren Schreibtisch herum auf seine Seite. Dann streckte sie eine Hand aus. »Gib mir den Brief.«

Endlich ein Erfolg. Fast schon übereifrig reichte ihr Jonathan beide Umschläge.

Violet überflog das Geschriebene und sah Jonathan dann verwirrt an.

»Was ist?«, wollte er wissen.

»Wie kommst du auf die Idee, ich wäre verheiratet?«

Jetzt war er ebenso durcheinander wie sie. »Wie bitte?«

»Ich bin nicht verheiratet. Wieso in aller Welt glaubst du, ich wäre es?«

In Jonathans Ohren rauschte das Blut. Er beobachtete fasziniert, wie sie sich eine Haarsträhne hinter das andere Ohr schob. Dadurch standen ihre Ohren ein wenig ab – was sie hasste, wie er aus Erfahrung wusste –, aber seiner Meinung nach sah sie hinreißend aus. Das war *seine* Violet.

Er hatte sie vor so langer Zeit aufgegeben, weil sie nur wenige Tage, nachdem sie aus seinem Bett verschwunden war, einen anderen geheiratet hatte, und es seitdem jeden Tag bereut.

»Du …« Er hustete und ärgerte sich darüber, dass seine Stimme auf einmal so heiser klang. Dabei spürte er, wie ihm das Blut ins Gesicht stieg – und auch in einen anderen Körperteil strömte. Er räusperte sich und versuchte es noch einmal. »Hast du die Hochzeit abgeblasen?«

Wieder sah sie ihn auf diese seltsame Weise an. »Welche Hochzeit?«

»Dein Vater hat damals nach deiner Abreise gesagt … dass du einen anderen geheiratet hättest. Nur wenige Tage später.«

Sie sah ihn fragend an, als könnte sie es nicht fassen. »Und du hast ihm geglaubt? Jonathan, deine Familie hat damals all seine Ausgrabungen finanziert. Er hätte dir erzählt, dass Kühe zum Mond fliegen können, wenn das bedeutet hätte, dass er dich an seiner Seite behalten kann.«

Ach, verdammt noch mal! Er hatte ja gewusst, dass Phineas ein gerissener alter Hund gewesen war, aber trotzdem konnte er es nicht fassen, dass er sich in einer derart wichtigen Sache hatte verschaukeln lassen. »Dann bist du … nicht verheiratet?«

»Ich wüsste nicht, was dich das angeht …« Sie kreischte auf, als er ihre Hand nahm. Sie war so weich, wie er sie in Erinnerung hatte, und sie knabberte noch immer an den Fingernägeln, die ganz kurz waren. Anscheinend hatte sie diese Angewohnheit noch immer nicht abgelegt. Sie trug nicht einen einzigen Ring am Finger.

Man hatte ihn belogen.

Eigentlich hätte er stinksauer sein müssen, voller Zorn,

Hass und Verachtung, weil er zehn Jahre vergeudet hatte, indem er sich von ihr fernhielt.

Aber Jonathan empfand nichts von alldem. Er sah nur Violet – seine Violet –, die so dicht vor ihm stand, dass er die Hand ausstrecken und sie zum ersten Mal seit so langer Zeit berühren konnte, wonach er sich mit jeder Faser seines Wesens sehnte. Violet, deren Hand er hielt – auch wenn sie versuchte, sie ihm zu entziehen.

Seine Violet war hier, vor ihm, und sie hatte nie geheiratet. Er wollte verdammt sein, wenn er sich diese Gelegenheit erneut entgehen ließ.

Jonathan legte die Hände auf ihre Schultern, drehte sie zu sich um, senkte den Kopf und presste die Lippen fest auf ihre. Er küsste sie mit all der grimmigen Leidenschaft von zehn langen, einsamen Jahren. Sie erwiderte den Kuss nicht, aber das war schon in Ordnung. In ihm waren genug Begierde und Liebe für sie beide. Irgendwann würde sie schon einknicken. Er musste ihr nur zeigen, wie sehr sie ihm gefehlt hatte. Denn jetzt wollte er sie nie wieder gehen lassen. Er ...

Violet rammte ein Knie zwischen seine Beine und traf seine empfindlichste Stelle.

*

Selbst nachdem Violet die Schule verlassen und eingekauft hatte, im Fitnessstudio gewesen war, nach Hause gekommen war und ihre kleine Wohnung aufgeräumt hatte, war sie noch wütend. Tatsächlich war sie sogar stinksauer.

Wie konnte es Jonathan Lyons wagen, einfach wieder in ihrem Leben aufzutauchen, nur weil ihr Vater gestorben war? Wie konnte er es wagen, einfach davon auszugehen, dass sie alles – ihr Leben und ihren Job – hinwarf, um ihm bei dieser sinnlosen Suche zu helfen, die ihr Vater ihnen wie eine Art archäologische Version von Willy Wonka auferlegt hatte?

Wie konnte Jonathan es wagen, sie einfach in den Arm zu nehmen und zu küssen, nur weil sie nicht verheiratet war?

Die Tatsache, dass sie keinen Ehering trug, hieß noch lange nicht, dass sie nicht längst vergeben war. Es bedeutete auch nicht, dass sie ihn nicht mit aller Inbrunst hasste. Schäumend räumte Violet ihre Einkäufe in den Kühlschrank und fluchte, als der Milchkarton umkippte und sich die Milch über ihren frisch gewaschenen Spinat ergoss. Verdammt noch mal! Lauthals fluchend griff Violet nach den Küchentüchern und wischte den Kühlschrank aus, um dann beim darauffolgenden Händewaschen zu merken, dass sie noch immer zitterte.

Sie zitterte, weil sie auch jetzt, Stunden später, noch so wütend war.

Dabei wollte sie mit all dem gar nichts zu tun haben. Ihr Leben war schön und geordnet. Gut, es war nicht aufregend, aber sicher und ohne Überraschungen. Violet mochte keine Überraschungen, da diese letzten Endes immer mit einer Enttäuschung endeten.

Sie ging unter die Dusche, zog ihren Flanellschlafanzug an, las im Bett noch in ihrem Mysteryroman und legte sich dann schlafen. Zumindest versuchte sie zu schlafen, aber ihr ganzer Körper war angespannt, und so lag sie nur da und starrte frustriert an die Decke.

Jonathan Lyons hatte sie geküsst.

Er war in ihr Leben stolziert, als hätte er sie nicht vor zehn Jahren im Stich gelassen, als sie ihn am dringendsten gebraucht hätte. Selbst nach all diesen Jahren war er noch ein Egoist. Manche Menschen änderten sich eben nie. Sie musste daran denken, wie er das Gesicht verzogen hatte, als sie ihm ihr Knie in den Schritt gerammt hatte. Das war nicht einmal besonders befriedigend gewesen. Aber sie war so unglaublich wütend gewesen, und er hatte so schockiert und überrascht ausgesehen.

Und unglaublich verletzt.

Als könnte er nicht glauben, dass *seine* Violet ihm jemals Schaden zufügen könnte.

Und das hatte sie noch wütender gemacht. Als wäre sie die Unvernünftige von ihnen. Violet wand sich verärgert, schlug schließlich die Bettdecke zurück und stürmte durch das Schlafzimmer ins Wohnzimmer. Ihre unordentliche Wohnung war klein, aber sie brauchte auch nicht viel. Sie brauchte nur einen Schreibtisch und ein Bett. Ihre Regale waren voller Bücher, und sie trat zu dem Abschnitt, in dem sie ihre Fotoalben aufbewahrte. Den Großteil des Platzes nahmen die Alben ihrer Mutter ein, aber ganz am Ende stand ein weiteres winziges Album. Sie zog es heraus und pustete den Staub herunter.

Das Cover war mit einem griechischen Muster verziert, und sie hatte »Akrotiri 2004« daraufgeschrieben. Mit dem Album in der Hand ging sie zurück ins Schlafzimmer, kuschelte sich wieder ins Bett und schlug das Album auf.

Dies war ihre erste und einzige Reise als Assistentin ihres Vaters gewesen. Ihre Mutter hatte ihr davon abgeraten, aber Violet war so aufgeregt gewesen und hatte sich so darauf gefreut, den Sommer mit ihrem intelligenten, berühmten Vater zu verbringen, dass sie es gar nicht erwarten konnte. Die Leute witzelten immer, dass ihr Vater so etwas wie der Jacques Cousteau für die Archäologie war, und sie hätte dem sogar zugestimmt, wenn Jacques seine Familie ebenfalls zwei Jahrzehnte lang vernachlässigt und seine Frau in den Alkoholismus getrieben hätte.

Violet sah sich die Fotos an und dachte an diesen Sommer zurück. Da war ein Foto von ihr und ihrem Vater in der Nähe der Ausgrabungsstätte, auf dem sie lächelnd auf eine Wand deuteten. Ihre Haut war gebräunt, und sie trug das Haar zu zwei langen Zöpfen geflochten, in denen bunte Strähnen schimmerten. Außerdem hatte sie eine schreckliche Sonnenbrille auf der Nase und ein Tanktop an. Hinter ihr stand Jonathan Lyons und hatte ihr eine Hand an die Taille gelegt.

Himmel, sie war so in ihn verliebt gewesen. So unglaublich dumm, aber auch so verliebt. Schon kurz nach ihrer Ankunft in Santorin – wo sie endlich etwas Zeit mit ihrem Vater verbringen wollte – hatte sie feststellen müssen, dass er auch eine ganze Gruppe seiner Studenten zu dieser Sommerexpedition eingeladen hatte. Anfangs hatte sie das verletzt, da sie in den Augen ihres Vaters offenbar nichts Besonderes war, aber ihr Schmerz hatte sich schon bald in Aufregung verwandelt, als sie Jonathan Lyons kennenlernte. Lyons Motors war eine bekannte – oder auch berüchtigte – Firma, da sie eine Autoserie herausgebracht hatte, die bald darauf zum Gespött der Leute geworden war, und er interessierte sich nicht im Geringsten für das Familienunternehmen. In Violets Augen war der dünne, etwas verschrobene und durch und durch enthusiastische Jonathan einfach nur süß.

Er hatte etwas Überschwängliches und Ernstes an sich, in das sie sich bald verliebte. Während jede Aktion ihres Vaters wohlüberlegt und durchdacht zu sein schien, lebte Jonathan im Augenblick, und das bewunderte sie. Seine Begeisterung für die Ausgrabung war nicht zu übersehen. Er war morgens der Erste bei der Arbeit und ging abends als Letzter. Wenn es irgendetwas herauszufinden galt, stürzte sich Jonathan mit fieberhaftem Eifer hinein.

Er war zu einhundert Prozent Intensität, die im attraktiven Körper eines neunzehnjährigen Collegestudenten steckte.

Sie fand ihn einfach unwiderstehlich.

Am Ende der ersten Woche verbrachten sie schon sehr viel Zeit miteinander. In der zweiten Woche hatte er sie geküsst, und sie hatte ihn auf ihr Bett geworfen, woraufhin sie sich liebten wie wilde Karnickel. Nach einem Monat war sie bis über beide Ohren in ihn verknallt.

Und am Ende des zweiten Monats erwartete sie ein Kind von ihm.

Dabei waren sie nicht einmal unvorsichtig gewesen. Sie hatten jedes Mal ein Kondom benutzt, aber selbst diese waren nicht unfehlbar, und in ihrem jugendlichen Übermut war er manches Mal in sie eingedrungen und hatte das Kondom erst später übergestreift, weil es sich ohne für sie beide einfach viel besser anfühlte. Jonathan ging den Sex mit derselben Intensität an wie alles andere in seinem Leben, und er war dabei gierig und unersättlich.

Als sie sein Foto jetzt ansah, musste sie sich eingestehen, dass er sie im Grunde genommen für alle anderen Männer verdorben hatte. Kein sexuelles Erlebnis war jemals auch nur ansatzweise an das herangekommen, was sie mit ihm erlebt hatte.

Was wiederum blöd war.

Mit neunzehn war sie nicht einmal entsetzt gewesen, dass sie plötzlich schwanger war. Sie liebte Jonathan, verband im Geiste schon ihre Nachnamen und dachte sich Namen für das Kind aus. Wenn es ein Junge war, wollte sie es Theseus DeWitt-Lyons nennen, und ein Mädchen hätte den Namen Ariadne DeWitt-Lyons bekommen – Namen aus den Mythen um das Labyrinth auf Kreta. Sie hatte davon geträumt, Jonathan zu heiraten und mit ihm in die Staaten zurückzukehren, um ihren Collegeabschluss zu machen und eine Familie zu gründen. Es war offensichtlich, dass ihr Vater sie nicht als Tochter, sondern nur als weitere Studentin bei dieser Ausgrabung ansah, und sie sehnte sich nach einer Familie – einer richtigen Familie. Sie hatte nie eine funktionierende Familie kennengelernt und träumte von einem glücklichen Zuhause. Anstatt sich archäologische Funde auszumalen, hatten in Violets Kopf nur Kinderzimmer und das erste eigene Heim Platz. Ein Mann, eine Frau und ein Kind, das von beiden Eltern vergöttert und verwöhnt wurde.

Das war ihr neuer Traum, und sie konnte es kaum erwarten, ihn zusammen mit Jonathan Realität werden zu lassen.

Aber sie wollte nicht, dass Jonathan sie nur wegen des Babys heiratete. Er sollte sie zur Frau nehmen, weil er sie liebte und weil er sie heiraten wollte. Das war schließlich ein wesentlicher Bestandteil ihres Traums. Sie hatte am eigenen Leib erfahren, wie es war, wenn Paare nur wegen eines Babys anstatt aus Liebe heirateten. Seine Familie war reich, und sie wollte, dass es seine Idee war, dass sie heirateten, und nicht ihre, damit es nicht so aussah, als wäre sie nur hinter seinem Geld her. In Wirklichkeit war es Violet nämlich völlig egal, dass die Lyons-Familie dieses Autoimperium hatte. In ihrem perfekten Leben gab es ein kleines, gemütliches Haus irgendwo, Familienessen mit den Kindern und dem Ehemann und einen Kuss für den Gatten, wenn er von der Arbeit nach Hause kam. Einige Frauen träumten von einer Karriere, aber Violet wünschte sich nichts mehr als eine kleine, liebevolle Familie. Das war alles, was sie sich nach ihrer Kindheit ersehnte – die von den Depressionen und Alkoholexzessen ihrer Mutter sowie der langen Abwesenheit ihres Vaters geprägt gewesen war. Sie wollte von nichts als Liebe umgeben sein.

Was war sie damals doch nur für eine Idiotin gewesen!

Verärgert blätterte Violet weiter. Da war noch ein Foto von ihr und Jonathan am Strand von Santorin. Er presste seine Wange an ihre. An diesen Abend konnte sie sich noch gut erinnern. In jener Nacht hatte sich alles verändert. Sie hatten das Wochenende freigehabt und beschlossen, es zusammen zu verbringen. Nach einem romantischen Abendessen lagen sie in einem Hotel in Fira im Bett, und Violet gestand ihm, was sie sich erhoffte und dass sie nur zu gern eine Familie gründen würde.

»Das ist keine schlechte Idee ... für die Zukunft«, hatte Jonathan abwesend erwidert und mit ihrem langen Haar herumgespielt.

Das waren nicht die Worte, die die neunzehnjährige schwangere Violet hören wollte. Sie hatte sich im Bett zu ihm umgedreht. »Was hast du vor, wenn die Ausgrabung beendet ist? Was wird dann aus uns?«

»Wie meinst du das?«, fragte er.

Sie ärgerte sich, dass sie ihm die Worte aus der Nase ziehen musste. »Wie sehen deine Pläne aus, wenn wir hier fertig sind?«

Er zuckte mit den Achseln. »Ich gehe wieder aufs College. Mache das nächste Semester mit und warte auf Dr. DeWitts nächste Einladung.«

Das wollte sie nun ganz und gar nicht hören. »Und was ist mit mir?«

Er hatte sie auf diese Weise angelächelt, bei der ihr Herz immer zu zerspringen drohte. »Vielleicht arbeiten wir ja in ein paar Jahren an derselben Universität.«

In ein paar Jahren? In ein paar *Jahren?* Mit neunzehn kamen ihr ein paar Jahre wie eine Ewigkeit vor. »Aber ... ich möchte, dass wir zusammen sind.«

»Das möchte ich auch.« Er sah sie traurig an.

Nein, er begriff einfach nicht, worauf sie hinauswollte. Sie umklammerte seinen Arm. »Ich möchte, dass wir zusammenbleiben, wenn wir in die Staaten zurückkehren. Ich möchte, dass wir eine Familie gründen. Wir beide.« Sie betonte die letzten beiden Worte und hoffte, dass er begriff, was sie von ihm wollte, und begeistert zustimmte.

Mit dir eine Familie gründen, Violet? Nichts lieber als das! Lass uns sofort damit anfangen!

Ich hätte sehr gern Kinder mit dir, Violet.

Ich möchte dich nie wieder verlassen, Violet.

Stattdessen runzelte er jedoch die Stirn und sah sie an, als ob sie den Verstand verloren hätte. »Eine Familie gründen? Jetzt?«

»Ja, *jetzt!*«

Er lachte. Er lachte und spulte eine Million Gründe ab, die dagegen sprachen. Er musste nach Dartmouth zurück. Er hatte Dr. DeWitt gesagt, dass er auch bei der nächsten Ausgrabung wieder dabei sein wollte, wohin auch immer es ging. Dann gab es noch seine Familie, die erwartete, dass er bei seinem älteren Bruder, dem Erben des Imperiums, in die Lehre ging. Es würde Jahre dauern, bis sich Jonathan zur Ruhe setzen und auch nur an die Gründung einer Familie denken konnte – jetzt war er noch viel zu jung, um so etwas auch nur in Betracht zu ziehen.

Jedes seiner Worte brach Violet ein weiteres Mal das Herz. Sie fühlte sich verraten, gab ihm eine Ohrfeige und lief weg. Sie stürmte aus ihrem Hotelzimmer, ließ ihn in Fira zurück und fuhr wieder zur Ausgrabungsstätte. Dort weinte sie sich in dieser Nacht in den Schlaf, da sie sich nach einem Zuhause sehnte, ihr Märchenprinz jedoch andere Pläne hatte.

Am nächsten Tag versuchte er mehrmals, sie anzurufen oder sie zu sehen, aber sie ging ihm immer aus dem Weg. Stattdessen ließ sie ihren ganzen Herzschmerz in einen Brief einfließen. Sie hatte nicht vorgehabt, ihm von dem Baby zu erzählen und es als Druckmittel zu verwenden, um ihn zur Heirat zu überreden, aber jetzt blieb ihr keine andere Wahl. Noch heute erinnerte sie sich an den letzten Absatz des Briefes und wie er auf dem Papier ausgesehen hatte.

Wenn du mich liebst, dann komm bitte mit mir nach Hause, Jonathan. Ich möchte, dass wir unser Baby zusammen aufziehen. Falls es dir auch nur irgendetwas bedeutet, dass du Vater wirst, dann komm bitte mit. Bitte. Bitte. Ich liebe dich so sehr.

Sie hatte ihn mehr oder weniger angefleht, sie nicht zu verlassen, aber er hatte nicht einmal darauf geantwortet. Violet hatte auf einmal einen bitteren Geschmack im Mund, als sie das Foto ansah, und so knallte sie das Album zu und schleuderte es quer durch den Raum.

Märchen waren doch purer Blödsinn. Ihr Märchenprinz hatte ihren Brief einfach ignoriert. Sie war nach Hause geflogen, hatte zwei Wochen lang geweint und das Baby einen Monat später verloren. Woraufhin sie noch mehr geweint hatte.

Danach hatte sie sich zusammengerissen, war aufs College zurückgekehrt und hatte sich geschworen, ihr Glück nie wieder von den Plänen eines anderen Menschen abhängig zu machen.

Vor ihrem inneren Auge sah sie erneut Jonathans Gesicht, auf dem sich an diesem Nachmittag seine Freude abgezeichnet hatte. Du hast die Hochzeit abgeblasen? Du bist nicht verheiratet?

Violet hieb wütend eine Faust in das Kissen, ließ sich dann

ins Bett fallen und war fest entschlossen, irgendwann im Laufe der Nacht einzuschlafen. Jonathan war förmlich schockiert gewesen, dass sie nicht verheiratet war. Dann hatte der heilige Dr. DeWitt seinen Protegé also angelogen? Das war ja unfassbar! Ihr Vater hätte das Totenhemd ihrer Mutter verkauft, wenn er dadurch eine weitere Ausgrabung hätte finanzieren können. Violet hatte das ihr ganzes Leben lang gewusst. Aber wieso war Jonathan das nie klar gewesen?

Kurz überlegte sie, ob er ihren Brief überhaupt jemals erhalten hatte.

Letzten Endes war es aber egal. Das Baby war ihr letzter Trumpf gewesen, und selbst den hatte sie einen Monat später verloren. Jonathan wäre so oder so nicht bei ihr geblieben. Nicht, wenn er *andere Pläne* hatte.

Dann war es vermutlich sogar gut, dass es so ausgegangen war. Hätte Jonathan sie damals nicht abgewiesen, wäre sie jetzt vielleicht in einer unglücklichen Ehe mit diesem Mistkerl gefangen und er wäre wegen eines Babys, das er gar nicht wollte, gezwungen gewesen, sie zu heiraten. So hatte sie zumindest erkennen können, wie egoistisch er wirklich war.

Ja, das Leben verläuft immer so, wie es soll, sagte sie sich und kuschelte sich unter ihre Bettdecke.

Aber in dieser Nacht fiel es ihr dennoch schwer einzuschlafen.

2

Am nächsten Morgen wachte Violet schon fünf Minuten vor dem Weckerklingeln mit aufgequollenen Augen und schlechter Laune auf. Sie starrte ihr Handy an, das auf ihrem Nachttisch lag und vibrierte, weil sie eine SMS bekommen hatte, und nahm es in die Hand.

Mitarbeiterbesprechung um 7 in der Cafeteria. Anwesenheitspflicht!

Stöhnend ließ sich Violet wieder aufs Kissen fallen. Wer in aller Welt ordnete denn eine spontane Mitarbeiterbesprechung um sieben Uhr morgens an? Das würde ja ein hundsmiserabler Tag werden, da sie gerade mal zwei Stunden geschlafen hatte. Arg! Sie stand notgedrungen auf, duschte schnell und machte sich bereit für die Arbeit.

Vierzig Minuten später fuhr sie auf den Parkplatz der Schule – mit einem riesigen Kaffeebecher in der Hand und höllischen Kopfschmerzen. Der Parkplatz war bereits fast voll, was bedeutete, dass alle Angestellten an dieser frühmorgendlichen Besprechung teilnehmen mussten. Na, großartig. Sie hastete in die Schule und bemerkte auf dem Weg in die Cafeteria, dass ein Lyons-Cabrio vor dem Notausgang parkte.

Das konnte doch nur Zufall sein, oder? Sehr viele reiche Menschen fuhren einen Lyons. Seit ein paar Jahren waren die auffälligen Roadster als Statussymbol verbreitet, weil sie in einem Hollywoodfilm zu sehen gewesen waren. Von diesem Zeitpunkt an war Lyons Motors von einem Witz zu einer erfolgreichen und ernst zu nehmenden Automobilfirma aufgestiegen. Nicht, dass sie die Firma genauer im Auge behalten hätte, aber es waren immer mehr Lyons' auf den Straßen zu sehen. Das bedeutete doch nicht etwa, dass dieser Mistkerl auch bei der Besprechung dabei sein würde, oder?

Violet kniff die Augen zusammen, umklammerte ihren Kaffeebecher und betrat die Cafeteria.

Trotz der frühen Stunde waren die Tische schon ausgeklappt, und die Lehrer besetzten zahlreiche Plätze. Im vorderen Teil des Raumes stand Esparzas tragbares kleines Podium, und hinter ihr stand eine Reihe aus Stühlen.

Auf einem der Stühle saß Jonathan.

Violet drückte unwillkürlich so fest zu, dass ihr Kaffee aus dem Pappbecher spritzte und ihre Hand, ihren weißen Ärmel und den Boden bekleckerte.

Mit lautem Zischen ließ sie den Becher fallen und wedelte mit der Hand, um die heiße Flüssigkeit loszuwerden, während ihre Freundin Kirsten losrannte, um ein paar Papiertücher zu holen. »Hast du dich verbrannt?«

»Alles bestens«, erwiderte Violet, hockte sich hin und versuchte, das Schlimmste wegzuwischen. »Was ist denn los? Warum diese Besprechung?«

»Es geht um die Finanzierung«, murmelte Kirsten und half Violet, den Kaffee aufzutupfen. »Du weißt ja, dass der Schulbezirk seit einiger Zeit rote Zahlen schreibt.«

Oh nein. Wäre der schicke Wagen draußen nicht gewesen, dann hätte Violet vermutet, dass es um Entlassungen ginge oder darum, einige Angebote abzuschaffen. Aber die Tatsache, dass Jonathan – Krösus höchstpersönlich – da vorne saß und einen seiner besten Anzüge trug, ließ nichts Gutes vermuten.

Sie hatte ein ganz schlechtes Gefühl.

Als sie sich auf einen der hintersten Plätze setzte, bemerkte sie, dass Jonathan in ihre Richtung sah. Verdammt. Seine blauen Augen waren genau auf sie gerichtet. Vermutlich hatte er beobachtet, wie sie ihren Kaffee verschüttet hatte. Dabei wollte sie in seiner Gegenwart doch cool und unbeeindruckt wirken. Dafür war es jetzt wohl zu spät. Das ließ sich nicht mehr ändern. Er wollte sie also aus der Ferne anstarren? Violet beugte sich zu dem Sportlehrer hinüber, der neben ihr saß. »Weißt du, worum es hier geht?«

Coach Trammel schüttelte den Kopf. Er sah gut aus, hatte aber längst einen Freund, und Violet war schon seit Jahren mit ihm befreundet. »Keine Ahnung. Weißt du was?«

»Nein, gar nichts«, erwiderte sie und achtete darauf, ihn anzulächeln. Als sie erneut zu Jonathan hinübersah, zeichnete sich Wut auf seinem Gesicht ab, während er sie besitzergreifend anstarrte. *Gut. Ich werde dir zeigen, wie sich das anfühlt, Johnny-Boy. Du hast deine Ansprüche vor zehn Jahren aufgegeben.*

»Sind alle da?«, erkundigte sich Esparza über das Mikrofon und strahlte die versammelten Lehrer dann an. »Es wird nicht lange dauern, aber ich wollte Sie alle hier haben, wenn ich die gute Nachricht verkünde.«

Oh nein. Oh nein!

Esparza klatschte in die Hände und tanzte auf ihrem kleinen Podium fast schon vor Aufregung. »Wie Sie alle wissen, hatte der Neptune-Schulbezirk in den letzten Jahren einige Probleme mit der Finanzierung. Sie haben alle mitbekommen, dass die Reparatur der Turnhalle nicht gerade billig wird, und wir haben schon befürchtet, dass wir einige Förderprogramme streichen müssen, um alle Lehrkräfte behalten zu können, und noch ein oder zwei weitere Jahre mit veralteten Lehrbüchern arbeiten müssen.« Ihr Lächeln wurde noch breiter. »Aber ich kann Ihnen voller Freude mitteilen, dass Mr Jonathan Lyons von Lyons Motors sich für den Neptune-Schulbezirk interessiert und uns das äußerst großzügige Angebot gemacht hat, uns wieder in die schwarzen Zahlen zu bringen und sogar iPads für bedürftige Schüler zu kaufen.«

Im Publikum keuchten einige erstaunt auf, und andere Lehrer klatschten vor Begeisterung. Neptune gehörte zu den ärmsten Schulbezirken der Gegend, in der viele Familien mit geringem Einkommen wohnten, und es war kein Geheimnis, dass es schon seit einiger Zeit Geldprobleme gab. Das hatte Violet sogar an ihrem Gehaltsscheck erkennen können. Sie hatte in den drei Jahren, die sie jetzt hier arbeitete, noch nicht ein Mal eine Lohnerhöhung bekommen. Aber so lagen die Dinge hier nun mal.

»Wir werden uns in den nächsten Tagen mit der Schulbehörde zusammensetzen, um festzulegen, wie die Gelder am besten verwendet werden können, aber ich wollte, dass Sie als Erste davon erfahren!« Esparza klatschte so aufgeregt in die Hände, dass sie einen Augenblick lang so aussah wie ein eifriger Seehund, der auf einen Fisch wartet. »Überdies werden wir beantragen, dass die Schule in ›Jonathan Lyons Middle School‹ umbenannt wird.«

Violet hätte sich beinahe übergeben. Das Letzte, was sie wollte, war, dass Jonathans Name hier überall stand, wo sie für den Rest ihres Lebens jeden Tag arbeiten würde. Himmel, musste sie etwa den Schulbezirk wechseln, um vor der Erinnerung an ihn zu entkommen?

Sie schaute zu Jonathan hinüber.

Er starrte sie noch immer an. Violet kniff die Augen zusammen, während alle im Publikum anfingen, zu reden und erneut begeistert zu klatschen. Irgendetwas war doch hier im

Busch. Wieso entwickelte Jonathan auf einmal ein derartiges Interesse an ihrer Schule?

An ihrer Schule, und das ausgerechnet einen Tag, nachdem sie ihm gesagt hatte, dass sie ihn auf gar keinen Fall begleiten würde.

Oh nein, oh nein, oh nein!

Die Besprechung war zu Ende. Violet stand ebenso wie alle anderen auf und versuchte, in der Menge unterzutauchen.

»Miss DeWitt«, rief Rektorin Esparza durch das knackende Mikrofon. »Könnten Sie bitte noch kurz hierbleiben? Ich möchte gern etwas mit Ihnen besprechen.«

Vor Zorn hätte Violet beinahe losgeschnaubt. Sie konnte sich sehr gut vorstellen, worum es dabei ging.

*

Jonathan sah, wie Violet fast schon wutentbrannt auf Rektorin Esparza zustürmte. Sie stellte sich neben die Rektorin, verschränkte die Arme vor den Brüsten, und auf einem ihrer weißen Ärmel bemerkte er einen Kaffeefleck. Aber ihre Brüste quollen auf wundervolle Weise über ihren Armen hervor, und er musste sich beherrschen, um sie nicht wie ein Schuljunge anzustarren.

Stattdessen dachte er daran, wie sie sich zu dem Mann neben sich hinübergebeugt und ihn angelächelt hatte. Sie hatten zusammen gelacht. War das ihr Freund? Ihr Exfreund? Ihr aktueller Liebhaber? Jonathan ballte die Fäuste, während ihn die Eifersucht in ihren Klauen hatte. Er wollte der Einzige sein, den sie anlächelte, verdammt noch mal!

In diesem Augenblick lächelte sie allerdings nicht. Sie sah vielmehr so aus, als ob sie ihm am liebsten das Herz herausreißen wollte. Er grinste schief und wusste genau, dass ihr das, was gleich kam, noch viel weniger gefallen würde. Seine Violet hasste es, wenn sie nicht alles unter Kontrolle hatte.

Und sie würde bald wieder *seine* Violet sein.

»Rektorin Esparza«, sagte Violet mit angespannter, fast schon kalter Stimme, während sie sich weigerte, Jonathan anzusehen. »Was kann ich für Sie tun?«

»Tja, die Sache ist ein wenig unorthodox«, erwiderte Esparza in einem leicht übertrieben beruhigenden und mütterlichen Tonfall. »Aber ich hoffe, dass Sie mich trotzdem anhören, ohne gleich voreilige Schlüsse zu ziehen.«

»Lassen Sie mich raten«, unterbrach Violet sie mit ausdrucksloser Stimme. »Er gibt Ihnen das Geld nur, wenn ich in den nächsten paar Wochen mit ihm verreisen darf.«

Jonathan musste sich sehr zusammenreißen, um nicht zu grinsen, weil Violet die Situation eiskalt durchschaut hatte und Esparza ins Stottern kam und über Violets Durchblick mehr als verwundert war. Aber seine Violet hatte schon immer ein kluges Köpfchen gehabt.

»Ich kann Ihnen versichern, dass alles seinen korrekten Gang nehmen wird, Miss DeWitt«, begann Esparza. »Es ist nur so, dass Mr Lyons einen Geschichtsexperten benötigt, und da die Schule derartige Finanzprobleme hat und ...«

Er konnte es nicht länger ertragen, dass die arme Frau derart ins Schwimmen geriet. Daher stand Jonathan auf, schob die Hände in die Hosentaschen, nahm seine »Playboy-Milliardärspose« ein, lächelte und strahlte Eleganz aus. »Was die liebenswerte Rektorin zu sagen versucht, ist, dass ich darum gebeten habe, auf meiner Reise von meiner alten Freundin begleitet zu werden, Violet. Du hast gesagt, dass du die Schule unmöglich im Stich lassen kannst und dass kein Geld für Vertretungslehrer vorhanden wäre. Daher habe ich dafür gesorgt, dass dieser Missstand behoben wird. Das ist das Mindeste, was ich tun kann, einen Teil meines Geldes für diese philanthropische Geste auszugeben.«

Violet drehte sich zu ihm um. Hätten Blicke töten können, wäre er auf der Stelle leblos umgefallen. »Gehe ich recht in der Annahme, dass nichts von diesem wundersamen und magischen philanthropischen Geldregen je im Schulbezirk ankommen wird, wenn ich mich weigere, dich zu begleiten?«

Da irrte sie sich zwar, aber das musste sie ja nicht wissen. »Korrekt«, log er. »Und ich weiß aus zuverlässiger Quelle, dass einige Lehrer am Ende des Schuljahres entlassen werden müssen, da nicht genug Geld vorhanden ist. Es wird auch keine iPads oder Musikinstrumente für die Kinder geben. Die armen, armen Kinder.« Er schüttelte den Kopf. »Sie alle werden um eine bessere Ausbildung gebracht, weil diese eine Lehrerin nur an sich selbst denkt.«

Violet ballte die Fäuste und sah aus, als wollte sie ihm an die Gurgel gehen. Ihm war es egal. Das war auf jeden Fall besser als die eisige Gleichgültigkeit, mit der sie ihm am Vortag begegnet war. Mit einer feurigen, temperamentvollen Violet, die ihn hasste, konnte er umgehen. Einer Frau jedoch, die so tat, als würde er überhaupt nicht existieren, hatte er nichts entgegenzusetzen. »Dann werde ich also praktisch dazu gezwungen, dich zu begleiten und dir geschichtliche Fakten ins Ohr zu säuseln?«

»Ja«, bestätigte Jonathan gelassen. »Und, wirst du es tun?«

»Ich habe ja wohl keine andere Wahl«, stieß Violet hervor.

»Doch, die hast du. Aber denk an all die Kinder, die aufgrund deiner egoistischen Entscheidung leiden müssten.«

»Mr Lyons«, schaltete sich Rektorin Esparza mit finsterer Miene ein, »ich weiß wirklich nicht, ob das nach allem …«

»Das geht schon in Ordnung, Betty«, fiel Violet ihr ins

Wort und klang dabei auf einmal sehr müde. »Als ich ihn heute Morgen hier entdeckt habe, wusste ich gleich, dass er etwas im Schilde führt. Ich werde ihn begleiten. Machen Sie sich keine Sorgen. Achten Sie lieber darauf, dass Sie das zugesicherte Geld auch erhalten und dass der Vertrag keine Schlupflöcher hat.« Dann sah sie Jonathan an, der erkennen konnte, dass sie innerlich schäumte. »Wann brechen wir auf, oh großer Philanthrop?«

Er konnte sein triumphierendes Lächeln nicht ganz unterdrücken. »Morgen.«

*

An diesem Abend musste Jonathan immer wieder an eine ganz bestimmte Lehrerin denken.

Morgen. Vom kommenden Tag an würde Violet wieder die Seine sein. Er saß mit zufriedenem Lächeln auf dem Rücksitz der Lyons-Limousine und ließ sich von seinem Fahrer ins Hotel bringen.

Gut, sie wollte eigentlich gar nicht bei ihm sein, aber irgendwann würde sie schon zur Besinnung kommen. Wenn sie jemanden kennenlernte, war sie immer ein wenig kratzbürstig. Er erinnerte sich noch genau daran, wie er ihr das erste Mal begegnet war, damals, als sie noch diese langen, wundervollen Zöpfe und ein freches Mundwerk gehabt hatte. Mit neunzehn hatte sie nicht die geringste Geduld für Dummköpfe aufbringen können, und er war definitiv ein törichter kleiner Junge gewesen, dem vor Aufregung immer ganz schwindlig wurde, wenn er in ihrer Nähe war. Damals war sie auch erst sehr schnippisch gewesen. Es war offensichtlich, dass Violet einen dicken Panzer um ihr Herz trug und niemanden zu nah an sich heranließ.

Sie erinnerte ihn an seinen Freund Hunter, der seine Narben jedoch für alle sichtbar auf der Haut trug. Daher hatte er damals beschlossen, sich mit ihr anzufreunden, weil sie wunderschön und klug war und, ja, gottverdammt, er war nun mal ein notgeiler Neunzehnjähriger gewesen. Es hatte eine knappe Woche gedauert, bis sie ihn an sich herangelassen hatte, und danach war Violet ein warmherziges, neckisches, wundervolles Mädchen gewesen.

Er konnte sich noch genau an ihr Lächeln erinnern: als würde sie als Einzige ein Geheimnis kennen.

Heute Morgen hatte sie einen anderen Mann auf diese Weise angelächelt, der bei der Besprechung neben ihr gesessen hatte. Jonathan umklammerte sein Handy, während er immer wütender wurde. Violet hatte gesagt, dass sie nicht verheiratet war, aber das bedeutete noch lange nicht, dass sie keinen Freund hatte. Seine Eifersucht wurde immer größer. Wenn sie nicht verheiratet war, dann hatte er freie Bahn. Er konnte versuchen, die Sanftheit erneut aus ihr herauszulocken, und sie dazu bringen, *ihn* auf diese Weise anzulächeln.

Er begehrte sie. So sah die Sache nun mal aus. Er hatte Violet schon immer gewollt und nie aufgehört, sich nach ihr zu sehnen.

Der Wagen hielt vor dem Hotel, und Jonathan stieg gedankenverloren aus. Da hielt er sich mehrmals im Jahr geschäftlich in Detroit auf und hatte nicht die leiseste Ahnung gehabt, dass Violet direkt vor seiner Nase war und als Lehrerin an einer hiesigen Schule arbeitete.

Die Wege des Schicksals waren wirklich unergründlich.

Jonathan ging in sein angestammtes Hotelzimmer. Da er öfter hier in der Stadt zu tun hatte, wäre es vielleicht klüger gewesen, sich eine Wohnung zu kaufen, aber er stieg immer im Townsend ab, weil er sich nie die Mühe gemacht hatte, irgendwo Wurzeln zu schlagen. Er wollte kein Haus. Nicht, wenn es bedeutete, dass er nach Hause kam und es leer und verlassen vorfand.

Als er die Suite betrat, stellte er fest, dass alles so war, wie er es gern hatte, ohne dass er darum bitten musste. Er stieg so häufig hier ab, dass seine Assistentin seinen Zeitplan einfach an den Hotelmanager faxte, der dafür sorgte, dass Jonathans Wünsche bereits erfüllt wurden, bevor er sie auch nur aussprach. Der Mann wurde aber auch sehr gut dafür bezahlt. Aus diesem Grund lagen zusätzliche Kissen auf dem Bett, standen Flaschen mit dem von ihm bevorzugten Wasser auf den Nachttischen, und es gab Badehandtücher anstelle eines Bademantels.

Außerdem lag eine Prostituierte in seinem Bett. Wie üblich.

Die Frau setzte sich auf, als er hereinkam und seine Krawatte abnahm. Jonathan würdigte sie kaum eines Blickes. Das musste er auch nicht. Er wusste auch so, wie sie aussah. Alle seine Mädchen waren klein und hatten dunkle Haare. Jonathan hatte seit, nun ja, seit Violet keine Freundin mehr gehabt. Es war so viel einfacher, jemanden für eine schnelle Nummer zu bezahlen und dann rauszuwerfen.

Sie schlenderte zu ihm herüber, mit nichts bekleidet außer halterlosen Strümpfen und einem Korsett. Ihre Brüste waren riesig und vermutlich nicht echt, aber sie hatte ein hübsches Gesicht. »Hallöchen«, säuselte sie und trat vor ihn, um ihm das Hemd aufzuknöpfen. »Mein Name ist Sally«, sagte sie mit tiefer, verführerischer Stimme. »Und mein Safeword ist ›Kitty‹. Ich bin für alles offen, wonach dir der Sinn steht.«

Dann griff sie ihm in den Schritt.

Er umklammerte ihr Handgelenk und hielt es fest. »Ich bin heute Abend sehr müde, Sally.«

Sie sah erst überrascht und dann verletzt aus. »Oh. Möchtest du … Ähm, soll ich die Agentur anrufen und sie bitten, jemand anderen herzuschicken?«

»Ich möchte heute gar niemanden sehen«, erklärte er mit sanfter Stimme. Gut, das stimmte nicht ganz, aber die Frau, die er wirklich sehen wollte, steckte vermutlich gerade Nadeln in eine Voodoopuppe mit seinem Gesicht. Die Vorstellung, mit Sally anstatt mit Violet zu schlafen, gefiel ihm ebenso wenig wie der Gedanke, braune Schuhe zu einem schwarzen Anzug anziehen zu müssen. Es hätte zwar keine Konsequenzen, fühlte sich aber dennoch nicht richtig an.

Die Frau biss sich auf die knallrot geschminkte Unterlippe. »Oh.«

Sally schien noch immer verletzt zu sein, und er kam sich vor wie ein Arschloch. Dies war das erste Mal, dass er ein Mädchen abwies, und die Agentur hatte ihm genau das geschickt, was er verlangt hatte. Bestimmt hatte man Sally erzählt, dass er sie regelmäßig anfordern würde, wenn sie ihn zufriedenstellte, und dass er immer ein sehr ansehnliches Trinkgeld gab.

Jonathan vermutete, dass sich Sally eher des Geldes wegen grämte und nicht etwa, weil er nicht mit ihr schlafen wollte. Daher nahm er seine Brieftasche und zog mehrere Hundertdollarscheine heraus.

Sie hob eine Hand und wollte ihn davon abhalten. »Oh, Mr Lyons, die Agentur bezahlt mich gut …«

»Das weiß ich. Und Sie können ihnen sagen, dass ich sehr zufrieden mit Ihnen war. Außerordentlich zufrieden.« Er zog Scheine im Wert von zweitausend Dollar aus seiner Brieftasche und reichte sie ihr. »Mein Fahrer steht vor der Tür. Sagen Sie bitte an der Rezeption Bescheid, dass er Ihnen für den Rest des Abends zur Verfügung steht. Und ich möchte, dass

Sie mit meinem Geld einkaufen gehen. Das ist meine Art, mich zu entschuldigen.« Er wedelte mit dem Geld vor ihrer Nase herum.

Sally sah erst die Geldscheine und dann ihn an und strahlte vor Freude. »Vielen Dank, Mr Lyons.« Sie nahm das Geld in Empfang und holte ihre Kleidung, die sie auf einen Stuhl gelegt hatte.

»Viel Spaß«, murmelte er, nachdem sie sich angezogen hatte und aus der Tür ging.

Dann war er allein. Gott sei Dank.

Er zog sein Jackett aus, warf es auf das Fußende des Bettes und setzte sich. Nachdenklich rieb er sich das Kinn. Dann holte er sein iPad aus der Tasche und rief das PDF von Dr. DeWitts Brief an seine Tochter auf. Er suchte das Bild im Internet, fand aber nichts, was ihm weiterhelfen konnte. Hm. Frustriert warf er das Tablet beiseite und legte sich aufs Bett, während sich seine Gedanken um Violet drehten.

Die Kissen rochen nach Sallys Parfum, einem schweren, moschusartigen Duft, der so völlig anders roch als Violet. Violet duftete nach Kaffee und, nun ja, Papier. Schon lustig, dass ihn das erregte. Wieder dachte er an Violet, dieses Mal jedoch nicht an ihre kalte Reaktion auf sein Erscheinen am Vortag. Vielmehr tobte sie vor seinem inneren Auge vor Zorn, doch dieser ging rasch in Begierde über, sobald er sie berührte.

Mit diesem Bild vor Augen öffnete er seine Hose und befriedigte sich.

*

Am nächsten Morgen sah Violet aus dem Fenster ihrer kleinen Wohnung und stellte fest, dass vor der Tür eine Limousine auf sie wartete. Bei dem Anblick verdrehte sie die Augen, griff aber dennoch nach Reisetasche und Handtasche. *Dann mal los.*

Die ganze Nacht über hatte sie vor Wut über Jonathans Selbstherrlichkeit getobt, aber jetzt fügte sie sich in ihr Schicksal. Sie konnte dagegen ankämpfen oder einfach akzeptieren, dass er sie überlistet hatte und ein Riesenarschloch war. Jetzt würde sie die Sache einfach durchziehen, alles hinter sich bringen und dann in ihr altes Leben zurückkehren. Genau das würde sie tun: lächeln und die Zähne zusammenbeißen.

Sie schloss die Wohnungstür ab, fuhr mit dem Fahrstuhl nach unten und ging auf den Bürgersteig hinaus. Sobald sie aus dem Gebäude trat, stieg ein Mann auf der Fahrerseite der Limousine aus und kam auf sie zu. »Miss DeWitt?«

Sie seufzte und reichte ihm ihre Tasche. »Vielen Dank.«

Er nickte, öffnete die hintere Tür und ließ sie einsteigen.

Es überraschte sie nicht im Geringsten, dass Jonathan auf dem Rücksitz der Limousine saß und sie erwartete. Irgendwie hatte sie schon damit gerechnet, dass er ihr während jeder Sekunde dieser Reise auf die Nerven gehen würde. »Hallo, Mr Lyons«, sagte sie mit kalter, höflicher Stimme. Ihr fiel auf, dass er an diesem Morgen sehr lässig gekleidet war, mit einem blauen Superman-T-Shirt unter einem Blazer und dazu Jeans. Sein dunkles Haar war leicht zerzaust, als wäre es ihm völlig egal, wie er heute aussah.

Sie wusste nicht, was sie davon halten sollte. Einerseits war sie froh darüber, nicht den Jonathan mit dem superteuren Anzug, der makellosen Frisur, der wertvollen Armbanduhr und den sündhaft teuren Schuhen vor sich zu haben. Andererseits verwirrte es sie, dass es ihm anscheinend gleichgültig war, wie er in ihrer Gegenwart aussah. Hatte er sich nicht mal die Haare gekämmt? War das sein Ernst? War sie nicht wenigstens ein bisschen Mühe wert?

»Guten Morgen, Violet«, erwiderte er und reichte ihr einen Becher. »Drei Löffel Zucker, extra Milch, nicht wahr?«

Sie kniff die Augen zusammen. Er wusste sogar noch, wie sie ihren Kaffee trank? Tat er das alles nur, um sie wieder in sein Bett zu bekommen? Aber da würde er auf Granit beißen. »Danke.« Sie nahm ihm den Becher ab, trank aber nicht daraus.

Was ihm natürlich auffiel. »Ich habe deinen Kaffee nicht vergiftet.«

»Natürlich nicht. Ich könnte mir vorstellen, dass es selbst für einen Milliardär nicht einfach ist, eine Leiche verschwinden zu lassen.«

»Das mag sein, aber du bist lebendig auch weitaus nützlicher für mich.« Er hob seinen Kaffeebecher und trank einen Schluck. »Wir fahren direkt zum Flughafen, wenn du bereit bist.«

»Bereit?« Sie schnaubte. »Du bist doch derjenige, der mich entführt.«

»Das ist keine Entführung, Violet. Dein Vater hat von einer meiner Ausgrabungsstätten eine einzigartige Stele gestohlen …«

»Eine Stele?«

»Ja. Du weißt schon, eine dieser Steintafeln mit einer zeremoniellen Inschrift …«

»Ich weiß, was eine Stele ist, Jonathan!« Als wäre sie völlig ungebildet! Der Mann hatte ja Nerven!

»Ja, und dann weißt du ja auch, wie wichtig sie für mich ist. Du bist der einzige Mensch auf der Welt, der wissen könnte, wie ich sie zurückbekommen kann.«

»Du sagst die ganze Zeit, er hätte sie dir gestohlen.« Phineas DeWitt war ein herzloser Schweinehund gewesen, aber er war auch ein aufrechter Archäologe und eifriger Unterstützer von Museen. Violet war sich nicht sicher, dass er etwas mit diesem Diebstahl zu tun gehabt hatte. »Warum?«

»Das ist die entscheidende Frage, nicht wahr? Die Stele ist vor allem wegen ihres Fundorts von Bedeutung – Cádiz. Hier.« Er holte einen Laptop hervor und tippte darauf herum. Einen Augenblick später schaltete er die Kamera ein und rief jemanden an. »Sind Sie da, Sergio?«

Aus dem Lautsprecher drangen spanische Worte, vermischt mit einer Rückkopplung. Das Bild auf dem Bildschirm wackelte. Violet zuckte zusammen und rieb sich die Ohren, während Jonathan die Lautstärke anpasste.

»Sergio, ich habe Miss DeWitt hier bei mir im Wagen«, rief Jonathan in die Kamera. »Können Sie ihr zeigen, wo die Stele gefunden wurde?«

»Im Loch?«, schrie Sergio mit hörbarem Akzent. Die Kamera wackelte hin und her, und das Bild war verschwommen, als würde sich jemand bewegen.

»Ja, im Loch!«

»Im Loch?«, wiederholte Sergio, der Jonathans Worte offenbar nicht verstanden hatte.

»Im verdammten Loch!«

Violet verzog amüsiert die Lippen. »Wenn ihr euch die ganze Zeit über Löcher unterhalten wollt, kann ich euch gern kurz allein lassen.«

Jonathan warf ihr einen wütenden Blick zu.

»Okay, im Loch«, sagte Sergio, brüllte jemandem etwas auf Spanisch zu und wechselte dann zurück ins Englische, um mit Jonathan zu reden. »Ich setze den Kopfhörer auf.«

»Vielen Dank«, erwiderte Jonathan gespannt.

Wieder wackelte die Kamera, und Violet sah kurz einen

Mann mit goldfarbener Haut, bernsteinfarbenen Augen und krausem schwarzen Haar, bevor sie wieder nach vorn gerichtet war. »Die Kamera ist an. Können Sie mich hören?«

Jonathan sah Violet kurz an und nickte. »Wir hören Sie.«

Violet beugte sich neugierig vor und beobachtete das Bild auf dem Laptop, das bei jedem Schritt wackelte. Bei ihnen war es Vormittag, aber auf dem Bildschirm sah sie anhand der Sonne, dass es später Nachmittag sein musste. Während Sergio sich seinen Weg durch ein geschäftiges Lager bahnte, wackelte das Bild noch häufiger.

»Wo ist er?«, wollte Violet wissen und sprach dabei sehr leise, damit ihre Stimme nicht vom Mikrofon erfasst wurde. Obwohl sie eigentlich wütend auf Jonathan sein sollte, musste sie sich eingestehen, dass sie neugierig war.

»Bei einer Ausgrabung, die ich zusammen mit einem Freund finanziere. Wir suchen nach etwas, bei dem es sich um die Überreste von Atlantis handeln könnte.«

»In Spanien?«

»Genau. Laut der neuesten Daten hat es eine sehr große Zivilisation auf einer Küstenebene gegeben, die genau zur passenden Zeit durch einen Tsunami ausgelöscht wurde. Wir suchen nach Hinweisen darauf, dass sie mit Atlantis und nicht etwa mit beispielsweise Tarshish in Verbindung steht, was einer anderen Theorie entspräche. Dein Vater hat die Ausgrabung letztes Jahr geleitet, bis er zu krank dafür wurde und abreisen musste.«

»Hmm«, murmelte Violet nur. Wollte er ihr damit irgendetwas sagen? Sie hatte erst erfahren, dass ihr Vater Krebs hatte, als es bereits zu spät gewesen war. In den vergangenen zehn Jahren hatten sie kaum miteinander gesprochen, und sie hatte erst nach seinem Tod von seiner Lage erfahren. Damals hatte sie sich sehr darüber geärgert, da er damit verhindert hatte, dass sie ihn noch einmal sehen konnte. Sie hatte schon immer vermutet, dass die Familie für Phineas DeWitt nicht besonders wichtig war, aber seiner Tochter den Abschied vom Vater zu versagen – das machte sie richtig wütend, und wenn sie wütend war, dann vergrub sie ihre Gefühle tief in ihrem Inneren und wurde ganz kalt.

Fast so, wie sie es jetzt gerade machte.

Daher sah sie nur zu, wie die Kamera hin und her schwankte, und sagte nichts, bis sie auf einmal in einen engen, dunklen Schacht blickte. »Was ist das?«

»Das ist das Loch«, antwortete Jonathan. »Es führt zu einer Höhle, die wir gefunden haben und von der wir annehmen, dass dort Orakelbefragungen und Kulthandlungen stattfanden. Der Eingang ist unter mehreren Tonnen Stein und Schlamm begraben, aber wir konnten uns einige Meter durchgraben und von oben reingelangen.«

»Ich gehe jetzt rein«, sagte Sergio. Nach kurzem Ruckeln war die Kamera auf eine felsige Wand gerichtet, während Sergio eine quietschende Metallleiter hinunter in einen engen, dunklen Tunnel kletterte.

»Der Mann ist wirklich mutig«, merkte Violet an. »Du musst ihn gut bezahlen.«

»Tatsächlich ist Sergio ein Freiwilliger von der Universität«, klärte Jonathan sie auf.

»Und er ist bereit, in so ein Loch zu springen?«

»Aber natürlich. Darum geht es doch bei der Archäologie.« Jonathan grinste sie an. »Ich kann mich noch sehr gut an ein Mädchen erinnern, das die Worte ›Carpe Diem‹ auf den Rücken tätowiert hatte. Was ist denn aus deiner Abenteuerlust geworden?«

»Die wurde mir vor langer Zeit ausgetrieben«, fauchte Violet. »Ich habe genug von Abenteuern.«

»Ich bin jetzt unten«, rief Sergio, und das Bild wackelte erneut. »Erreiche gleich das Atrium.« Wieder heftiges Ruckeln, und dann ging in der Dunkelheit ein Licht an. »Da wären wir«, meinte Sergio und bewegte die Kamera. »Können Sie es sehen?«

Violet sah fragend zu Jonathan hinüber.

Er deutete auf den Bildschirm. »Siehst du das Bild an der Wand? Man kann das Wandgemälde kaum noch erkennen, da es größtenteils zerstört wurde.« Sein Finger wanderte weiter. »Das hier ist ein Bulle, und diese Person ist ein Tänzer. Bleiben Sie mal stehen, Sergio.«

»Entschuldigung«, kam es leise aus den Lautsprechern, und das Bild hörte auf zu schwanken.

»Da muss ich mich wohl auf dein Wort verlassen«, sagte Violet. »Was hat das alles mit mir zu tun?«

»Unter dem Wandgemälde«, fuhr Jonathan fort und deutete auf eine dunklere Linie, »haben wir zwei gravierte Steintafeln gefunden – zwei Stelen. Eine war etwa so groß wie eine Hand, die andere größer. Die größere war hieratisch beschrieben, und darauf wurde ein großes Fest erwähnt. Die andere war etruskisch, aber in einer Variante verfasst, die wir noch nie zuvor gesehen haben. Darauf wurde an ein Ereignis erinnert, das einer unserer Männer als große Flut oder Naturkatastrophe mit Wasser interpretierte.«

»Hmm.«

»Atlantis.«

Sie verdrehte die Augen. Was sollte sie denn seiner Meinung nach sagen?

Jonathan sah sie weiterhin an. »Dein Vater hat die kleinere Steintafel mitgenommen, um eine Radiokarbondatierung vorzunehmen, und seitdem wurde sie nicht mehr gesehen. Er hat sie definitiv nicht in ein Labor gebracht.« Er drehte sich wieder zum Computer um und tippte auf den Bildschirm. »Danke, Sergio. Das wäre vorerst alles.«

»Gerne doch«, entgegnete Sergio, der noch etwas anderes sagte, was jedoch nicht mehr zu verstehen war. Dann war die Verbindung unterbrochen und die Leitung tot.

Jonathan klappte seinen Laptop zu und sah Violet prüfend an. »Und?«

»Das war eine schöne Gutenachtgeschichte, aber was hat das alles mit mir zu tun?«

»Hast du schon jemals etwas davon gehört, dass dein Vater Artefakte gestohlen hat?«

»Ich habe in den letzten zehn Jahren nur selten mit ihm gesprochen. Woher sollte ich irgendetwas wissen?« Sie schürzte spöttisch die Lippen. »Du bist doch derjenige, der ihn immer angehimmelt hat, daher solltest du auch besser über ihn Bescheid wissen.«

»Ich denke, er hat die Stele gestohlen, weil er genau wusste, wie wichtig sie mir ist.« Jonathan musterte Violet neugierig. »Und ich glaube, er hat damit gerechnet, dass ich dich aufsuche und Fragen stelle.«

»Tja, wenn das Teil seines Masterplans war, dann hat er sich aber gewaltig geschnitten. Ich will weder mit ihm etwas zu tun haben noch mit dir.«

»Und trotzdem sind wir hier.« Jonathans intensiver Blick ließ sie erschauern. »Du hast versprochen, mir dabei zu helfen, meine Stele und seine Tagebücher zu finden.«

»Du hast mir keine andere Wahl gelassen«, konterte sie.

»Er war nicht mein Vater«, stellte Jonathan klar.

Es hätte allerdings durchaus so sein können. Violet hatte Dr. DeWitt jedenfalls nie besonders nahegestanden. Sie trommelte mit den Fingern auf ihrem Oberschenkel. »Lass uns die Sache einfach hinter uns bringen, okay?«

»Ich sagte ja bereits, dass wir direkt zum Flughafen fahren. Schließlich will ich auch keine Zeit verlieren. An jedem Tag, der ohne die Stele vergeht, wird die Spur kälter.«

»Ich habe meinen Reisepass dabei.« Sie bemühte sich um eine gleichgültige Stimme und sah Jonathan nicht an.

Er nickte. »Das ist gut. Verrätst du mir, wohin wir fliegen?«

Sie runzelte die Stirn und sah ihn verwirrt an. »Warum fragst du mich, wohin wir fliegen? Du willst diese Reise doch machen.«

»Aber du bist diejenige, die das Symbol verstehen soll, das dein Vater hinterlassen hat.« Er holte ein Tablet aus seiner Tasche, tippte darauf herum und reichte es ihr. Auf dem Display erschien ein gescanntes Bild des Symbols von einem der Briefe.

Okay. Das war alles ein kleines Spiel, das ihr Vater sich ausgedacht hatte, damit sie in Jonathans Nähe war und er Phineas DeWitts Hobbyprojekte auch nach seinem Tod weiterfinanzierte. »Ja, ich weiß, worauf sich das bezieht.«

»Verrätst du es mir auch?«

Sie zögerte. »Während meiner Jugend habe ich mich sehr für die alten Römer interessiert. Unter ihnen herrschte der Aberglaube, dass es Fluchtafeln gäbe. Sie glaubten, dass man, wenn man jemanden verfluchen wollte, den Fluch auf eine Tafel schrieb und diese dann an einem Ort versteckte, an dem sie niemand finden konnte. Als ich neun war, habe ich einen Fluch auf meine Zaubermaltafel geschrieben und diese hinter dem Haus, in dem wir damals gewohnt haben, im Garten vergraben. Damit ich sie später wiederfinden konnte, habe ich dieses Symbol in den Baum geritzt.« Sie deutete auf das Symbol aus dem Brief.

Jonathan nahm ihr das Tablet aus der Hand und sah es mit

zusammengekniffenen Augen an. »Ich dachte, das wäre eine Hieroglyphe.«

»Es ist ein Teufel.«

Er drehte das Tablet hin und her und musterte das Symbol. »Bist du dir sicher? Dieses Wesen hat fünf Gliedmaßen und drei Augen. Vielleicht ist es eine Art Käfer.«

»Ich weiß doch, was ich gemalt habe«, fuhr Violet ihn an. »Und ich konnte nicht besonders gut schnitzen, okay?«

Er konnte sich ein Grinsen nicht verkneifen. »Wen hast du denn damals verflucht?«

»Meinen Vater. Er hatte meine Mutter wieder einmal verlassen, und sie war deprimiert.« Zu jener Zeit hatte er ihre Mutter öfter verlassen.

»Womit hast du ihn verflucht?«

Jetzt verzog Violet die Lippen zu einem schelmischen Grinsen, als sie sich daran erinnerte, wie zornig sie damals gewesen war. »Ich glaube, ich habe verlangt, dass sein Pullermann abfällt.«

»Wieso verspüre ich jetzt den unbändigen Drang, von dir wegzurücken und meine Beine zu verschränken?«

»Du hast Glück, dass ich keine Zaubermaltafel zur Hand habe.«

Er lachte und grinste sie so breit an, dass sein ganzes Gesicht zu strahlen schien. In diesem Augenblick war er nicht der Milliardär Jonathan Lyons, Automogul und Teufelskerl, sondern wieder der neunzehnjährige Jonathan, der ihr Herz in Aufruhr versetzt hatte.

Das jetzt wieder zu flattern begann.

Sie trank einen großen Schluck Kaffee und starrte aus dem Fenster, wobei sie krampfhaft ignorierte, dass sie sich an der heißen Flüssigkeit die Zunge verbrannt hatte. Auf gar keinen Fall durfte sich die alte Vertrautheit zwischen ihr und Jonathan wieder einstellen. »Jedenfalls«, begann sie und bemühte sich erneut um diese kalte, gleichgültige Stimme, »müssen wir nach Alamagordo in New Mexico.«

»Bist du dort aufgewachsen?«

»Ja.«

»Und die Zaubermaltafel ist noch immer da?«

»Nein. Meine Mutter hat mich gezwungen, sie auszugraben und meinem Vater alles zu erzählen, als er ein paar Monate später wieder nach Hause kam. Es war ihm egal. Wenn ich mich recht erinnere, hat er mich sogar belehrt, dass mein Fluch fehlerhaft war und dass die Römer die Stelle niemals markiert hätten, da dies dem Sinn des Fluchs widersprach.«

»Dann hat er daraus noch eine Lektion gemacht?«

»Es ist keine Lektion, wenn man die Fakten bereits kennt.«

»Dann hattest du die Stelle also absichtlich markiert? Du wolltest, dass er die Tafel findet?«

Genau das hatte sie getan. Sie hatte gewollt, dass ihr Vater erkannte, wie wütend und verletzt sie war, weil er weggegangen war und weil ihre Mutter den ganzen Tag im Bett lag, weinte und sich an einer Flasche Rum festklammerte. Da sie kein Ventil für ihren Zorn hatte, war ihr die Idee gekommen, das Symbol in den Baum zu ritzen. Sie hatte gehofft, dass ihr Vater am nächsten Tag nach Hause kommen und sich danach erkundigen würde. *Was ist das, Violet?* Dann hätte sie es ihm zeigen können.

Aber er war erst Monate später wieder heimgekehrt und hatte das Symbol im Baum nicht einmal bemerkt. Ihre Mutter, die vor Aufregung darüber, dass ihr Mann zu Hause war und ihr ein wenig Aufmerksamkeit schenkte, ganz trunken vor Freude war, hatte Violets Fluch schließlich erwähnt. *Ist das nicht süß von unserer Violet?*

So war im Grunde genommen ihre ganze Kindheit verlaufen. Ihr Vater ging weg. Ihre Mutter trank. Violet war wütend. Ihr Vater kehrte zurück. Ihre Mutter überhäufte ihn mit Zuneigung. Dann verschwand er aufs Neue. Und die ganze Zeit über wuchs Violets Abneigung gegen ihren brillanten, unfähigen Vater.

»Violet?«, fragte Jonathan leise. »Ist alles in Ordnung?«

»Alamagordo«, erwiderte sie mit ausdrucksloser Stimme. »Ich habe zugestimmt, dich zu begleiten, aber ich bin hier nicht für deine Unterhaltung zuständig.«

Er seufzte resigniert, und sie fühlte sich schäbig.

3

Violet war leicht bestürzt, als die Limousine nicht etwa zum Detroit Metro Airport, sondern zu einem kleineren Flugfeld fuhr. »Wo fahren wir denn hin?«

Er warf ihr einen vielsagenden Blick zu, und ihr schwante Schlimmes. »Zum Flughafen.«

Sie knirschte mit den Zähnen. »Zu welchem Flughafen?«

»Einem Privatflughafen.«

Was auch sonst? Sie sah aus dem Fenster zu dem kleinen Hangar hinüber. »Wir nehmen keinen Linienflug?« Sie hatte auf zahlreiche Mitreisende gehofft und ein paar Zeitschriften, sodass sie von ihrem Begleiter abgelenkt wäre.

»Da wir nur nach New Mexico wollen, fliege ich uns einfach selbst hin.«

Sie riss vor Angst die Augen auf. »Was? Wir fliegen nicht mit einem richtigen Piloten?«

Wieder sah er sie mit diesem rotzfrechen Blick an. »Ich bin ein richtiger Pilot, Violet. Ich fliege ständig mit meinen Flugzeugen.«

»Ja, aber …« Sie brach ab. Es wäre doch sehr unhöflich gewesen, ihm an den Kopf zu werfen, dass sie ihr Leben nicht in seine Hände legen wollte. Welche andere Wahl hatte sie denn? Sie konnte sich weigern, umdrehen und nach Hause fahren … und dann würde sie jeder in ihrem Schulbezirk hassen.

Diese Möglichkeit stand also nicht zur Debatte. Violet seufzte. »Wenn du das Flugzeug abstürzen lässt, werde ich stinksauer sein.«

»Ich werde es im Hinterkopf behalten.«

Sie warf ihm einen wütenden Blick zu und wollte herausfinden, ob er sie auf den Arm nahm, aber das schien nicht der Fall zu sein. Mit einem weiteren Seufzer drehte sie sich um, sah wieder aus dem Fenster und verkniff sich weitere Kommentare über kleine Flugzeuge, die ihr auf der Zunge lagen.

Als sie eine halbe Stunde später das Flugzeug sah, stöhnte Violet verzweifelt auf. »Das kann doch nicht dein Ernst sein! Das Ding ist ja winzig!«

»So klein ist es gar nicht. Es ist eines der größten seiner Klasse«, entgegnete Jonathan und sah das Flugzeug fast schon liebevoll an. »Socata TBM 850. Turboprop. Wir haben genug Treibstoff, um New Mexico zu erreichen, ohne bei einer Zwischenlandung auftanken zu müssen.«

Violet starrte erst den Flieger und dann Jonathan an. »Und du wirst es fliegen.«

»In der Tat.«

Sie schüttelte den Kopf, während er die kurze Gangway herauszog, damit sie an Bord gehen konnten. Das Flugzeug war rot-weiß gestrichen, und sie zählte drei Fenster entlang des Rumpfs. Als sie die Kabine betrat, konnte sie ein weiteres entsetztes Stöhnen nicht unterdrücken, da diese in etwa die Größe ihres Autos hatte und kaum genug Platz darin war für die mit beigefarbenem Leder bezogenen Schalensitze. »Ich kann es nicht fassen, dass wir in diesem Ding fliegen sollen.«

»Ich werde nicht zulassen, dass dir etwas passiert«, versicherte Jonathan ihr. »Und jetzt steig endlich ein.«

Widerstrebend tat sie es und ging auf einen der hinteren Sitze zu.

»Setz dich bitte vorne hin«, meinte Jonathan. »Ich brauche Unterhaltung, damit ich beim Fliegen nicht einschlafe.«

»Das ist hoffentlich ein Witz«, fauchte sie. Als er ihr nur zuzwinkerte, seufzte sie, ging nach vorne und setzte sich auf den Kopilotensitz. Sie war nicht gerade erleichtert, als sie die gewaltige Schalttafel und die beiden Steuerknüppel vor sich wahrnahm, sondern noch beunruhigter. Was wäre, wenn Jonathan aus irgendeinem Grund nicht mehr fliegen konnte und sie übernehmen musste? Dann würden sie mit Sicherheit sterben, da sie keine Ahnung hatte, wie man ein Flugzeug steuerte.

»Kannst du nicht wie jeder andere Milliardär auch einen Privatjet haben?«, knurrte sie, während er neben ihr Platz nahm.

»Es macht mehr Spaß, mit seinem Spielzeug selber zu fliegen«, erwiderte er grinsend und schnallte sich an. »Dann weiß man sie erst so richtig zu schätzen.«

»Wenn du das sagst«, murmelte Violet und vergewisserte sich, dass sie auch richtig angeschnallt war. Dann schloss sie die Augen, knabberte an ihren Fingernägeln herum und betete, dass der Flug bald vorüber wäre.

*

Das Wetter war die ganze Strecke quer über mehrere Staaten hervorragend, und der Flug verlief reibungslos. Anfangs versuchte Jonathan, sich mit Violet zu unterhalten, aber dazu war sie zu angespannt, also ließ er sie in Ruhe, und sie schlief ein. Gelegentlich betrachtete er sie, wie sie auf dem Sitz zusammengesackt schlummerte.

Sie war noch immer unglaublich schön. Trotz ihrer kratzbürstigen Art hätte er jede Minute seines restlichen Lebens mit Violet verbringen können, ohne ihrer jemals überdrüssig zu werden. Er war beispielsweise fasziniert von ihren dichten dunkelbraunen Wimpern. Sie verbargen diese wundervollen dunkelbraunen Augen, die er niemals vergessen würde. Auch ihr dickköpfiges Kinn sah noch genauso aus, wie er es in Erinnerung hatte, und er wusste noch genau, wie es sich anfühlte, sie dort zu küssen.

Nicht, dass sie das jetzt zulassen würde. Offenbar verabscheute sie ihn.

Jonathan war enttäuscht, dass sie ihren Hass ihm gegenüber im Laufe der Jahre offenbar kultiviert hatte. Gut, ihre Trennung war sehr unschön gewesen, aber seitdem war viel Zeit vergangen, und jetzt waren sie beide erwachsen. Er war ihr ja auch nicht mehr böse, weil sie damals nach Hause geflogen war und ihn im Stich gelassen hatte. Ebenso wenig verübelte er es ihr jetzt noch, dass sie praktisch über Nacht ihre Meinung geändert und auf einmal verlangt hatte, dass sie eine Familie gründeten, nur um dann heim zu ihrer Mutter zu rennen, weil er nicht sofort Feuer und Flamme war. Er war der Ansicht, dass sie damals beide jung und unerfahren gewesen waren und sich jetzt wie Erwachsene benehmen sollten. Sie konnten zumindest Freunde sein. Aber sie tat so, als wäre er ihr Erzfeind, und das begriff er einfach nicht.

Es sah ganz danach aus, dass er sie erneut erobern musste.

Er hatte es einmal geschafft, als sie noch fast Teenager waren. Damals hatte er mit ihr geredet, sie angelächelt, geflirtet und einen völligen Narren aus sich gemacht, bis sie schließlich weich wurde und reagierte. Mit der steifen, wütenden Violet konnte er dasselbe noch einmal tun. Wenn er sich einfach mit ihr unterhielt und ihr auf die Nerven ging, bis sie explodierte und ihm sagte, was sie derart verärgert hatte, konnte er es vielleicht wieder in Ordnung bringen.

Ja, er war bereit, alles zu tun, um es wieder in Ordnung zu bringen. Er hatte nie eine andere Frau begehrt, es hatte nur

Violet gegeben. Sie bedeutete ihm alles. Daher war es ihm auch egal, was er tun musste, um sie zu besänftigen.

Als hätte sie seine Gedanken gelesen, rutschte Violet auf ihrem Sitz herum, kuschelte sich in das Leder und drückte eine Wange gegen den Sicherheitsgurt, der zwischen ihren noch immer wundervollen Brüsten lag. »Hmmm, Jonathan.«

Er erstarrte und sah die Instrumententafel an. Aber er konnte die Anzeigen vor sich nicht mehr erkennen, ebenso wenig wie den Himmel, der das Fenster ausfüllte, da Violets schläfriger Seufzer seinen Verstand vernebelte.

Anscheinend träumte sie. Das sagte er sich immer wieder, aber er wollte es selbst nicht glauben. Innerhalb von Sekunden war sein Penis steinhart geworden. Was träumte sie? Was genau machte er in ihrem Traum? Er umklammerte fest den Steuerknüppel, bei dem er unwillkürlich an seinen Penis denken musste. Verdammt, verdammt, verdammt. Warum hätte er sich jetzt am liebsten selbst befriedigt? Nur weil sie im Schlaf seinen Namen gemurmelt und gestöhnt hatte?

»Hmm«, sagte Violet erneut im Schlaf, und er musterte sie skeptisch. Spielte sie nur mit ihm? Aber sie regte sich nicht. Durch den dünnen Stoff ihrer sittsamen Bluse konnte er erkennen, dass ihre Brustwarzen hart geworden waren.

Großer Gott.

Jonathan begann zu schwitzen. Er würde sie nicht anstarren, während sie schlief. Er musste diesen Drang ignorieren, genauso wie die Tatsache, dass sich ihre wunderbaren Brustwarzen unter ihrer Bluse abzeichneten, als würden sie ihn anflehen, sie zu berühren. Er erinnerte sich noch genau daran, wie sehr sie es genossen hatte, wenn er ihre Brüste liebkoste, wie sie aufgeschrien und sich unter ihm gewunden hatte, wenn er mit den Zähnen an ihren Brustwarzen zog … Als er sich über die Stirn wischte, stellte er überrascht fest, dass sie nicht schweißnass war. Violet hatte schon immer im Schlaf geredet. Das hatte nichts zu bedeuten. Sie träumte nur.

Hörst du das, Penis? Sie träumt bloß. Jetzt gib endlich Ruhe. Sie wird uns immer noch hassen, wenn sie aufwacht.

Natürlich hörte sein Penis ebenso wenig auf ihn wie Violet. Das Cockpit der Socata war klein. Zu klein, dachte er. Sein verräterischer Verstand riet ihm, eine Hand auszustrecken und auf ihren Oberschenkel zu legen, um dann ihren Rock hochzuschieben und nachzusehen, ob sie feucht war …

Aber dann würde sie ihn erst recht hassen, nicht wahr? Jonathan rieb sich mit einer Hand über das Gesicht, griff dann wieder nach dem Steuerknüppel und starrte stur geradeaus. Er musste Violet einfach ignorieren. Also konzentrierte er sich auf Dinge, die seine Erektion verschwinden ließen. Wie beispielsweise die alte Haushälterin in seinem Haus in New York. Wie den Paparazzi, den er mal vor einem Hotel entdeckt hatte. Er stellte sich vor, dass seine neue Sportwagenreihe sich nicht verkaufte. Dass er aus einem Flugzeug ausstieg und sein Fallschirm nicht aufging.

Nach ein paar Minuten hatte er sich wieder unter Kontrolle. Gut.

Wieder bewegte sich Violet auf ihrem Sitz, sodass ihr Rock ein Stück nach oben rutschte. »Hmmm, oh ja …«

»*Violet*«, brüllte er. Großer Gott. Das war ja nicht länger zu ertragen.

Sie wachte schlagartig auf, schnaubte leise und zitterte kurz. Dann sah sie sich mit glasigen, verschlafenen Augen um. »Was ist?«

»Wach auf«, knurrte er.

Sie rieb sich mit einer Hand die Augen. »Hey, ich habe versucht zu schlafen.«

»Mag sein, aber ich langweile mich«, flunkerte er. Sie würde ihm die Hölle heißmachen, wenn sie den wahren Grund dafür wüsste, dass er sie geweckt hatte. »Unterhalt dich mit mir.«

»Werde mal erwachsen«, murmelte sie und setzte sich gerade hin. »Ich kann es nicht fassen, dass du mich geweckt hast, bloß weil dir langweilig ist.«

Er warf ihr einen Seitenblick zu und bemerkte, dass sie die Arme vor der Brust verschränkt hatte, um ihre steifen Brustwarzen zu verstecken, und dass ihre Wangen gerötet waren. Wusste sie, dass sie einen erotischen Traum gehabt hatte, in dem er vorgekommen war? Es sah ganz danach aus, als könnten sie beide eine Ablenkung brauchen. »Verrätst du mir, warum du den Brief deines Vaters nie geöffnet hast?«

Sie starrte nach rechts aus dem Fenster und wich seinem Blick aus. »Machst du Witze? Du weißt mehr als jeder andere, dass wir uns eigentlich nie verstanden haben.«

»Ihr wart nie einer Meinung, daran erinnere ich mich noch sehr gut.«

»Das ist eine Untertreibung«, stellte sie klar.

»Aber er muss dich doch zumindest ein bisschen geliebt haben, wenn er dich nach seinem Tod auf so eine Schatzsuche schickt. Ich gehe doch recht in der Annahme, dass wir das, was wir suchen, nicht in dem Haus finden werden, in dem du aufgewachsen bist?«

»Nein«, bestätigte sie entschieden. »Dort wird nur ein weiterer Hinweis auf uns warten, der uns zum nächsten führt, und so geht es immer weiter, bis uns am Ende die große Enttäuschung erwartet. Davon kannst du felsenfest ausgehen.«

»Ich wäre mir da nicht so sicher.« Dr. DeWitt hatte sich

sehr viel Mühe gegeben, obwohl er krank gewesen war und im Sterben lag. Jonathan hatte nicht den Eindruck, dass er das aus einer Laune heraus getan hatte. Solange am Ende dieser Reise die Stele auf ihn wartete und er währenddessen Violets Gesellschaft genießen konnte, hatte Jonathan seiner Meinung nach schon gewonnen.

»Bin ich aber«, konterte Violet schlicht. »Schließlich reden wir hier über meinen Vater. Bei ihm endete immer alles in einer Enttäuschung.«

»Ja, aber da er uns beiden Briefe hinterlassen hat, können wir wohl davon ausgehen, dass wir zusammenarbeiten sollen.«

»Oder es ist alles nur Teil seines Plans, damit du auch nach seinem Tod weiter seine Projekte finanzierst. Er lässt mich vor deiner Nase herumtanzen, und du steckst weiterhin Geld in Dinge, die ihm wichtig waren.«

»Das stimmt doch gar nicht.«

»Er hat dir eine Liste geschickt, nicht wahr? Mit Stiftungen und Projekten, die nach seinem Tod fortgeführt werden sollen …«

Jonathan verzog bei diesen Worten leicht den Mund, verkniff sich aber das Grinsen. Sie kannte den alten Mann gut. Dr. DeWitt hatte Jonathan tatsächlich eine lange Liste mit Dingen geschickt, die ihm am Herzen lagen und die auch nach seinem Tod noch unterstützt werden sollten. Aber der alte Mann hatte auch gewusst, dass er Violet nicht ins Spiel bringen musste, damit Jonathan ihn unterstützte. »Ich habe seine Wünsche bereits umgesetzt.«

»Natürlich hast du das«, erwiderte sie mit ausdrucksloser Stimme. »Du bist ja schon immer seine kleine Marionette gewesen.«

Jonathan wurde wütend, beschloss aber, ihre gemeinen

Worte zu ignorieren. Violet konnte ihn angreifen, so viel sie wollte, aber er würde nicht darauf eingehen.

»Wir landen bald«, sagte er daher nur.

*

Violet schwieg, während sie auf dem Rücksitz der Limousine über die Straßen von Alamagordo fuhren. Es war nicht gerade eine elitäre Stadt, sondern eher das Gegenteil, daher war sie umso überraschter gewesen, dass bereits ein Chauffeur auf sie wartete, als sie auf dem winzigen Privatflughafen landeten. Anscheinend hatte Jonathan sehr effiziente Assistenten.

Sie gab es nur ungern zu, aber sie fühlte sich ... schuldig. Ein bisschen zumindest. Ihr war klar, dass ihre Kratzbürstigkeit im Flugzeug Jonathan verletzt hatte. Sie hätte ihn nicht als Marionette ihres Vaters bezeichnen dürfen. Das war nicht fair, und das wusste sie auch. Ihr Vater war der manipulativste Mann gewesen, der ihr je begegnet war. Er war freundlich, angenehm und tatkräftig, weil er genau wusste, was er damit alles erreichen konnte. Erst sehr viel später bemerkte man, dass er seine eigenen Wünsche durchgesetzt hatte. Den meisten Menschen war Phineas' Art egal gewesen, Violet jedoch nicht. Aber es war durchaus verständlich, dass Jonathan dem Charme des alten Mannes derart erlegen war.

Daher war sie ein bisschen geknickt, dass sie ihn im Flugzeug so behandelt hatte.

Außerdem hatte sie einen höchst verstörenden Traum gehabt. Geistesabwesend knabberte Violet an ihren Fingernägeln herum, als sie sich daran erinnerte. Zu den Dingen, die sie Jonathan ankreidete – und das waren nicht gerade wenige – gehörte, dass er so unglaublich gut im Bett war. Er vibrierte im Grunde genommen ständig vor Intensität, und wenn er sich dann auf ihre Lust konzentrierte, hatte sie jedes Mal mehrere Orgasmen gehabt. Die wenigen Liebhaber, die sie nach Jonathan gekannt hatte, waren im Vergleich zu ihm unbefriedigend gewesen, da sie sich nicht die Zeit genommen oder die Mühe gemacht hatten, dafür zu sorgen, dass sie derart erregt war. Jonathan war da anders gewesen. Das war noch etwas, das sie ärgerte: dass sie mit einem Mistkerl, der sie verlassen hatte, den besten Sex gehabt hatte.

Ihr Körper erinnerte sich anscheinend sehr gut daran, wie gut Jonathan im Bett gewesen war, da er es ihr im Schlaf vor Augen geführt hatte. Sie hatte einen höchst erotischen Traum mit Jonathan in der Hauptrolle gehabt. Die Bilder von seinem Körper über ihrem erfüllten auch jetzt noch ihren Verstand. Wie er sie von hinten genommen hatte, bis sie vor Lust schrie. Wie sie ihn anflehte, sie umzudrehen und zu lecken, bis sie es nicht länger ertragen konnte.

Wie er sie auf den Rücken geworfen und genau das getan hatte.

Sie räusperte sich und verschränkte die Arme vor den Brüsten, während sie aus dem Fenster sah. Ihre Brustwarzen reagierten ärgerlicherweise schon wieder, und sie wusste, dass ihr Höschen von diesem Traum noch immer feucht war. Sie hasste das. Ihr Körper durfte nicht vergessen, wie schlecht Jonathan sie in der Vergangenheit behandelt hatte.

»Wir sind gleich da«, erklärte der Fahrer und bog in einen älteren Vorort ein.

»Danke«, erwiderte Jonathan und sah Violet an. »Soll ich vorausgehen?«

Als ob sie bei dieser Angelegenheit das Sagen haben wollte. »Nur zu.«

Er nickte und schien sich zu verspannen, als sie sich ihrem alten Zuhause näherten. Vor ihrem inneren Auge stieg eine alte Erinnerung auf. Jonathan war ein sehr konzentrierter Mensch, und wenn er eine Aufgabe anging, die ihn reizte, schien er sogar noch eifriger an die Sache heranzugehen. Das fiel ihr jetzt wieder ein, und seine entschlossene Haltung rief eine Unmenge an Erinnerungen in ihr wach, die sie lieber vergessen hätte.

Sie hielten vor dem Haus, und Violet starrte das Zuhause ihrer Kindheit an. Es sah kleiner und viel älter aus, als sie es in Erinnerung hatte. Damals war das Haus blau gestrichen gewesen und nicht hellgelb wie jetzt, und es hatten auch keine Rüschengardinen in den Fenstern gehangen. Der Baum im Vorgarten, an den sie sich noch erinnerte, war inzwischen gefällt worden.

»Gehen wir«, meinte Jonathan, öffnete die Wagentür und stieg aus, bevor ihm der Fahrer dabei helfen konnte.

Violet zögerte, aber dann kam Jonathan um die Limousine herum und öffnete ihr die Tür, sodass sie ebenfalls ausstieg. Erinnerungen waren eben doch nur Erinnerungen und nichts, weswegen sie sich aufregen musste. Aber es fiel ihr dennoch schwer, dieses Haus zu sehen und sich nicht vorzustellen, dass ihre Mutter darin deprimiert, unglücklich und weinend auf sie wartete. Und wenn sie nicht weinte, dann trank sie, und Violet wusste im Nachhinein nicht mehr, was davon schlimmer gewesen war.

Jonathan reichte ihr seinen Arm, als wollten sie auf einen gesellschaftlichen Empfang gehen.

Sie starrte ihn mit leerem Blick an und ignorierte den dargebotenen Arm. »Lass uns einfach gehen, okay?«

Er zuckte mit den Achseln und ging zur Haustür. »Überlass mir das Reden.«

Damit hatte sie kein Problem. Sie lief neben ihm her und stand dann schweigend da, als er anklopfte. Das war ebenfalls sehr merkwürdig, hier vor der Haustür zu stehen und darauf zu warten, dass einem jemand Fremdes die Tür öffnete. »Was machen wir, wenn niemand zu Hause ist?«

Er dachte kurz nach. »Dann brechen wir von der Rückseite aus ein und bestechen die Polizei, falls wir erwischt werden.«

Sie starrte ihn fassungslos an. Machte er Witze? Das war bei Jonathan immer schwer zu sagen. Manchmal war er in Bezug auf die seltsamsten Dinge todernst. »Ich würde uns nicht die Tür aufmachen. Wir sehen bestimmt so aus, als wollten wir irgendwas verkaufen.«

Er grinste sie an. »Ich verkaufe dem Besitzer einen Sportwagen für einen Dollar, wenn er mich dafür in den Garten lässt.«

»Das würde mich nicht wundern«, murmelte sie.

Sie schwiegen beide, als sie hörten, wie die Kette entfernt wurde, und blickten zur Tür.

Eine runzlige alte Frau in einer geblümten Kittelschürze und mit Lockenwicklern im Haar öffnete die Tür und lächelte sie freundlich an. »Kann ich Ihnen helfen?« Ihr Blick wanderte von Violet zu Jonathan, wo er verweilte. »Sind Sie nicht …?«

Er reichte ihr die Hand. »Jonathan Lyons, Ma'am. Haben Sie schon von mir gehört?«

Die Frau kicherte und schüttelte Jonathan die Hand. »Oh. Sie sind doch dieser Mann mit den Autos, nicht wahr?«

»Genau der bin ich.«

»Sind hier irgendwo Kameras?« Sie sah an ihnen vorbei, als würde sie nach Fernsehteams Ausschau halten, und schien enttäuscht zu sein, dass keine zu sehen waren.

Jonathan grinste sie an. »Nein, Ma'am. Ich bin hier, weil ich Sie um einen Gefallen bitten möchte. Könnten wir vielleicht kurz hereinkommen?«

Zwei Minuten später standen sie in dem Haus, in dem Violet ihre Kindheit verbracht hatte, und Jonathan erklärte der Besitzerin, warum sie sie aufsuchten. Violet sah sich betreten um. In ihrer Erinnerung bestand ihr Haus aus dunklen Böden, immer zugezogenen Vorhängen und Traurigkeit. Aber dieses Haus war von innen ebenso angenehm wie von außen. Helle, luftige Farben und offene Fenster bestimmten das Wohnzimmer, in dem das Sonnenlicht allerlei Krimskrams in den zierlichen Regalen an der Wand umspielte. Ein kleiner Tisch mit Queen-Anne-Stühlen stand vor einem der Fenster, und auf dem gekachelten Boden in der Küche lag ein bunter Flickenteppich.

»Sie wollen also im Garten einen Baum ausgraben?« Die alte Dame sah Jonathan neugierig an, und dann strahlte sie auf einmal. »Gehören Sie etwa zu diesem netten Mann, der im letzten Jahr hier gewesen ist?«

Bei diesen Worten drehte sich Violet um. »Im letzten Jahr?« Hatte ihr Vater das so weit im Voraus geplant?

Die Frau nickte. »Ein Herr fragte, ob er etwas unter einem der Bäume im Garten vergraben dürfte. Er hat mir eine wunderschöne Geschichte darüber erzählt, dass es für seine Tochter sehr wichtig wäre.« Sie zuckte mit den Achseln. »Ich hielt es zwar für ein wenig verrückt, aber auch harmlos.«

Violet musste unwillkürlich lächeln. »Verrückt ist eine treffende Beschreibung für meinen Vater.« Bei »harmlos« war sie sich nicht so sicher.

»Er hat mir gesagt, dass Sie mich in absehbarer Zukunft besuchen würden. So ein netter Mann.« Sie lächelte Violet freundlich an. »Er hat so nett über seine hübsche Tochter gesprochen.« Bevor Violet das abtun konnte, fuhr die Frau schon fort: »Na, dann kommen Sie mal mit. Mir macht es nichts aus. Tun Sie, was Sie wollen, aber passen Sie auf, dass meinen Taglilien nichts passiert.«

»Wir werden sie nicht anrühren«, versprach Jonathan ihr.

Sie gingen hinaus in den Garten, der sich ebenfalls sehr von dem aus Violets Erinnerungen unterschied. Einen panischen Augenblick lang befürchtete sie schon, der Baum wäre nicht mehr da. Nicht, dass es ihr derart wichtig gewesen wäre, aber sie traute es Jonathan durchaus zu, sich irgendeinen anderen Plan auszudenken, mit dem er sie bei sich behalten konnte, während sie versuchten, den nächsten Hinweis zu finden. Doch als Violet die Bäume zählte, stellte sie fest, dass die dünne Pappel, in deren Rinde sie als Kind das Symbol geschnitzt hatte, noch immer da war und nur größer und breiter geworden war.

Violet ging darauf zu, als würde sie der Baum magisch anziehen, und suchte nach dem Symbol. Jonathan folgte ihr, und als sie vor dem Baum stand, strich sie mit den Fingern über die Borke. Ihre Schnitzerei war noch ganz schwach zu erkennen, und sie sah in der Tat wie ein platt gedrückter Käfer aus. Ein wenig zumindest. Violet musste grinsen. »Das ist der Baum.«

»Macht es Ihnen etwas aus, wenn wir darunter ein Loch graben?«, fragte Jonathan die Besitzerin.

»Nur zu«, erwiderte die Frau lachend. »Sind Sie sich wirklich sicher, dass das nicht fürs Fernsehen aufgezeichnet wird?«

»Ganz sicher«, entgegnete Jonathan kichernd. »Haben Sie vielleicht eine Schaufel?«

Violet wartete, während Jonathan ein paar Gartengeräte holte.

»Hier musst du graben«, sagte sie dann und deutete auf die Stelle vor dem Baum, an der sie als Kind ihre Zaubermaltafel zwischen zwei Wurzelausläufern versteckt hatte. Sie machte einen Schritt nach hinten und sah Jonathan beim Graben zu, dessen Freundlichkeit erneut seiner konzentrierten Intensität gewichen war.

Er würde vermutlich nicht tief graben müssen. Schließlich hatte ihr Vater ja gewollt, dass sie etwas fanden. Nachdem er ein paar Schaufeln voll Erde zur Seite geschippt hatte, stieß Jonathan gegen etwas, und sie verharrten alle drei und beugten sich vor, um zu erkennen, was er da entdeckt hatte. Er wischte die Erde von einer kleinen Metallkiste, zog sie heraus und reichte sie Violet. »Möchtest du sie aufmachen?«

Sie winkte ab. Auch wenn sie es nie zugegeben hätte, musste sich Violet doch eingestehen, dass sie neugierig war. »Das ist deine Party. Mach sie ruhig auf.«

Er musterte die Kiste noch einen Augenblick lang und hielt sie in die Luft. Für Violet sah sie aus wie eine ganz normale Schließkassette. Es hätte sie nicht gewundert, wenn sich darin ihre Zaubermaltafel befunden hätte, und ihr Herz zog sich schmerzhaft zusammen.

Aber als sie die Kiste öffneten, griff Jonathan hinein und zog zwei dicke, cremefarbene Umschläge heraus, auf denen das vertraute Wachssiegel ihres Vaters prangte. »Auf einem steht mein Name, auf dem anderen deiner.«

Violet starrte den Umschlag mit ihrem Namen an. Sie war überrascht, dass ihre Hand nicht zitterte, als sie danach griff und ihn an sich nahm. Aber sie machte ihn nicht auf. Noch nicht. Stattdessen wartete sie, bis Jonathan seinen Umschlag aufgerissen hatte. Bei dem intensiven Blick seiner dunklen Augen erschauerte sie und musste an ihren Traum von zuvor denken.

Er entfaltete ein Blatt Papier, überflog es und schien enttäuscht zu sein. »Da steht nur ein Wort: GLIRASTES. Ich bin mir nicht sicher, was es zu bedeuten hat.« Er zeigte ihr das Blatt und sah sie an. »Was ist in deinem Umschlag?«

Widerstrebend drehte Violet ihren Umschlag um und brach vorsichtig das Siegel. Ihr Herz schlug schneller, als sie die vertraute, komplizierte, schräge Schrift ihres Vaters sah, der einige Buchstaben extra fett geschrieben hatte. Die Nachricht bestand aus insgesamt acht Zeilen, und sie überflog sie erst und las dann vor:

»*Ein Wan***dre***r kam aus einem alten Land,*
Und sprach: »Ein ***r****iesig Trümmerbild von Stein*
Steht in der Wüste, rumpflos Bein an Bein,
Das Haupt daneben, halb verdeckt vom Sand.
Der ***Z****üge Trotz* ***bele****h****r****t* ***uns****: wohl verstand*
Der Bildner, jenes eitlen Hohnes ***Sch****ein*
Zu lesen, ***der in*** *todten Stoff hinein*
Geprägt ***d****en Stempel seiner eh****rn****en Hand.*
Und *auf dem Sockel* ***ste****ht die Schrift ...*«

Mit gerunzelter Stirn starrte sie das Blatt an. »Ein Gedicht? Ist das sein Ernst? Du bekommst ein ausgedachtes Wort und ich ein Gedicht? Hat mein Dad kurz vor seinem Tod etwa Drogen genommen?«

Als sie aufblickte, stellte sie erstaunt fest, dass Jonathan strahlte, da ihm offenbar etwas eingefallen war.

»Was ist?«, fragte sie misstrauisch.

»›Und auf dem Sockel steht die Schrift‹«, murmelte Jonathan, stand auf und wischte sich die Erde von der Hose, während er ihr weiter in die Augen sah. »›Mein Name ist Osymandias, aller Kön'ge König: – Seht meine Werke, Mächt'ge, und erbebt!‹«

Sie zog die Augenbrauen hoch. »Osymandias?«

»Shelley«, erklärte er aufgeregt, griff nach ihren Armen und zog sie an sich. »Das ist von Shelley!«

Sie wollte ihn schon bitten, ihr das genauer zu erklären, als er ihr vor lauter Aufregung auf einmal einen schnellen, festen Kuss aufdrückte. Bevor sie ihn deswegen schelten konnte, ließ er auch schon wieder von ihr ab, drehte sich zu der alten Frau um und gab ihr einen schmatzenden Kuss auf die Wange. »Shelley!«, rief er noch einmal.

Die alte Frau kicherte.

Violet lachte jedoch nicht. Dieser Kuss hatte nichts zu bedeuten. Es war nur aus einer Laune heraus dazu gekommen.

Trotzdem bekam sie rote Wangen, da sie sich erneut an ihren Traum erinnerte, bei dem sie Jonathans Mund zwischen ihren Beinen gespürt hatte. Sie zwang sich, nach außen hin gleichgültig zu bleiben. »Würdest du mir bitte erklären, was genau du damit meinst?«

Jonathan drehte sich wieder zu ihr um und strahlte sie an, wobei sich sein ernstes Gesicht derart aufhellte, dass sie den Blick einfach nicht abwenden konnte. »Percy Bysshe Shelley«, erläuterte er. »Er hat das Gedicht ›Osymandias‹ geschrieben, nachdem er in London eine Statue von Ramses II. gesehen hatte.«

»Aha«, murmelte sie nachdenklich und tippte mit einer Hand auf das Blatt. »So, wie ich meinen Vater kenne, sollen wir der Spur entweder folgen, indem wir uns auf Shelley stürzen und nach London fliegen, oder indem wir mehr über Ramses II. herausfinden. Was hat dein Hinweis mit all dem zu tun?«

»Das weiß ich nicht«, gestand Jonathan, auf dessen Lippen noch immer dieses jungenhafte Lächeln lag. »Aber ich bin mir sicher, dass es da irgendeine Verbindung gibt. Wir müssen sie nur finden.«

»Hmmmm.« Violet nickte und starrte das Blatt an, während sie mit den Fingern über die Schrift fuhr. »Einige Buchstaben sind dunkler als die anderen. Das muss Teil des Hinweises sein.« Sie faltete den Brief zusammen, da sie das später schon noch rausfinden würden. In diesem Moment konnte sie ohnehin an nichts anderes mehr denken als die kurze Berührung seiner Lippen. Verdammt, was war denn nur los mit ihr? Nach einem Tag in seiner Gesellschaft sehnte sie sich schon wieder nach ihm, nur weil er gut im Bett war? Großer Gott! Besaß sie denn überhaupt keine Moral? Er hatte sie im Stich gelassen, als sie mit neunzehn schwanger gewesen war. Warum interessierte es sie jetzt, dass seine Augen leuchteten, wenn ihn etwas begeisterte, und warum wollte sie zu gern wissen, ob er noch immer gut küssen konnte? Nichts davon war von Bedeutung, wenn er ein schlechter Mensch war, und der war er nun mal.

Er war genauso wie ihr Vater und benutzte andere Menschen nur, um zu bekommen, was er haben wollte.

Sie starrte ihn mit eiskaltem Blick an, während er sie anlächelte, und war entschlossen, seinem Charme zu widerstehen. »Gehe ich recht in der Annahme, dass du mich jetzt nach London schleifen wirst?«

Seine überschwängliche Freude ließ langsam nach, und sein Gesicht wurde wieder ernst. »Es sei denn, du hältst es für besser, dass wir in Ägypten anfangen?«

Violet zuckte mit den Achseln. »Ich bin nur zu deiner Unterstützung hier. Du triffst die Entscheidungen.«

Er nickte gedankenverloren und steckte sich den Brief in die Jackentasche. Dann drehte er sich zu der Hausbesitzerin um und lächelte sie charmant an. »Ich kann Ihnen gar nicht genug danken, Madam.«

»Sie könnten mir ja eins dieser Autos schenken, die Sie verkaufen«, erwiderte sie und verbarg ihr Kichern, bei dem ihre Lockenwickler heftig wackelten, hinter ihrer von Leberflecken übersäten Hand.

Er verbeugte sich über ihrer Hand, als hätte sie ihm einen Befehl erteilt. »Wird gemacht. Ich lasse Ihnen einen vor das Haus stellen.«

Sie riss die Augen auf. »Ich ... Mr Lyons, das war doch nur ... Das habe ich doch nicht ernst gemeint ...«

»Das weiß ich«, entgegnete er. »Aber ich bestehe darauf.« Er nahm ihre Hand, gab ihr einen Kuss auf den Handrücken und grinste. »Kirschrot?«

Sie nickte begeistert.

Wieder einmal musste sich Violet zusammenreißen, um nicht die Augen zu verdrehen. Wenn der Mann jedem Menschen, dem er begegnete, einen Wagen schenkte, dann wäre er innerhalb weniger Tage pleite. Das war doch keine Art, ein Geschäft zu führen, dachte sie mürrisch.

Sie dankten der Frau noch einmal, und Jonathan schickte ihre Daten per SMS an seine Assistentin. Dann gingen sie zurück zu ihrem Wagen.

Sobald sie auf dem Rücksitz saßen, packte Jonathan Violet und zog sie über den Sitz zu sich.

»Jonathan ...«

Aber seine Lippen lagen schon auf ihren, und er küsste sie erneut. Schockiert und wie erstarrt saß Violet da, während er sie an sich zog und versuchte, sie dazu zu bewegen, den Mund zu öffnen. Bei diesem Kuss strömten unzählige Erinnerungen auf sie ein. Erinnerungen daran, wie aufgeregt er während der Ausgrabung gewesen war und dass seine Erregung stets am größten war, wenn sie eine atemberaubende Entdeckung gemacht hatten. Das Adrenalin ließ seine Erektion steinhart werden, und dabei war es egal, ob die Archäologie oder etwas anderes die Ursache dafür waren. Anscheinend schoss auch jetzt Adrenalin durch seine Adern, aber er schien vergessen zu haben, dass Violet ihn nicht ausstehen konnte.

Sie versuchte, sich ihm zu entziehen, aber seine Zunge berührte die ihre, und sie wurde schwach. Entschlossen und hartnäckig schob er die Zunge in ihren Mund und stieß sie immer wieder hinein. Er legte ihr eine Hand in den Nacken, drückte sie an sich und stieß zwischen den heißen, fieberhaften Küssen stöhnend ihren Namen aus. »Violet. Großer Gott, Violet.«

Die Art, wie er ihren Namen aussprach, bewirkte, dass ihre Brustwarzen steif wurden. Sie öffnete die Lippen weiter und ließ sich von seinem Zauber umgarnen. Er schmeckte süß und leicht nach Pfefferminz. Seine Lippen fühlten sich fest an und waren ebenso beharrlich wie der Griff, mit dem er sie festhielt. Als er die Zunge in ihren Mund stieß und die ihre umspielte, stöhnte sie leise. Himmel, er hatte schon immer so unglaublich gut küssen können. Er wusste einfach, welche Knöpfe er bei ihr drücken musste ...

Violet keuchte auf, als ihr bewusst wurde, was sie da tat. Sie küsste den Mann, den sie mehr als jeden anderen Menschen auf der Welt hasste. Den Mann, der sie verraten und verlassen hatte, dem sie völlig egal gewesen war.

Ruckartig entzog sie sich ihm und rückte von ihm ab. »Nein, Jonathan!«

»Violet«, murmelte er und sah sie mit vor Erregung glasigen Augen an.

Sie schlug ihm ins Gesicht.

Das schien zu wirken. Er wich zurück und schien von ihrer rabiaten Reaktion überrascht zu sein. Dann ließ er sie los und hielt sich den Unterkiefer. »Entschuldige. Mir war nicht bewusst, dass du das nicht willst.«

»Ich werde es niemals wollen«, zischte sie. »Hast du etwa geglaubt, du könntest einfach wieder in mein Leben stolzieren und mich in dein Bett zerren, als wäre nicht das Geringste passiert?«

Sein Blick wurde auf einen Schlag intensiv. »Wenn ich dich in diesem Augenblick in mein Bett zerren könnte, in dem Wissen, dass du auch dableibst, dann würde ich es ohne zu zögern tun, Violet.«

»Nein!«, rief sie wütend. »Du wirst mich nicht einmal anfassen! Nie wieder!«

Er strich sich mit einer Hand durch das Haar und war offensichtlich frustriert. »Mir ist durchaus klar, dass unsere Trennung damals nicht optimal gelaufen ist, Violet, aber verdammt noch mal! Wir waren doch dumme Kinder. Können wir uns jetzt nicht wie Erwachsene benehmen?«

»Und so verhalten sich Erwachsene deiner Meinung nach?« Sie lachte hysterisch. »Du bist doch derjenige, der mich bei jeder sich bietenden Gelegenheit begrapscht.«

»Ich liebe dich, Violet«, sagte er leise und sehr ernst. Jonathan machte nie laute, auffällige Liebesbekundungen, sondern behielt seine ruhige, feierliche Intensität bei. »Ich habe nie aufgehört, dich zu lieben. Niemals. Und ich möchte dich wieder an meiner Seite haben.«

Sie zitterte am ganzen Körper, während die unterschiedlichsten Gefühle durch sie hindurchtosten. »Du hast meine Liebe verloren, als du mich im Stich gelassen hast.«

Er schüttelte den Kopf. »Ich war neunzehn, Violet. Welcher Neunzehnjährige möchte sich schon niederlassen und eine Familie gründen?«

»Das hättest du dir überlegen sollen, bevor du mich geschwängert hast.«

Er erstarrte.

Sie sog die Luft ein. Sein Gesichtsausdruck war völlig emotionslos und schrecklich anzusehen.

»Was hast du gesagt?« Er hätte auch eine Statue aus Granit sein können, so ausdruckslos wirkte seine Miene.

»Ich war schwanger, aber du hast mich trotzdem im Stich gelassen«, erwiderte Violet leise, da sie es nicht übers Herz brachte, ihn anzuschreien, wenn er sie so ansah. »Tu nicht so, als hättest du das nicht gewusst.«

»Ich wusste es nicht.« Er klang, als wäre er völlig fassungslos.

»Ich hatte dir gesagt, dass ich sofort mit dir nach Hause fliegen und eine Familie gründen will. Und falls das nicht eindeutig genug war, habe ich dir auch noch einen Brief geschrieben.«

»Den habe ich nie erhalten.«

Sie wusste nicht, was sie dazu sagen sollte. »Na, du musst dir keine Sorgen machen. Ich habe das Baby einen Monat später verloren, daher werde ich dir jetzt nicht wegen der Alimente in den Ohren liegen.« All die Wut in ihr machte sie unglaublich müde. Sie war schon so lange zornig, und es kam ihr irgendwie sinnlos vor, jetzt darüber zu sprechen. Daher schüttelte sie nur den Kopf. »Hör mal, ich will einfach nur, dass du wieder aus meinem Leben verschwindest, okay? Was immer vor zehn Jahren zwischen uns gewesen ist, jetzt will ich nur, dass diese Sache vorüber ist und dass ich dich nie wiedersehen muss.«

Er starrte sie an.

Sein Blick ruhte so lange auf ihr, und er saß so schrecklich still da, dass sie es irgendwann nicht mehr ertragen konnte. »Was ist?«, fauchte sie.

»Du warst schwanger?« Die Worte kamen ruhig und ausdruckslos aus seinem Mund.

»Fang jetzt nicht damit an, Jonathan«, sagte sie erschöpft. »Lass es einfach. Du kannst keine zehn Jahre voller Hass dadurch wiedergutmachen, dass du den Unschuldigen spielst, also versuch es gar nicht erst.«

Während sie ihn ansah, schien sein Gesicht immer mehr an Farbe zu verlieren, und das Licht und die Intensität in seinen Augen, die so typisch für Jonathan waren, schienen zu erlöschen. Er lehnte sich zurück, sah Violet noch einen Augenblick länger an und drehte sich dann zum Fahrer um, der – wie Violet erschrocken feststellen musste – jedes Wort ihrer Unterhaltung mitangehört hatte. »Zum Hotel, bitte«, ordnete Jonathan mit heiserer Stimme an.

Violet verschränkte die Arme vor der Brust, während ihre Lippen noch immer von seinem Kuss kribbelten, und sah aus dem Fenster, als sie langsam losfuhren.

Warum hatte sie auf einmal das Gefühl, in der Sache die Böse zu sein? Sie war es doch, der man übel mitgespielt hatte, und nicht etwa Jonathan.

4

Jetzt wusste er, warum sie ihn hasste.

Jonathan sah Violet nach, als sie durch die Hotellobby ging. Er blieb zurück und starrte ihr sehnsüchtig hinterher, während sie sich anmeldete, einen wütenden Blick in seine Richtung warf und dann im Fahrstuhl verschwand.

Und so verschwindet sie auch wieder aus meinem Leben, dachte er erschüttert.

Er überlegte, ob er auf sein Zimmer gehen und die Minibar leer trinken sollte, um sein Elend zu ersäufen. Aber dafür war die Minibar definitiv zu klein. Also ging er lieber gleich zur Hotelbar.

Die Barkeeperin war jung und hübsch und hatte langes, lockiges schwarzes Haar. Sie musterte ihn abschätzend. »Was darf's denn sein, Süßer?«

Er ließ sich auf einen Barhocker sinken. »Scotch.«

»Mit Eis?«

»Bringen Sie mir einfach die ganze Flasche.« Er klopfte vor sich auf die Bar. »Und stellen Sie sie hierhin.«

»Schlechten Tag gehabt?« Sie schenkte ihm einen mitfühlenden Blick und drehte sich um, um nach der Flasche zu greifen.

»Schlechter geht es kaum«, antwortete er. Dieser Tag kam direkt nach dem, an dem Violet ihn verlassen hatte. Er nahm das Glas, in das sie Scotch eingeschenkt hatte, leerte es und wartete, bis sie es erneut gefüllt hatte. Normalerweise betrank er sich nicht besinnungslos, aber heute wollte er einfach nur alles vergessen.

Sie war *schwanger* gewesen.

Er rieb sich die Stirn. Er hätte es sich eigentlich denken können. Wieso hatte er es nicht erraten? Jetzt ergab alles einen Sinn. Nun wusste er, warum seine sorgenfreie, dickköpfige, unabhängige Violet den Sommer nicht mehr genießen konnte, sondern auf einmal verlangte, dass er vom College abging und sofort mit ihr eine Familie gründete. Er war so unfassbar dumm gewesen. So begeistert davon, dem großen Dr. DeWitt assistieren zu können, dass er sich nie gefragt hatte, aus welchem Grund Violet so aufgebracht war und wild entschlossen aus Griechenland in die USA zurückkehren wollte.

Sie war schwanger gewesen. Und sie hatte das Kind behalten wollen ... und ihn.

Aber er hatte sie im Stich gelassen. Er war ihr nicht einmal gefolgt, um ihr zu sagen, dass er sie liebte. Vielmehr war er davon ausgegangen, dass sie geheiratet hatte und für ihn nun unerreichbar war, aber das war eine Lüge gewesen, die ihm ihr Vater aufgetischt hatte.

Heute hatte er dann alles verloren.

Er hatte Dr. DeWitt immer als Mentor und Vaterfigur gesehen. Natürlich wusste er, dass der alte Mann ein sturer Hund gewesen war, aber er hatte auch stets die Hartnäckigkeit bewundert, mit der Phineas bekam, was er haben wollte. Er hatte dem Mann trotz allem vertraut und geglaubt, dass zwischen ihnen gegenseitiger Respekt herrschte, weil Jonathan einer seiner engsten Freunde war.

Doch das alles hatte sich als reines Wunschdenken herausgestellt. DeWitt hatte ihn in Bezug auf Violet angelogen, damit er bei ihm blieb und alles finanzierte, und er hatte es nur zu gern getan.

Und so hatte er die Frau im Stich gelassen, die er liebte und die schwanger war und sich fürchtete.

Und sie hatte das Baby verloren und gab ihm die Schuld daran.

Er stürzte noch ein Glas Scotch herunter, nahm der Barkeeperin die Flasche aus der Hand und trank direkt daraus.

Violet hasste ihn. Er war so überglücklich gewesen, als er festgestellt hatte, dass sie nicht verheiratet war und nie geheiratet hatte, als würde das etwas bedeuten und als bestünde noch eine Chance, dass er Violet für sich gewinnen könnte.

Aber jetzt war dieser Traum ausgeträumt. Er konnte die Sache nicht mehr in Ordnung bringen. Er konnte sie nicht dazu bringen, ihn wieder zu lieben, nicht, wenn der Schatten der Fehlgeburt über allem lag, an der er zu allem Überfluss auch noch die Schuld trug.

Er hatte sie für immer verloren, und dieses Mal gab es nichts, was er tun konnte, um sie zum Umdenken zu bewegen.

Jonathan trank noch mehr Scotch. Der Whisky schmeckte zwar überhaupt nicht, aber was machte das schon?

Nichts war mehr von Bedeutung. Jetzt war ihm alles egal.

Am nächsten Tag

Violet schaltete den Fernseher im Hotelzimmer aus und sah zum Telefon hinüber. Sie haderte eine Minute lang mit sich und rief dann doch bei der Rezeption an. »Hallo, ich würde gern Mr Lyons sprechen. Könnten Sie mich bitte zu seinem Zimmer durchstellen?«

Die Rezeptionistin kam ihrer Bitte nach, und das Telefon klingelte mehrmals, genau wie letzte Nacht. Aber niemand nahm den Hörer ab. Jonathan ging nicht ran.

So langsam fing sie an, sich Sorgen zu machen. Nicht weil Jonathan möglicherweise schmollte und sie ignorierte, denn das wäre ihr völlig egal gewesen, sondern weil er sich einfach nicht bei ihr meldete. Nach ihrem großen Geständnis fühlte sie sich emotional ausgelaugt, als wäre sie eine leere Hülle von Violet DeWitt. Sie war nicht einmal mehr wütend, nur noch müde. So unglaublich müde. Eigentlich wollte sie nur noch diese Sache mit ihm zu Ende bringen und in ihr schönes, ruhiges Leben zurückkehren.

Sollten sie nicht eigentlich zusammen auf diese blöde Schatzsuche gehen? In einem Hotelzimmer in New Mexico herumzusitzen kam ihr wie eine unglaubliche Zeitverschwendung vor, aber was blieb ihr anderes übrig? Sie war sich ziemlich sicher, dass er das Geld, das er der Schule und dem Bezirk versprochen hatte, nicht auszahlen würde, wenn sie jetzt einfach abreiste und zurück nach Detroit fuhr, da sie ihren Teil des Deals ja noch nicht erfüllt hatte. Was würde die Schule tun, wenn Violet der Grund dafür war, dass sie das Geld nicht bekam? Man würde definitiv nicht glücklich darüber sein und beim nächsten Mal, wenn Budgetkürzungen anstanden, bestimmt daran zurückdenken.

Aber mal ganz im Ernst: Wie lange sollte sie denn noch in ihrem Zimmer herumsitzen und fernsehen, während sie auf ihn wartete?

Einen Augenblick später schwang sie die Beine aus dem Bett. Okay. Wenn er nicht ans Telefon ging, dann machte er ihr vielleicht wenigstens die Tür auf und erklärte ihr persönlich, was in aller Welt eigentlich los war. Violet zog sich Schuhe an und einen Pullover über das T-Shirt und ging dann in die Hotellobby.

Sie näherte sich der Rezeption und lächelte die Frau, die dort arbeitete, freundlich an. »Könnten Sie mir bitte sagen, welche Zimmernummer Mr Lyons hat? Ich arbeite mit ihm an einem Projekt und kann ihn momentan nicht erreichen.«

Die junge Frau biss sich auf die Unterlippe.

»Was ist?«, wollte Violet wissen.

»Ich kann Ihnen seine Zimmernummer sagen«, meinte die Rezeptionistin leise, »aber er ist nicht auf seinem Zimmer.«

Jetzt war Violet alarmiert. »Wo ist er dann?«

»An der Bar.«

An der Bar? Das klang gar nicht nach Jonathan. Er trank eigentlich nur bei gesellschaftlichen Anlässen Alkohol. Das war einer der Gründe, warum sie sich damals in ihn verliebt hatte; er war so erfrischend anders als ihre alkoholkranke Mutter. Violet sah auf die Uhr, die an der Wand hing. Es war zehn Uhr morgens. Was in aller Welt war nur los? »Sind Sie sich sicher?«

Die Rezeptionistin nickte. »Er war schon dort, als ich gestern Abend meinen Dienst angetreten habe.«

Er war die ganze Zeit an der Bar? Violet dankte ihr mit finsterer Miene und ging hinüber zur Hotelbar. Der Bereich war trotz der frühen Stunde relativ dunkel und schummrig ... und verlassen. Die Stühle waren hochgestellt, und jemand saugte die Teppiche. Violet sah sich um und hielt inne, als sie im hinteren Bereich einen Tisch entdeckte, auf dem mehrere halb leere Flaschen standen. Auf einer Tischecke schien außerdem ein Berg Wäsche zu liegen.

Als sich dieser jedoch bewegte, begriff Violet, dass es sich dabei um einen Menschen handelte. Jonathan. Sie schürzte die Lippen und ging näher. Dabei zählte sie die leeren Wodkaflaschen und die unzähligen Gläser auf dem Tisch, in denen noch rote Strohhalme steckten und an deren Rändern sich noch die Überreste der einstmals darin enthaltenen Getränke abzeichneten. Da standen einige fast leere Flaschen Whisky, ein paar andere Spirituosen, die sie nicht erkannte, und mitten zwischen den vielen Flaschen lag Jonathan mit dem Kopf auf dem Tisch und schien zu schlafen. Er hatte sich die Jacke über den Kopf gezogen, als wollte er das Sonnenlicht abschirmen. Sie verzog vor Abscheu den Mund. Für sie gab es nichts Schlimmeres als Betrunkene.

Mit verwahrlosten Trinkern hatte sie mehr als genug Erfahrung. Ihre Mutter war so gewesen, und Violet hatte sich während ihrer Kindheit immer wieder Ausreden für ihr Verhalten einfallen lassen müssen. Sie hasste es, jemanden, der normalerweise so voller Lebensfreude und intelligent war, vom Alkohol eingelullt zu sehen. Das machte sie jedes Mal hilflos und wütend.

Sie griff über die Flaschen hinweg nach seiner Jacke. »Jonathan?«

Er stöhnte, setzte sich ruckartig auf und starrte sie an. Seine Augen waren rot und blutunterlaufen, er war unrasiert, und seine Haare waren völlig zerzaust. Seine Kleidung war zerknittert und sah verdächtig nach der aus, die er bereits am Vortag getragen hatte. Als sein Blick endlich bei ihr landete, kehrte sein starrer Gesichtsausdruck zurück. »Ach, verdammt. Violet!«

»Was stimmt denn nicht mit dir?«, zischte sie und bewarf ihn mit seiner Jacke.

Er verzog die Lippen. »Die bessere Frage wäre wohl, was eigentlich mit mir stimmt …«

Sie ignorierte seine Bemerkung. »Hast du die ganze Nacht getrunken?«

»Kann schon sein.« Er zuckte mit den Achseln und griff nach einer der Flaschen, in denen noch etwas Alkohol zu erkennen war. »Ist mir auch egal.«

»Mir aber nicht.«

Er grinste schief. »Wir wissen doch beide, dass das gelogen ist, Violet.«

Sie knabberte an ihren Fingernägeln herum, während sie nachdachte. »Sollten wir jetzt nicht eigentlich auf dem Weg nach Ägypten sein und nach deiner Stele suchen, damit wir diese sinnlose kleine Schatzsuche vorantreiben?«

»Du hast es gerade selbst gesagt«, nuschelte er. »Es ist sinnlos.« Er hob sein Glas, prostete Violet zu und leerte es.

Sie trommelte mit den Fingern auf ihrem Arm herum. Das war nicht der Jonathan, den sie kannte. Sie war es gewohnt, dass er sich schon über die kleinsten Entdeckungen freute und immer für ein Abenteuer zu haben war. Das hier war nicht Jonathan. Wenn man Jonathan überhaupt etwas vorwerfen konnte, dann dass er viel zu viel von sich investierte und mehr machte, als gut für ihn war.

Bei diesem Gedanken stutzte sie. Eigentlich stimmte das auch nicht immer. Er hatte sie schließlich im Stich gelassen, oder etwa nicht? So etwas tat kein Mann, dem etwas an einem lag. Es sei denn, alles, was sie geglaubt hatte, war eine Lüge gewesen …

Wie dem auch sei, jetzt war sie seine Partnerin, bis diese Sache erledigt war. »Jonathan, bitte. Wir müssen weitermachen. Nicht etwa, weil mir viel an diesem kleinen Plan, den sich mein Vater ausgedacht hat, liegt, sondern weil ich zurück zu meinen Schülern muss, dies aber erst tun kann, wenn du mich weglässt. Momentan hältst du mich hier fest.«

»Ich wünschte, ich würde dich festhalten«, murmelte er, und seine Stimme klang so ausdruckslos, dass sie nach Luft schnappte.

»Sehr witzig, Jonathan«, sagte sie und hasste sich dafür, dass ihre Stimme zitterte. »Du weißt genau, was ich meine. Ich bin die Deine, bis wir diese Sache erledigt haben, also lass uns anfangen.«

Aber er rührte sich nicht. Stattdessen fuhr er mit einem

Finger über den Rand eines schmutzigen Glases und sah sie aus rot unterlaufenen Augen missmutig an. »Nein, Violet, ich glaube nicht, dass du je die Meine gewesen bist.«

»Wenn du so weitermachst, gehe ich zurück auf mein Zimmer«, warnte sie ihn.

Er zuckte mit den Achseln, schenkte sich noch einen Drink in ein benutztes Glas ein und prostete ihr zu. »Runter damit!«

Violet stürmte zurück in die Lobby und war wütend und verwirrt. Warum benahm er sich so? Ihre Enthüllung war doch keine Überraschung für ihn gewesen … oder doch? Aber selbst wenn sie ihn danach fragte, konnte sie doch nicht darauf vertrauen, dass er ihr die Wahrheit sagte …

Auf einmal wusste sie selbst nicht mehr, was sie denken sollte.

*

Abends rief sie erneut bei der Rezeption an. »Ist er immer noch an der Bar?«

»Ist er«, versicherte ihr die Rezeptionistin. »Wir können ihn einfach nicht zum Gehen bewegen. Die Barkeeperin stellt ihm schon immer ein Glas Wasser hin, damit er keine Alkoholvergiftung bekommt, aber so langsam fangen wir an, uns Sorgen zu machen.«

»Ich komme runter«, erwiderte Violet. Das musste aufhören. Er würde sich noch einen Nierenschaden antrinken, wenn er nicht aufpasste. Sie legte auf und fuhr hinunter in die Lobby, um auf direktem Weg zur Hotelbar zu gehen. Jonathan saß noch immer an derselben Stelle. Die Flaschen von zuvor waren durch neue ersetzt worden. Jetzt schien er offensichtlich Tequila zu trinken. Er saß aufrecht – halbwegs zumindest – und hielt in jeder Hand ein Schnapsglas. Sein Superman-T-Shirt war mit Alkohol bekleckert.

Er sah nicht einmal auf, als sie näher kam, sondern starrte die Flaschen nur weiterhin verdrießlich an.

»Jonathan«, sagte Violet, blieb neben seinem Tisch stehen und verschränkte die Arme vor der Brust. Das war ihre beste »Wütende-Lehrerin-Pose«, die immer bewirkte, dass ihre Schüler sie beachteten. »Das muss aufhören.« Als er nicht reagierte, griff sie nach seinem Kinn und zwang ihn, sie anzusehen. »Jonathan!«

Er starrte sie mit einem derart verletzten Blick an, dass sich in ihrem Inneren alles zusammenzog. »Violet.«

»Du musst damit aufhören. Das ist mein Ernst.«

Er verzog die Lippen zu einem schiefen Grinsen. »Warum denn?«

»Tja, erstens, weil du langsam selbst wie eine Bar riechst. Und zweitens, weil das nicht gesund ist.«

»Wen interessiert das schon?«

»Bitte«, flehte sie ihn an, nun sanfter. Vielleicht konnte sie ja zu ihm durchdringen, wenn sie ihre Taktik änderte. »Du machst mir Angst, Jonathan.«

»Was macht das schon? Du hasst mich, Violet.« Sein Blick wurde eisig. »Das hast du mir deutlich zu verstehen gegeben.«

Sie bekam langsam Mitleid mit ihm. »Das bedeutet doch nicht, dass ich mitansehen will, wie du dich zu Tode trinkst. Jetzt hör bitte damit auf und geh ins Bett.«

Kurz leuchtete es in seinen Augen auf, und er stand auf, wobei er stark schwankte. »In dein Bett?«

»Nein!«

Er setzte sich wieder.

Violet sah ihn verzweifelt an. »Im Ernst, Jonathan?«

Doch er ignorierte sie und schenkte sich erneut etwas ein.

Violet nahm ihm die Flasche aus der Hand, woraufhin er ihr einen wütenden Blick zuwarf. »Du musst damit aufhören. Das passt überhaupt nicht zu dir.«

Jonathan schüttelte langsam den Kopf, und das zerzauste Haar fiel ihm in die Stirn. »Woher willst du das wissen, Violet? Du hast mich seit zehn Jahren nicht mehr gesehen. Vielleicht bin ich zum Trinker geworden, nachdem du mich verlassen hast.«

Vorsichtig schob sie seine Finger zur Seite und nahm ihm das Glas ab. »Du hast gesagt, Alkohol betäubt die Sinne und dass dir das nicht gefällt. Daran erinnere ich mich noch ganz genau.«

Er schüttelte den Kopf und sah sie nicht an. »Ich will mich momentan an gar nichts mehr erinnern.«

Wieder hatte sie Mitleid mit ihm. Verdammt. »Jetzt komm schon, Jonathan. Lass uns einfach in dein Zimmer gehen, und dann bringe ich dich in dein Bett, okay?«

Aber er ließ nur den Kopf auf den Tisch sinken und starrte trübsinnig eine der Flaschen an.

»Brauchen Sie Hilfe, Ma'am?« Einer der Kellner kam zu ihnen herüber. »Ich kann Ihnen helfen, ihn auf sein Zimmer zu bringen, wenn Sie das möchten.«

»Nein danke. Wir kommen schon klar«, erwiderte sie mit dankbarem Lächeln. »Ist er schon die ganze Zeit so?«

Der Mann nickte. »Wenn er nicht gerade weint.«

»Er weint?« Violet war entsetzt. Sie hatte Jonathan noch nie weinen sehen und konnte es sich nicht einmal vorstellen. Selbst bei ihren Streitereien hatte er sie immer nur grimmig und mit loderndem Blick angestarrt.

»Ja. Wir gingen davon aus, dass jemand gestorben ist. Er sagt immer wieder, er hätte sie verloren.« Der Mann zuckte mit den Achseln. »Bezahlen Sie die Rechnung? Da ist eine ordentliche Summe zusammengekommen.«

Wieder zog sich ihr Herz zusammen. Es war tatsächlich jemand gestorben. Aber ihr Baby war Jonathan doch völlig egal gewesen ... oder nicht? Sie tat diesen Gedanken mit einem Kopfschütteln ab. »Nein, ich bringe ihn nur auf sein Zimmer. Er kann seine Rechnung schön selbst bezahlen. Die Rezeption soll den Betrag einfach auf seine Zimmerrechnung setzen.« Sie nahm einen Geldschein aus ihrem Portemonnaie und reichte ihn dem Kellner. »Aber danke für Ihre Hilfe.«

Der Mann nickte und nahm den Zwanziger. »Sagen Sie Bescheid, wenn ich noch was für Sie tun kann.«

Er ging, und sie kniete sich neben Jonathan auf den Boden. Dann sah sie ihn lange Zeit an und dachte über die Worte des Kellners nach. *Er weint, als wäre jemand gestorben. Er hatte sie verloren.* Sie streichelte seinen Arm mit einer Hand und redete mit sanfter Stimme auf ihn ein. »Jonathan. Komm schon. Lass uns auf dein Zimmer gehen, ja?«

Er drehte sich zu ihr um und stützte den Kopf auf eine Hand. »Weißt du, dass ich dich geliebt habe, Violet?«, fragte er leise.

»Das weiß ich, aber das ist lange her.«

Er schüttelte kaum merklich den Kopf. »Für mich hat sich daran nie etwas geändert«, stieß er nuschelnd hervor. »Ich habe nie aufgehört, dich zu lieben. Aber jetzt ist es zu spät.«

Er sagt immer wieder, er hätte sie verloren.

Jetzt hätte Violet am liebsten geweint. Sie konnte zehn Jahre des Hasses nicht in einer Nacht vergessen, aber sie empfand dennoch Mitleid für diesen Mann, dem es augenscheinlich erbärmlich ging. »Wenn du mich liebst, warum kommst du dann nicht mit hoch auf dein Zimmer?«

»Es ist doch egal, ob ich dich liebe oder nicht«, murmelte er. »Ich habe dich so oder so verloren.«

Violet dachte kurz nach. »Wenn du nach oben gehst und dich ins Bett legst, bekommst du einen Kuss.«

Er setzte sich langsam auf, und sie hätte beinahe losgelacht. Hatte sie jetzt etwa doch die Mohrrübe gefunden, die sie vor der Nase des Esels herumbaumeln lassen musste? »Aber du hasst mich, Violet.«

»Ich hasse es noch viel mehr, dich hier betrunken zu sehen. Mein Angebot steht.« Sie stand auf und reichte ihm eine Hand. »Du kannst auf dein Zimmer gehen, dann gebe ich dir einen Kuss. Ansonsten bleibst du eben hier unten bei deinen Flaschen.«

Jonathan stand so schnell auf, dass er beinahe den Tisch umwarf und die Flaschen laut klirrten. Dann stand er schwankend da und sah Violet an. »Dann komm und küss mich.«

»Oh nein«, erwiderte sie. »Zuerst musst du auf dein Zimmer gehen.« Als er sich wieder auf den Stuhl sinken lassen wollte, legte sie ihm einen Arm um die Taille und bekam seinen alkoholgetränkten Atem ins Gesicht. »Und wenn wir oben sind, musst du dir erst mal mit Mundwasser den Mund ausspülen.«

Daraufhin kicherte er trunken, legte die Arme um sie und zog sie an seine Brust. Er holte tief Luft und vergrub die Nase in ihrem Haar. »Ich hatte ganz vergessen, wie gut du riechst.« Seine Worte klangen fast schon wie ein lustvoller Seufzer, und Violet erschauerte innerlich.

»Du bist betrunken«, rief sie ihm in Erinnerung und tätschelte seinen Arm. »Und jetzt sehen wir zu, dass wir dich nach oben kriegen, okay?«

Er stützte sich schwer auf sie, als sie sich langsam den Weg in Richtung Fahrstuhl bahnten. Die Rezeptionistin lächelte Violet dankbar an und hielt ihnen die Fahrstuhltür auf, während Violet den betrunkenen Jonathan hineinbugsierte, der seine Hände nicht bei sich behalten konnte und immer wieder erklärte, dass ihr Haar so herrlich duftete. Schließlich gelang es ihr, ihn bis zu seinem Zimmer zu schaffen, wo sie die Schlüsselkarte aus seiner Brieftasche holte und die Tür aufschloss.

»Gleich geschafft«, ermutigte sie ihn.

»Gleich küssen wir uns?«

Sie unterdrückte ein Lachen, da seine Stimme so hoffnungsvoll klang. »Gleich.«

Mühsam gingen sie durch die Suite zum Bett, auf das er sich fallen ließ, um sich dann stöhnend auf den Rücken zu drehen. Violet trat gerade noch rechtzeitig einen Schritt zurück, um zu verhindern, dass er sie mit hinunterzog, und ihre kinnlangen Haare wehten durch die Luft. »Uff.«

»Im Bett«, erklärte er stolz, als hätte er etwas Weltbewegendes geschafft. Er hob die Arme und schien zu erwarten, dass sie sich hineinwarf.

Sie schnaubte. »Vergiss es.« Dann musterte sie seine Beine und deutete auf seine Füße. »Zuerst ziehen wir dir mal die Schuhe aus, okay?« Sie beugte sich vor und machte sich an den Schnürsenkeln zu schaffen. Für einen Milliardär trug er ziemlich schäbige Turnschuhe.

»Es macht mir nichts aus, wenn du wütend auf mich bist.«

Sie fummelte weiter an seinen Schnürsenkeln herum. »Das ist gut, denn im Moment bin ich verdammt wütend auf dich.«

»Aber ich kann es nicht ausstehen, wenn du mich ignorierst. Wenn du mich ausschließt und aufgibst. Dann ist es fast so, als wärst du wieder weg, und das ist ganz schrecklich für mich.«

Verdammt, sie musste aufhören, Mitleid mit diesem Mann zu haben. Sie zerrte heftig an seinem linken Schuh und schaffte es, ihn auszuziehen und auf den Boden zu werfen, wo kurz darauf auch seine Socke landete. »Jetzt der andere Fuß.«

»Du hast mir gefehlt«, sagte er leise.

Sie ignorierte ihn und zog ihm auch den anderen Schuh und den Socken aus. »Das hätten wir. Du solltest vermutlich auch deine Jacke ausziehen. Und dein T-Shirt ist ganz schmutzig. Na, dann los.«

Er setzte sich langsam auf, und sie half ihm, sich zu entkleiden. Nachdem sie ihm das T-Shirt über den Kopf gezogen hatte, stöhnte er wieder, ließ sich aufs Bett fallen und kratzte sich die Brust. »Mann, ist das schön.«

Violet starrte überrascht auf ihn herunter. Der Jonathan aus ihrer Erinnerung hatte eine schmale, jungenhafte, kaum behaarte Brust. Doch daran hatte sich einiges geändert. Seine Arme waren gebräunt und sehr muskulös. Auf seinen ausgeprägten Brustmuskeln zeichnete sich ein dunkler Haarflaum ab, und auch über seinen Bauch zog sich eine Spur aus Haaren, der sie am liebsten gefolgt wäre. Violet verspürte den seltsamen Drang, mit den Fingern über seine Muskeln zu fahren, um herauszufinden, ob sie sich so hart anfühlten, wie sie aussahen. Großer Gott. Er hatte sogar einen flachen Bauch und muskulöse Hüften. Himmel, war das sexy.

Mann, das war nicht fair. Es waren zehn Jahre vergangen, und er hätte abstoßend und unansehnlich sein sollen und nicht etwa heißer, als sie ihn je gesehen hatte.

Außerdem blickte er mit einem dämlichen, betrunkenen Grinsen zu ihr herauf, während sie seinen gebräunten, knackigen Bauch anstarrte. An seinem Oberarm bemerkte sie ein grässliches schwarzes Tattoo mit Schädeln und Geldscheinen.

»Hast du dir das nach einer Saufnacht in Rio stechen lassen?«

»Nein.« Er lächelte sie einfach nur an. »Bekomme ich jetzt meinen Kuss?«

»Mann, das willst du dir wohl nicht entgehen lassen, was?«, murmelte Violet, aber dann dachte sie kurz nach. Wenigstens hatte er endlich die Bar verlassen. »Putz dir zuerst die Zähne.«

»Ja, Ma'am.«

»Das heißt: ›Ja, Miss DeWitt‹«, korrigierte sie ihn kokett. Dann hätte sie sich am liebsten geohrfeigt, weil sie mit ihrem betrunkenen Exfreund flirtete. *Das ist eine ganz blöde Idee, Violet.* Dieser Mann war nicht gut für sie, und das durfte sie auf gar keinen Fall vergessen. »Na los.« Sie deutete in Richtung Badezimmertür. »Geh dich waschen.«

Er sprang vom Bett – und hätte sich beinahe den Schädel eingeschlagen, da er an die Wand prallte. Violet unterdrückte ein Kichern und setzte sich auf den Bettrand, während Jonathan ins Bad wankte und sich dort mit Feuereifer die Zähne putzte. Hin und wieder warf er ihr einen Blick zu, als wollte er sich vergewissern, dass sie noch immer da und noch nicht geflüchtet war.

Wäre es jemand anderes als Jonathan gewesen, dann hätte sie das sehr amüsiert.

Aber da er es war, empfand sie das als überaus verwirrend. Er hatte sich so über ihren Streit aufgeregt, dass er sich betrunken hatte, und jetzt, wo sie bei ihm war, benahm er sich wie ein nervöser – wenngleich betrunkener – Schuljunge. Das ergab doch alles keinen Sinn.

Es sei denn, alles, was sie über ihn zu wissen geglaubt hatte, entsprach nicht der Wahrheit.

Vielleicht hatte er wirklich nichts von dem Baby gewusst.

Sie hätte ihn gern danach gefragt, um eine richtige, ehrliche, aufrichtige Antwort zu bekommen, aber er war betrunken. Es war sinnlos, einen Betrunkenen zu befragen. Das musste also warten. Sie verschränkte die Hände und wartete, bis er sich den Mund ausgespült, mit großem Enthusiasmus Mundwasser benutzt und sich die Lippen abgewischt hatte, um so für den Kuss sauber genug zu sein.

Danach kam er schwankend zurück ins Zimmer und sah Violet grinsend an, wobei er die Augen vor Erschöpfung und Trunkenheit kaum noch offen halten konnte. »Küsst du mich jetzt?«

»Leg dich hin«, ordnete sie an, stand vom Bett auf und klopfte auf ein Kissen.

Er taumelte zum Bett, legte sich hin und sah sie wartend an. Sie beugte sich zu ihm herunter und entschied sich im letzten Moment, ihm einen Kuss auf die Stirn zu geben.

»Betrügerin«, murmelte er mit geschlossenen Augen.

»Du bist viel zu betrunken, um mehr überhaupt genießen zu können«, meinte sie.

Er gab ein Geräusch von sich, das eine Zustimmung hätte sein können, und bevor sie ihn auch nur zugedeckt hatte, war er schon eingeschlafen.

Sie blickte nachdenklich auf ihn herab. Was sollte sie jetzt mit ihm machen? Ihr war auch nicht klar, was sie jetzt denken sollte. Jonathan machte sie noch immer auf jede nur denkbare Weise verrückt. Wie konnte es sein, dass sich die zehn Jahre einerseits wie eine Ewigkeit anfühlten, andererseits aber so, als hätten sie sich erst gestern gesehen?

Als er sich auf dem Bett umdrehte und das Kissen umklammerte, konnte sie seinen Rücken und seine Brieftasche sehen, die aus der Gesäßtasche herausragte. Sie zog sie heraus, damit sie ihn nicht beim Schlafen störte, und wollte sie schon auf den Nachttisch legen. Doch dann stutzte sie und musterte Jonathan erneut. Er schlief tief und fest.

Sie klappte die Brieftasche auf, da sie ihre Neugier nicht länger unterdrücken konnte.

Darin war unglaublich viel Geld. Das überraschte Violet nicht weiter, schließlich war der Mann Milliardär. Sie wollte vielmehr wissen, was er noch in seiner Brieftasche aufbewahrte. War sie voller Kondome? Fotos von anderen Frauen? Sie kramte darin herum, in dem Wissen, dass man so etwas eigentlich nicht machte, aber es war ihr völlig egal. Hinter mehreren schwarzen und Platin-Kreditkarten entdeckte sie ein verstecktes Foto. Aha.

Aber als sie es herauszog, blickte sie ihr eigenes Gesicht an.

Das Foto war zerknittert und an den Rändern abgenutzt, und er trug es vermutlich schon sehr lange in seiner Brieftasche mit sich herum. Es war auf Santorin aufgenommen, und darauf stand sie neben Jonathan vor den Ruinen von Akrotiri, sie trugen Hüte und hatten weiße Zinksalbenstreifen auf den Nasen. Sie sahen aus wie Idioten.

Und sie wirkten unglaublich glücklich.

Die Zöpfe der neunzehnjährigen Violet reichten ihr über die Schultern, und sie sah den lächelnden Jonathan bewundernd an. Als Violet das Foto betrachtete, zog sich ihr Magen auf seltsame Weise zusammen. Früher hatte sie ihn bewundert. Diesem Foto nach zu urteilen, hatte er sich genau so an sie erinnern wollen.

Vorsichtig schob sie das Foto wieder zurück und hielt nach anderen Bildern Ausschau, aber außer ihrem konnte sie keins finden. Sie runzelte die Stirn, klappte die Brieftasche zu und legte sie auf den Nachttisch.

Neben ihr stöhnte Jonathan im Schlaf.

Sie erstarrte, lauschte und beobachtete ihn. Erschrocken sah sie mit an, wie er heftig schluchzte. »Violet«, stieß er stöhnend aus.

Er klang so gepeinigt. Mit schmerzendem Herzen berührte sie seinen Arm. »Ich bin hier, Jonathan. Schlaf weiter.«

Sofort erstarb sein Schluchzen, seine Atmung beruhigte sich, und er schlief wieder ein.

Violet blickte auf den Mann hinab, den sie zu kennen geglaubt hatte.

Sie wusste nicht, was sie tun sollte. Einen langen, schmerzhaften Moment lang wollte sie am liebsten aufspringen und aus dem Zimmer laufen, das Hotel verlassen und erst in Detroit wieder anhalten. Damit sie dort ihr schönes, sicheres, ruhiges Leben fortsetzen und den Milliardär vergessen konnte, der sie benutzt und weggeworfen hatte. Weglaufen war schon immer leichter gewesen, als zu bleiben und sich den Dingen zu stellen, daher hatte sie diese Taktik stets gern angewendet.

Aber sie lief nicht weg. Stattdessen strich sie Jonathan die Haare aus der Stirn und seufzte, als er nicht aufwachte. Ach, verdammt.

Sie entdeckte sein Handy auf dem Nachttisch und nahm es in die Hand. Sie strich mit dem Daumen über das Smartphone und fragte sich, ob sie ein Passwort eingeben musste. Dem war jedoch nicht so. Mit pochendem Herzen ging sie seine Kontaktliste durch. Mehrere Firmennamen tauchten darin auf, und dann entdeckte sie einen Namen. Cade.

Während sie auf ihrer Unterlippe herumkaute, dachte sie kurz nach, und dann wählte sie die Nummer.

Es klingelte einige Male, bevor jemand ranging. Dann fragte eine fröhliche Männerstimme: »Hey, Mann, was liegt an?«

»Ist … ist da Cade?« Violet versuchte, ruhig zu bleiben. »Sind Sie ein Freund von Jonathan?«

Augenblicklich klang die Männerstimme vorsichtiger. »Wer spricht da?«

»Mein Name ist Violet …«

»Ach, verdammt. Violet?«

Sie runzelte die Stirn. »Ja. Warum?«

»*Die* Violet?«

»Was meinen Sie damit?«, fauchte sie ihn an und wurde immer wütender. Was glaubte dieser Kerl, über sie zu wissen?

»Die Violet, die er vor langer Zeit kannte und die ihm das Herz gebrochen hat?«

Ihr stieg das Blut in die Wangen. »Das geht Sie überhaupt nichts an.«

»Das war kein Nein.« Die Stimme des Mannes wurde sanfter. »Was kann ich für Sie tun, Violet? Und wieso rufen Sie mich von Jons Handy aus an?«

Sie sah auf den schlafenden Mann herab, der die Stirn runzelte, als würden ihm seine Träume noch immer zu schaffen machen. »Ich glaube, ich habe ihm schon wieder wehgetan«, flüsterte sie.

*

Cade stimmte zu, nach New Mexico zu kommen, aber er konnte erst am folgenden Tag aufbrechen. In der Zwischenzeit wachte Jonathan auf, mürrisch und mit unfassbar schlechter Laune, und ging sofort wieder an die Bar. Die Rezeption rief Violet erneut an – als ob sie ihn vom Trinken abhalten könnte! –, und indem sie dem Mann erneut Honig um den Bart schmierte, gelang es ihr noch einmal, ihn in sein Zimmer zu bekommen, wo er seinen Rausch ausschlief.

Sie wusste nicht, wie lange sie das noch durchhalten würde. Das Ganze ging ihr viel zu sehr an die Nieren. Ihre Mutter hatte sich so oft ins Koma getrunken, dass Violet jedes Mal, wenn jemand zu trinken begann, bereits mental auf Abstand ging. Jetzt tat Jonathan genau dasselbe, und Violet konnte es einfach nicht ertragen. Jonathan benahm sich unmöglich und weigerte sich, Vernunft anzunehmen, wenn sie auf ihn einredete. Es war, als versuchte er, alles und jeden aus seinem Leben zu verbannen, was ihm anscheinend nur mithilfe des Alkohols gelang.

Deshalb war sie auch unglaublich erleichtert, als sie eine SMS von Cade bekam. »Ich bin da. Wollen wir uns treffen?«

Violet fuhr sofort in die Lobby. Sie hoffte inständig, dass Cade wusste, was er mit Jonathan anstellen musste, da ihr langsam die Ideen ausgingen – und er mit ihren Bestechungsversuchen, die stets mit einem keuschen Kuss auf die Stirn endeten, kaum noch zu überreden war.

Der Mann, der in der Lobby auf sie wartete, trug einen eleganten grauen Anzug und war der attraktivste Mann, den Violet je gesehen hatte. Er sah aus wie ein Engel, von seinen blonden Haaren über die glänzenden blauen Augen bis hin zu seiner perfekt gebräunten Haut. Großer Gott! »Ähm, Cade?«

Er trat näher und gab ihr die Hand. »Cade Archer.«

Sie schüttelte sie und lächelte ihn nervös an. »Violet DeWitt.«

»Sie sehen genauso aus, wie Jonathan Sie beschrieben hat.«

Sie blinzelte überrascht. »Er hat mit Ihnen über mich gesprochen?«

»Er hat von Ihnen geschwärmt«, antwortete Cade, nahm ihren Arm und führte sie in Richtung der Bar. Dann schenkte er ihr ein schiefes Grinsen. »Da war er ebenfalls sturzbesoffen.«

Sie hätte am liebsten laut gelacht, spürte aber nur Verbitterung. »Dann redet er also nur von mir, wenn er betrunken ist?«

»Nur in diesem Zustand kommt man wirklich an Jonathan heran«, gestand Cade. »Die restliche Zeit ist er verschlossener als Fort Knox. Wenn man jemanden zum Klippenspringen sucht, ist er genau der Richtige. Möchte man jedoch über Gefühle reden, ist er der letzte Mensch, an den man sich wenden würde.«

Violet kaute auf ihrer Unterlippe herum, während sie darüber nachdachte. »Dann hat er ein Alkoholproblem? Mir gelingt es nämlich nicht, ihn zum Aufhören zu bewegen.«

Cade schüttelte den Kopf. »Seitdem ich ihn kenne, war er nur zweimal betrunken. Das andere Mal war nach der Beerdigung seines Vaters. Damals war er außer sich vor Trauer, betrank sich und erzählte dann nur von Ihnen. Hinterher hat er einfach zugemacht und nie wieder etwas Persönliches von sich preisgegeben.«

Tja, jetzt ging es ihr nicht wirklich besser. »Ich weiß nicht, was ich noch tun soll, damit er aufhört zu trinken. Ich ... Wir haben uns gestritten, und ich habe ihm einige Dinge an den Kopf geworfen, die nicht nett waren. Anscheinend habe ich ihn damit mehr verletzt, als ich es für möglich gehalten hätte.«

Cade lächelte sie freundlich an. »Das kann ich mir nicht vorstellen.«

Aber er hatte nicht miterlebt, wie Jonathan sich in den letzten Tagen verhalten hatte. Violet zuckte mit den Achseln. »Er ist todtraurig. Wir wollten eigentlich einer Nachricht auf den Grund gehen, die mein Vater uns hinterlassen hat, aber Jonathan will das Bett nicht verlassen. Wenn er es doch tut, dann geht er direkt an die Bar. Und ich stecke in der Sache drin, bis wir sie beendet haben.«

»Sie stecken mit drin?« Cade sah sie neugierig an.

»Ja«, meinte sie mit ausdrucksloser Stimme. »Er hat einige Menschen praktisch bestochen, damit ich, bis alles erledigt ist, an seiner Seite bin. Er hat Wohltätigkeit vorgetäuscht.«

»Das ... klingt auch nicht nach Jonathan.«

»Nicht?«, erwiderte Violet höflich. »Vielleicht sollten wir unsere Bilder von Jonathan mal vergleichen, dann finden wir möglicherweise heraus, welches der Wahrheit entspricht. Denn er und ich haben hier gerade wirklich viel Spaß.«

»Tja«, meinte Cade und ging mit ihr das letzte Stück durch die Lobby. »Der Jonathan, den ich kenne, ist ausgesprochen loyal. Seine Arbeit liegt ihm sehr am Herzen, und er ist bereit, alles zu tun, um jemanden für seine Sache zu gewinnen. Er ist sehr zielstrebig, aber ein guter Mann. Sehr intensiv und entschlossen. Außerdem könnte man ihn als Adrenalinjunkie bezeichnen.«

Okay, das klang durchaus nach ihm. »Sie haben vergessen zu erwähnen, dass er bei Frauen die Hände nicht bei sich behalten kann.«

Dieses Mal musterte Cade sie interessiert. »Wirklich? So habe ich Jonathan noch nie erlebt. Er hat in Ihrer Gegenwart Frauen betatscht? Der Jonathan, den ich kenne, ist immer sehr zugeknöpft. Ich kann mich nicht einmal daran erinnern, dass er je eine feste Freundin gehabt hätte.«

Ihr stieg das Blut in die Wangen. Er hatte sie befummelt und keine andere Frau. Sie musste an das Foto in seiner Brieftasche denken. Da waren keine Kondome gewesen, keine Telefonnummern oder Bilder von anderen Frauen. Nur ein Foto von ihr mit Zinksalbe auf der Nase. »Wie schon gesagt«, murmelte sie. »Mir kommt es so vor, als würden wir zwei verschiedene Männer kennen.«

»Seltsam«, meinte Cade, ließ es jedoch dabei bewenden.

Sie betraten die Bar. Zu dieser Tageszeit war mehr Betrieb, aber Violet konnte Jonathans Tisch dennoch sofort ausmachen. Sie hielt einfach Ausschau nach dem Tisch mit den meisten Flaschen darauf und in der dunkelsten Ecke. Ja, da war er. Violet seufzte und deutete in die Richtung. »Da hinten sitzt er und versucht wieder mal, sich besinnungslos zu saufen.«

»Verdammt.« Cade rieb sich das Kinn und musterte Violet neugierig. »Was genau haben Sie zu ihm gesagt?«

»Das war etwas Persönliches. Und, kümmern Sie sich jetzt um ihn?«

»Sie wollen nicht hierbleiben?«, fragte er überrascht.

Sie schenkte ihm ein schiefes Grinsen. »Ich bezweifle, dass er mich jetzt sehen will. Tut mir leid.« Mit einem entschuldigenden Blick huschte sie aus der Bar, bevor Cade noch weitere Fragen stellen konnte.

Es war feige von ihr wegzulaufen, aber im Moment wurde ihr einfach alles zu viel. Ihre Gedanken überschlugen sich. Sie wusste nicht mehr, wem oder was sie glauben sollte.

5

Jonathan blickte kaum von seiner Scotchflasche auf, als sich jemand an seinen Tisch setzte. Zu seiner Überraschung sah derjenige aus wie sein Freund Cade. Er schloss die Augen und rieb dann darüber. »Verdammt. Ich glaube, ich trinke zu viel.«

»Was steht denn zur Auswahl?«, erkundigte sich Cade, hob eine Flasche hoch und roch daran. Dann zuckte er zusammen. »Großer Gott. Hast du den ganzen vernünftigen Stoff aus der Bar schon geleert?«

Jonathan zuckte mit den Achseln. »Schnaps ist Schnaps.«

»Dabei trinkst du doch sonst gar nicht.« Cade winkte einen Kellner zu sich. »Könnte ich bitte ein Glas haben? Oder besser zwei Gläser mit Wasser?« Er drehte sich wieder zu Jonathan um. »Verrätst du mir, was dir auf der Seele liegt?«

Jonathan schenkte sich noch ein Glas ein und stürzte es herunter. »Mein Leben ist völlig im Arsch, das ist alles.«

»Das klingt seltsam aus dem Mund eines Mannes, der gern Berge besteigt und versunkene Städte aufspürt.«

»Das ist doch nur Blödsinn, um sich die Zeit zu vertreiben«, entgegnete Jonathan. »Völlig unwichtiger Mist.« Nichts war mehr von Bedeutung, denn vor zehn Jahren hatte er Violet gehabt, die mit seinem Kind schwanger gewesen war ... und er hatte das alles weggeworfen, um mit einem Mann durch die Welt zu ziehen, der ihm ins Gesicht gelogen und so getan hatte, als wäre er sein Freund und Mentor.

Was war er doch nur für ein gottverdammter Idiot. Er hatte

Violet aufgegeben. Seine Violet. Jonathan rieb sich wieder das Gesicht und stöhnte, als die grausame Realität auf ihn einströmte. »Ich bin so ein Idiot, Cade.«

»Geht es hierbei um die wundervolle Frau, die gerade davongestürmt ist?« Cade nippte an seinem Drink und musterte Jonathan mit freundlicher und verständnisvoller Miene. Natürlich würde Cade ihn nicht verurteilen. So etwas machte Cade nie. Wenn es einen Menschen gab, der heiliggesprochen werden sollte, dann war das Cade Archer. Jonathan konnte ihn noch nicht einmal deswegen hassen.

Stattdessen reckte er den Hals und versuchte, noch einen Blick auf Violet zu werfen. »Ist sie weg?«

»Sie konnte gar nicht schnell genug hier rauskommen.«

Jonathan starrte in sein Glas und dachte an Violets misstrauische braune Augen, ihr glattes Haar und ihre üppige Figur, die mit den Jahren sogar noch anziehender geworden war. »Sie ist wunderschön, findest du nicht? Wenn ich sie nur ansehe, tut mir schon das Herz weh. Ich sehe ihr ins Gesicht und sehe alles vor mir, was ich hätte haben können.« Er schüttelte den Kopf und hätte ihn am liebsten vor Frustration auf die Tischplatte geknallt. »Aber ich habe nichts davon. Ich habe gar nichts.«

»Das ist ein bisschen sehr dramatisch, oder?« Cade kniff die Augen zusammen und musterte seinen Freund skeptisch. »Du hast das Unternehmen deiner Familie gerettet. Du bist einer der reichsten Menschen dieses Planeten. Du unterstützt Dutzende von Wohltätigkeitsorganisationen. Du bist nie grausam, immer großzügig und hast ein paar wirklich unglaubliche Freunde.« Bei den letzten Worten grinste er. »So schlimm kann es also nicht sein, oder?«

»Aber das ist alles völlig unwichtig, weil sie mich hasst«, stieß Jonathan schnaubend aus. Er umklammerte sein Glas so fest, dass Cade schon befürchtete, es könnte zerspringen. »Ich würde all das ohne nachzudenken aufgeben, wenn sie mich dafür wieder lieben würde.«

»Ich bezweifle, dass sie dich hasst«, entgegnete Cade leise. »Denn sonst würde sie sich nicht solche Sorgen um dich machen.«

»Was weißt du denn schon? Du hast noch nie jemanden verloren, den du liebst. Du führst ein perfektes Leben.«

»Perfekt«, wiederholte Cade spöttisch und verzog die Lippen zu einem schiefen Grinsen. »Sind wir hier gerade am Beichten all unserer Sünden? Okay.« Er beugte sich vor und goss sich einen größeren Drink ein, wobei er Jonathan nicht ansah. »Ich habe auch geliebt und meine große Liebe verloren.«

»Wen denn?« Jonathan konnte es nicht glauben. Cade erzählte doch nur Mist, damit sich Jonathan besser fühlte.

Der blonde Mann trank einen Schluck und dachte kurz nach, bevor er Jonathan in die Augen sah. »Daphne Petty«, gestand er.

Bei Jonathan klingelte nichts. Der Name kam ihm irgendwie vertraut vor, aber sein Verstand arbeitete momentan nicht richtig. »Sollte ich wissen, wer das ist?«

Cade sah ihn zerknirscht an. »Du bist vermutlich der einzige Mensch auf der Welt, der das nicht weiß. Sie ist Audreys Schwester. Reeses Schwägerin.« Als Jonathan ihn weiterhin verständnislos anstarrte, fuhr Cade fort: »Reese Durham? Dein Kumpel aus der Bruderschaft? Der Frauenheld? Daphne ist die Zwillingsschwester seiner Frau. Sie ist Sängerin. Die mit der lilafarbenen Perücke, den Plastikbikinis und den Tattoos?«

Irgendwo in Jonathans Kopf regte sich was. »War sie im letzten Monat in einem Männermagazin?«

»Kann schon sein.«

»Ja, dann habe ich mir bei ihrem Anblick vermutlich einen runtergeholt.« Das stimmte allerdings nicht. Violet war die Einzige, bei der er eine Erektion bekam. Er wollte mit diesen Worten nur erreichen, dass Cades fröhliche Miene verschwand.

»Arschloch.«

»Dann bist du in sie verliebt?« Wenn er die richtige Frau vor Augen hatte, dann war sie ziemlich wild und ungezügelt und schien so gar nicht Cades Frauentyp zu entsprechen. »In die Sängerin?«

»Ja, ich habe sie geliebt. Früher einmal.« Cade betrachtete nachdenklich sein Glas. »Sie wurde berühmt, und danach hat sie sich verändert. Jetzt ist sie nicht mehr dieselbe, und ich weiß nicht, was ich davon halten soll. Irgendwie habe ich das Gefühl, dass sie einfach nicht für mich bestimmt ist.« Er lächelte Jonathan gequält an. »Du siehst also, dass du mit deinem Herzschmerz nicht ganz allein bist.«

Jonathan war überrascht, dass Cade ihm das alles erzählte. »Mag sein, aber du hast ihr Leben nicht zerstört, oder?«

»Nein, sie scheint das auch ohne mich ganz gut hinzubekommen«, erwiderte Cade gepresst.

»Aber ich habe Violets Leben zerstört.« Jonathan dachte an den Schmerz, den er in ihren Augen gesehen hatte. Ein Baby. Sie hatten ein Baby erwartet, und er hatte nicht einmal etwas davon gewusst. Sie hatte es verloren, nachdem sie nach Hause zurückgegangen war. War das nur passiert, weil sie so gestresst und unglücklich gewesen war? Gut möglich. Schuld daran war ebenfalls ganz allein er. Jetzt hasste er sich noch viel mehr. »Ich habe zehn Jahre lang von ihr geträumt, Cade. Sie hat mir in jeder Sekunde gefehlt. Und jetzt habe ich herausfinden müssen, dass sie mich hasst, und das schon seit sehr langer Zeit. Es ist, als hätte sie mir ein Messer in den Bauch gestoßen.« Die Verzweiflung drohte, ihn zu überwältigen. »Ich werde sie nie zurückgewinnen können. Niemals.«

»Vielleicht ist es für euch an der Zeit, von vorn anzufangen«, schlug Cade vor. »Es ist schließlich zehn Jahre her. Ihr habt euch beide seitdem sehr verändert.«

Möglicherweise hatte Cade recht. Jonathan wusste nur nicht, ob Violet ihm überhaupt die Chance dazu geben würde. Er hatte vor zehn Jahren Mist gebaut und bekäme vielleicht nie die Gelegenheit, es wiedergutzumachen.

*

Einige Stunden später klopfte jemand an Violets Zimmertür, als sie gerade zu Bett gehen wollte. Da sie neugierig war, zog sie sich einen Bademantel über und sah durch das Guckloch. Es war Cade. Violet öffnete die Tür einen Spaltbreit. »Ist alles in Ordnung?«

Cade lächelte kurz. »Na ja, er ist wieder betrunken.«

»Das ist keine Überraschung. Er hat die letzten Tage in diesem Zustand verbracht. Ich würde sogar behaupten, dass er seit unserem Wiedersehen länger betrunken als nüchtern gewesen ist.«

»Ihm geht es im Augenblick ziemlich schlecht«, sagte Cade und schaute den Flur entlang. Als Violet den Hals reckte, entdeckte sie einen Mann, der am anderen Ende des Flurs auf einem Stuhl zusammengesunken war und eine Flasche im Arm hielt.

»Ja, er sieht auch ziemlich schlecht aus«, stellte sie scherzhaft fest. »Bestimmt hat er mir an alldem die Schuld gegeben.«

»Nein, das hat er nicht. Er denkt, dass er sich das selbst eingebrockt hat.« Cade sah erst Violet an und dann wieder durch den Flur zu Jonathan. »Er ist davon überzeugt, dass er sein Leben ebenso wie Ihres ruiniert hat, und er übernimmt die volle Verantwortung für alles, was er getan hat.«

Bei diesen Worten lebte ihr Mitleid für Jonathan wieder auf. »Na, dann kannst du ihm zumindest versichern, dass es mir gut geht.«

»Das würde ich ja, wenn er mich denn mal zu Wort kommen lassen würde.«

»Wie meinst du das?«

»Er zitiert ständig Gedichte. Passen Sie mal auf.« Cade trat einige Schritte nach hinten. »Jonathan? Bist du bereit, auf dein Zimmer zu gehen?«

»›Ich war ein Kind, und sie war ein Kind‹«, erwiderte er lallend. »›Am Meeresufer allhie, doch wir liebten uns heißer als Liebe liebt, ich und schön Annabel Lee!‹«

Als Reaktion darauf trommelte jemand in einem der angrenzenden Zimmer gegen die Wand.

Violet presste die Fingerspitzen auf den Mund, um nicht laut loszulachen. Das war nicht witzig. Das war ganz und gar nicht witzig. »Ist das Edgar Allan Poe?«

»Meinen Sie?« Cade schnitt eine Grimasse. »Es ist jedenfalls grauenhaft.«

»Ich glaube schon. Ich hatte auf dem College einige Lyrikkurse, und es kommt mir bekannt vor.« Zu Beginn ihrer Collegezeit hatte sie sehr viele Gedichte gelesen, aber dass Jonathan sich auch dafür interessierte, war ihr neu. War dies eine weitere seiner Facetten, die sich in den letzten zehn Jahren entwickelt hatte, oder hatte es sie schon immer gegeben, aber sie war Violet nie aufgefallen? »Dann konnten Sie ihn nicht vom Weitertrinken abhalten?«

»Er war ohnehin schon betrunken, daher dachte ich, ich

entlocke ihm erst noch weitere Informationen, bevor ich meinen Plan in die Tat umsetze.«

Sie legte den Kopf schief und sah ihn gespannt an. »Ihren Plan?«

»Ja.« Er grinste und rieb sich die Hände mit einem derart jungenhaften Grinsen, dass sie am liebsten zurückgelächelt hätte. »Phase eins: Informationen sammeln. Phase zwei: Strategie entwickeln. Phase drei: Umsetzung.«

»Das klingt ja wie bei einer Firma.«

»Ja, das finde ich auch.« Er schien sehr zufrieden mit sich zu sein.

Am anderen Ende des Flurs fing Jonathan erneut mit seinem Gelalle an und rezitierte ein weiteres Gedicht, redete jedoch viel zu undeutlich, als dass sie etwas hätte verstehen können.

Sie musterte ihn und nestelte am hohen Kragen ihres Bademantels herum. »Sollten Sie ihn nicht lieber aufhalten?«

»Nein, ich finde, er muss da durch. Von morgen früh an wird er keinen Drink mehr anfassen wollen.«

»Sie scheinen da ja sehr zuversichtlich zu sein.«

»Vertrauen Sie mir. Ich weiß, wie Jonathan tickt. Aber Sie müssen mir Ihr Wort geben, dass Sie bei allem mitspielen.«

»Ich? Was habe ich denn damit zu tun?«

»Tun Sie es einfach. Ich hole Sie zum Frühstück ab, und Sie stimmen einfach allem zu, was ich vorschlage. Wir werden Jonathan schon aus seinem Trübsinn herausholen, und er wird schnellstmöglich wieder mit Ihnen in den Flieger steigen.«

Sie war zwar nicht davon überzeugt, dass Cade das hinbekommen konnte, aber er schien davon auszugehen, dass sein Plan aufging. »Wenn Sie das sagen.«

»Super. Dann bis morgen. Ich werde ihn jetzt mal ins Bett bringen.« Er deutete auf Jonathan und entfernte sich.

»Warten Sie!« Als er sich umdrehte, musste ihn Violet einfach fragen: »Was hat er Ihnen erzählt?«

Cade schenkte ihr ein geheimnisvolles Lächeln, aber seine Worte waren offen und ehrlich. »Dass er noch immer bis über beide Ohren in Sie verliebt ist und es bedauert, Sie für immer verloren zu haben.«

Aus irgendeinem Grund ließen diese Worte ihr Herz ganz traurig und schwer werden. *Für immer verloren.* Natürlich wusste sie, dass dem so war, oder etwa nicht? Dennoch wurde sie unruhig und ein kleines bisschen traurig, als sie es laut ausgesprochen hörte. Sie war sich nicht sicher, ob sie für immer verloren sein wollte. »Von mir aus können wir Freunde bleiben«, gestand sie. »Aber ich kann ihm einfach nicht mehr vertrauen.«

»Das kann ich verstehen«, erwiderte Cade. »Und ich urteile nicht darüber. Dann bis morgen früh, Violet.« Er nickte ihr noch einmal zu und ging weiter. Einen Augenblick später hörte sie, wie er Jonathan ermutigte, aufzustehen und auf sein Zimmer zu gehen.

Während sie die Tür schloss, hörte Violet, wie Jonathan erneut ein paar Gedichtzeilen lallte. »›Und dies Mädchen lebte für mich allein, und ich lebt' alleine für sie.‹«

»Jetzt komm schon«, murmelte Cade, und dann waren sie nicht mehr zu hören.

Aber die Worte hallten noch lange Zeit danach durch Violets Kopf. *Und dies Mädchen lebte für mich allein, und ich lebt' alleine für sie.*

Wenn sie sich richtig erinnerte, ging das Gedicht »Annabel Lee« nicht gerade gut aus.

*

Am nächsten Morgen klopfte es um Punkt neun Uhr an Violets Zimmertür.

Als sie die Tür öffnete, war ihr Kopf voller beunruhigender Fragen. Sie hatte schlecht geschlafen und ständig von Jonathan und ihrem gemeinsamen Liebesspiel geträumt, was sie immer unruhiger gemacht hatte. Es gab einen rationalen Grund dafür, dass sie immer wieder davon träumte, seinen Mund auf ihrer Haut zu spüren, zumindest versuchte sie, sich das einzureden. Sie hatte jetzt seit über einem Jahr nicht mehr mit einem Mann geschlafen, verbrachte aber nun ihre Zeit in der Gegenwart eines ehemaligen Liebhabers. Das ergab doch durchaus Sinn.

Trotz der einleuchtenden Erklärung wachte sie dennoch jeden Morgen sehnsüchtig und erregt auf, und das war auch an diesem Tag nicht anders gewesen.

Sie war zurückhaltend gekleidet, da sie nicht wusste, wie Cades Plan aussah, mit dem er Jonathan aufheitern wollte. Daher hatte sie eine Stoffhose und flache Schuhe zu einem schlichten schwarzen Pullover mit Rundhalsausschnitt angezogen. Damit wäre sie in jeder Situation passend und praktisch gekleidet. Aber als sie die Tür öffnete und Cade in einem anderen makellosen grauen Anzug vor sich stehen sah, fragte sie sich trotzdem, ob sie nicht underdressed war.

»Violet«, begrüßte er sie fröhlich. »Sie sehen heute Morgen hinreißend aus.«

»Vielen Dank«, murmelte sie, verließ ihr Zimmer und vergewisserte sich, dass die Tür verriegelt war. Jonathan war nirgendwo zu sehen, und sie fühlte sich seltsamerweise enttäuscht. »Sind wir allein?«

»Nein …«, setzte Cade an.

»Warum? Wäre dir das lieber?« Jonathan kam langsam um die Ecke und hatte seine Augen hinter einer Sonnenbrille verborgen. Seine Miene war finster, als er Cade ansah, aber der grinste ihn nur an.

»Nein, natürlich nicht«, erwiderte Violet überrascht. »Ich war nur neugierig. Was ist dir denn heute über die Leber gelaufen?«

»So gut wie alles, könnte man behaupten«, antwortete Jonathan direkt. »Und ich habe höllische Kopfschmerzen.«

»Da bist du selber schuld.« Sie musste immer wieder seine Haare anstarren, die völlig zerzaust waren. Außerdem hatte er sich seit mehreren Tagen nicht rasiert. Er sah schlimm aus, und man konnte ihm seinen schrecklichen Kater ansehen. Vorsichtshalber sprach sie etwas leiser weiter. »Ich bin am Verhungern. Gehen wir jetzt runter und frühstücken?«

Cade bot ihr lächelnd seinen Arm an, und sie hakte sich ein.

Jonathan musterte sie nur mürrisch.

Als sie im Speisesaal ankamen, bestand Cade darauf, ihr den Stuhl zurechtzurücken, was ihm einen bösen Kommentar von Jonathan einbrachte. Was hatte Cade nur vor? Er schien Jonathans zunehmend schlechtere Laune zu ignorieren, aber das war sicher nur der äußere Eindruck. Gespannt legte sich Violet die Serviette auf den Schoß und beobachtete die beiden Männer.

Jonathan sackte förmlich auf seinem Stuhl zusammen und legte eine Hand an seine Stirn. Es war offensichtlich, dass er die Nachwirkungen des Alkohols spürte. Cade hingegen machte einen fröhlichen, aber gleichzeitig wachsamen Eindruck.

Als die Kellnerin an ihren Tisch kam, bestellte Jonathan einen Whisky.

»Ähm, ich bezweifle, dass wir so früh schon Alkohol servieren«, stammelte die junge Frau, die ihn entsetzt anstarrte.

Cade runzelte die Stirn. »Bist du sicher, dass du das tun willst? Du musst heute eigentlich nüchtern bleiben.«

»Halt die Klappe«, erwiderte Jonathan und deutete auf die Kellnerin. »Einen Whisky. Ich gebe Ihnen hundert Dollar Trinkgeld, wenn Sie ihn mir in den nächsten zwei Minuten bringen.«

»Ja, Sir«, sagte sie und errötete. »Möchte sonst noch jemand etwas trinken?«

»Ich hätte gern einen Orangensaft«, erwiderte Cade.

»Ich auch«, meinte Violet und klappte die Speisekarte auf.

»Vergessen Sie nicht, dass ich Sie zum Frühstücken einlade«, erklärte Cade und tätschelte ihren Arm. Er lächelte sie an und drückte ermutigend ihre Hand.

Jonathan sah ihnen mit finsterer Miene zu. Er warf seine Sonnenbrille auf den Tisch und starrte Cade mit blutunterlaufenen Augen über seine Speisekarte hinweg an. »Wer hat gesagt, dass du das Frühstück bezahlst?«

Das war eine gute Frage, aber Violet hatte vor, das Spiel mitzuspielen. »Vielen Dank, Cade. Das ist sehr nett von Ihnen.« Sie entzog ihm ihre Hand und tat so, als würde sie die Speisekarte studieren.

Cade blieb weiterhin fröhlich. »Ich habe Violet gesagt, dass ich auch ihre Ausgaben übernehme, da ich jetzt die Zügel bei diesem Projekt in die Hand nehme.«

Jonathan kniff die Augen zusammen, während die Kellnerin mit seinem Drink an den Tisch kam und das Glas vor ihm abstellte. »Wie meinst du das, dass du dieses Projekt übernimmst?«

Jetzt begriff Violet, wie Cades Plan aussah. Er wollte Jonathan eifersüchtig machen.

Am liebsten hätte sie ihre Serviette auf den Tisch geworfen und beiden Männern eine Ohrfeige gegeben, weil sie sich so albern benahmen. Schließlich war sie kein Objekt, um das man sich stritt, und wenn Cade Jonathan eifersüchtig machte, erreichte er nur, dass ein ohnehin schon gereizter Bulle nur weiter verärgert wurde. Und was konnten sie dadurch schon erreichen? Er war eifersüchtig? Na und? Es war ja nicht so, als wollte sie sich Cade oder Jonathan an den Hals werfen. Eigentlich wollte sie nur noch nach Hause und ihr ruhiges Leben fortsetzen.

Aber sie sah dennoch unter gesenkten Wimpern hindurch zu Jonathan hinüber, weil sie wissen wollte, wie er reagierte. Und sie konnte auch das seltsame Flattern in ihrem Bauch nicht unterdrücken, das sie spürte, als er Cade ansah, als hätte er seinem Freund am liebsten den Kopf abgerissen.

Das war doch lächerlich. Was interessierte es sie, ob sich Jonathan darüber ärgerte?

Möglicherweise hatte sie ja doch eine Art Mädchen-Gen in sich und genoss es, wenn ein Mann in ihrer Gegenwart zum machomäßigen Höhlenmenschen degenerierte. Sie konnte nicht widerstehen und musste noch etwas Öl ins Feuer gießen. Daher tat sie kurz so, als würde sie sich etwas zum Frühstück aussuchen, und strahlte Cade dann an. »Sie sind wirklich sehr süß.«

»Warum in aller Welt ist er süß?«, knurrte Jonathan heiser. »Was hat er denn getan?«

»Violet hat mir von ihrer Situation erzählt«, antwortete Cade und lächelte die Kellnerin an, die ein Glas Orangensaft vor ihn stellte. »Dass sie an ihre Schule zurückkehren möchte, aber verpflichtet ist, an deiner Seite zu bleiben, bis ihr dieses Geheimnis ergründet habt. Da du indisponiert und offenbar entschlossen bist, hierzubleiben, dachte ich, ich springe für dich ein und helfe ihr.«

Damit zwang er Jonathan zu einer Reaktion. Er wurde so wütend, dass man das Weiß in seinen Augen sehen konnte und sich seine Nasenflügel aufblähten. »Cade«, stieß er hervor. »Lass das!«

»Warum denn?« Cade ließ sich nicht beirren und deutete auf Jonathans Drink. »Es ist doch ganz offensichtlich, dass du andere Pläne hast.«

»Lass das«, wiederholte Jonathan, der offensichtlich wütend war.

»Er versucht doch nur, mir zu helfen, Jonathan«, schaltete sich Violet ein, die noch Salz in die Wunde reiben musste. »Ich habe ihn gebeten herzukommen. Du hast dich in den letzten Tagen einfach unmöglich benommen.« Erschrocken stellte sie fest, dass sie auf einmal einen Kloß im Hals hatte, und sie musste mehrmals schnell blinzeln, um nicht wie eine Idiotin loszuheulen. Ihr war bis eben gar nicht bewusst gewesen, wie sehr sie die ganze Sache unter Druck gesetzt hatte. »Ich wusste nicht mehr, was ich noch tun soll. Du hast die ganze Zeit nur getrunken und mich angeschrien.«

Jetzt warf ihr Jonathan einen gequälten Blick zu. »Violet, bitte ...«

»Nein«, fiel sie ihm mit zittriger Stimme ins Wort. Dann stand sie auf. »Ich kann das nicht mehr, verstehst du? Ich kann nicht ewig hierbleiben, nicht, wenn ich an meiner Schule gebraucht werde. Und ich kann nicht hier rumsitzen und zusehen, wie du dich ins Koma säufst, wie meine Mutter es früher getan hat. Du hast mich gezwungen, dich auf dieser blöden Schatzsuche zu begleiten, dabei wollte ich doch nur vergessen, dass mein Vater je existiert hat. Und jetzt, wo ich hier bin, solltest du dich langsam entscheiden, was du willst. Entweder bringen wir die Sache zu Ende, oder ich fahre wieder nach Hause.« Sie warf ihre Serviette auf den Tisch, da ihr der Appetit vergangen war. »Ich bin auf meinem Zimmer, falls du mich suchst.«

Als sie davonstürmte, konnte sie Jonathan leise hinter sich fluchen hören: »Verdammt sollst du sein, Cade.«

*

Eine halbe Stunde später hatte Violet alles ordentlich gepackt und sich erneut die Zähne geputzt. Jetzt saß sie in ihrem Zimmer und wartete darauf, dass das Telefon klingelte und ihr jemand sagte, was Sache war. Als es an der Tür klopfte, war sie erleichtert. Das Warten im Ungewissen hatte sie angestrengt.

Doch dann stand Jonathan vor ihrer Tür. Er lehnte sich schwer an den Türrahmen, als könne er sich nur noch auf diese Weise aufrecht halten. Falls das überhaupt möglich war, sahen seine Haare noch schlimmer aus als zuvor. Er sah Violet ernst an.

Sie betrachtete ihn einige Sekunden lang. »Hi.«

»Können wir reden?«, fragte er.

»Klar.«

Er stieß sich vom Türrahmen ab und betrat ihr Zimmer, ohne dass sie ihn darum gebeten hätte. Als er sich auf die Bettkante setzen wollte, protestierte sie. »Setz dich woanders hin.« Aus irgendeinem Grund kam es ihr zu persönlich vor, wenn Jonathan auf ihrem Bett saß.

Ohne zu zögern, rutschte er nach vorn und ließ sich auf den Teppich fallen. Er streckte die Beine aus und lehnte sich mit dem Rücken an den Bettrahmen. »Besser?«

»Schätze schon.« Violet sah noch einmal auf den Flur, aber Cade war nirgendwo zu sehen. »Kommt dein Freund auch?«

Jonathan schnaubte. »Der ist mir ein schöner Freund. Ich habe ihm gesagt, er soll verschwinden, aber er hat mir einfach ins Gesicht gelacht.« Er schüttelte den Kopf und rieb sich die Stirn. »Der Mistkerl weiß genau, dass er mit allem recht hat. Ich bin dir sehr dankbar, dass du ihn angerufen hast.«

Violet schloss die Tür und ging vorsichtig um Jonathan herum. Okay, das war ein gutes Zeichen. Sie setzte sich ans Fußende des Bettes, dachte kurz nach und nahm dann doch neben ihm auf dem Teppich Platz. »Okay«, sagte sie leise. »Lass uns reden.«

»Können wir noch mal von vorn anfangen?« Er reichte ihr eine Hand. »Hallo, ich bin Jonathan Lyons. Mir gehört eine Autofabrik, und ich habe tonnenweise Geld. Außerdem besitze ich offenbar eine miserable Menschenkenntnis.«

Ihre Lippen zuckten amüsiert, und sie nahm seine Hand. »Violet DeWitt. Lehrerin und bekannt dafür, sehr nachtragend zu sein – selbst wenn der Grund dafür noch so unwichtig ist.«

Er sah sie voller Wärme mit seinen dunklen Augen an. »Ich finde nicht, dass es unwichtig war, Violet.«

»Ich weiß. Und ich glaube auch nicht, dass wir von vorne anfangen können. Zwischen uns ist zu viel passiert. Das können wir nicht einfach vergessen.« Sie blickte auf ihre Hände herab, da er sie noch immer nicht losgelassen hatte, und überlegte, ob sie ihm ihre Hand einfach entziehen sollte.

Aber sie tat es nicht.

»Violet«, sagte er leise und schaute ebenfalls ihre Hände an. »Als ich dich vor zehn Jahren verloren habe, habe ich auch meine beste Freundin verloren. Lässt man die romantischen Verstrickungen mal außen vor, dann fehlt sie mir sehr.«

Wieder war da dieser dumme Kloß in ihrer Kehle. »Ich weiß, was du meinst.«

»Können wir nicht doch von vorn anfangen? Als Freunde? Was immer in der Vergangenheit zwischen uns gewesen ist, lässt sich nicht einfach ungeschehen machen, und ich weiß, dass du dich weiterentwickelt hast und nicht mehr an mir interessiert bist. Und auch wenn es mich sehr schmerzt, kann ich damit leben. Aber ich möchte wirklich wieder dein Freund sein, Violet. Bitte. Du kannst dir gar nicht vorstellen, wie sehr du mir gefehlt hast.«

Ach nein?, dachte sie, sprach es aber nicht aus. Stattdessen dachte sie über sein Angebot nach. Freundschaft und nicht mehr. Partner beim Lüften des Geheimnisses, das sich um die Umschläge ihres Vaters rankte, und danach könnte sie ihr Leben fortsetzen und endlich ihren Groll vergessen.

Konnte sie das?

Ja, das konnte sie.

Seitdem sie Jonathan alles an den Kopf geworfen und ihn dadurch zum Trinken gebracht hatte, fühlte sie sich ... nicht wirklich gereinigt, aber die Wunde, die so lange in ihr gegärt hatte, war durch dieses Geständnis ausgebrannt worden. Seine Reaktion darauf hatte ihr gezeigt, dass er vielleicht doch nicht der gemeine, schreckliche Bösewicht war, als den sie ihn die ganze Zeit gesehen hatte. Dieser Jonathan war ebenso menschlich wie sie.

Und sie konnte ihn einfach nicht mehr hassen.

Daher drückte sie seine Hand. »Freunde. Damit bin ich einverstanden.«

Er strahlte sie an, und dieses intensive Lächeln war derart typisch für Jonathan, dass es ihr schon wieder die Kehle zuschnürte. »Haben Freunde zufälligerweise Kopfschmerztabletten füreinander da?«

Violet grinste ihn an. »Du bekommst nur eine, wenn du mir versprichst, nicht mehr zu trinken.« Dann wurde sie ernst und drückte erneut seine Hand. »Ich habe mir wirklich Sorgen gemacht, weißt du. Nur weil ich wütend auf dich bin, heißt das noch lange nicht, dass ich mitansehen möchte, wie du dir selbst schadest.«

»Ich weiß«, erwiderte er und starrte ihre Hände an. Dann strich er mit einem Finger über ihren Handrücken und ihre Fingerknöchel. »Ich … wollte nur für eine Weile nicht mehr nachdenken müssen. Es hat einfach zu sehr wehgetan.«

Seine Fingerspitze strich über ihre Haut, und ein Kribbeln lief durch ihren Körper. Sie wusste, dass sie ihm ihre Hand lieber entziehen sollte, aber sie konnte sich einfach nicht dazu überwinden. Daher drückte sie erneut seine Hand. »Du warst nicht der Einzige, der verletzt war.«

Wieder sah er sie an wie ein verwundetes Tier, und dieser Blick ging ihr durch Mark und Bein. »Ich weiß, Violet. Das ist auch der Grund dafür, dass es mich innerlich so zerfressen hat.«

Was sollte sie dazu nur sagen? Sie entzog ihm ihre Hand – und versuchte, nicht an das Gefühl seiner Fingerspitzen auf ihrer Haut zu denken, die dort zarte Muster beschrieben hatten – und deutete auf ihren Koffer. »Und, setzen wir unsere verrückte kleine Reise jetzt fort?«

»Von mir aus kann es losgehen.«

»Ähm.« Sie musterte seine mitgenommene Erscheinung, die seinen Kater deutlich erkennen ließ. »Bitte sag mir, dass dieses Mal jemand anderes das Flugzeug fliegen wird.«

Er lachte. »Für dich werde ich eine Ausnahme machen.«

Sie lächelte ihn an.

*

Einige Stunden später schnallten sie sich auf den Sitzen des Privatflugzeugs, das Jonathan gemietet hatte, an. Violet saß im hinteren Teil des Flugzeugs, und Cade nahm ganz vorne Platz. Jonathan vermutete, dass er ihm und Violet etwas Privatsphäre verschaffen wollte, damit sie sich ungestört unterhalten konnten.

Er beschloss, dass er Cade vermutlich doch nicht umbringen musste.

Als sich Jonathan Violet gegenüber hinsetzte, stellte er zufrieden fest, dass sie dabei weder zusammenzuckte noch die Stirn runzelte. Stattdessen schenkte sie ihm ein vorsichtiges Lächeln, das er erwiderte.

Das war ein Neuanfang. Er war so unglaublich erleichtert, dass sie diesen Versuch wagten, und es war ihm sogar egal, dass sie einander geschworen hatten, nur Freunde zu sein. Solange Violet überhaupt Teil seines Lebens war, wäre er zufrieden. Sollte er dauerhaft nur Freundschaft von ihr erwarten können, dann konnte er ebenfalls damit leben, solange sie ihn nur nicht wieder voller Hass anstarrte.

Violet zog ihren Sicherheitsgurt fest. »Ich bin ja heilfroh, dass du dieses Flugzeug nicht fliegst, muss ich gestehen.«

Er versuchte, nicht zu lange zuzusehen, wie sie ihre Kleidung glattstrich und sich eine Haarsträhne hinter das Ohr schob. Sie sollte sich schließlich nicht unwohl in seiner Gegenwart fühlen. Stattdessen holte er sein Handy heraus und tat so, als würde er etwas auf dem Display lesen. »Ich habe mehrere Hundert Flugstunden, Violet, und bin ein guter Pilot.«

»Das mag sein, aber es kommt mir dennoch komisch vor, wenn jemand fliegt, den ich kenne. Dir traue ich eher Fehler zu als einem namen- und gesichtslosen Experten.«

Er musste grinsen. »Weil ich in deinen Augen menschlich bin?«

Sie sah ihn kurz erschrocken an. »Ja … ich glaube schon.«

Nach ihrer Miene und der leichten Röte auf ihren Wangen zu urteilen, gefiel es ihr nicht, ihn als Menschen anzusehen. Er vermutete, dass es ihr leichter fiel, ihn als Monster zu betrachten, als Idioten, der sie und ihr Baby hatte sitzen lassen. Sein Magen zog sich bei diesem Gedanken zusammen, und ihm wurde speiübel.

Sie hatte jedes Recht der Welt, ihn als das größte Arschloch der Welt zu bezeichnen. Jetzt musste er ihr bloß noch beweisen, dass er ein stinknormaler Mann war. Ein normaler Mann, der die Tatsache vor ihr verbergen musste, dass er noch immer bis über beide Ohren in eine Frau verliebt war, die nichts als eine zaghafte Freundschaft von ihm wollte.

Aber er würde Violet alles Mögliche vorspielen, solange es ihm dadurch gelang, sie an seiner Seite zu behalten.

»Und, wo fliegen wir jetzt hin?«, wollte Violet wissen, die die Hände auf dem Schoß verschränkte und ihn erneut ansah. »Das hast du mir noch gar nicht erzählt.«

Er starrte sie fasziniert an, bewunderte ihren üppigen Körper und die Art, wie ihr Haar gegen ihr Kinn stieß, bis sie es hinter ein Ohr schob, das daraufhin etwas weiter abstand, als ihr lieb war. Ihre wundervollen braunen Augen mit den langen Wimpern. Ihren kleinen Körper, der nur aus Rundungen zu bestehen schien und den er stundenlang anstarren konnte, ohne des Anblicks jemals überdrüssig zu werden.

»Jonathan?« Sie schnippte mit den Fingern vor seinem Gesicht. »Hallo?«

Er blinzelte. »Entschuldige. Der Kater beeinträchtigt mein Denkvermögen«, flunkerte er. Es war besser, wenn sie glaubte, der Alkohol würde ihm noch zu schaffen machten, als ihr die Wahrheit zu sagen: dass ihn noch immer alles an ihr unglaublich faszinierte.

»Aus genau diesem Grund wollte ich nicht, dass du fliegst«,

erwiderte sie mit entschiedenem Nicken. »Und, wohin geht es denn jetzt?«

»Zuerst nach New York«, antwortete er. »Wir müssen Cade absetzen, und ich muss heute Abend zu einem Treffen, das ich nicht absagen kann.« Es war Bruderschaftsabend, was er in seinem betrunkenen Zustand beinahe vergessen hätte, aber da sie Cade ohnehin zurück in die Stadt brachten, konnte er sich auch ebenso gut ein paar Stunden Zeit nehmen und hingehen.

»Nach New York?« Sie runzelte die Stirn. »Zuerst bist du tagelang betrunken, und jetzt willst du, dass ich rumsitze und warte, während du eine geschäftliche Besprechung hast? Wann wollen wir endlich diesem ›Glirastes‹ hinterherjagen?«

»Schon sehr bald«, versprach Jonathan ihr. »Versprochen. Wenn ich es absagen könnte, würde ich es tun, aber dieses Treffen ist schon seit Wochen geplant.«

Sie verdrehte die Augen, schien aber nicht wütend zu sein. »Dann ist dein Zeitplan also wichtiger als meiner?«

»Du kannst mir glauben, dass mir momentan nichts wichtiger ist als du.« Himmel, es brachte ihn beinahe um, diese Worte so leichtherzig und locker auszusprechen, dass sie ihm nicht gleich an die Kehle ging. »Ich bitte dich nur, mir diesen Gefallen zu tun ... als Freundin.« Noch ein Wort, das er kaum aussprechen konnte: »Freundin«.

Aber es funktionierte. Sie nickte. »In Ordnung.«

Das war doch ein kleiner Fortschritt.

*

Als die Limousine vor dem Klub hielt, bemerkte Jonathan, wie Violet die Nase rümpfte. »Deine Geschäftsbesprechung findet in einem Nachtklub statt?«

»Allerdings«, bestätigte er.

Cade, der ihnen gegenübersaß, lächelte Violet beruhigend zu. »Mir ist klar, dass das einen seltsamen Eindruck macht, aber ich versichere Ihnen, dass wir nicht vorhaben, Frauen aufzureißen.«

»Davon bin ich auch nicht ausgegangen. Aber … trink bitte keinen Alkohol mehr, okay?« Sie sah Jonathan besorgt an.

»Ich werde nichts trinken«, versprach er ihr und meinte es ernst. Er schien ihr größere Sorgen bereitet zu haben, als er gedacht hatte. Seine Violet hatte eine Panzerung aus Stahlplatten um ihr Herz gezogen, weil sie von den Menschen, die sie liebte, viel zu oft verletzt worden war. Und er hatte ihr anscheinend schon wieder wehgetan. Dafür hätte er sich am liebsten selbst getreten. Daher war allein der Gedanke, erneut etwas zu trinken, für ihn völlig unvorstellbar. Sie würde sich viel zu sehr aufregen.

Sie nickte, schien jedoch nicht überzeugt zu sein.

Er musste einfach ihre Hand berühren. »Es wird ein paar Stunden dauern. Ich möchte, dass du im Wagen wartest … tu es für mich.« Sicher könnte er ihr auch telefonisch ein Hotelzimmer besorgen, damit sie es bequem hatte, aber die Vorstellung, dass Violet allein in New York unterwegs war, behagte ihm gar nicht. Er fürchtete, dass sie verschwinden würde, sobald er ihr den Rücken zukehrte.

»Ich soll im Wagen bleiben?« Ihr gefiel sein Vorschlag überhaupt nicht, und sie entzog ihm ihre Hand. »Wie lange wird es denn dauern?«

»Das weiß ich nicht.« Er holte seine Brieftasche hervor, nahm ein paar Geldscheine heraus und drückte sie ihr in die Hand, bevor sie protestieren konnte. »Geh einkaufen. Gib Geld aus. Irgendwas in der Art. Aber bleib bitte beim Wagen. Ich komme zurück, so schnell ich kann, das verspreche ich dir.«

Sie sah ihn einen Augenblick lang an, nickte dann und strich die Geldscheine in ihrer Hand glatt. »Ich werde hier sein.«

»Danke.« Am liebsten hätte er sie geküsst, aber er traute sich nicht. Also ballte er die Faust, um sich daran zu hindern, Violet zu berühren, und nickte. »Warte auf mich.«

Dann stieg er aus.

Schon seit einer Ewigkeit traf sich die Bruderschaft im Keller des schäbigen Klubs. Ihre Geheimgesellschaft war schon auf dem College gegründet worden, und sie hatten sie seitdem am Leben erhalten. Wenn es irgend möglich war, versuchten alle, an den Treffen teilzunehmen, da die Abwesenheit eines Bruders allen lästig war. Jonathan ging davon aus, dass er mehr Treffen verpasst hatte als alle anderen, weil er dazu neigte, spontan zu irgendeiner Mission ans andere Ende der Welt aufzubrechen.

An diesem Abend hätte er am liebsten dasselbe getan. Er war unruhig, als er sich zusammen mit Cade den Weg durch den gut besuchten, lauten Klub bahnte und im hinteren Teil durch einen langen Flur in Richtung Kellertreppe ging. Hunters Bodyguard stand bereits da und bewachte die Tür, und rein aus Gewohnheit gab ihm Jonathan das Signal: Er berührte mit zwei Fingern seine Schulter und ließ sie dann nach unten zu der Stelle rutschen, an der sich das Tattoo befand. Cade machte dieselbe Geste, und der Mann nickte und trat zur Seite.

Danach gelangten sie in den verrauchten Keller, in dem der Geruch von Zigarrenrauch in der Luft hing. Als Jonathan hinter Cade die Treppe heruntergging, konnte er eine laute Frauenstimme hören, die das Gemurmel der anderen übertönte. »Komm schon, Flush! Mama braucht eine exotische Hochzeit!«

»Das muss Gretchen sein«, meinte Cade. »Schon wieder.«

Jonathan schwieg. Eigentlich hasste er es, dass Hunter angefangen hatte, seine Verlobte zu all ihren vermeintlich geheimen Treffen mitzubringen. Dadurch war der Anschein des Geheimnisvollen ruiniert, aber Hunter ließ sich nicht davon abbringen: Wenn er kam, brachte er Gretchen mit. Die Verlobten und Ehefrauen der anderen Männer wussten von ihrem Klub, tauchten aber nicht wie Gretchen ständig dort auf.

Früher hatte er es gehasst, ihr Gesicht auf der anderen Seite des Pokertisches zu sehen, aber jetzt, wo Violet wieder Teil seines Lebens war, konnte er es verstehen. Er begriff, wie ein Mann derart besitzergreifend sein konnte, dass er seine Frau jederzeit an seiner Seite haben wollte. Himmel, er selbst wäre ja am liebsten rausgestürmt, hätte Violet aus der Limousine gezerrt und mit nach unten genommen, aber das hätte mehr Fragen aufgeworfen, als er beantworten konnte.

Als sie den Raum betraten, nahm Reese seine Zigarre aus dem Mund und machte damit eine weitschweifende Geste. »Na, wenn das nicht die beiden Vermissten sind. Wir hatten uns schon gefragt, ob ihr überhaupt noch hier auftaucht.«

»Wir hatten zu tun«, stellte Cade entspannt klar und ging zu seinem angestammten Platz.

Jonathan sagte nichts, setzte sich auf seinen Stuhl und nahm die Chips entgegen, die ihm gereicht wurden. Am Tisch hatte sich bereits der innere Kreis der Wirtschaftselite von New York versammelt. Da war Logan Hawkings, Milliardär und Besitzer diverser Unternehmen, der seine Karten gerade mit teilnahmsloser Miene betrachtete. Neben ihm saß Hunter Buchanan, der Immobilienkönig, dem die Hälfte der Ostküste gehörte. Seine rothaarige, leicht zerzauste Verlobte Gretchen hockte auf seinem Schoß und sah kichernd ihr

Blatt an, während Hunter sie ebenso gierig wie fasziniert anstarrte.

Auf der anderen Tischseite saß Griffin Verdi, ein europäischer Viscount, der Jonathans archäologische Ausgrabungen regelmäßig mitfinanzierte und Gretchens Mätzchen kopfschüttelnd zur Kenntnis nahm. Außerdem war noch Reese Durham anwesend, der Playboy, der vor Kurzem geheiratet hatte und dem seit einiger Zeit eine Reihe von Kreuzfahrtschiffen gehörte.

Offenbar hatten alle im Verlauf des letzten Jahres ihren Junggesellenstatus aufgegeben und waren entweder verheiratet oder auf dem besten Weg dorthin. Alle bis auf ihn und Cade natürlich. Wieder musste er an Violet denken, und ihn erfasste eine unglaubliche Sehnsucht. Für sie hätte er seine Freiheit liebend gern aufgegeben.

»Es sieht so aus, als wären jetzt alle da«, erklärte Logan. »Das Treffen der Bruderschaft ist somit offiziell eröffnet.«

»Fratres in prosperitatum«, sagten sie alle gleichzeitig und hoben die Gläser. Jonathan sprach den Toast mit leerem Glas aus. Als Reese ihm eine Flasche mit seinem Lieblingsscotch reichte, schüttelte er nur den Kopf. Normalerweise trank er ein Glas zur Geselligkeit, aber der Gedanke, an diesem Abend Alkohol zu trinken, war nahezu abstoßend. Er würde nüchtern bleiben, schließlich wartete Violet auf ihn.

»So, Männer, was steht denn heute auf dem Plan?« Gretchen griff nach den Karten und mischte sie, wobei sie die Blicke der anderen ignorierte. »Wie läuft's mit der Weltherrschaft?«

Keiner sagte einen Ton.

Sie seufzte. »Irgendwann muss einer von euch in meiner Gegenwart über das Geschäft reden. Ihr werdet schon sehen.«

»Aber nicht heute«, stellte Reese klar und grinste nur, als sie ihm den Mittelfinger zeigte.

Ungeduldig machte Jonathan seinen Einsatz. »Dann sprechen wir heute nicht über Geschäfte?« Warum war er dann überhaupt hergekommen? Violet saß in diesem Augenblick in seinem Wagen, und er wäre viel lieber bei ihr geblieben und hätte es einfach nur genossen, in ihrer Nähe zu sein.

»Ganz ruhig, Mann«, murmelte Cade. »Es kann nicht schaden, wenn sie mal eine Verschnaufpause bekommt.«

Jonathan starrte ihn wütend an.

»Wer kriegt eine Verschnaufpause?«, wollte Griffin wissen.

»Niemand«, antwortete Jonathan, bevor Cade etwas sagen konnte. Seine Beziehung zu Violet war ... privat. Privat und ziemlich kompliziert.

Cade sah Griffin an. »Was macht deine Südstaatenschönheit? Gewöhnt sie sich langsam an den Gedanken, die nächste Viscountess Montagne Verdi zu sein?«

Wenigstens darauf konnte man sich verlassen: Cade sagte genau das Richtige, um den Mann abzulenken. Jonathan unterdrückte ein Grinsen, als Griffin eine Grimasse schnitt und seine Karten aufhob.

»Wir haben diese Woche Besuch«, berichtete Griffin mit angespannter Stimme. »Mein Stadthaus ist momentan von ›Mama und den anderen‹ bevölkert. Sie helfen Maylee beim Planen der Hochzeit.«

»Das überlässt du ihnen?«, fragte Reese.

»Natürlich nicht. Aus diesem Grund habe ich einen Hochzeitsplaner engagiert, der immer an ihrer Seite ist. Meine süße Maylee ist zwar die Freundlichkeit in Person, aber sie hat einen schrecklichen Geschmack, was Kleidung angeht.« Griffin sah kurz ganz liebestrunken aus, schüttelte dann jedoch den Kopf und räusperte sich.

»Ja, klar, als ob du sie wegen ihres Geschmacks heiraten würdest«, meinte Gretchen und schnaubte. »Da sie Ja gesagt hat, wissen wir ja zumindest schon mal, dass ihr Männergeschmack arg zu wünschen übrig lässt.«

Griffin ignorierte Gretchens Stichelei. »Ich bin schon sehr zufrieden, dass sie nicht länger versucht, ihren Hund als Ringträger einzuspannen.«

Reese hätte beinahe seinen Whisky auf den Tisch gespuckt. Die anderen lachten, und Cade schlug Reese auf die Schulter, als er husten musste. Es war kein Geheimnis, dass Griffins Verlobte das genaue Gegenteil von ihm darstellte: Sie war eine überaus freundliche und zuvorkommende Frau aus den Südstaaten, während Griffin aristokratisch und reserviert war.

Erneut musste Jonathan an Violet und ihr vorsichtiges, zurückhaltendes Lächeln denken. Sie war nicht so offen wie Griffins Maylee. Vielleicht war sie es früher einmal gewesen, aber die Violet, die jetzt in der Limousine auf ihn wartete, blieb immer wachsam. Es war fast so, als würde sie immer auf den nächsten Schlag warten, der unausweichlich kommen musste.

Er konnte den Gedanken, dass er daran schuld war, kaum ertragen. Was war aus dem wilden Mädchen geworden, das »Carpe Diem« auf dem Rücken tätowiert trug?

Die Antwort auf diese Frage kannte er inzwischen. Man hatte sie schwanger sitzen lassen, und sie hatte das Baby verloren. Sie war eine andere geworden, und er hatte sie für immer verloren.

»Gehst du mit?«

Jonathan starrte seine Karten an, ohne sie wirklich wahrzunehmen, und musste immer wieder an Violet denken. Er hätte alles dafür gegeben, die Sache mit ihr wieder in Ordnung bringen zu können. Vielleicht war ihre Freundschaft ja ein Schritt in die richtige Richtung. Möglicherweise benahm er sich aber auch egoistisch und sollte lieber wieder aus ihrem Leben verschwinden, sich wie ein Krebsgeschwür einfach herausschneiden. Was war das Beste für sie? Er wusste es nicht, aber er würde es tun, was immer es auch sein mochte. Violet und ihr Glück waren alles, was ihm noch wichtig war. Vielleicht konnte er ihr das ja eines Tages zeigen.

Ein Ellbogen bohrte sich in seine Rippen. »Hallo? Erde an Johnny-Boy.« Reese stieß ihn erneut an. »Gehst du jetzt mit oder nicht?«

Er starrte Reeses Grinsen an, ohne es zu sehen, und schaute dann auf seine Karten. Zwei Könige. »Ich passe.«

So hatte er mehr Zeit, um über Violet nachzudenken.

6

Einige Stunden später gähnte Gretchen. Jonathan nutzte diese Ausrede, um sich abzuseilen. »Ich muss ein Flugzeug erreichen, Leute. Wir sehen uns dann nächste Woche.« Er löste seine Chips ein und verabschiedete sich, wobei er noch immer abgelenkt war. Der Abend war ihm unendlich lang vorgekommen, aber jetzt war er endlich vorüber, und er konnte wieder zurück zu seiner Violet. Er sprang praktisch die Stufen nach oben, eilte durch den Flur und zurück in den Klub, durch den noch immer ein wilder Beat tönte.

Er zog das Handy aus der Tasche und wollte dem Fahrer schon eine SMS schicken, damit er Violet zurückbrachte, aber als er auf die Straße trat, stellte er überrascht fest, dass der Wagen in der Nähe parkte. Hatten sie die ganze Zeit dort auf ihn gewartet? Wieso empfand er eine derart große Freude darüber, dass Violet auf ihn wartete? Er ging zur Limousine und klopfte ans Fenster.

Es wurde einen Spaltbreit heruntergelassen, und Violet sah ihn verschlafen an. »Bist du fertig?«

»Alles erledigt«, bestätigte er.

Sie öffnete die Tür und rutschte zur Seite, damit er einsteigen konnte. Sobald er saß, überraschte sie ihn, indem sie ihm einen Kaffeebecher reichte. »Das ist deiner. Trinkst du ihn noch immer schwarz?«

Das tat er zwar nicht, aber für sie würde er es tun. »Danke.« Der Becher war noch warm. »Du hast … Kaffee geholt?«

»Mehrmals sogar.« Sie schnitt eine Grimasse. »Die erste

Runde habe ich ausgetrunken, und dann habe ich neuen geholt und war dort auch auf der Toilette. Ich brauchte was zu trinken, um mir die Zeit zu vertreiben.«

»Du warst nicht einkaufen?«

Sie verzog das Gesicht. »Natürlich nicht. Hier hast du dein Geld zurück, abzüglich der Kosten für den Kaffee natürlich.« Sie reichte ihm die Geldscheine.

Er nahm sie entgegen und war seltsam erfreut darüber, dass Violet auf ihn gewartet und ihm sogar Kaffee mitgebracht hatte. »Entschuldige, dass es so lange gedauert hat.«

Aber sie winkte ab. »Ich habe mit dem Handy ein paar Nachforschungen angestellt, während du weg warst. Ich dachte mir, ich kann ja auch was tun, schließlich hast du mich ja aus genau diesem Grund mitgenommen.«

»Was hast du rausgefunden?«

»Nun ja.« Violet stellte ihren Kaffeebecher in eine Halterung, nahm ihr Handy in die Hand und strich mit dem Daumen über das Display. Jonathan war völlig fasziniert von dieser kleinen Bewegung und ihren niedlichen Fingern, mit denen sie auf dem Handy herumtippte. »Ich habe mit ›Osymandias‹ angefangen, da der Name auf meiner Nachricht stand. Aber je mehr ich über untergegangene Imperien und die tragische Vergangenheit gelesen habe, desto mehr habe ich mich gefragt, ob mir mein Vater damit nicht insgeheim Vorwürfe machen wollte. So, wie ich ihn kannte, gibt es einen guten Grund dafür, dass er mir das Gedicht hinterlassen hat.« Sie warf Jonathan einen Seitenblick zu. »Daraufhin bin ich richtig wütend geworden und habe es mit einem anderen Weg versucht. Ich habe mich auf ›Glirastes‹ konzentriert. Es hat nicht lange gedauert, da hatte ich die Verbindung auch schon gefunden.«

Vor Aufregung spürte er ein Flattern in der Magengrube. »Erzähl schon.«

Ihre Augen funkelten, als sie ihn angrinste. »Ein Haselmausfreund.«

»Ein was?« Sie kicherte, als sie sein Gesicht sah, und das Geräusch und ihr Lächeln verzauberten ihn. Himmel, allein wenn er sie so sah, bekam er eine steinharte Erektion. Er hätte sie zu gern berührt, diese weiche Haut unter seinen Fingern gespürt. Stattdessen umklammerte er nur fester seinen Kaffeebecher.

»Ein Haselmausfreund«, wiederholte sie noch immer lächelnd. »Anscheinend hatte Shelley einen Spitznamen für seine Frau; er nannte sie ›Haselmaus‹. Aus diesem Grund hat er ›Glirastes‹ als Pseudonym und eine Art Insiderwitz ausgewählt. Es bedeutet ›Haselmausfreund‹.«

»Das ist eine interessante Information, aber was wollte uns dein Vater damit sagen?«

»Nun ja.« Violet legte den Kopf schief und tippte erneut auf ihrem Handy herum. »Erinnerst du dich daran, dass in meinem Brief einige Buchstaben fetter waren als andere? Wenn ich nur diese Buchstaben betrachte, ergeben sie die Worte ›dreizehn Schritte drunter‹.«

»Schön, aber worunter? Wo fangen wir an zu suchen?«

Sie hielt einen Finger in die Luft. »Ich bin noch nicht fertig. Anscheinend war ›Haselmaus‹ der Spitzname, den Percy Mary während ihrer Zeit in einer Stadt namens Marlow gegeben hat. Marlow liegt an der Themse und ist vor allem bekannt für seine Hängebrücke. Diese Brücke hier.« Sie rief auf ihrem Handy ein Bild der Brücke auf und zeigte es Jonathan.

Er nahm ihr das Handy ab. Einen Moment lang war er abgelenkt durch ihre Wärme und musste sich zwingen, das Foto genauer zu betrachten. »Glaubst du, es ist dort?«

»Dort können wir ebenso gut anfangen wie an jedem anderen Ort«, erwiderte sie. »Aber ›Osymandias‹ wurde zuerst unter dem Namen ›Glirastes‹ veröffentlicht, und dieser kam nur ins Spiel, weil sie eine Zeit lang in Marlow gelebt hatten. Ich schätze, wir sollten mal unter der Brücke nachsehen. Falls damit dreizehn Schritte unter einem Haus gemeint sind, dann würde ich den Keller anderer Leute lieber erst aufreißen, wenn wir zuvor alle anderen Möglichkeiten ausgeschlossen haben.«

Er schaute zu ihr herüber und stellte fest, dass sie im Dämmerlicht des Wagens noch schöner aussah. »›Wir‹?« Diese winzige Veränderung in ihrer Ausdrucksweise war ihm nicht entgangen. Bisher hatte sie überhaupt nicht an dieser Schatzsuche teilnehmen wollen und sich jedes Mal gewehrt, wenn er etwas vorschlug.

Und jetzt stellte Violet auf einmal eigene Nachforschungen an und sprach davon, dass sie zusammen auf die Suche gehen sollten?

Sie beugte sich vor und stieß ihn mit dem Ellbogen an. Diese Geste erinnerte ihn an die von Reese zuvor, nur dass er dieses Mal völlig anders reagierte. Violets weicher Körper neben ihm bewirkte, dass seine Sinne verrücktspielten. Der schwache Duft ihres Parfums stieg ihm in die Nase, und sein Körper reagierte sofort auf ihre Berührung, indem er eine Erektion bekam.

»Ich dachte, wir stecken zusammen in der Sache drin«, stellte sie klar. »Was immer es ist, das wir für meinen Vater herausfinden sollen – es sieht ganz danach aus, als ob wir das zusammen tun sollen.«

»Zusammen«, stimmte er zu. Der Klang dieses Wortes gefiel ihm.

*

Violet rutschte unruhig im Wagen herum und versuchte, eine bequeme Sitzposition zu finden. Trotz der späten Stunde und der relativ angenehmen Sitze in dem Privatjet konnte sie sich einfach nicht entspannen. Möglicherweise lag das an den drei Tassen Kaffee, die sie während des Wartens in der Limousine getrunken hatte. Vielleicht auch daran, dass sie auf dem Weg nach London waren, um den nächsten Teil der Schatzsuche anzugehen, und dass sie wider Erwarten sehr aufgeregt war.

Sie vermutete, dass es von allem etwas war, und wenn man noch in Betracht zog, dass der heiße, umwerfende Jonathan Lyons ihr direkt gegenübersaß, dann kam Schlafen einfach nicht infrage. Er trug wieder einen Blazer über einem T-Shirt und Jeans und wirkte damit gleichzeitig lässig und überaus maskulin.

Auch wenn sie es sich nur ungern eingestand, setzte ihr seine Nähe zu. Ihre sexuelle Beziehung war zwar zehn Jahre her, aber ihre Brustwarzen reagierten auf ihn fast so, als hätte er sie erst gestern im Mund gehabt. Natürlich konnte sie es ihnen nicht verdenken, denn ihr restlicher Körper spielte auch nicht gerade fair. Zwischen ihren Beinen empfand sie eine große Sehnsucht, und ihre Haut prickelte jedes Mal, wenn er ihr so nahe kam, dass sie sein Aftershave riechen konnte.

Aber ihr Verstand war am verräterischsten, da Violet jedes Mal, wenn sie die Augen schloss, sah, wie sich Jonathan auf sie legte. Das war jedoch nicht der neunzehnjährige Jonathan, sondern der Mann, der ihr jetzt gegenübersaß und der harte Muskeln sowie eindringliche, welterfahrene Augen hatte. Als Collegestudent war er schon sexy gewesen, aber als erwachsener Mann brachte er sie um den Verstand.

Und er machte sie unfassbar nervös.

Wieder rutschte sie auf ihrem Platz herum.

»Kannst du nicht schlafen?«, fragte Jonathan und stieß sie mit einem Fuß an.

Es war ohnehin sinnlos, noch länger so zu tun. Sie setzte sich auf und stützte ihr Kinn in eine Hand. »Irgendetwas sagt mir, dass der viele Kaffee vorhin keine gute Idee gewesen ist.« *Deine Nähe ist auch nicht gerade hilfreich.* Das sagte sie jedoch nicht laut. Nicht, solange sie sich darum bemühten, Freunde zu sein. Aber er hätte doch auch selbst auf die Idee kommen können, dass es sie nervös machte, wenn er sich ihr genau gegenüber ins Flugzeug setzte, wo doch noch wenigstens ein Dutzend andere Plätze frei waren, oder? Außerdem hätte ihm klar sein müssen, dass sie am ganzen Körper eine Gänsehaut bekam, wenn er sich so breitbeinig auf seinen Platz lümmelte, als würde ihm hier alles gehören.

Verdammt, möglicherweise tat es das sogar. »Zu viel Kaffee«, murmelte sie, bekam erneut eine Gänsehaut an den Armen und rieb darüber.

Langsam breitete sich ein wundervolles Lächeln auf seinen Lippen aus, und er sah ihr in die Augen. »Du wirst dich bestimmt gleich entspannen.«

Aus irgendeinem Grund machte sie sein intensiver Blick ganz nervös und flattrig. »Vermutlich.« Jetzt, wo sie sich geschworen hatten, nur Freunde zu sein, schien ihr Körper – ihr dummer, dummer Körper – sich auf völlig andere, ganz und gar nicht freundschaftliche Dinge zu konzentrieren.

»Kann ich dich was fragen?«

Ihr Herz schlug schneller, und ihr Blick fiel auf seine sinnlichen Lippen. Aber sie gab sich alle Mühe, ganz lässig zu wirken. »Oh, ähm … was denn?«

»Wie viele werden es deiner Meinung nach sein?«

Sie hatte nicht die geringste Ahnung, worauf er hinauswollte. »Wie viele wovon?«

»Wie viele Briefe? Wie viele Hinweise, denen wir folgen müssen?«

»Oh!« Ihre Gedanken waren bei etwas völlig anderem als ihrer aktuellen Schatzsuche gewesen. »Sonst waren es immer vier.«

»Hmm. Dann erwarten uns also noch zwei weitere.« Er rieb sich nachdenklich das Kinn.

Violet ertappte sich dabei, wie sie seine langen Finger anstarrte, und verspannte ihre eigenen. *Beruhige dich, Mädchen. Das ist nur Jonathan, der alte Idiot.* Dummerweise war sie sich nicht mehr so sicher, dass sie noch länger daran glaubte. »Freu dich nicht zu früh«, sprudelte es aus ihr heraus. »Ich habe die Erfahrung gemacht, dass jede einzelne dieser Schatzsuchen letzten Endes eine große Enttäuschung war.«

»Selbst wenn dem so wäre.« Er rieb sich weiter das Kinn, und sie kämpfte gegen den Drang an, seine Hand dort wegzunehmen. Dieses langsame, nachdenkliche Reiben lenkte sie wirklich ab. »Es muss doch ein Sinn dahinterstecken, dass er uns nach seinem Tod diese Umschläge öffnen lässt. Selbst ohne die Tatsache, dass er seine Tagebücher versteckt hat, passt es einfach nicht zu Dr. DeWitt, etwas von einer Ausgrabungsstätte zu stehlen.«

»Dazu kennst du meine Meinung bereits«, erwiderte Violet leicht gereizt. »Er will, dass ich wieder Teil deines Lebens bin, damit du weiterhin all seine Projekte finanzierst. Wenn du mich ständig siehst, wirst du auch an das erinnert, was er will. Das alles ist wieder nur einer seiner Schachzüge.«

»Hmm. Du klingst, als wärst du wütend. Er war kein besonders guter Vater, was?«

Sie seufzte. »Wollen wir jetzt wirklich darüber reden?«

»Warum denn nicht? Oder halte ich dich gerade vom Schlafen ab?« Verdammt, jetzt schenkte er ihr schon wieder dieses tödliche Lächeln, als würden sie ein Geheimnis miteinander teilen.

»Nein«, fauchte sie etwas brüsker, als sie es vorgehabt hatte. Sie setzte sich aufrechter hin. »Aber von uns beiden bist du derjenige, der schöne Erinnerungen an ihn zu haben scheint.«

»Ich erinnere mich nicht daran, dass du ihn in jenem Sommer gehasst hättest …«

»Das war etwas anderes«, unterbrach sie ihn. Sie wusste genau, was sie über ihren Vater dachte, und brauchte niemanden, der sie daran erinnerte. »Damals habe ich noch geglaubt, ich könnte ihn dazu bringen, sich für mich zu interessieren. Doch ich habe meine Lektion gelernt und diesen Fehler nie wieder gemacht.«

»Es fällt mir schwer zu glauben, dass er sich nicht für dich interessiert hat«, meinte er leise. »Eigentlich ist es für mich unvorstellbar, dass dich jemand absichtlich nicht lieben könnte.«

Sie rutschte auf ihrem Sitz herum. Diesen warmen Unterton in seiner Stimme musste sie sich nur einbilden. Vermutlich ging ihre Fantasie gerade mit ihr durch. »Mein Vater hat sich in seinem ganzen Leben nur für einen einzigen Menschen interessiert, und zwar für sich selbst. Alles, was er getan hat, zielte darauf ab, seine Ambitionen voranzutreiben. Er hat meine Mutter durch pure Vernachlässigung zugrunde gerichtet.«

Jonathan legte den Kopf schief und sah sie an. »Dr. DeWitt hat nie über deine Mutter gesprochen.«

»Das überrascht mich nicht.«

»Wieso?«

»Was gäbe es da auch schon zu erzählen?« Violet lehnte den Hinterkopf an und versuchte, an ihre Mutter zu denken, ohne dass ihr die Tränen kamen. Das fiel ihr überraschenderweise sehr schwer, denn all ihre Erinnerungen an Connie DeWitt drehten sich um ihre Depressionen, ihre Trinkerei und wie sich das alles auf Violet ausgewirkt hatte. »Sie hat ihn geheiratet, als sie zwanzig und er fünfzig war. Meine Mom war eine seiner Studentinnen, damals als er noch an der Universität gelehrt hat. Sie war jung, hübsch und bis über beide Ohren in ihn verliebt. Er war, nun ja … Er war ein alternder Perverser.«

Jonathan lachte nicht.

Violet zuckte mit den Achseln und sprach weiter. »Ein paar Jahre später kam ich auf die Welt, und sehr kurz darauf wurde mein Dad immer berühmter, und je bekannter er wurde, desto seltener kam er nach Hause. Er trieb meine Mutter in die Depression, und als die Medikamente nicht mehr wirkten, betrank sie sich bis zur Besinnungslosigkeit. Und sie hat immerzu geweint.« Ihre Kehle war ganz trocken, und sie dachte an ihre einsame Kindheit voller dunkler Räume und wie sie sich leise hatte durch das Wohnzimmer schleichen müssen, weil ihre Mutter betrunken auf der Couch zusammengesackt war. Aber wenigstens weinte sie nicht, wenn sie schlief. Das Weinen war schlimmer als alles andere. »Mein Vater tauchte ein paar Monate später wieder auf, und dann war immer einen oder zwei Tage lang alles wieder gut. Danach fingen sie an, sich zu streiten, meine Mutter weinte und war wieder deprimiert, und dann verschwand mein Vater auch schon wieder, so schnell er konnte.«

»Aus diesem Grund fällt es dir vermutlich so schwer, anderen zu vertrauen.«

Sie warf ihm einen eisigen Blick zu und wrang die Hände auf ihrem Schoß. Aber in Jonathans Augen lag kein Urteil, kein Tadel, sondern nur diese seltsame Intensität, die Violet so faszinierend fand. Als wäre sie ein Puzzle, das er vor zehn Jahren beiseitegelegt hatte, um sich jetzt doch noch an seine Lösung zu machen. Aber sie wollte nicht durchschaut oder gerettet werden. Sie kam ganz gut allein klar. »Ich bin mir sicher, dass dir mein Vater wie ein Held vorgekommen ist, aber er war nur gut zu Menschen, die ihm das beschaffen konnten, was er haben wollte. Uns andere hat er einfach links liegen gelassen.«

»Das wusste ich nicht«, sagte er leise.

»Weil ich nie jemandem erzählt habe, wie sehr mich das verletzt«, gestand Violet und stellte überrascht fest, dass sie diese Worte tatsächlich ausgesprochen hatte. Wie viele Jahre der Therapie hatte es gebraucht, um sie dahin zu bringen? Violet wusste selbst, dass sie nicht sehr gut darin war, etwas von sich preiszugeben. Ganz im Gegenteil, sie war sogar hundsmiserabel darin. Sie rechnete immer damit, dass jeder in ihrer Nähe seine eigenen Pläne verfolgte.

Kein Wunder, dass sie auch über Jonathan das Schlimmste geglaubt hatte.

Du weißt selbst, dass das nicht stimmt, schalt sie sich. Dennoch musste sie immer wieder an seine tagelange Sauftour denken und wie er sich über ihre Worte aufgeregt hatte. Ein glücklicher Mensch versuchte nicht, sich ins Koma zu trinken, das wusste sie aus Erfahrung dank ihrer Mutter. Man trank, weil man alles vergessen wollte.

Vielleicht hatte sie ihm von Anfang an einfach zu wenig von sich erzählt.

Möglicherweise war es ja doch nicht allein Jonathans Schuld, dass er ihr damals nicht gefolgt war. Es war durchaus möglich, dass sie ihm ihre Gefühle nicht deutlich genug gezeigt hatte und auch in Bezug auf das Baby zu unklar gewesen war. Mit neunzehn war es ihr eindeutig vorgekommen, dass sie die Themen Heirat und Familie angesprochen und dann einen Brief geschrieben hatte. Jetzt, Jahre später, kam es ihr kindisch vor. Sie konnte die Möglichkeit nicht ausschließen, dass er gar nicht die Gelegenheit bekommen hatte, nah genug an sie heranzukommen, um das wahre Mädchen unter all der Schutzpanzerung zu erkennen, diesen ängstlichen, einsamen Teenager, der nur eine eigene Familie wollte, deren Mitglieder nicht tranken oder ständig verschwanden.

Sie biss sich auf die Unterlippe. Wie sie es hasste, an die Vergangenheit denken zu müssen. Violet sah Jonathan an. »Und ... wie ist es dir die letzten zehn Jahre so ergangen?«

»Ich war einsam.«

Sie kannte den Grund dafür. Er hatte gesagt, dass er sie vermisst hatte. Irgendwie fühlte sie sich deswegen unbehaglich. Aber es war gleichzeitig spannend und aufregend, selbst wenn sie wusste, dass sie das nicht so sehen sollte. Es ärgerte sie, dass sie so empfand. Violet wedelte mit einer Hand in der Luft herum. »Abgesehen davon, meine ich.«

»Ich war viel mit meinen Projekten beschäftigt. Die ersten beiden Jahre nach dem College habe ich damit verbracht, die Autofirma wieder auf Kurs zu bringen. Dazu musste ich größtenteils die Führungsetage umbauen und ein paar neue Ideen einbringen.«

»Jetzt bist du aber viel zu bescheiden«, schalt sie ihn. Sie hatte die Artikel im *Time Magazine* gelesen, die beschrieben, wie seine kreativen Ideen und klugen Investitionen Lyons Motors nicht nur gerettet, sondern zu einer Größe auf dem Automobilmarkt gemacht hatten.

Er zuckte mit den Achseln. »Das war nur meine Arbeit, aber ich habe kein Herzblut reingesteckt. Sobald Lyons Motors von alleine lief, habe ich angefangen zu reisen.«

»Wirklich?«, fragte sie leicht wehmütig. Früher einmal

hatte sie auch fest vorgehabt, so viel zu reisen, wie sie nur konnte. »Wo warst du denn überall?«

Jetzt zeichnete sich wahre Freude auf seinem Gesicht ab, worauf ihr Körper natürlich prompt reagierte. »Wo ich überall gewesen bin?«, erwiderte Jonathan, der zu ihrer Überraschung aufsprang und sich neben sie setzte. Sie wollte schon protestieren, aber dann holte er sein Tablet heraus und zeigte ihr Fotos von seinen Reisen.

Von da an war sie eigentlich nur noch fasziniert.

»Du warst in Macchu Picchu?« Sie hielt seine Hand fest, um sich das Foto genauer anzusehen und ihn daran zu hindern, weiterzuscrollen. Er verschränkte die Finger mit ihren, und sie tat so, als würde sie es nicht bemerken.

»Ich war zweimal da«, berichtete Jonathan. »Es ist faszinierend, aber bei Weitem nicht so unberührt wie auf Galapagos oder der Osterinsel.«

Ihr stockte der Atem. »Du warst auf der Osterinsel?«

Er nickte und sah sie an, während er mit dem Daumen über einen ihrer Finger strich. Das tat er unbewusst, versuchte sie sich einzureden. »Möchtest du Fotos davon sehen?«

Sie nickte.

Er entzog ihr seine Hand – fast schon widerstrebend – und blätterte wieder durch seine Fotos.

Im Verlauf der nächsten Stunden zeigte ihr Jonathan Fotos von seinen Reisen und erzählte davon. Während sie sich durch das College gequält und mit schlecht bezahlten Jobs über Wasser gehalten hatte, war er von einem Ende der Welt zum anderen gereist. Da waren Fotos aus der Antarktis, aus Tibet, von der Chinesischen Mauer, dem australischen Outback, Wasserhöhlen in Thailand, mongolischen Steppen und noch viel unglaublicheren Zielen. Zu jedem Ort gab es eine Geschichte, und Jonathan ging nur zu gern ins Detail. Er berichtete ihr, wie gut das Wasser auf Island schmeckte und dass man in der Antarktis keine Abfälle, nicht einmal menschliche Exkremente, wegwerfen durfte. Wie Nomadenstämme noch immer die Steppen in Asien durchquerten. Wie Tokio zu jeder Tages- und Nachtzeit hell erleuchtet war und einem glitzernden Weihnachtsbaum glich.

Das war alles so wunderbar, und er beschrieb alles mit solchem Enthusiasmus, dass sie glaubte, mit ihm dort zu sein, am Great Barrier Reef zu tauchen, über dem Grand Canyon mit dem Fallschirm abzuspringen und durch die Antarktis zu ziehen. Sie kuschelte sich an seine Schulter und sah sich die Bilder an, während er redete, und sie stellte sich vor, sie wäre mit ihm dort gewesen und hätte das Leben ausgekostet.

Irgendwann sackte ihr Kopf jedoch immer weiter nach unten und sie gähnte.

Jonathan legte das Tablet weg, stand jedoch nicht auf. »Schlaf ein bisschen, Violet. Der Flug dauert noch lange.«

»Hm, das wäre wohl besser. Aber der Sitz ist nicht gerade bequem. Er wurde wohl nicht für kleine Menschen entwickelt.« Sie zog die Beine unter sich, damit sie sich an Jonathan anlehnen konnte, aber sobald er aufstand, würde sie ihre Stütze verlieren.

»Du kannst meinen Arm als Kissen nehmen. Das macht mir nichts aus.« Seine Stimme war leise und sanft, und er schien ebenso müde zu sein wie sie.

Violet schoss durch den Kopf, dass sie eigentlich protestieren und sich an das Fenster oder an etwas anderes anlehnen sollte, aber Jonathan war warm und roch gut, und er saß auch schon neben ihr. Sie musste sich nicht einmal mehr bewegen, nur noch die Augen schließen, einschlafen und sich von seinen starken Armen halten lassen.

Sie sollte sich eigentlich nicht an ihn kuscheln, aber sie war viel zu müde, um noch von ihm abzurücken. Im Einschlafen fiel ihr ein, dass sie Jonathan gar keine Fragen über das gestellt hatte, was sie über die vergangenen zehn Jahre eigentlich wissen wollte. Hatte er eine Freundin, eine Frau oder Kinder? All diese wichtigen Dinge wusste sie nicht.

Aber dann schlief sie ein, und all das hatte keine Bedeutung mehr.

*

Jonathan bewegte keinen Muskel, als sich Violet an ihn kuschelte und einschlief, wobei sie so vertrauensvoll wirkte wie ein Kätzchen. Ihr dunkles Haar lag auf ihrer Wange, und es war so glänzend und weich, dass er es am liebsten berührt hätte. Aber er wollte sich nicht bewegen, um sie nicht zu wecken, denn dann hätte sie vielleicht bemerkt, wie eng sie sich an ihn drückte, und wäre zur Vernunft gekommen.

Stattdessen genoss er lieber diesen Augenblick. Das warme Gefühl ihres kleineren Körpers, der sich an seinen presste. Ihr gleichmäßiger Atem und sogar das leise Schnarchen, das sie ausstieß, als sie den Kopf ein wenig nach hinten neigte. All das genoss er sehr.

Er musste an ihre Unterhaltung an diesem Abend denken. Es war hart gewesen, die Sehnsucht in ihren Augen zu sehen, als er ihr die Fotos von seinen Reisen gezeigt hatte. Die Bilder von den Expeditionen mit ihrem Vater hatte er lieber ausgelassen, um ihr die Stimmung nicht zu verderben. Stattdessen hatte er ihr von seinen privaten Reisen erzählt, die er mit Freunden, Familienmitgliedern oder manchmal auch ganz allein rund um die Welt gemacht hatte. Für sie waren das alles Abenteuer. Er hatte sich damit jedoch nur abgelenkt – um nicht an seine schmerzhafte Einsamkeit und die Sehnsucht nach Violet denken zu müssen.

Aber jetzt war er nicht mehr einsam. Sie war hier und schmiegte sich an ihn. Sein Herz war so voller Freude, dass er schon befürchtete, es könnte explodieren.

Er musste an Dr. DeWitt und dessen Umschläge denken. Vier würde es geben. Fünf, wenn er Glück hatte. Das war nicht genug Zeit. Er würde nie genug Zeit haben. Irgendwie musste es ihm gelingen, die Sache in die Länge zu ziehen, damit seine Zeit mit Violet so lange wie möglich dauerte … natürlich, ohne dass sie Verdacht schöpfte.

Sie seufzte im Schlaf, drückte sich an seinen Arm und murmelte leise etwas.

Wagemutig streckte Jonathan die freie Hand aus und strich ihr sanft eine dunkle Strähne aus der Stirn. Violet regte sich nicht und schlief weiter.

Wenn es irgendeinen Weg gab, die Schatzsuche auszudehnen, damit Violet länger bei ihm blieb, dann würde er ihn finden. Dafür würde er alles tun.

7

Das ist Higginson Park«, las Violet von der Tourismusseite ab, die sie online gefunden hatte. Sie strich mit den Fingern über das Display des Tablets. »Ich glaube, hier sind wir richtig.«

»Das klingt doch gut«, sagte Jonathan und bedeutete dem Taxifahrer, er möge anhalten. Dann reichte er dem Mann ein paar Geldscheine, als sie in der High Street ausstiegen. »Warten Sie bitte hier. Es wird nicht lange dauern.«

Gemeinsam gingen sie in den Park. Violet zitterte fast schon vor Spannung. Obwohl es ihr dumm vorkam, sich wegen eines Briefes ihres Vaters derart aufzuregen, war sie doch hier in Großbritannien, um unter einer zweihundert Jahre alten Brücke nach einem Hinweis zu suchen, den ihr inzwischen längst verstorbener Vater ihr hinterlassen hatte. Man musste schon eine Statue sein, um sich davon nicht aus der Ruhe bringen zu lassen.

Dass sie auf dem Flug hierher erneut erotische Träume von Jonathan gehabt hatte und dann beim Aufwachen feststellte, dass seine Hand auf ihrer Hüfte lag, war auch nicht gerade beruhigend.

Violet schob sich eine Haarsträhne hinter ein Ohr und beschloss, Jonathan zu ignorieren und sich auf ihre Umgebung zu konzentrieren. Überall waren Bäume, Blumen und Pflanzen zu sehen. Es war früh am Morgen, und der Himmel war grau und wolkenverhangen. Ein leichter Nebel hing über dem Boden, und an einem Weg entdeckte sie ein dekoratives

Schild, auf dem »Themse-Fußweg« stand. Sie deutete darauf, und Jonathan nickte. Entlang der Straße öffneten die ersten Geschäfte, und Violet unterdrückte ein Gähnen. Vielleicht konnten sie ja irgendwo in ein Café gehen, nachdem sie den Umschlag von ihrem Vater gefunden hatten, und etwas zum Wachwerden bestellen.

Als sie sich dem Fluss näherten, kamen mehrere Enten quakend auf sie zugeschwommen. »Oje«, murmelte Violet und lachte, da ihnen die Enten folgten, während sie am Wasser entlanggingen. »Sie denken, wir wollen sie füttern.«

»Wenn sie keinen Kaugummi wollen, habe ich leider nichts für sie.«

Wieder lachte sie und schob sich das Haar zurück. Aber ihr Lachen erstarb, als sie den durchdringenden, fast schon gierigen Blick bemerkte, mit dem Jonathan sie betrachtete. Himmel, wie hatte sie nur je auf den Gedanken kommen können, sie könnten einen freundschaftlichen Umgang pflegen? Jonathan konnte nicht mit einer Frau befreundet sein. Er verschlang sie ja die ganze Zeit förmlich mit Blicken.

Genau wie jetzt.

Sie wich seinem Blick aus, machte vorsichtig einen Schritt nach vorn und stellte fest, dass die Enten ihr folgten. »Wir sollten sie lieber irgendwie ablenken«, schlug sie vor. *Und dich am besten auch.* »Könntest du vielleicht in der Nähe in ein Café gehen und etwas zu essen besorgen?«

»Das kann ich machen«, erwiderte er langsam. »Möchtest du auch etwas?«

»Ja, sehr gern«, sagte sie und lächelte ihn an. »Drei Stück Zucker und extra viel Milch, bitte.«

Er nickte und lief den Weg wieder zurück. Sie sah ihm nach und bewunderte seine breiten Schultern, die sich unter seinem Blazer abzeichneten, und wie gut sein Hintern in der

Jeans aussah. *Verdammt, konntest du keinen Schmerbauch und eine Halbglatze haben?*, dachte sie mit schiefem Grinsen. Dann drehte sie sich um und ging in Richtung der Marlow Bridge, wobei sie das Tablet fest in der Hand behielt.

Sie folgte dem Fußweg und gelangte kurz darauf zur Brücke, an der sie inmitten der Ziegelsteine eine Plakette entdeckte. Neugierig trat sie näher. »Marlow-Hängebrücke« stand darauf, daneben der Name des Erbauers. Aber nirgendwo wurden »Osymandias« oder Percy Shelley erwähnt, sodass ihr erste Zweifel kamen. Was war, wenn sie sich hier an einen Strohhalm klammerten? Ihr Vater konnte doch unmöglich gemeint haben, dass sie dreizehn Schritte unter der Brücke suchen mussten?

Denn dann stünde sie nämlich längst im Wasser. Violet starrte die quakenden Enten an, die noch immer darauf hofften, gefüttert zu werden.

Dann zuckte sie mit den Achseln, setzte sich auf das mit Gras bewachsene Ufer und öffnete die Riemen ihrer hochhackigen Schuhe. Nachdem sie desorientiert aufgewacht war, hatte sie sich mit ihrer Lehrerinnenkleidung »gewappnet«. In einem knielangen Wollrock, einem züchtigen langärmligen Cardigan und den Riemenpumps fühlte sie sich wieder normal, wie die kontrollierte, vernünftige Violet. Das war die Frau, die sie jetzt war, und nicht das Mädchen, das sich vor so langer Zeit in einen faszinierenden Collegestudenten mit gefühlvollen Augen verliebt hatte.

Die Enten schwammen quakend weg, und als Violet aufblickte, sah sie Jonathan, der mit zwei Kaffeebechern und einer kleinen braunen Tüte in den Händen zurückkehrte. Er blickte mit finsterer Miene auf sie herab, als sie sich den ersten Schuh auszog. »Was hast du vor, Violet?«

»Ich werde ins Wasser steigen.«

In der Nähe schnatterte eine Gans.

Jonathan musterte sie. »Das Wasser ist kalt. Ich sollte derjenige sein, der da reinsteigt.«

»Es ist kalt«, stimmte ihm Violet zu und machte sich am anderen Schuh zu schaffen. »Aber da uns mein Vater auf diese Suche geschickt hat, werde ich auch da reingehen.«

Er schwieg einen langen Moment und suchte zweifellos nach weiteren Argumenten. Sie war überrascht, als er kapitulierte. »In Ordnung«, sagte er. »Aber sei vorsichtig.«

»Keine Sorge«, versicherte sie ihm und stellte den anderen Schuh ab. »Du musst in der Zeit die Enten füttern und von mir ablenken«, bat sie ihn und sah zu ihm auf.

Sie stieß den Atem aus.

Jonathans Blick war zu ihren Beinen hinuntergewandert, und er umklammerte die Kaffeebecher so fest, dass seine Fingerknöchel weiß anliefen. In seinen Augen lag nichts als pure Lust, während er ihre mit einer Strumpfhose bekleideten Beine anstarrte, die sie ohne nachzudenken am Ufer ausgestreckt hatte. In seiner Hose zeichnete sich eine deutliche Wölbung ab.

Oh.

Violet wandte sich mit hochroten Wangen ab, hob einen Schuh auf und tat so, als würde sie an der kleinen Schnalle herumfummeln. Jonathan war erregt, weil sie am Flussufer die Schuhe auszog. Eigentlich hätte sie das abstoßen müssen. Eigentlich …

Stattdessen spürte sie eine seltsame, vertraute Sehnsucht zwischen den Beinen. Sie atmete schneller, stellte den Schuh wieder hin und tat das Undenkbarste und Schlimmste.

Sie zog ihren schönen, züchtigen Rock bis zum Oberschenkel hoch und begann ganz langsam, einen der hüfthohen Strümpfe herunterzurollen. Er wollte ihr doch dabei zusehen, oder nicht? Dann sollte es sich für ihn auch lohnen.

Seltsam war nur, dass die Vorstellung, wie er ihr beim Ausziehen zusah, ihr der Atem stocken ließ.

Ganz langsam rollte sie den Strumpf an ihrem Bein herunter. Als sie am Knie angekommen war, biss sie sich auf die Unterlippe, zögerte und machte dann weiter, indem sie den Strumpf vorsichtig über ihre Wade streifte. Sie bog den Fuß durch und versteifte die Zehen, während sie das Bein anhob und sich den Strumpf auszog. »Es macht dir nichts aus, dass ich ins Wasser gehe, oder?«, fragte sie ihn mit belegter Stimme und legte den Strumpf ins Gras.

Als Jonathan nicht antwortete, sah sie ihn an.

Er biss die Zähne aufeinander, und seine Lippen waren nur noch eine harte, flache Linie. Wäre der aufgewühlte, glasige Blick nicht gewesen, den sie schon so oft gesehen hatte, dann wäre sie glatt auf den Gedanken gekommen, er könnte wütend sein.

Aber er war vielmehr unglaublich erregt.

Auf einmal hatte Violet das Gefühl, mit dem Feuer zu spielen. Was tat sie denn da? Warum interessierte es sie, dass es Jonathan erregte, ihr dabei zuzusehen, wie sie sich die Strümpfe auszog? Himmel noch mal, war sie denn völlig verrückt geworden? Am liebsten hätte sich Violet selbst einen Tritt verpasst. Auf diese Weise ermutigte sie ihn bestimmt nicht dazu, nur Freundschaft von ihr zu wollen. Vielmehr quälte sie ihn mit etwas, das er nicht haben konnte.

Das war wirklich ziemlich erbärmlich von ihr.

Wie als Bestätigung schnatterte die Gans erneut.

Zornig auf sich selbst zerrte Violet am anderen Strumpf und zog ihn sich so unsexy wie nur möglich aus. Als ihre Beine nackt waren, stand sie auf und verharrte am Ufer.

Eigentlich hatte sie vorgehabt, ihren Cardigan auszuziehen, um herauszufinden, wie Jonathan darauf reagierte, dass sie darunter nur ein knappes Mieder trug, aber das schien ihr plötzlich keine gute Idee mehr zu sein. Was hatte sie sich nur dabei gedacht? Sie runzelte die Stirn und knöpfte die Strickjacke noch etwas weiter zu. »Hältst du bitte meinen Kaffee fest, bis ich fertig bin?«

»Aber klar«, sagte er mit dieser tiefen, leidenschaftlichen Stimme.

Sie erschauerte, ignorierte es jedoch ebenso wie ihn. Dann strich sie ihren Rock glatt und trat näher ans Wasser. »Dreizehn Schritte, nicht wahr?«

»Dreizehn«, bestätigte er angespannt. »Sei vorsichtig.«

»Mir wird schon nichts passieren«, versicherte Violet ihm und war froh über die Ablenkung. Auf Zehenspitzen ging sie näher ans Ufer. Es war schwer zu erkennen, wie tief das Wasser war, aber da es eine Brücke gab, musste es schon tief sein, oder nicht? Violet setzte vorsichtig einen Fuß hinein und prüfte, wie weit er eintauchte.

Zu ihrer Überraschung reichte ihr das Wasser gerade mal bis zur Wade. »Wow, so tief ist es gar nicht. Vielleicht führt der Fluss momentan wenig Wasser.« Sie machte noch einen Schritt und ließ ihren Rock los, der ja offensichtlich nicht nass werden würde. Nach einem weiteren Schritt drehte sie sich zu Jonathan um. »Glaubst du, er meint dreizehn Schritte von der Brücke weg oder dreizehn Schritte ins Wasser?«

»Das weiß ich ebenso wenig wie du.«

»Tja«, meinte Violet und stemmte die Hände in die Hüften. »Dann muss ich wohl einfach hier rumlaufen und darauf hoffen, dass ich mit dem Fuß gegen irgendwas stoße.«

»Tu, was du nicht lassen kannst«, erklärte Jonathan. »Ich

werde einfach mit dem Kaffee und den Muffins hier am Ufer warten.«

»Fiesling«, neckte sie ihn und entspannte sich langsam wieder. Das klang nicht so, als würde er ihr den kleinen Striptease übel nehmen, was sie sehr erleichterte. »Wenn du die Muffins aus der Tüte nimmst, dann pass auf die Enten auf. Die würden dir vermutlich einen Arm abkauen, nur um etwas zu fressen zu bekommen.« Schon jetzt schwammen sie ganz in seiner Nähe und ignorierten Violet völlig.

»Ich hebe die Muffins für dich auf«, versprach er ihr mit leicht amüsierter Stimme. Das war gut.

Violet lief langsam über den schlammigen Grund des Flusses und fühlte mit den Zehen herum. Das Wasser war kalt, aber flach, und sie ließ sich Zeit, um nichts zu übersehen. Als sie sich weiter vom Ufer entfernte, wurde das Wasser tiefer, und sie musste ihren Rock etwas weiter hochziehen. Auf der anderen Seite des Flusses konnte sie einen kleinen Friedhof und eine Kirche erkennen, und sie fragte sich, ob sie vielleicht von der falschen Seite hineingegangen war. Hatte das etwas zu bedeuten? War Shelley vielleicht dort begraben, und sie suchten am völlig falschen Ort? Jetzt da sie hier waren, kam ihr der Hinweis unglaublich vage vor.

»Wie läuft's?«, rief Jonathan nach einer Weile.

»Noch habe ich nichts gefunden«, erwiderte sie, drehte sich um und machte einen Schritt zur Seite, um dann langsam wieder zum Ufer zurückzukommen. Sie schaute zu ihm herüber, wie er im Gras stand und an seinem Kaffee nippte. »So langsam bereue ich, dass ich mich so schnell dazu bereit erklärt habe. Der Kaffee sieht schon sehr verlockend aus.«

»Er schmeckt auch ziemlich gut«, bestätigte Jonathan. »Aber ich verspreche dir, ihn nicht übermäßig zu genießen.«

Sie schüttelte grinsend den Kopf. »Glaubst du, dass er hier

irgendwo was vergraben hat? Was ist, wenn es von der Strömung weiter flussabwärts geschwemmt wurde? Was machen wir dann?«

»Keine Ahnung«, entgegnete Jonathan. »Dann könnte es einige Wochen dauern, bis wir was finden.«

»Das ist ja nicht gerade ermutigend.«

»Findest du?« Er klang nicht so, als würde ihm die Vorstellung sehr missfallen.

Da geriet sie ins Grübeln. Sie sprach ihre Gedanken jedoch nicht aus, sondern marschierte weiter am Flussufer entlang. Sie versuchte es mit dreizehn Schritten vom Ufer aus. Dann dreizehn Schritte vom Fundament der Brücke. Sie machte kleine und große Schritte. Aber unter ihren Füßen war nichts als schlickiger Schlamm zu spüren. Nachdem sie so gut wie alles ausprobiert hatte, sah sie Jonathan erneut an.

»Das bringt nichts«, erklärte sie. »Hier ist nichts als Schlamm. Sollen wir es am anderen Ufer noch einmal probieren?«

»Das können wir machen«, erwiderte er und stand auf. »Möchtest du über die Brücke gehen?«

»Das Wasser scheint gar nicht viel tiefer zu werden«, begann sie und ging in Richtung Flussmitte. »Ich kann bestimmt auf die andere Seite ...«

Dann trat ihr Fuß ins Leere, und ihr ganzer Körper tauchte ins Wasser.

Eine kurze Schrecksekunde bestand Violets Welt aus nichts als Wasser. Sie hörte, wie eine Männerstimme ihren Namen rief, was aber nur verzerrt an ihre Ohren drang. Dann berührten ihre Füße den Boden, der gar nicht so viel tiefer war, und sie stieß sich ab, während ihr langsam die Luft ausging.

Ihr Kopf durchbrach die Wasseroberfläche, und sie wischte sich das Wasser aus den Augen und spuckte es aus.

Einen Augenblick später griffen zwei starke Hände nach ihr, und sie wurde gegen einen kräftigen Männerkörper gedrückt. »Violet! Geht es dir gut?«

Sie blinzelte sich das Flusswasser aus den Augen und war überrascht, Jonathan direkt vor sich zu sehen. Er war ins Wasser gewatet, um sie zu retten. Seine Jeans war nass bis zu den Knien, und sie vermutete, dass er sich nicht einmal die Schuhe ausgezogen hatte. »Ich … ich glaube schon«, antwortete sie leise. »Ich war nur überrascht.«

»Himmel, du hast mich zu Tode erschreckt«, erklärte er mit heiserer Stimme und drückte die Finger fest in ihre Arme. Es war fast so, als wollte er das Wasser allein durch seine Berührung aus dem Stoff ihres Cardigans quetschen. Als sie sich das bildlich vorstellte, musste sie kichern. »Das ist nicht witzig«, knurrte Jonathan.

»Ein bisschen schon«, gestand sie ihm und konnte gar nicht mehr aufhören zu lachen. Sie amüsierte sich über sich selbst. Die ganze Sache entbehrte nicht einer gewissen Komik. »Pass auf, wo du hintrittst. Da geht's abwärts.«

Er schnaubte. »Worauf bist du getreten? Auf eine Schließkassette oder etwas in der Art?«

»Nein, da war bloß ein Loch, mehr nicht. Ich habe das Gleichgewicht verloren und bin untergegangen.« Selbst jetzt kam sie sich noch dämlich vor. Der Fluss war nicht tief, aber es war ihr irgendwie gelungen, ganz unterzutauchen. *Super gemacht, Violet!* »Leider war da keine Kassette.«

»Was immer es auch war, wir suchen hier auf keinen Fall weiter.« Er zog sie an sich und legte schützend die Arme um sie, während er sie langsam in Richtung Ufer zog.

Zwar ging er ein wenig unbeholfen zu Werke, aber Violet beschwerte sich nicht. Ihre Kleidung klebte ihr am Körper, und jetzt kam ihr der Morgen nicht mehr kühl, sondern eiskalt vor. Das einzig Warme war Jonathans großer Körper, der sich an sie presste. Sie ignorierte die Tatsache, dass der feuchte Stoff ihres Cardigans an ihren Brüsten klebte. »Ich kann auch allein gehen.«

»Das kannst du ganz offensichtlich nicht.«

»Jonathan …«

»Zwing mich nicht, dich ans Ufer zu tragen, Violet«, warnte er sie.

»Ach bitte. Das könntest du nicht mal, wenn du es versuchen würdest.«

Er schaute auf sie herab, und in seinen Augen lag ein herausforderndes Funkeln. »Willst du wetten?«

»Ich sage nur, was ich denke.«

Ohne ein weiteres Wort beugte sich Jonathan vor, schob einen Arm unter ihre Knie und hob sie hoch. Sie kreischte erschrocken und klammerte sich an seine Schultern, als er durch das Wasser watete. »Wir werden noch hinfallen!«

»Ich lasse dich nicht fallen«, versprach er ihr. »Und jetzt hör auf zu zappeln.«

Sie war klitschnass und hatte Angst, dass sie Jonathan entgleiten könnte. Schließlich war sie kein schlanker Teenager mehr, sondern eine robuste Frau mit den Kurven einer Erwachsenen und einem gesunden Appetit auf Ben & Jerry's Eiscreme. Aber er ließ sie nicht wieder runter, also kniff sie die Augen zu und hoffte das Beste.

Einige Augenblicke später spürte sie, wie sich seine Bewegungen veränderten, und als sie nach unten blickte, hatten sie das Ufer erreicht. Das Wasser lief Jonathan aus der Jeans, und seine Turnschuhe quietschten bei jedem Schritt. Er blieb stehen und setzte sie sanft auf dem Weg ab, um sie dann verschmitzt anzusehen. »Du bist wirklich nicht schwer.«

Sie verdrehte die Augen. »Du bist auch nicht gerade mein Märchenprinz, weißt du?«

Seine freche Miene verschwand, und für einen kurzen Augenblick zeichnete sich Schmerz in seinem Gesicht ab, wurde aber sofort von einer Maske der Höflichkeit ersetzt.

Sie kam sich vor wie eine dumme Kuh. Der Spruch mit dem Märchenprinzen war eigentlich scherzhaft gemeint gewesen, da er sie wie eine Prinzessin, die in Ohnmacht gefallen war, getragen hatte. Anscheinend hatte er ihn jedoch anders verstanden. Daher verschränkte sie einfach die Arme vor der Brust, um ihre Brüste zu verbergen, und stand zitternd am Ufer. »Was machen wir denn jetzt? Sollen wir es noch mal auf der anderen Seite versuchen?«

»Nimm meine Jacke«, sagte er und reichte sie ihr.

»Ist dir nicht kalt?«

»Mir geht es gut«, erwiderte er brüsk und legte ihr den Blazer um die Schultern, bevor sie protestieren konnte.

Aber es ging ihm ganz und gar nicht gut. Das war nicht der Tonfall eines Mannes, dem es gut ging, doch sie wollte sich jetzt nicht mit ihm streiten. Sie schob die Arme in die Ärmel seiner Jacke und war dankbar, dass sie so wenigstens ihre steifen Brustwarzen verbergen konnte. »Danke.«

»Lass uns über die Brücke gehen und es auf der anderen Seite probieren. Dieses Mal übernehme ich die Erkundung.«

Sie schnitt eine Grimasse, protestierte jedoch nicht. Sie hatte schließlich nichts finden können. Vielleicht hatte er ja mehr Glück.

Also hob sie ihre Schuhe und Strümpfe auf und folgte ihm. Sie nahmen ihre Kaffeebecher – deren Inhalt bei Jonathans Rettungsaktion übergeschwappt war –, und Violet schnüffelte sehnsüchtig an ihrem Becher. Die Enten hatten sich auf die Papiertüte gestürzt, nachdem sie auf dem Boden gelandet war, und jetzt waren nur noch Fetzen und Krümel übrig. »So viel zu unserem Frühstück«, murmelte sie betont fröhlich, da sie hoffte, die entspannte Stimmung von zuvor wieder aufleben lassen zu können.

Jonathan sagte nichts, legte ihr nur eine Hand in den Rücken und führte sie in Richtung Brücke.

Violet seufzte und ließ es geschehen.

Sie hatten gerade den für Fußgänger gekennzeichneten Bereich der Brücke betreten, als Jonathan sich neben ihr versteifte.

»Was ist denn?«, erkundigte sie sich neugierig.

Er schaute auf sie herab, und seine Augen glänzten derart, dass ihr Herz schneller zu schlagen begann. »In dem Brief stand ›dreizehn Schritte drunter‹, richtig?«

»Genau.«

»Was ist, wenn da ein Komma hingehört?«

»Ein Komma«, wiederholte sie und konnte ihm nicht folgen. Sie war viel zu sehr von seinem leidenschaftlichen Blick abgelenkt. Oh Gott, dieser Blick rief Erinnerungen in ihr wach. So hatte er sie immer angesehen, bevor er sie mit dem Mund verwöhnt hatte. Das war sein »Gleich-kannst-du-was-erleben-Blick«, der ihr immer viele gute Dinge versprochen hatte – die dann auch kamen.

Sie musste wirklich – unbedingt! – aufhören, an den Sex mit ihm zu denken.

»Dreizehn Schritte«, sagte Jonathan, »Komma, drunter.«

So langsam dämmerte es ihr. Dreizehn Schritte, drunter. Sie drehte sich um und blickte zum Anfang der Hängebrücke zurück. »Dreizehn Schritte von dort, meinst du?«

Jonathan lief bereits zurück, und sie beobachtete, wie er stehen blieb und dann laut seine Schritte zu zählen begann. Dabei ging er an ihr vorbei, bis er schließlich verharrte. »Dreizehn.« Er ging auf die Knie und schaute über das Brückengeländer. Einen Augenblick später beugte er sich vor, sodass sein ganzer Oberkörper von der Brücke hing.

»Sei vorsichtig, Jonathan«, warnte sie ihn, als er sich noch weiter vorbeugte und nach etwas griff, das sie nicht sehen konnte.«

»Ich hab's«, rief er und tauchte dann kurz darauf mit einem Umschlag in der Hand wieder auf.

Violet kreischte vor Freude und tanzte auf der Stelle, da sie einfach nicht anders konnte. »Du hast es geschafft! Du hast ihn gefunden! Jonathan, du bist ein Genie!«

Er hockte sich hin und grinste sie an, als hätte er gerade einen Preis gewonnen, und Violet musste die Fäuste ballen, um sich daran zu hindern, zu ihm zu gehen und ihm einen Kuss zu geben. Eigentlich hätte sie sich darüber ärgern sollen, dass er den Umschlag derart problemlos gefunden hatte, aber sie freute sich einfach viel zu sehr darüber, dass es ihm gelungen war. Es fühlte sich fast so an, als wären sie ein Team.

Sie setzte sich neben ihn auf den Gehweg und ignorierte die Menschen, die um sie herumgehen mussten. Dann sah sie ihm über die Schulter, während er den Umschlag in den Händen drehte. Er war größer, als sie erwartet hatte, und komplett in Plastik eingeschweißt. Von außen sah er schlicht aus, aber sie konnte ihren und Jonathans Namen in der Handschrift ihres Vaters darauf erkennen.

Bei diesem Anblick wallte ein Gefühlschaos in ihr auf. Was hatte sich ihr Vater bloß dabei gedacht, als er den Umschlag hier versteckt hatte? Was bezweckte er damit? Sie starrte den versiegelten Umschlag an und wünschte sich, ihren Vater ein bisschen besser zu verstehen. Aber selbst im Tode war er für sie noch undurchschaubar.

Jonathan reichte ihr den Umschlag. »Möchtest du ihn aufmachen?«

Sie schüttelte den Kopf. »Du hast ihn gefunden, also machst du ihn auch auf. Das ist nur fair.«

Er grinste sie an und riss dann das Plastik herunter, schob einen Finger unter das Wachssiegel und griff in den Umschlag.

8

Jonathan zog zwei vertraute gelbe Umschläge heraus, die ebenfalls versiegelt waren. Auf einem stand Violets Name, auf dem anderen Jonathans. Er reichte ihr den an sie adressierten Umschlag, und als sie zögerte, schlug er leise vor: »Warum machst du deinen nicht zuerst auf?«

Sie nickte und holte tief Luft. Das war nur ein weiterer Hinweis. Es gab keinen Grund, nervös zu sein. Dies war nur wieder eines der Spielchen ihres Vaters, die nur zu einem weiteren unbefriedigenden Hinweis und schließlich zu einem enttäuschenden Preis führten. Violet nahm Jonathan den Umschlag ab, riss das Wachssiegel auf und zog einen Brief heraus. Sie überflog ihn kurz und las ihn dann vor.

»Glück, dreh' dein Rad, den Stolzen mache klein,
Dreh wild dein Rad bei Sturm und Sonnenschein,
Dein Rad und du sind uns nicht lieb noch leid.

Glück, dreh' dein Rad, und wechsle dein Gesicht,
Dein tolles Rad, uns hebt und stürzt es nicht,
Arm sind wir nur, doch unsre Herzen weit.

Lach uns, wir lächeln, Herrn von vielem Land,
Zürn uns, wir lächeln, Herrn durch eigne Hand,
Ein Mann beherrscht sein Schicksal allezeit.

Dreh, dreh dein Rad, dir jauchzt nur Pöbel zu,
Verschwomm'ne Schatten sind dein Rad und du,
Dein Rad und du sind uns nicht lieb noch leid.«

Violet runzelte die Stirn. »Was soll denn diese ständige Besessenheit von der Poesie?«

»Du hast Gedichte früher geliebt, das weiß ich noch ganz genau. Vielleicht hat er deshalb für deine Nachrichten Gedichte ausgewählt.«

Das stimmte, sie hatte Gedichte geliebt ... früher einmal. Damals als sie noch romantisch und dumm gewesen war. Sie hatte das Interesse daran verloren, nachdem ihr die Realität einen Schlag ins Gesicht verpasst hatte. Daher ignorierte sie Jonathans zutreffenden Kommentar und überflog den Brief noch einmal auf der Suche nach Hinweisen. »Hier sehe ich keinen Hinweis wie beim letzten Brief. Daher muss die Botschaft im Gedicht selbst enthalten sein. Entweder das oder bei dir steht die Nachricht, und mein Umschlag soll uns nur auf die falsche Fährte locken.« Sie sah Jonathan an. »Kennst du das Gedicht?«

Er nahm ihr den Brief ab und überlegte. Nach einer Weile schüttelte er den Kopf. »Es kommt mir irgendwie bekannt vor, aber ich weiß nicht, wer es geschrieben hat.«

»Tja, wir können es ja im Internet nachschlagen«, meinte sie, nahm ihm den Brief wieder ab und faltete ihn vorsichtig zusammen. »Was steht bei dir?«

Er öffnete seinen Umschlag und lachte dann leise.

»Was ist?« Violet versuchte, ihm über die Schulter zu sehen, ohne zu begierig zu wirken.

Jonathan reichte ihr den Brief. Sie nahm ihn entgegen und las ihn. Da standen zwei simple Worte: »Kallista Hotel«.

Violet keuchte auf. »Das Kallista?« Das war das Hotel, in dem sie und Jonathan damals in diesem schicksalhaften Sommer auf Santorin zusammen gewohnt hatten.

»Ich weiß. Ich musste sofort wieder an die Akrotiri-Ausgrabung denken. Dein Vater muss uns aus einem guten Grund dorthin führen.«

Violet sagte nichts, da sie auf einmal einen trockenen Hals hatte. Sie wusste nicht, was sie davon halten sollte. Sie wollte nicht zurück nach Santorin, zu dieser magischen Insel, auf der Jonathan und sie sich verliebt hatten.

Aber es machte ganz den Anschein, als hätte ihr Vater beschlossen, sie dorthin zurückzuschicken. Tat er das nur, um ihnen die Vergangenheit vor Augen zu führen und Jonathan an seine Verbindung zu Violet zu erinnern? Da musste es doch einfachere Wege geben, und sie wusste, dass Jonathan immer großzügig gewesen war, wenn es um die Projekte ihres Vaters ging. Er hatte nur fragen müssen, und schon zückte Jonathan das Scheckbuch. Warum dann das alles? Warum schickte er sie wieder dorthin?

»Geht es dir gut?«, erkundigte sich Jonathan und strich ihr mit einer Hand über den Arm, woraufhin sie erschauerte.

Sie schüttelte den Kopf, als könnte sie die Gedanken so loswerden, und gab ihm den Brief zurück.

»Du bist ganz blass«, stellte er mit ernster Stimme fest. Er stand auf und reichte ihr eine Hand. »Komm.«

»Mir geht es gut«, erklärte sie gereizt und schob deine Hand weg.

»Das stimmt doch gar nicht«, beharrte er und reichte ihr erneut die Hand. »Lass doch einmal zu, dass ich mich um dich kümmere, Violet. Du bist blass, und du zitterst. Das gefällt mir gar nicht.« Seine Stimme wurde sanfter. »Ich möchte mich um dich kümmern.«

Ihre Haut prickelte, als sie die Aufrichtigkeit in seiner Stimme hörte, und sie sah zu ihm auf. In seinen Augen lag erneut diese Konzentration und diese Inbrunst, dieses brennende, alles verzehrende Verlangen. Sie zitterte tatsächlich, aber das hatte nichts mit dem Brief zu tun, sondern war Jonathans Schuld. Es lag daran, dass sie sich noch immer zu ihm hingezogen fühlte und nicht wusste, was sie tun sollte, und dass ihr Vater sie anscheinend auf eine Reise schickte, auf der sie ihre unglückselige Romanze von vor zehn Jahren erneut aufleben lassen sollten.

Aber sie konnte Jonathan Lyons heute ebenso wenig widerstehen wie damals. Sie legte ihre zitternde Hand in seine und ließ sich von ihm auf die Beine helfen. Als er sie etwas länger als notwendig an sich drückte, beschwerte sie sich nicht. Auch als er ihr einen Arm um die Schultern legte und sie an sich zog, protestierte sie nicht. Es gefiel ihr. Großer Gott, war das ein schönes Gefühl!

»Komm«, sagte er sanft. »Wir besorgen uns einen Kaffee und was zu essen, und dann reden wir.«

Er führte sie durch den grünen Park. Die Sonne brach gerade durch die Wolken, und der Nebel hatte sich gelichtet, aber die Luft war noch immer kalt, und Violet zitterte in Jonathans Jacke. Er brachte sie zum nächsten Café und ließ sie an einem Tisch am Fenster Platz nehmen. »Setz dich. Ich hole uns Frühstück.«

Eigentlich hätte sie sich wehren sollen. Sie sollte die starke Violet sein, die niemanden brauchte, und sich selbst etwas zum Frühstücken bestellen. Doch stattdessen saß sie zitternd am Tisch und hielt ihren Umschlag mit dem Gedicht fest, während Jonathan ihr etwas zu essen und ein heißes Getränk bestellte.

Ich möchte mich um dich kümmern, hatte er gesagt. Violet war nicht gut darin, die Kontrolle abzugeben. Es fiel ihr schwer, jemandem so weit zu vertrauen, dass sie ihm ihr Wohlergehen überließ. Sie war es gewohnt, ihre Schlachten selbst auszufechten. Das hatte sie schon als Kind tun müssen, vor allem dann, wenn ihre Mutter von Depressionen übermannt wurde, und auch als junge Erwachsene, als sie schwanger und allein war.

Doch als Jonathan mit zwei Tassen heißem Kaffee und zwei köstlichen frischen Muffins zurückkehrte, war sie ... einfach nur dankbar. Es machte ihr nicht einmal etwas aus, dass er ihr mit den Fingern über die Wange strich und eine nasse Haarsträhne aus ihrem Gesicht schob.

»Du hast ganz blaue Lippen«, sagte er mit dieser grimmigen, missbilligenden Stimme. »Trink.«

Sie nickte und hob die Tasse an die Lippen. Der Kaffee war sehr heiß und schmeckte köstlich. Nach einigen Schlucken lächelte sie Jonathan zögerlich an. »Danke.«

Er stellte nur den Teller mit dem Muffin vor sie. »Du musst auch was essen. Du bist viel zu zerbrechlich.«

Zerbrechlich? Sie? Das war sehr schmeichelhaft. Sie schnitt eine Grimasse, brach ein Stück von ihrem Muffin ab und steckte es sich in den Mund. Er schmeckte nach Zitrone und Mohn, was sie über alles mochte. Wieso erinnerte er sich nur an all das, was sie gern hatte?

»Besser?«

Sie nickte und kaute noch immer.

Erleichterung spiegelte sich in seiner Miene, und er entspannte sich auf seinem Stuhl und sackte ein wenig in sich zusammen. Ihr war bisher gar nicht aufgefallen, wie angespannt er gewesen war. »Geht es dir auch gut?«, erkundigte sie sich mit leicht neckendem Unterton.

»Ich kann es einfach nicht ertragen, dich so aufgewühlt zu sehen.«

Violet wollte schon protestieren, dass sie überhaupt nicht aufgewühlt war. Ganz im Gegenteil, es ging ihr gut. Aber das wäre eine Lüge gewesen. Sie war durchaus aufgewühlt. »Ich fühle mich ...«

»Manipuliert?«, mutmaßte er.

Nickend fummelte sie an ihrem Muffin herum. »Die Nachrichten an uns sorgen dafür, dass wir zusammenarbeiten müssen, und jetzt schickt er uns zurück nach Santorin ...« Ihre Stimme erstarb, als sie von ihren Emotionen übermannt wurde. An diese Zeit wollte sie sich nur ungern erinnern. Damals war sie so glücklich gewesen ... und so dumm.

»Es gefällt mir gar nicht, dich so niedergeschlagen zu sehen, Violet«, erklärte Jonathan. »Ob du es nun glaubst oder nicht, dein Seelenfrieden ist für mich das Allerwichtigste.«

Sie erwiderte nichts darauf, nippte nur an ihrem Kaffee und dachte nach.

»Möchtest du nach Hause fahren, Violet?« Jonathan klang sehr angespannt, und seine Miene war undurchdringlich. Er ballte eine Hand auf dem Tisch zur Faust und wirkte, als würde er sich vor ihrer Antwort fürchten.

Wollte sie das denn wirklich? Noch vor ein paar Tagen hätte sie laut Ja gesagt und ihre Sachen gepackt, bevor Jonathan überhaupt Luft holen konnte. Aber dann hatte er sie heute Morgen mit derart intensiver, offensichtlicher Begierde angesehen, als sie ihren Strumpf ausgezogen hatte, und außerdem hatten sie sich versprochen, Freunde zu bleiben.

Und davor hatte er sich sinnlos betrunken, um zu vergessen, dass sie schwanger gewesen war.

Jetzt wusste Violet nicht mehr, was sie denken sollte. Sie wusste nur, dass sie sich in Jonathans Nähe verletzlich fühlte und verwirrt war. Ihr Leben war so viel einfacher gewesen, als sie ihn gehasst hatte.

Aber es war nicht leicht, einen Mann zu hassen, der Gedichte rezitierte, wenn er betrunken war.

Violet legte die Hände um den warmen Pappbecher. »Möchtest du denn, dass ich bleibe, Jonathan?«

»Ich muss dir ehrlich gestehen, dass ich mir nichts sehnlicher wünsche.«

Ihr stieg die Wärme in die Wangen, und sie nickte und stellte den Kaffeebecher auf den Tisch. »Dann bleibe ich.«

Er entspannte seine Hand, die er so lange zur Faust geballt hatte, und griff dann ganz impulsiv nach ihrer rechten Hand.

Sie hätte schwören können, dass sein Daumen ihren Handrücken zärtlich streichelte, bevor er die Hand wieder wegnahm.

*

Zwei Stunden später waren sie wieder am Flughafen und bestiegen den winzigen Jet. Violet hatte sich eine Yogahose und eine langärmelige Tunika angezogen, um es während des Flugs bequemer zu haben. Ihr Haar war an der Luft getrocknet und ganz wellig, aber sie schob es sich einfach hinter die Ohren und dachte nicht weiter darüber nach. Aus irgendeinem Grund fühlte sie sich bei Jonathan nie hässlich. Das war auch gar nicht möglich, da er sie immer ansah, als wäre sie ein Stück seines Lieblingskäsekuchens.

Es überraschte sie auch nicht, dass sich Jonathan direkt neben sie setzte, nachdem sie sich einen Platz am Fenster ausgesucht hatte. Während des Fluges kam es ihr immer so vor, als hätte sie Jonathan ganz für sich allein, und auch wenn es ein bisschen verrückt war, so sehnte sie sich zunehmend nach diesen Zeitabschnitten, in denen sie ihn ganz für sich hatte.

Sie sah sehnsüchtig aus dem Fenster, als die Straßen von London unter ihnen immer kleiner wurden. »Eines Tages möchte ich mir die Stadt mal in Ruhe ansehen.«

Jonathan erstarrte neben ihr. »Sollen wir umkehren?«

»Was?« Sie sah ihm verblüfft ins Gesicht, aber es schien sein Ernst zu sein. Lachend schüttelte sie den Kopf. »Nein, nein. Wir müssen nach Santorin. Das war nur so dahingesagt. Ich bin noch nie in London gewesen.«

»Du hättest etwas sagen sollen«, meinte Jonathan. »Für dich wäre ich gerne etwas länger geblieben.«

Seltsam, dass es in ihrem ganzen Körper zu kribbeln anfing, als er das so sagte. »Das ist deine Reise, Jonathan, nicht meine. Ich bin nur deine Assistentin, hast du das vergessen?«

»Du bist nie ›nur‹ irgendetwas, Violet.«

Sie rutschte auf ihrem Sitz herum und fühlte sich bei ihrer Reaktion auf seine Worte irgendwie unwohl. Wieso freute sie sich so darüber, dass er das sagte? Das sollte sie doch eigentlich gar nicht. »So«, wechselte sie schnell das Thema. »Es sieht ja ganz so aus, als würden wir beide die nächsten sechs Stunden in diesem Flugzeug sitzen.«

»Bist du müde? Möchtest du ein wenig schlafen?«

»Ich bin ein bisschen müde«, gab sie zu. Es war zwar mitten am Tag, aber sie hatte schon mehrmals ein Gähnen unterdrücken müssen. Das Reisen war schon ziemlich anstrengend, und außerdem hatte Violet das Gefühl, im Verlauf der letzten Woche eine Achterbahn der Emotionen durchlebt zu haben.

»Du kannst meinen Arm gern wieder als Kissen nehmen«, bot er ihr an und holte sein Tablet aus der Tasche.

Das musste er ihr nicht zweimal sagen. Aus irgendeinem Grund sehnte sie sich danach, ihn zu berühren. Das lag möglicherweise daran, dass sie sich als Kind derart nach Liebe gesehnt hatte und von beiden Elternteilen ignoriert worden war, sodass sie in ihren Beziehungen genau das Gegenteil anstrebte.

Violet war sich bewusst, dass sie klammerte. Sie berührte ihren Partner gern, zeigte ihm in aller Öffentlichkeit ihre Zuneigung und genoss jede Art von körperlichem Kontakt, wenn sie einem Menschen vertraute. Leider hatte sie nur sehr wenige derartige Beziehungen gehabt. Aber jetzt waren Jonathan und sie ja wieder Freunde, und es war völlig in Ordnung, sich an ihn zu kuscheln.

Was sie sehr genoss.

Sie legte die Arme um seinen Bizeps, legte das Kinn auf seine Schulter und schaute auf das Display des Tablets, da er gerade eine Suchmaschine aufrief. »Wonach suchst du denn?«

»Ich dachte, ich versuche mal, mehr über das Gedicht herauszufinden. Vielleicht gibt es da ja eine Verbindung wie bei der Brücke in Marlow, die wir finden müssen.«

»Hmm. Gute Idee.«

Er sah sie überrascht an. »Oh, vielen Dank, Violet.«

Warum war er derart erstaunt und erfreut über das Kompliment? Sie war doch sonst nicht gemein zu ihm, oder? Beiläufig strich sie mit den Fingern über seinen Arm. »Himmel, ich muss dich ja ziemlich grob behandeln, wenn du dich schon darüber freust, dass ich deine Idee lobe.«

»Nein, das tust du gar nicht. Ich dachte nur ... du würdest mich hassen.« Er sah sie mit ernster Miene aus dunklen Augen an.

»Oh, Jonathan«, murmelte sie und tätschelte seinen Arm. Seinen recht ansehnlichen, muskulösen Arm. »Ich hasse dich nicht. Nicht mehr.«

»Ich wusste wirklich nichts von dem Baby.« Er starrte ins Leere, als könnte er ihr nicht in die Augen sehen. Seine

Stimme klang ernst und verletzt. »Wenn ich es gewusst hätte, wäre ich auf jeden Fall an deiner Seite geblieben. Nichts hätte mich davon abhalten können. Das schwöre ich dir.«

Aber ich hatte dir einen Brief hinterlassen, hätte sie am liebsten gesagt, doch sie behielt diese verbitterten Worte für sich. Jonathan war damals völlig auf ihren Vater fixiert gewesen, und wer wusste besser als sie, wie manipulativ der alte Mann gewesen war? Daher drückte sie nur seinen Arm. »Ich glaube dir.«

Seltsamerweise tat sie das wirklich. Zum ersten Mal seit einer Ewigkeit konnte sie ohne Feindseligkeit daran denken, wie sie ihr Baby verloren und sich völlig verlassen gefühlt hatte. Sie empfand nur ein dumpfes Bedauern. Die Frustration und Trauer in Jonathans Gesicht ließen sie den Schmerz nachempfinden, den er spürte. Für ihn war das alles noch neu, und es wäre ihr kindisch vorgekommen, ihm jetzt noch weitere Vorwürfe zu machen.

Daher beschloss sie, ihn abzulenken. Sie drückte ihre Brüste absichtlich gegen seinen Arm, beugte sich vor und sah ihn neugierig an. »Was ist jetzt mit dem Gedicht?«

Sein Blick wurde glasig, doch dann schien er sich zusammenzureißen. »Ach ja.« Seine Finger tanzten über das Tablet, und sie beobachtete, wie er ein paar Worte eingab. »Ah. Da haben wir es. Lord Tennyson. Das Gedicht heißt ›Königsidylle, Lied von Garins Hochzeit‹.« Er las noch etwas weiter und stieß dann ein angewidertes Geräusch aus. »Anscheinend geht es bei dem Gedicht um einen der Ritter von König Artus, dessen Ehe durch Lügen zerstört wurde. Ach, verdammt. Dein Vater war wirklich ein Mistkerl.«

Violet konnte sich einfach nicht beherrschen und fing an zu kichern, weil Jonathan so unglaublich entrüstet klang.

Er warf ihr einen säuerlichen Blick zu und hatte sich vor

Wut am ganzen Körper verspannt. »Glaubst du, das ist die Botschaft, die dein Vater uns damit übermitteln wollte?«

»Das will ich nicht hoffen«, erwiderte Violet mit noch immer zuckenden Lippen. »Oder siehst du dich etwa als einen von Artus' Rittern?«

Er entspannte sich ein wenig, und sie rieb beruhigend seinen Arm. »Das ist doch etwas weit hergeholt. Aber was will er uns dann damit sagen?«

»Keine Ahnung«, gab Violet zu. »Hat es vielleicht etwas mit Lord Tennyson zu tun?«

Jonathan tippte noch ein wenig auf dem Tablet herum, las und schüttelte schließlich den Kopf. »Der Mann hatte ein interessantes Leben, aber ich erkenne da keine Verbindung zu Santorin.« Er musterte Violet. »Ich denke eher, dass mein Hinweis uns weiterbringt. Wenn dieses Gedicht nicht als Beleidigung gedacht war, dann weiß ich beim besten Willen nicht, was wir damit anfangen sollen.«

»Tja, ich würde es meinem Vater durchaus zutrauen, dass er uns selbst aus dem Grab heraus noch ärgern will«, meinte Violet. »Aber deswegen sollten wir uns keine großen Sorgen machen. Ich bin davon überzeugt, dass alles ziemlich offensichtlich sein wird, sobald wir erst einmal auf Santorin sind. Und da du das mit der Brücke herausgefunden hast, wirst du sicher auch den nächsten Teil entschlüsseln.«

Er nickte abwesend und rieb sich das Kinn, während er weiterhin auf das Display des Tablets starrte. Dann runzelte er besorgt die Stirn.

Aus irgendeinem Grund gefielen ihr seine Sorgenfalten überhaupt nicht. »Da wir gerade über Gedichte sprechen: Kennst du noch weitere?«

»Noch mehr Gedichte?«, hakte er geistesabwesend nach. »Wie meinst du das?«

»Ich hatte dich nicht als Mensch in Erinnerung, der Lyrik mag«, neckte sie ihn. »Wenn ich mich nicht völlig irre, war ich damals diejenige, die das sogar als Prüfungsfach hatte.«

Er verzog die Lippen zu einem schiefen Grinsen, legte das Tablet zur Seite und lehnte sich an, um sich ganz auf Violet konzentrieren zu können. »Nach unserer Trennung habe ich meine Meinung darüber geändert und englische Lyrik als Nebenfach genommen. Mein Hauptfach war natürlich weiterhin Betriebswirtschaft. Es war eine seltsame Kombination …«

»Das kann man wohl sagen.« Aber sie war fasziniert. BWL und … Lyrik? Hatte sie ihn in dieser Hinsicht beeinflusst? Hatte er seine Liebe zur Lyrik entdeckt, um ihr auf diese Weise nah sein zu können? Violets Herz zog sich zusammen. »Kannst du irgendwas rezitieren?«

»Ein Gedicht?«

»Nein, die Startaufstellung der New York Yankees.« Sie verdrehte die Augen. »Natürlich ein Gedicht.«

Er strahlte sie an, rieb sich nachdenklich das Kinn und drehte sich dann mit glänzenden Augen ganz zu ihr um. »Wie wäre es mit noch mehr Shelley?«

Sie zuckte mit den Achseln. »Geht in Ordnung. Schieß los.«

»Man ›schießt‹ nicht mit Lyrik. Man erstaunt vielmehr mit seiner Gelehrsamkeit und seinem Wissensreichtum.« Er wackelte mit den Augenbrauen.

Violet lachte und schüttelte den Kopf. »Jetzt fang endlich an!«

Er räusperte sich übertrieben, und Violet konnte gar nicht mehr aufhören zu lachen. Dann grinste er sie an und rezitierte leise:

»Quelle eint sich mit dem Strome,
Dass der Strom ins Meer vertauche;
Wind und Wind am blauen Dome
Mischen sich mit sanftem Hauche.
Nichts auf weiter Welt ist einsam,
Jedes folgt und weiht sich hier
Einem andern allgemeinsam –
Warum denn nicht wir?

Sieh den Berg gen Himmel streben,
Well in Welle sieh zerfließen;
Keiner Blume wird vergeben,
Wollte sie den Kelch verschließen,
Und der Himmel küsst die Erd,
Und das Mondenlicht den Fluss –
Was sind all die Küsse wert,
Weigerst du den Kuss?«

Violet stockte der Atem. Er hatte die Zeilen mit schmerzhaft zärtlicher Stimme vorgetragen und ihr dabei die ganze Zeit in die Augen gesehen. Sein Blick war ebenso eindeutig wie die sanfte Liebkosung seiner Worte. Ihr Herz flatterte, und sie war auf einmal von einer Sehnsucht nach ihm erfüllt, nach dem, was sie früher einmal gehabt hatten, bevor sich alles verändert hatte und den Bach runtergegangen war.

Sie legte ihm eine Hand an die Wange und streichelte ihm sanft mit der Rückseite ihrer Finger über den Unterkiefer, während sie seine Schönheit, seine Intensität und seine Liebe zu ihr, die deutlich in seinen Augen stand, bewunderte.

Dabei stellte sie fest, dass sie das alles gern wieder erleben würde. So unglaublich gern. Aber sie hatte auch Angst davor.

Was, wenn sie sich erneut in ihn verliebte und er ihr noch schlimmer wehtat als damals? Das könnte sie unmöglich ertragen.

Und dennoch … konnte sie nicht damit aufhören, ihn zu berühren. Sie legte die Finger unter sein Kinn und drehte sein Gesicht zu sich.

In Jonathans Augen stand Begierde. »Was sind all die Küsse wert«, flüsterte er und beugte sich weiter zu ihr herüber. »Weigerst du den Kuss?«

Ach, wenn sie die Antwort darauf doch nur kennen würde. Stattdessen küsste sie ihn.

9

Falls dies ein Traum war, dann wollte Jonathan nicht aufwachen.

Violet, seine Violet, saß neben ihm im Flugzeug und sah ihn mit ihren sanften Augen an, während er ihr ein Liebesgedicht vortrug. Dann berührte sie sein Kinn und zog ihn näher zu sich, um ihn unglaublicherweise zu küssen.

Es war kaum mehr als eine kurze Berührung ihrer Lippen, aber es reichte ihm. Als sie sich nicht abwandte, übernahm er die Initiative. Wenn sie darauf wartete, dass er den Kuss erwiderte, dann würde er sich diese Gelegenheit nicht entgehen lassen. Er öffnete die Lippen und strich mit der Zunge sanft über die ihren. Zu seiner Überraschung gab Violet seiner unausgesprochenen Bitte nach und gewährte seiner Zunge Einlass.

Stöhnend drehte sich Jonathan ganz zu ihr um, legte ihr eine Hand in den Nacken und drückte sie an sich, während er den Kuss vertiefte. Ihre Zungen berührten sich, und sie war ebenso köstlich, weich und wunderbar, wie er sie in Erinnerung hatte. Außerdem küsste sie ihn jetzt ebenso leidenschaftlich wie er sie. Violet lehnte sich nicht zurück und genoss passiv einen Kuss, vielmehr bewegte sie ebenfalls die Zunge, liebkoste ihn mit ihren Lippen und gab leise heiße, lustvolle, kehlige Geräusche von sich, wann immer seine Zunge sie streichelte, als würde sie etwas Leckeres kosten. Dabei wurde Jonathans Penis unerträglich steif, und seine Sehnsucht nach ihr steigerte sich ins Unermessliche.

Er löste die Lippen von ihren, und sie gab mit geschlossenen Augen ein leises Protestgeräusch von sich. Da er ihrem leisen Flehen nicht widerstehen konnte, küsste er sie erneut und knabberte an ihrer Oberlippe. *Ich liebe dich*, hätte er ihr am liebsten gesagt. *Ich habe nie aufgehört, dich zu lieben.*

Aber er wusste, dass er sie verschrecken würde, wenn er diese Worte jetzt aussprach. Wenn sie wieder zu Verstand kam, würde sie diesen Augenblick bestimmt bereuen und als Schwäche ansehen. Daher musste er etwas sagen, das ihr das richtige Gefühl gab und sie verstehen ließ, dass alles, was er tat, und jeder seiner Atemzüge ganz allein ihr galten.

Er liebkoste ihre Unterlippe und bemerkte, wie sie den Kopf entsprechend seiner Bewegung hielt und die Augen vor Wonne geschlossen hatte. Das gefiel ihm. Er wollte sie weiterhin dabei betrachten, wie sie sich in dieser Ekstase verlor. Sie klammerte sich an ihn, als würde sie sich nach Liebe sehnen, und das machte ihm Hoffnung. »Lass mich dir Lust bereiten, Violet.«

Sie riss die Augen auf. »Was …«

Doch er ließ ihren Protest durch einen weiteren heißen Kuss verstummen. »Lass mich einfach machen, Violet. Ich werde nichts anderes verlangen. Lass mich nur dafür sorgen, dass du dich gut fühlst.«

Wieder wimmerte sie leise. Ihre Augenlider flatterten, aber sie stieß ihn nicht weg. Stattdessen spürte er, wie sie die Finger fester in die Haare in seinem Nacken schob.

Sie drückte sich enger an ihn!

Triumphierend presste Jonathan den Mund auf ihren Unterkiefer und drückte schnelle, verzweifelte Küsse auf ihre Haut. Sie war so wundervoll. Er sehnte sich nach ihr, als wäre sie die Luft, die er zum Leben brauchte. Er hatte diesen verträumten Gesichtsausdruck vermisst, den er momentan bei ihr sah und der ihn in seine Träume verfolgt und dafür gesorgt hatte, dass es für ihn keine andere Frau geben konnte. Nicht wenn Violet noch immer seine Gedanken beherrschte.

Er biss sanft in ihren Hals, leckte und knabberte an der weichen Haut, während er darauf wartete, dass sie ihn wegschob und protestierte, dass Freunde so etwas nicht taten. Aber sie seufzte nur und klammerte sich an ihn. Vor Freude hätte er beinahe laut gestöhnt. Sie genoss es, von ihm berührt zu werden.

In diesem Augenblick schwor er, dass er dieses Erlebnis für sie so lustvoll gestalten würde, dass sie gar nicht anders konnte, als nach mehr zu verlangen. Dieses Mal ginge es nur um sie. Er würde ihr Lust bereiten. Zusehen, wie sie vor Ekstase strahlte. Spüren, wie sie in seinen Armen zitterte. Für ihn wäre das Befriedigung genug.

Er wollte nichts dafür. Denn es gab auf der ganzen Welt nichts, was sich mit dem sanften Flattern von Violets Augenlidern vergleichen ließ, wenn sie auf seine Liebkosung reagierte. Nichts konnte ihm auch nur halb so großes Vergnügen bereiten wie die Gewissheit, derjenige zu sein, der sie erschauern ließ.

Er wollte mehr, als nur ihr Gesicht und ihren Hals zu küssen. Vor seinem inneren Auge sah er sich, wie er das Gesicht zwischen ihren Beinen vergrub, und er musste sich zurückhalten. Wenn es hier nur um Violet gehen sollte, dann musste sie das ebenfalls wollen. Er musste sie küssen und liebkosen, bis sie ihn anflehte, weiterzugehen.

Und er erinnerte sich daran, dass es Violet über alle Maßen liebte, berührt zu werden.

Jonathan strich ihr mit einer Hand über den linken Arm und genoss es, ihren kleinen Körper zu spüren. Sie trug ein langärmeliges Stricktop, das er ihr am liebsten vom Leib gerissen hätte, um die weiche Haut darunter spüren zu können, aber er würde sich an ihr Tempo anpassen. Er streichelte sanft ihre Schulter und ihren Nacken.

Als Reaktion darauf stöhnte sie leise und legte den Kopf noch weiter in den Nacken, während sie sich in seine Arme drückte. »Jonathan«, hauchte sie.

Himmel, wie er es liebte, seinen Namen aus ihrem Mund zu hören. »Ich bin hier«, murmelte er leise und ließ die Hände über ihren Rücken und ihre Hüften gleiten.

»Deine Hände fühlen sich unglaublich an«, sagte sie. »Warum ist das so?«

»Weil ich weiß, wie du gern berührt werden möchtest«, antwortete er und knabberte an ihrem Ohr. »Dein Körper erinnert sich daran, wie gut ich ihm tue.«

Sie erschauerte. Kurz befürchtete er schon, zu weit gegangen zu sein, aber dann drückte sie die Lippen an seinen Hals und kroch schon fast auf seinen Schoß. »Berühre mich.«

»Zieh dein Oberteil aus«, verlangte er sanft. »Dann kann ich dich überall berühren.«

Sie zögerte kurz, und sein Herz schlug vor Panik schneller. Hatte er sie verloren? Doch sie schlug nur die Augen auf und schaute ihn benommen an. »Was ... Was ist mit ...« Sie leckte sich die Lippen. »Kann uns jemand zusehen?«

»Violet, Liebste, wir sind in zehn Kilometern Höhe. In diesem Jet ist niemand außer dir, mir und dem Piloten, und er wird das Cockpit ganz bestimmt nicht verlassen. Wir sind ganz alleine.« Zum ersten Mal an diesem Tag war er dankbar dafür, dass er sich dazu entschieden hatte, ohne eine Stewardess zu fliegen. Hier hinten im Jet waren nur er und Violet, und er hatte vor, die Situation zu seinem Vorteil zu nutzen.

Sie leckte sich die Lippen, lehnte sich zurück und sah ihn unschlüssig an. »Wenn du dir sicher bist ...«

»Ich würde nie etwas tun, das du nicht möchtest«, versicherte er ihr und strich mit den Fingerknöcheln über ihren geschwungenen Unterkiefer. »Niemals.«

»Ich möchte, dass du mich weiter berührst«, gab sie zu und griff nach ihm.

Dieses Mal zog er sie auf seinen Schoß und schob die Armlehne nach oben. Sie drückte sich begierig in seine Arme, legte die Hände auf seine Schultern und setzte sich rittlings auf seine Beine. Sein Penis bohrte sich in ihren Schritt, und er konnte sein lustvolles Stöhnen nicht unterdrücken. Aber er musste sich unter Kontrolle behalten, schließlich ging es hierbei um sie und nicht um ihn.

Sie zappelte ein wenig auf ihm herum, als sie sein Stöhnen hörte, als würde sie es genießen. Dann strich sie mit einer Hand über sein Hemd und drückte sie gegen seine Muskeln. »Ziehst du das für mich aus? Ich möchte dich ansehen.«

Sie wollte ihn ansehen? »Wenn du das möchtest.«

Ihr Blick wurde begierig und lustvoll, und sie nickte.

Er setzte sich aufrecht hin, und Violet hielt sich an ihm fest, als er sich das T-Shirt vorsichtig über den Kopf zog, ohne sie dabei von seinem Schoß zu lassen. Dann lehnte er sich wieder an und zog sie an sich.

Sie strich mit beiden Händen über seine Brust, befühlte seine Muskeln und stöhnte lustvoll. »Du hast dich verändert«, hauchte sie und fuhr mit den Fingern über seine Bauchmuskeln. »Oh Mann.«

Er ließ sie gewähren und schwieg, um sie nicht zu unterbrechen oder aus ihrer Konzentration zu reißen.

»Und du bist so warm«, murmelte sie und streichelte seine Haut. Im Gegensatz zu seiner Bräune sah sie blass aus, und dieser Kontrast erinnerte ihn an die unterschiedlichen Wege, die sie eingeschlagen hatten. Violet hätte ebenso braun sein müssen wie er, schoss es Jonathan durch den Kopf. Sie hätte bei seinen Abenteuern an seiner Seite und nicht in einem Klassenzimmer gefangen sein sollen.

Er hielt ihre Hand fest, führte sie an seinen Mund und küsste die Handfläche. »Du könntest meine Wärme noch viel besser spüren, wenn du deine nackte Haut an meine pressen würdest.«

Sie erbebte, und ihre dunklen Wimpern flatterten wieder. Er beobachtete, wie sie sich auf die Unterlippe biss, und dann griff sie zu seiner übergroßen Freude nach dem Saum ihrer weiten Tunika, die ihre üppigen Kurven verbarg. »Ich habe in den letzten zehn Jahren nicht so viel Sport gemacht wie du.«

»Das ist mir egal«, versicherte er ihr, und es stimmte. Selbst wenn sie fett und fleischig gewesen wäre – was sie definitiv nicht war –, hätte er sie noch wunderschön gefunden, denn sie war schließlich seine Violet. »Ich möchte dich sehen. Deinen ganzen Körper. Ich möchte, dass du dich nackt an mich drückst.«

Bei seinen Worten riss sie die Augen auf, und er verfluchte sich innerlich, weil er sich dazu hatte hinreißen lassen. Vielleicht war diese Aussage doch zu eindeutig gewesen.

Aber sie beugte sich vor und küsste ihn wieder, und dann zog sie sich langsam ihr Oberteil über den Kopf, wobei ihr zerzaustes Haar um ihren Kopf herumwirbelte.

Und dann saß sie nur noch mit einem BH und einer Yogahose bekleidet auf seinem Schoß.

Ihr BH war schlicht und weiß. Sie hätte ihn bestimmt als langweilig bezeichnet. Aber ihm gefiel dieser langweilige BH. Nein, er liebte ihn sogar, weil er ihm verriet, dass sie keine Frau war, die einen Schrank voller heißer Dessous hatte, mit denen sie ihre Liebhaber quälte. Er wollte ihr einziger Liebhaber sein. Er wollte der Einzige sein, der ihre weiche Haut berühren und ihre weichen Kurven spüren durfte. Daher zupfte er an einem der praktischen Träger und strich dann mit einem Finger über den Saum des Körbchens. »Zieh den aus.«

Wieder erschauerte sie, und er sah, dass sie eine Gänsehaut bekam und dass ihre Brustwarzen hart wurden. Sie atmete jetzt schneller und gepresster. Langsam führte sie die Hände in ihren Rücken, und er hörte, wie sie den Verschluss öffnete. Der enge Stoff über ihren vollen Brüsten lockerte sich und fiel dann herunter.

Sie schob die Träger von den Schultern und warf den BH beiseite. Als sie sich halb nackt wieder auf seinen Schoß setzte und den Kopf trotzig in den Nacken legte, war ihm fast so, als wollte sie ihn dazu auffordern, etwas zu den Veränderungen ihres Körpers zu sagen.

Violet war schon früher nicht gertenschlank gewesen. Selbst als Teenager hatte sie eine volle Figur gehabt. Daran hatte sich nichts geändert. Ihre Brüste waren noch praller geworden, ihr Bauch sah etwas rundlicher aus, ihre Hüften etwas voller, ihr Hintern etwas weniger knackig, und sie besaß etwas mehr Rundungen, die neckisch wackelten, wenn sie sich bewegte. Aber sie war durch und durch umwerfend. Ihre Brustwarzen sahen noch ebenso dunkelrosa aus, wie er sie in Erinnerung hatte, und glichen kleinen, angespannten Gipfeln, die nach der Aufmerksamkeit seiner Lippen und seiner Finger zu gieren schienen. Ihre Brüste waren voll und schwer und bewegten sich bei jedem ihrer schnellen Atemzüge, und ihre Taille ging auf herrliche Weise in ihre breiteren Hüften über.

Sie war unglaublich schön.

»Du bist so wundervoll, dass es mir den Atem raubt«, murmelte Jonathan ehrfürchtig.

Er sah, wie sie erschauerte, und sie drückte die Finger etwas fester in seine Unterarme. »Das … stammt auch aus einem Gedicht, nicht wahr?«

»Das war von mir«, erwiderte er offen. »Das ist, was ich über dich denke. Du bist wunderschön.« Er verschlang sie mit seinen Blicken, ihre schweren Brüste, die festen Brustwarzen, die glatte Haut. »Darf ich dich berühren, Violet?«

Sie legte die Finger in seinen Nacken und spielte mit seinen Haaren. »Bekomme ich dann noch mehr Gedichte zu hören?«

»Alles, was du willst«, stimmte er zu. Er würde alles tun, um sie berühren zu können.

»Das wäre schön.«

Er zermarterte sich das Gehirn und versuchte, sich an ein Gedicht zu erinnern, das zu dieser Situation passte. Normalerweise hatte er für so etwas ein gutes Gedächtnis, aber da Violet jetzt rittlings auf ihm saß und ihre Brüste nur wenige Zentimeter von seinen Händen entfernt waren, fiel es ihm schwer, sich zu konzentrieren. Er ging die Liste seiner Lieblingsdichter durch. Nichts von Frost, den er am liebsten mochte, der aber nicht unbedingt zu Romantik neigte. Ihm fielen ein paar Liebesgedichte ein, aber er vermutete, dass Violet sich ihm wieder entziehen würde, wenn er ihr ewige Liebe schwor – auch wenn das nur in Gedichtform geschah. Die ersten Zeilen eines dreisten Gedichts von John Wilmot, das er auf dem College auswendig gelernt hatte, schossen ihm durch den Kopf. »›Nackt liegt sie, umfangen von meinem sehnsüchtigen Arm‹«, begann er mit rauer Stimme. Die nächste Zeile lautete ›Ich bin erfüllt von Liebe‹, aber er änderte sie ab. »›Ich bin erfüllt von Lust, und sie ganz warm.‹«

Ihre Augen glänzten, als er zu rezitieren begann, und sie starrte ihn fasziniert an.

Jonathan strich mit einer Hand über ihren Arm und ihre Schulter, langsam und bedächtig, während er weitersprach. »›Beide gleichsam angeregt durch freudige Flammen; erweicht durch Zartheit, entbrannt zusammen. Mit Armen, Beinen, Lippen zieht sie mich; an ihre Brust und saugt mich an ihr Gesicht.‹«

Violet stutzte überrascht und fing dann an zu lachen, was unglaublich süß und unverfälscht klang. Ihre Brüste hüpften, als sie lachte, und er war kurzzeitig sprachlos bei diesem wundervollen Anblick.

»›Saugt mich an ihr Gesicht‹?«, wiederholte sie kichernd. »Das soll poetisch sein?«

»Das ist es«, beharrte er und musste grinsen. Er versuchte, den Blick von ihren wundervollen Brüsten abzuwenden, aber es gelang ihm nicht. »Das ist auch das einzige Gedicht, das ich kenne, in dem das Wort ›Möse‹ vorkommt.«

»Wirklich? Wie genau?«

»Hab Geduld, Liebste«, erwiderte er und wackelte verspielt mit den Augenbrauen.

Sie schnaubte, legte den Kopf schief und betrachtete ihn amüsiert. »Ich werde versuchen, geduldig zu sein.«

»Du störst meine Verführungskünste«, schalt er sie.

»Deine Verführungskünste? Mit diesen Worten willst du mich verführen?«

»Es wird noch besser, versprochen.«

Sie nickte und biss sich auf die Unterlippe, da sie noch immer lachen musste. »Dann werde ich mir Mühe geben, damit ich ernst bleiben kann.«

»Lach, so viel du willst«, sagte er. »Dabei hüpfen deine Brüste ganz entzückend.« Sie schnappte bei seinen Worten nach Luft, und er stellte erfreut fest, dass sich in ihrem Blick Verlangen widerspiegelte. Er legte ihr eine Hand an die Hüfte, strich über die weiche Haut und spürte, wie sie erzitterte. »Soll ich weitermachen?«

»Ich bitte darum«, flüsterte sie, und ihre Belustigung war jetzt der Erregung gewichen.

Er streichelte ihre Schulter und fuhr die Form ihrer Lippen nach. »›Ihre geschickte Zunge spielt wie der Liebe kleiner Blitz‹«, fuhr er leise fort, »›in meinem Mund. Und so spricht ihr Antlitz; Den Befehl, dass ich mich nähern solle, weil sie meinen Donnerschlag spüren wolle.‹« Bevor sie über diese seltsame Metapher lachen konnte, sprach er rasch weiter. »›Meine flatternde Seele, erhoben durch dies Gebot, wartet am Rande der Wonne, die sie anbot.‹«

Dabei wanderte er mit den Fingern ihren Hals entlang zu ihrem Brustbein, wo er verharrte.

Sie wimmerte leise. »Wenn du mich nicht gleich berührst ...«

Er beugte sich vor und küsste sie zärtlich, wobei sich ihre Brüste gegen seine nackte Brust pressten. »›Doch während ihre Hand mich führt, dort, wo meine Seele sie berührt, ereilt mich Verzückung, heiß und feucht ...‹« Jonathan stockte, da sie zu kichern anfing. »Ich glaube, ich hatte vergessen, worum es bei diesem Gedicht geht«, gestand er verlegen grinsend. »Ich hab mich nur noch an die schmutzigen Worte erinnert.«

»Jonathan Lyons«, schalt sie ihn und strich spielerisch mit den Fingern über seine Schultern. »Hast du mir gerade ein Gedicht über vorzeitigen Samenerguss vorgetragen?«

Mann, war das peinlich. »Kann schon sein.«

Wieder kicherte sie, und er stellte fest, dass er diesen Klang unglaublich schön fand. »Bitte red weiter, ich will unbedingt wissen, wie es ausgeht.«

Da er ihr Lachen fast so sehr liebte wie ihr lustvolles Wimmern, kam er ihrer Bitte nach. »›Ereilt mich Verzückung, heiß und feucht‹«, wiederholte er. »›Löse mich in Samen auf, mein Atem keucht. Ihre Berührung, gleich welche, brachte das Ende. Alles an ihr ist Möse, selbst die Hände.‹«

»Huch, da ist sie, die freche kleine Möse«, sagte Violet und strich mit einem Finger spielerisch über seine rechte Brustwarze. »Das ist fast schon … süß, wie das Wort in diesem Gedicht verwendet wird.«

Er nahm ihre Hand und drückte seine Lippen in ihre Handfläche. »Aber es stimmt. Mit jeder deiner Berührungen schaffst du es, dass ich beinahe die Kontrolle verliere.«

Mit einem Schlag verwandelte sich die Belustigung in ihren Augen wieder in Begierde. »Selbst nach all dieser Zeit?«

»Es ist sogar noch schlimmer geworden«, gab er zu. »Denn jetzt weiß ich, wie es ist, ohne dich aufzuwachen.«

Ihr stockte der Atem. »Jonathan …«

»Sch. Heute geht es nur darum, dass ich dir Lust bereite. An etwas anderes wollen wir jetzt nicht denken.« Er küsste erneut zärtlich ihre Handfläche und legte sie dann auf seine Brust direkt über sein Herz. Danach strich er mit einem Fingerknöchel erst über ihren Unterkiefer und ließ ihn dann nach unten zwischen ihre Brüste wandern, um sie abzulenken.

»In Ordnung«, sagte sie leise und sah ihm in die Augen.

Er vergaß alles andere und war nur noch von dem Wunsch beseelt, ihr Lust zu bereiten. Während er ihr tief in die Augen sah, fuhr er mit einem Finger langsam über ihre Brust und umkreiste die Brustwarze. »Ich erinnere mich an diese Brüste«, sagte er leise. »Ich weiß noch, wie die Brustwarzen schmecken und wie sich jede Brust in meiner Hand anfühlt. Ich erinnere mich daran, wie sie sich bewegt haben, wenn ich in dich eingedrungen bin. Und wie empfindlich sie auf der Unterseite sind«, murmelte er, ließ den Finger weiter nach unten gleiten und liebkoste die Unterseite der Rundungen.

Violet erschauerte und drückte den Rücken durch, um sich ihm entgegenzustrecken. Ihre Augen waren zu, und er konnte deutlich sehen, dass sie entschlossen war, sich in diesem Augenblick zu verlieren.

Das gefiel ihm. Genau das hatte er sich erhofft. Er wollte sehen, wie sie vor Lust den Verstand verlor und durch seine Berührung ganz wild wurde.

Das Beste daran war jedoch, dass er ihren Körper in- und auswendig kannte. Er wusste, wie er ihre Begierde in ein lustvolles Inferno verwandeln konnte.

Außerdem wusste er genau, dass er mit Violets Brüsten spielen musste, damit sie in Stimmung kam. Ihr war es wichtig, dass ihre Brustwarzen liebkost und dass ihre Brüste geknetet und gestreichelt wurden, bis die Brustwarzen ganz hart und sie völlig außer Atem war. Und er hatte vor, sie ganz verrückt zu machen, daher umfing er ihre Brüste mit den Händen. »Sie sehen wundervoller aus, als ich sie in Erinnerung hatte. Genauso voll und schwer wie zuvor, aber weicher und einladender. Ich kann es kaum erwarten, sie in den Mund zu nehmen.«

Violet bewegte sich unruhig auf seinem Schoß, was ihm zeigte, dass sie auf seine Worte reagierte.

»Und genau das werde ich gleich tun«, fuhr er fort. Am liebsten hätte er sich vorgebeugt und einen ihrer herrlich aussehenden Nippel in den Mund gesaugt, aber so, wie sie auf seinem Schoß saß, wäre die Position ziemlich unbequem gewesen. Also zog er sie weiter nach vorn, sodass sie den Körper an ihn presste. Als ihr Oberkörper nur noch wenige Zentimeter von seinem Mund entfernt war, nahm er ihre rechte

Brust in die Hand und drückte sie leicht, sodass sich die Brustwarze direkt vor seinem Mund befand. An ihren flatternden Lidern erkannte er, dass sie vor Vorfreude schon fast außer sich war, daher zog er das Ganze ein wenig in die Länge. Anstatt ihre Brustwarze ganz in den Mund zu nehmen, wie er es am liebsten getan hätte, um daran zu saugen und die süße Knospe zu beknabbern, führte er sie an seine Lippen ... und wartete.

Violet zappelte auf seinem Schoß herum und drückte ihre Brust weiter nach vorn, um näher an ihn heranzukommen.

Jonathan sah ihr ins Gesicht und erkannte die Begierde und die Anspannung auf ihren wunderschönen Zügen, ebenso wie die Erwartung, während sie mit angehaltenem Atem darauf wartete, seinen Mund auf ihrer Haut zu spüren. Er neigte den Kopf etwas nach vorn, und die dunkelrosafarbene Brustwarze war jetzt so nahe, dass er den frischen Duft ihrer Haut riechen konnte. Sanft rieb er mit der Unterlippe darüber und nahm sie noch immer nicht in den Mund. Sie war so herrlich hart.

Violet keuchte und starrte seinen Mund mit halb geschlossenen Augen an, um ihn dabei zu beobachten, wie er ihre Brustwarze zwischen den Lippen hin- und herbewegte, sie aber nie zwischen die Zähne nahm oder mit der Zunge berührte. Er neckte sie auf qualvolle, himmlische Weise.

Sie krümmte die Finger in seinem Haar und presste sich fest gegen ihn. »Oh Gott, bitte, Jonathan.«

Als sie seinen Namen so hervorstieß, war es um seine Entschlossenheit geschehen, und er ließ die Zunge über ihre Brustwarze schnellen.

Violet stöhnte.

Er liebte dieses Geräusch, daher strich er noch einmal fest mit der flachen Zunge über ihre Brustwarze und umkreiste sie dann. Danach nahm er sie zärtlich zwischen die Zähne und knabberte daran.

Inzwischen wimmerte Violet und keuchte immer schneller, während sie die Hände an seine Wangen stemmte und sich an ihm festhielt. Sie hatte die Augen geschlossen, und auf ihrem Gesicht las er reine Ekstase.

Er wollte mehr davon.

Jonathan saugte an ihrer Brust, neckte und liebkoste sie mit den Zähnen und der Zunge, nutzte jede Waffe aus seinem Arsenal, um Violet verrückt zu machen. Er legte eine Hand auf ihren Rücken, damit sie nicht hinfiel, und ließ die andere zum Saum ihrer Yogahose wandern. Das elastische Material ballte sich an ihrer Taille, und er zog daran und hätte am liebsten seine Finger in ihren derart unerträglich nahen warmen Schoß geschoben. Er malte sich aus, wie heiß sich ihre Schamlippen anfühlen würden, die vor Lust ganz feucht geworden waren, und verlor fast die Kontrolle. Sein Penis war so steif, dass er kurz vor dem Platzen zu stehen schien, aber er riss sich zusammen. Violets Lust war weitaus wichtiger als die seine.

Sie stieß ein leises, jammerndes Geräusch aus, als er sie leicht biss und sie damit überraschte. Sofort besänftigte er den leichten Schmerz mit sanftem Lecken und Küssen und murmelte immer wieder ihren Namen. Mit der anderen Hand zupfte er an ihrer Yogahose, die er über ihre Hüften herunterschieben wollte. Als sie nicht nachgab, knickte er ein, ließ die Hand in die Hose gleiten, drückte sie auf ihre Haut und bewegte sie immer weiter nach unten.

Violet keuchte, als seine Finger ihre äußeren Schamlippen berührten. Jonathan stöhnte an ihrer Brust und war von diesem Gefühl fast schon überwältigt, aber als sie seinen Mund zu ihrer anderen Brust lenkte, machte er sich auch dort begierig ans Werk, biss, leckte und liebkoste sie, bis Violet erneut wimmerte und in seinen Armen zuckte. Gleichzeitig bewegte er die Hand weiter nach unten und umfing ihren Venushügel. *Alles meins*, hätte er ihr am liebsten gesagt. *Das gehört alles mir und keinem anderen.*

Aber er unterdrückte diese Worte und leckte ihre Brustwarze, bis Violet lustvoll stöhnte. Ganz langsam bewegte er den Mittelfinger ... und verlor fast die Kontrolle, als dieser problemlos zwischen ihre feuchten Schamlippen glitt. Du liebe Güte, sie war vielleicht erregt. Innerlich fluchte er und musste sich kurz sammeln. Er presste die Stirn gegen ihre weichen Brüste und versuchte, sich zusammenzureißen.

Violet rutschte auf seinem Schoß und seiner Hand ein Stück nach hinten. »Ist ... alles in Ordnung?« Sie strich mit den Fingern durch sein Haar.

»Ich brauche nur einen Moment. Das ist einfach zu viel. Ich verliere gleich die Kontrolle, aber das will ich nicht. Hier geht es nur um dich.«

»Nimm dir so viel Zeit, wie du brauchst«, erwiderte sie leise. »Ich bin hier.« Sie strich ihm wieder über das Haar mit einer fast schon liebevollen Geste. Wenn sie ihn so berührte, konnte er sich beinahe einreden, sie würde ihn wieder lieben. Aber nur beinahe.

Die Erkenntnis, dass dies vermutlich nichts weiter als ein kurzes Intermezzo für sie war, ließ seine Erektion schneller als alles andere wieder verschwinden. Er drückte das Gesicht weiter gegen ihre Brüste, während ihm das Herz unerträglich schwer wurde. Er berührte Violets Haut, atmete ihren Duft ein und hatte seine Finger in ihrer Scheide.

Aber dennoch war es nicht genug. Er wollte ihr Herz.

Dann rieb sie sich jedoch an seiner Hand und bewegte ihre Schamlippen über seine Finger, und er wusste, dass sie das hier brauchte. Hatte er nicht selbst gesagt, dass es nur um sie gehen sollte und nicht um ihn? Genau so sollte es ablaufen, und er würde sie selbst dann befriedigen, wenn es ihm das Herz brach.

Also küsste er ihre weichen Brüste, schaute zu ihr auf und krümmte einen Finger, bis er damit ihre Klitoris berührte.

Sie sprang beinahe von seinem Schoß und schrie laut auf. »Oh!«

Was war denn das? Das war ja großartig! Wieder rieb er ihre Klitoris, während sich Violet auf seiner Hand wand und sich ihm einerseits zu entziehen versuchte, während sie andererseits fester über seine Finger rieb. Als sie erneut den Rücken durchbog, drückte er die Lippen auf ihre rechte Brustwarze und saugte fest daran, während er ihre Klitoris verwöhnte und das leise Keuchen genoss, das ihr über die Lippen kam. Seine empfindsame, wundervolle, herrliche Violet. Er würde nie genug von ihr kriegen, selbst wenn er einhundert Jahre alt wurde.

Und er wollte noch mehr. Er ließ ihre Brustwarze hörbar aus dem Mund gleiten und musterte dann die feuchte, glänzende Spitze, die von seinem Saugen leicht gerötet war. »Ich möchte, dass du dich auf den Rücken legst«, murmelte er und strich weiterhin mit dem Finger über ihre empfindliche Klitoris.

»W ... wo?«, stieß Violet keuchend aus und sah sich in der kleinen Flugzeugkabine um.

»Hier.« Widerstrebend zog Jonathan den Finger aus ihrer süßen, warmen, feuchten Scheide und ließ Violet neben sich auf den Sitz gleiten. Sie saß benommen und blinzelnd da und schien förmlich trunken vor Lust zu sein.

»Soll ... ich mich ganz hinlegen?«

»Nein.« Er zupfte am Saum ihrer Hose. »Aber die muss weg, damit ich mein Gesicht zwischen deinen Beinen vergraben kann.«

Sie keuchte und ließ sich nach hinten auf die Ledersitze fallen, wobei ihre Brüste herrlich bebten. Jonathan überlegte kurz, ob er weiter daran saugen sollte und sie lecken, bis Violet lauthals schrie. Aber ihm war der Geruch ihrer Erregung in die Nase gestiegen, und er wollte mehr davon. Während er gegen seine Lust ankämpfte, tippte er ihr gegen die Hüfte. »Hoch damit.«

Sie hob das Becken an, und er zog ihr die Hose mit einer schnellen Bewegung auf die Oberschenkel herunter. Ihre Hüften waren nackt, und die schönen Rundungen sahen noch genauso wundervoll aus wie in seiner Erinnerung. Ihr Schamhaar über ihren cremefarbenen Oberschenkeln war vor Erregung ganz feucht geworden. Er konnte es kaum noch erwarten, es an seinem Mund zu spüren.

Mit einer weiteren Bewegung zog er ihr die Hose bis auf die Knie herunter. Sie zappelte ein wenig herum und zog sie ganz aus, um sich dann mit dem Rücken auf das Polster zu legen und ihn unter schweren Lidern anzusehen. »Was soll ich jetzt machen?«

»Ich will, dass du meinen Namen schreist«, sagte er mit tiefer Stimme und beugte sich vor. Die Armlehnen der ledernen Flugzeugsitze waren hochgestellt, sodass Violet fast wie auf einer kleinen Couch lag, für Jonathan aber nicht viel Platz blieb. Das ging in Ordnung. Er musste sich nur irgendwo hinknien. Also drückte er ihre Beine auseinander und kniete sich vor sie auf den Boden.

Dann blickte er zwischen ihren Oberschenkeln hindurch auf ihren feuchten Schritt, der so dicht vor seiner Nase war, und konnte sich nicht mehr zurückhalten. Wie ein Verhungernder presste er den Mund auf ihre Scheide und leckte sie.

Violet seufzte vor Wonne, was ihn ebenso mit Glück

erfüllte wie der Geschmack auf seiner Zunge. Sie schmeckte heiß, moschusartig und leicht süß, und er stöhnte unwillkürlich, als er mit der Zunge über ihre warme Scheide strich. Ihre weichen, wundervollen Schamlippen umgaben ihre Klitoris und ihre Vagina wie die Blütenblätter einer Blume. Er stieß die Zunge tiefer hinein und genoss jede einzelne Bewegung.

Es gab auf der Welt nur wenig, was ihm besser gefiel, als Violet DeWitts Scheide zu lecken, und er hatte vor, jede Sekunde davon zu genießen. Mit jedem Zungenschlag wurde sie feuchter, und er leckte alles auf, als wäre es eine kostbare Leckerei. Immer wenn seine Lippen ihre Haut berührten, verrieten sie ihm etwas: Wo sie am empfindlichsten war, was sie zum Erschauern brachte und wie er mehr von diesem süßen Honig aus ihr herauslocken konnte. Er studierte sie, so wie er die Gedichtkunst studiert hatte, und analysierte jedes Geräusch und jede Bewegung, um sich alles für später einzuprägen.

Aber vorerst wollte er ihre Klitoris verwöhnen, ihr kleines Lustzentrum. Er legte den Kopf etwas schief, um den Mund von der Seite darauf zu pressen und sie mit kurzen, methodischen Bewegungen zu küssen und zu lecken. Aus Erfahrung wusste er, dass sie es bevorzugte, wenn sich ihre Erregung langsam und gleichmäßig aufbaute. Violet kam nie schnell, aber wenn sie einen Orgasmus hatte, war es immer großartig. Genau das wollte er wieder sehen, und so spreizte er ihre Schamlippen mit den Fingern etwas weiter, sodass er ihre Scham ganz sehen konnte, und konzentrierte sich auf ihre Klitoris, die keck hervorstand, als wollte sie um seine Aufmerksamkeit betteln.

»Jonathan«, stieß Violet schluchzend aus, und als er aufblickte und ihr in die Augen sah, konnte er darin ihre Begierde sehen. Ihre ungezügelte Lust. Ihm ging es ähnlich. Sein

Penis war schon wieder steinhart und drückte sich unangenehm gegen den Sitz, wenn er sich vorbeugte und Violet leckte.

»Ich bin so kurz davor«, murmelte sie keuchend. »Bitte, bitte, lass mich kommen.«

»Das mache ich«, versprach er ihr und drückte den Mund erneut in ihren Schritt, um ihre kleine, steife Klitoris zu lecken. Violets Hüften zuckten unter ihm, und er leckte sie langsam und gleichmäßig, während er gleichzeitig nicht widerstehen konnte und die Finger zwischen ihre Schamlippen schob.

Er legte zwei Finger aneinander und bewegte sie neckend vor ihrem Eingang hin und her, bis er ihn ebenso umkreiste wie seine Zunge ihre Klitoris.

Violet sprang vor Ekstase beinahe vom Sitz. »Oh Gott! Oh ja!«

»Lieg still«, knurrte er, wenngleich er ebenfalls die Hüften bewegte, auch wenn er sich nur nutzlos an die Seite des Sitzes presste.

Sie nickte und klammerte sich an ihrem Sitz fest. Dabei bot sie ihm einen herrlichen Anblick mit ihren geröteten Wangen, der blassen Haut, ihren Brüsten, die sich in schnellen Atemzügen auf und ab bewegten, und ihrem zerzausten Haar, das ihr Gesicht einrahmte. Sie hatte die Beine weit gespreizt, damit er das Gesicht dazwischen vergraben konnte, und er wollte sich dieses Bild von ihr einprägen, wie sie so voller Begierde und wunderschön vor ihm lag, dass ihm das Herz zerspringen wollte.

»Bitte«, flehte sie erneut.

Also senkte er wieder den Kopf und leckte ihre vermutlich schon pochende Klitoris langsam und gleichmäßig. Dann schob er zwei Finger in sie hinein und musste sein Stöhnen unterdrücken, da sie sich sofort um seine Finger herum zusammenzog und es sich anfühlte, als wollte sie sie tiefer hineinziehen.

Violets lustvolles Stöhnen wurde immer lauter, und er drang mit den Fingern immer wieder langsam in sie ein und zog sie wieder heraus, nachdem er sie vorher leicht gekrümmt hatte, um auf der Suche nach der Stelle, die ihr einen unglaublich intensiven Orgasmus verschaffen würde, an der Scheidenwand entlangzustreichen. Er behielt den Rhythmus seiner Zunge bei, wurde jedoch ein wenig schneller und passte sich ihrer Atmung an, als wäre sie ein Metronom, das den Takt vorgab. Keuchen, lecken, keuchen, lecken. Ihre Feuchtigkeit benetzte seinen Mund, ihr Duft erfüllte seine Nase und bedeckte seine Finger, und er war im Himmel. Am liebsten wäre er für immer hiergeblieben. Wenn er jetzt sterben musste, dann würde er als glücklicher Mann sterben.

Aber seine Violet musste kommen.

Er krümmte die Finger in ihr etwas mehr und rieb fester, was sie mit einem erstickten, überraschten Aufschrei belohnte. Ah ja, das war ein neuer Trick, den er in den letzten Jahren gelernt hatte. Das hatte er mit ihr noch nie gemacht, und er vermutete, dass ihre früheren Liebhaber sich nie die Mühe gemacht hatten, nach dieser Stelle zu suchen. Für einen kurzen Augenblick erfüllte ihn eine unermessliche Eifersucht, die jedoch schnell einer besitzergreifenden Freude wich, als Violet den Rücken durchbog und laut stöhnte, während er die Finger erneut in ihr krümmte.

Sie gehörte ihm. Ganz allein ihm. Kein Mann hatte sie so berührt wie er, und er würde ihr den besten Orgasmus ihres Lebens verschaffen.

Also rieb er mit den Fingern über ihre Scheidenwand, beugte sich noch begieriger über ihre Klitoris und ließ die Zunge noch schneller darüberschnellen.

Violet stieß ein lautes Stöhnen aus, und dass ihre Schreie laut durch die Kabine hallten, bemerkte sie kaum, während er zwischen ihren Beinen kniete und ihr in zehn Kilometern Höhe Lust verschaffte. Ihre Hüften zuckten, als wollte sie seinen Fingern folgen, und er wusste, dass er jetzt nicht nachlassen durfte. Wenn er das tat, würde ihre Erregung abflauen und sie musste den Gipfel erneut erklimmen, und so, wie sich ihre Scheide um seine Finger zusammenzog und ihre Schamlippen vor Lust angeschwollen waren, konnte der Höhepunkt nicht mehr weit sein. Sie war so kurz davor. Also machte er weiter und rezitierte im Kopf seinen eigenen kleinen Vers.

Komm für mich, Violet. Komm unter meinem Gesicht, auf meinen Lippen, und lass mich deine Süße spüren.

Kurz darauf bog sie erneut den Rücken durch, und er spürte, wie sie am ganzen Körper bebte und dann lustvoll aufschrie. Ihre Beine zuckten an seinen Schultern, und er spürte, wie sich ihre Scheide fest um seine Finger legte und ihre Klitoris unter seiner Zunge zitterte.

Das war Perfektion. Er stöhnte vor Lust, als er ihre Reaktion sah, und leckte und streichelte weiter, um ihren Orgasmus und ihre Lust so lange wie möglich auszudehnen. Sie wand sich unter ihm, und sein Name kam wie eine Segnung über ihre Lippen. »Jonathan. Jonathan. Jonathan.«

»Das ist alles für dich, Violet«, murmelte er keuchend gegen ihre weiche, feuchte Haut. »Ich würde das jeden Tag für dich tun, wenn du mich lassen würdest. Es gibt nichts Besseres, als dafür zu sorgen, dass du vor Lust ganz feucht bist und dich dann um meine Hand zusammenziehst.«

Sie stöhnte und ritt seine Finger immer weiter, während sie sich in ihrem Höhepunkt verlor, und Jonathan empfand einen gewissen Stolz, als er sah, wie aufgelöst, befriedigt und zufrieden sie aussah.

Das war sein Werk.

Dann zog er sich zurück, widerwillig, aber in dem Wissen, dass er nicht die ganze Nacht hier verweilen konnte. Zumindest jetzt noch nicht. Vielleicht ließ sie es ja in einer oder zwei Wochen zu, dass er sie stundenlang leckte. Vorerst musste er sich mit dem bisschen zufriedengeben, das sie ihm gewährte.

Aber vor allem musste er so tun, als wäre das keine große Sache gewesen. Als wären sie nur Freunde. Freunde mit gewissen Vorzügen.

Bei dem Gedanken schürzte er die Lippen.

Er würde seiner »Freundin« so viele Vorzüge gewähren, dass sie gar nicht mehr wusste, wo ihr der Kopf stand und dass ihre Beine sie nicht mehr tragen wollten.

Dann würde er schon herausfinden, ob sie wirklich nur Freundschaft von ihm wollte.

Also stand Jonathan auf und leckte sich den Geschmack der Frau, die er liebte, von den Lippen. »Ich werde dir ein Handtuch holen.«

Unter diesem Vorwand verschwand er in dem winzigen Badezimmer des Flugzeugs, um zu masturbieren, damit sie seine Lust und seine Begierde nicht sah und sich verpflichtet fühlte, den Gefallen zu erwidern.

Denn dieses Wort »verpflichtet« hasste er wie die Pest.

*

Violet starrte Jonathans breite Schultern an, als er zum Badezimmer des kleinen Jets marschierte, das sich im hinteren Teil der Kabine befand. Sie war benommen, atemlos und einfach nur ... wow!

Okay, dann hatte er also seit ihrer gemeinsamen Zeit einiges dazugelernt. Der Sex mit Jonathan war schon immer großartig gewesen. Aber das, was gerade passiert war, hatte sie völlig umgeworfen. Sie war noch nie in ihrem ganzen Leben so heftig gekommen. Himmel, sie wusste nicht einmal, ob sie je wieder würde laufen können. Aber sie fühlte sich auf wunderbare Weise durch und durch befriedigt.

Sie fühlte sich richtig gut.

Aber als sie ihn im Badezimmer verschwinden war, kamen ihre alten Zweifel wieder zum Vorschein. Oralsex mit einer alten Flamme ohne Gegenleistung? So etwas machten Freunde nicht. Das hier war vielmehr eine eindeutige Sackgasse, an deren Ende nur wieder Liebeskummer auf sie wartete. Einige der Dinge, die Jonathan ihr im Taumel der Leidenschaft gesagt hatte, waren nicht die Worte eines Mannes, der nur aus einer Laune heraus mit einer »guten Freundin« Spaß hatte. Jetzt, da ihr Verstand wieder klarer wurde, erinnerte sie sich an jedes Stöhnen, das er zu verbergen versucht hatte, und die Art, wie seine Lippen an ihren geklebt hatten, als wollte er sich an jede einzelne Liebkosung erinnern.

Selbst wenn Jonathan behauptete, ihr Freund zu sein, war er noch immer derselbe intensive, besitzergreifende Jonathan Lyons, der ihr beim letzten Mal das Herz gebrochen hatte.

Violet setzte sich auf, glättete ihr Haar und versuchte, ihren rasanten Herzschlag wieder unter Kontrolle zu bringen.

Wie gut er jetzt auch beim Sex sein mochte, so würde sie doch letzten Endes nur verletzt, wenn sie so etwas weiterhin mit ihm machte. Sie musste ihm sagen, dass dies eine einmalige Sache gewesen war. Wenn sie ihre zerbrechliche, gerade erst wieder aufgebaute Freundschaft erhalten wollten, durften sie das nicht wiederholen.

Aber als sie sich das Shirt über die Brüste zog, war sie die Mauern, die sei seit so langer Zeit um sich herum errichtet hatte, auf einmal unendlich leid. Konnte sie sich nicht zur

Abwechslung mal entspannen und nicht über Gefühle nachdenken? Konnte sie es nicht einfach genießen?

Sie zog ihre Hose an und legte sich nachdenklich wieder auf den Sitz.

Dann beschloss sie, am nächsten Morgen mit ihm darüber zu sprechen, wenn sie beide wieder einen klaren Kopf und etwas Abstand gewonnen hatten. Heute jedoch würde sie sich gestatten, diese Wonnen noch ein wenig zu genießen.

10

Als das Flugzeug auf dem Flughafen von Santorin landete, weckte Jonathan Violet mit einem zärtlichen Streicheln über ihre Wange. »Aufwachen, Schlafmütze«, murmelte er, als sie die Augen aufschlug. »Lass uns zum Hotel fahren.«

Sie hätte protestieren und ihn an die Schatzsuche erinnern sollen, aber ihr Gehirn arbeitete nach dem unglaublichen Orgasmus noch nicht wieder auf Hochtouren. Noch bevor er aus dem Badezimmer zurückkehrte, war sie bereits eingeschlafen. Jetzt war es mitten in der Nacht, und Santorin war wunderschön im Licht der vielen Lampen, aber ihre Augenlider waren so schwer und wollten einfach nicht oben bleiben.

Später konnte sie sich vage an eine Taxifahrt zum Hotel und das Einchecken erinnern, dass sie sich an Jonathan angelehnt und irgendwann geschlafen hatte. Wunderbar und herrlich fest geschlafen.

Als Violet am nächsten Morgen erwachte, befand sie sich ganz allein in einem Hotelzimmer. Das war … ein wenig enttäuschend. *Nein, das ist es nicht*, schalt sie sich. *Er lässt dir Freiraum, wie du es immer wieder eingefordert hast.* Dennoch sah sie sich mit gerunzelter Stirn um. Wo steckte Jonathan denn, wenn er nicht bei ihr war?

Ihr Blick fiel auf den Nachttisch, wo eine in seiner vertrauten Handschrift geschriebene Nachricht lag.

Ich bin in Zimmer 211, falls du mich brauchst. Ruf an, wenn du aufgestanden bist, dann gehen wir frühstücken und planen, wie es weitergeht. J

Sie musterte den Brief und suchte nach versteckten Bedeutungen oder irgendeinem Signal, das auf das anspielte, was im Flugzeug passiert war. Bereute er es? Machte er ihr eine Liebeserklärung? Bezog sich »planen, wie es weitergeht« auf ihre Beziehung, oder interpretierte sie zu viel in seine Worte hinein? Violet wusste es nicht. Die Nachricht erschien ihr … schrecklich unpersönlich.

Sie duschte und zog sich an, wobei sie sich für eine Jeans und ein blusenartiges, schulterfreies Oberteil entschied, unter das sie ein Top zog. Die Zeit für ihre Lehrerinnenuniform war ihrer Meinung nach vorbei. Mit einer nervösen Geste schob sie sich das Haar hinter die Ohren und rief in Jonathans Zimmer an.

»Hi, hier ist Jonathan«, meldete er sich.

»Hey, ich bin's.«

Kurze Pause. »Schön. Wollen wir frühstücken?«

Aus irgendeinem Grund ärgerte sie sich über seine nonchalante Art. Jonathan machte doch sonst immer alles mit der für ihn so typischen Intensität. Müsste er nicht Gedichte über ihre Schönheit vortragen und ihr schwören, dass er keine andere je so lieben würde wie sie? Das Ganze passte gar nicht zu seiner normalen Vorgehensweise. Dass er sie nach dem Zwischenfall im Flugzeug, der sie völlig von den Socken gehauen hatte, so zwanglos behandelte, irritierte sie. »Frühstück klingt gut.«

»Dann treffen wir uns unten? Ich bin in fünf Minuten da.«

»Bis gleich«, erwiderte sie und legte auf, wobei sie leicht verstimmt war, auch wenn sie selbst nicht recht wusste, warum. Sie stand auf, legte ein wenig Lipgloss auf und etwas Mascara, um ihre Augen zu betonen, und ging hinunter in die Hotellobby.

Das Kallista Hotel hatte sich in den letzten zehn Jahren nicht sehr verändert, und als sie durch die Lobby ging, erinnerten sie die griechischen Säulen und der gekachelte Boden an vergangene Zeiten. Sie verschränkte die Arme, da sie sich verletzlich fühlte, und wartete auf Jonathan.

Er tauchte einige Minuten später in seinem üblichen Aufzug aus lässigem Blazer, Jeans und T-Shirt auf. Außerdem war er unrasiert und hatte leicht zerzaustes Haar, als hätte er sich nicht die Mühe gemacht, auch nur in den Spiegel zu sehen, da er sich ja bloß mit Violet traf. Sie war sich nicht sicher, ob sie das ärgerte oder ob sie mit den Fingern durch sein Haar streichen und es in Ordnung bringen wollte.

»Gehen wir was essen?«, fragte Jonathan und deutete auf den Eingang des Hotelrestaurants.

Sie nickte und ließ sich von ihm die Tür öffnen, während sie ihren Gedanken nachhing.

Nachdem sie sich gesetzt und Kaffee bestellt hatten, musterte Jonathan die Speisekarte, legte sie beiseite und holte ein kleines Tablet aus der Innentasche seiner Jacke. »Ich habe die letzten Briefe eingescannt«, sagte er und tippte auf das Display. »Vielleicht finden wir jetzt heraus, wie es weitergehen soll.«

»Okay«, meinte sie wenig enthusiastisch und kämpfte gegen ihre Verärgerung an. Wollte er das, was letzte Nacht zwischen ihnen vorgefallen war, einfach ignorieren? Sie konnte das nicht. Jedes Mal, wenn sie ihn ansah, wanderte ihr Blick zu seinem Mund, und sie erinnerte sich daran, wie er ihre Klitoris gefühlt stundenlang geleckt hatte. Als er nach seinem Besteck griff, starrte sie seine Hände an und dachte daran, wie seine Finger genau die richtige Stelle in ihrem Inneren gefunden hatten, um sie vor Lust fast in den Wahnsinn zu treiben.

»Hast du irgendwelche Vorschläge?«, wollte Jonathan wissen und breitete die Serviette auf seinem Schoß aus.

Oh, sie hatte eine ganze Menge Vorschläge. Violet betrachtete seine kräftigen Hände, mit denen er erneut das Tablet bediente. Sie lenkten sie ab. Er sagte noch etwas, das sie jedoch nicht mitbekam. »Hm?«

»Violet? Hast du irgendwelche Vorschläge, wie wir weitermachen sollen? Ich bin für alles offen.«

Sie blinzelte. »Für alles offen?«

Er legte den Kopf schief und sah sie mit zusammengekniffenen Augen an. »Du wirkst heute Morgen ein wenig abwesend.«

War das nicht nachvollziehbar? Sie wurde immer ärgerlicher und griff nach ihrem in die Serviette eingewickelten Besteck, um das Bündel auseinanderzunehmen. »Natürlich bin ich das.«

»Denkst du über den Hinweis nach?«

Zum Teufel mit dem Hinweis! »Nein«, stieß sie hervor. »Ich denke an das, was letzte Nacht im Flugzeug passiert ist.«

Sein Blick blieb ruhig und seine Miene undurchdringlich. »Was ist damit?«

Ihr fiel vor Verblüffung die Kinnlade herunter. »Na, unter anderem hätte es nie so weit kommen dürfen.«

Er zuckte mit den Achseln.

War das alles? Mehr hatte er dazu nicht zu sagen? Violet unterdrückte ihre Wut und glättete die Serviette auf ihrem Schoß. Die Kellnerin kam an ihren Tisch, und sie waren kurzzeitig von der Frühstücksbestellung abgelenkt. »Nur Toast«, sagte Violet und ärgerte sich darüber, dass ihr Tonfall so schnippisch klang. Himmel, sie hörte sich ja an wie eine Furie. Als die Kellnerin wieder gegangen war, legte Violet die Hände um ihre Kaffeetasse – um dem Drang zu widerstehen, ihm die Tasse an seinen ach so unverbindlichen Kopf zu werfen – und starrte ihn mit finsterer Miene an. »Ich denke, wir sollten über das reden, was passiert ist.«

Wieder zuckte er mit den Achseln. »Ich bin ganz Ohr.«

Bei seinem beiläufigen Tonfall knirschte sie mit den Zähnen. »Ich … Meiner Ansicht nach ist ›Freunde mit gewissen Vorzügen‹ nicht die Richtung, die wir einschlagen sollten.«

»In Ordnung.« Er trank einen Schluck Kaffee, stellte seine Tasse dann ab und starrte erneut auf das Display seines Tablets.

Das war alles? Violet ballte die Fäuste. Kein Protest? Keine Darlegung seiner immerwährenden Liebe zu ihr? Hatte er nicht gesagt, dass er sie immer und bis in alle Ewigkeit lieben würde? Hatte er das nicht erst gestern geschworen, mit dem Kopf zwischen ihren Beinen? Und jetzt war es ihm völlig egal?

Was zum Teufel war hier eigentlich los?

Da kam Violet ein schrecklicher Gedanke. Was war … Was war, wenn er von ihr enttäuscht war? Behandelte er sie etwa aus diesem Grund so abweisend? Sie zupfte am Ausschnitt ihres lockeren Tops herum und fühlte sich auf einmal befangen und unelegant. Sie war nicht mehr so dünn und athletisch wie vor zehn Jahren. Ein paar Pfunde mehr – okay, zwanzig – hatten dafür gesorgt, dass ihre ohnehin schon rundliche Figur noch kurviger geworden war. Er hatte in den letzten zehn Jahren ein paar sehr beeindruckende Tricks gelernt und ihr einen bahnbrechenden Orgasmus beschert. Aber was war, wenn er sich in seiner Fantasie ein anderes Bild von ihr gemacht hatte und jetzt enttäuscht war?

Aus irgendeinem Grund fühlte sich das an wie ein Stich ins Herz.

Es war so … Wenn sie wusste, dass Jonathan sie noch liebte, dann konnte sie ihn auf Abstand halten, bis sie bereit war, die Vergangenheit zu vergessen und ihn wieder zu akzeptieren. Selbst wenn sie noch ein oder zwei Jahre an ihrer Verbitterung festhielte, so konnte sie doch davon ausgehen, dass er sie nicht aufgeben würde. Sie könnte ihn problemlos auf Armeslänge von sich fernhalten. Das war sicher, und sicher war genau das Richtige für Violet.

Aber dieser neue, ungezwungene Jonathan, dem es nichts zu bedeuten schien, was im Flugzeug passiert war?

Dieser Mann war ein Fremder, und sie wusste nicht, was sie tun sollte. Außerdem war sie sich nicht sicher, ob ihr das gefiel. »In Ordnung?«, wiederholte sie. »Mehr hast du dazu nicht zu sagen?«

Wieder sah er sie an. »Was soll ich denn sagen? Ich habe dir doch gesagt, dass du alles bestimmst. Du wusstest, dass es nur um dich ging. Wenn du das nie wieder tun möchtest, dann ist das in Ordnung.«

Das war in Ordnung? Er schenkte ihr den besten Orgasmus ihres Lebens, bekam nichts dafür und fand das in Ordnung?

»Na gut«, erwiderte sie ein wenig verwirrt. »Dann lass uns ab jetzt einfach nur Freunde sein.«

»Nur Freunde«, stimmte er zu.

Warum hatte sie das Gefühl, dass sie diejenige war, die diesen Kampf verloren hatte?

»Schön …«, meinte Violet, nachdem sie zur Beruhigung einen Schluck Kaffee getrunken hatte. »Wir sind hier im

Hotel. Wir haben ein Gedicht, in dem es um nichts Bestimmtes geht. Was machen wir jetzt?«

Erneut zuckte Jonathan mit den Achseln – und so langsam ging ihr diese Geste auf die Nerven. »Uns wird schon irgendwas einfallen. Vielleicht sollten wir uns mal in der Stadt umsehen. In dem Gedicht wird doch ein Rad erwähnt. Möglicherweise sollen wir nach irgendwelchen Rädern Ausschau halten.«

Das war zumindest ein Ansatzpunkt. »Aber nur die Erwähnung eines Rads kommt mir ziemlich vage vor. Und was ist, wenn wir das Rad nicht finden, auf das sich mein Vater bezieht?«

»Dann werden wir hier eine Weile warten und hoffen, dass uns das Richtige einfällt. Irgendwas wird schon passieren.«

Er schien die ganze Sache ziemlich lässig anzugehen. »Dann entspannen wir uns also einfach auf einer griechischen Insel und genießen die Sonne und den Strand? Willst du das damit sagen?«

Er grinste, und ein Funke des alten Jonathan war zu sehen. »Wäre das denn so schlimm?«

Eigentlich nicht. Santorin war sehr schön, soweit sie sich erinnerte, und das Wetter schien auch gut zu sein. »Denkst du, wir sollten uns mal bei den Ruinen umsehen?«

»Wir gehören keiner archäologischen Ausgrabung an, daher werden sie uns wohl nicht reinlassen, wenn wir nicht vorher einige Strippen ziehen. Das könnten wir natürlich tun, aber wenn es keine Ausgrabungsstätte deines Vaters war, dann wäre es doch seltsam, uns dorthin zu schicken.«

Da hatte er auch wieder recht. Sie wusste, dass er etwa fünf Jahre lang in den Akrotiri-Ruinen beschäftigt gewesen war, dann jedoch abrupt seine Meinung geändert und sich nach Spanien orientiert hatte. Warum ausgerechnet Spanien, das wusste sie nicht, und es hatte sie auch nie interessiert. »Dann sitzen wir im Moment also auf dem Trockenen.«

»Sieht ganz danach aus. Wie wäre es mit ein bisschen Sightseeing?«

Sie starrte ihn verblüfft an. »Sollten wir nicht lieber versuchen, mehr herauszufinden?«

»Das sollten wir. Und das werden wir auch tun. Aber vorerst könnten wir den Tag doch einfach mal genießen, findest du nicht? Uns eine Auszeit nehmen? Du siehst müde aus.«

Falls sie müde aussah, dann lag das daran, dass sie nach dem Intermezzo der vergangenen Nacht noch immer ziemlich mitgenommen war. Dieser Zwischenfall hatte sie bis ins Innerste erschüttert, schien ihn jedoch nicht im Geringsten zu beeinflussen. Pah! »Ich bin nicht müde.«

»Gut. Wollen wir dann auf Entdeckungsreise gehen?«

»Darf ich vorher noch frühstücken?«

»Ich habe nie gesagt, dass wir auf irgendwelche Annehmlichkeiten verzichten müssen«, murmelte Jonathan.

Bei diesen Worten errötete sie und musste wieder an den Flug denken. Verdammt, sie war sich ziemlich sicher, dass er das nur gesagt hatte, um sie zu ärgern. Das verwirrte sie noch viel mehr.

Welcher Jonathan war er denn jetzt? Der, der nur mit den Achseln zuckte und dem es egal war, ob sie einander je wieder berührten? Oder der zweideutige Jonathan, der auch nach zehn Jahren bis über beide Ohren in sie verliebt war?

Sie war so verwirrt.

*

Sie verbrachten den Tag in der warmen Sonne. Santorin war noch genauso idyllisch, wie sie es in Erinnerung hatte. Die

Insel bestand aus den Überresten eines erloschenen Vulkans, und die Stadt schmiegte sich an den Rand des Kraters. Eine der ältesten Zivilisationen war hier vor dreitausendsechshundert Jahren vernichtet worden, als der Vulkan ausgebrochen war und Akrotiri zerstört hatte. Heute bestand die Stadt Fira aus einer Ansammlung weißer Gebäude, die sich auf dem felsigen Untergrund verteilten, umgeben von dem unglaublich schönen Meer und gezackten Klippen. Es war wunderschön hier, und der Himmel über ihnen war strahlend blau.

Als sie vor so vielen Jahren mit Jonathan hierhergekommen war, hatte sie diesen Ort geliebt. Sie hatten die Ausgrabung in Akrotiri für ein Wochenende verlassen, um sich im Kallista Hotel leidenschaftlich zu lieben, als sie Teenager waren, und jetzt, zehn Jahre später, lief sie durch diese Straßen und musste immer wieder an dieses Wochenende zurückdenken.

Damals hatte Jonathan ihre Hand gehalten, während sie die schmalen Gassen erkundeten.

Heute ging er neben ihr. *Als Freund.* Der Gedanke hinterließ irgendwie einen seltsamen Nachgeschmack.

In den Geschäften an den Straßen wurden farbenfrohe Stoffe und Strandutensilien angeboten, und sie konnte nicht widerstehen und kaufte sich ein Baklava und später ein leckeres Gyros. Dann erstand sie noch ein buntes Leinentuch für den Strand und sah sich in Ruhe in allen Läden um. Das war sehr nett … und brachte sie gleichzeitig auf die Palme.

Sie sahen sich die Gegend an und sprachen über nichts Besonderes. Wieder und wieder lasen sie das Gedicht und hielten in den Straßen Ausschau nach Rädern, die zu ihren Hinweisen passten, fanden jedoch nichts. Am Abend taten Violet die Füße weh, sie hatte einen Sonnenbrand auf der Nase und war angenehm müde. Sie hatten den ganzen Tag über immer wieder Kleinigkeiten gegessen und mussten eigentlich nicht mehr essen gehen. Doch als die Zeit kam, sich voneinander zu trennen, zögerte Violet. Wollte Jonathan Zeit mit ihr verbringen? Vielleicht mit auf ihr Zimmer kommen? Erneut »Freunde mit kleinen Vorzügen« spielen?

Nicht, dass sie das wollte, redete sie sich ein. Aber wenn er Interesse daran hatte, dann hätte sie wenigstens gewusst, dass er sich noch für sie interessierte.

Aber Jonathan machte nicht den Eindruck. Er lächelte ihr kurz zu, sagte ihr, dass er sie am nächsten Morgen nach dem Aufwachen anrufen würde, und ging dann durch den Flur zu seinem Zimmer.

Aus irgendeinem Grund ärgerte sich Violet darüber. Je mehr ihre Gefühle in Aufruhr gerieten, desto mehr schien er sich zurückzuziehen, hatte sie den Eindruck.

Das gefiel ihr gar nicht. Sie wollte, dass er ebenso hin- und hergerissen und verwirrt war wie sie. Er sollte ebenfalls an diesen Zwischenfall im Flugzeug denken, wenn er sich schlafen legte, weil sie es nämlich auch tat.

Natürlich träumte sie wieder von ihm. Es waren dunkle, wundervolle Träume von seinem Mund und seinen Händen, in denen er ihr schmutzige Gedichte ins Ohr raunte, während er sie liebte.

Umso deprimierender war es, aufzuwachen und festzustellen, dass sie ganz allein im Bett lag.

Der folgende Tag verlief im Grunde genommen wie der davor. Sie gingen an den Strand, und als Violet protestierte, dass sie dort keine Hinweise finden würden, schlug Jonathan vor, dass sie doch einfach nur Spaß haben konnten. Irgendwann würden sie schon eine Erleuchtung haben. Sie mussten einfach nur geduldig sein und warten, und bis es so weit war, konnten sie das Inselparadies auf Santorin doch einfach genießen. Er neckte sie sogar und sagte, sie solle es als Arbeitsurlaub ansehen.

Bisher hatte Violet geglaubt, sie wäre ein geduldiger Mensch, aber das war sie nicht. Ganz und gar nicht. Denn wenn sie am Strand entlanggingen und das Meer ihre Füße umspülte, wünschte sie sich, dass Jonathan ihre Hand hielt, so, wie es auch die anderen Paare taten, die sie sahen. Sie wollte diese harten Muskeln berühren und wissen, dass er ganz allein ihr gehörte.

Sie musste sich eingestehen, dass sie sich aufs Neue in ihn verliebte, und das war gefährlich. Je mehr sie versuchte, auf Abstand zu bleiben, desto mehr fühlte sie sich zu ihm hingezogen.

Bei ihm schien es genau andersherum zu sein. Jonathan war fröhlich und freundlich, aber zwischen ihnen herrschte stets eine gewisse Distanz. Es war fast so, als wäre es ihm völlig egal, ob er sie je wieder küssen oder berühren würde.

Eigentlich hätte sie sich darüber freuen müssen. Ebenso wie sie es genießen sollte, ein paar freie Tage an den paradiesischen Stränden von Santorin zu verbringen, die Sonne zu genießen und sich auf der wunderschönen Mittelmeerinsel zu entspannen.

Doch das tat sie nicht. Sie war angespannter als jemals zuvor, und das alles nur wegen dieser dummen Schatzsuche ihres Vaters und dem wundervollen, heißen Mann an ihrer Seite, der fest entschlossen schien, nur noch ihr Freund zu sein.

Warum in aller Welt hatte sie jemals verlangt, dass sie nur Freunde sein sollten? Schlimmer noch war die Frage, warum Jonathan damit einverstanden war.

Violet kam sich vor, als wäre sie in einem teuflischen Schwebezustand gefangen. Einem freundschaftlichen, zwanglosen

Schwebezustand, der einen nicht das Herz kosten konnte. Noch vor zwei Wochen wäre sie damit ganz zufrieden gewesen – bevor Jonathan in ihr Leben zurückgekehrt war.

Aber jetzt, wo er erneut Teil ihres Lebens war, machte es den Anschein, als wollte ihr Herz alles oder nichts. Und sie hatte eine Heidenangst davor, ebenso wie sie sich davor fürchtete, dass er sich nicht mehr zu ihr hingezogen fühlen könnte.

Was war, wenn sie sich wieder in ihn verliebte – was durchaus möglich war – und er kein Interesse mehr an ihr hatte? Dann würde er sie erneut verlassen, und sie wäre wieder allein.

Es jagte ihr eine Heidenangst ein.

Aber als Tag drei auf dem Inselparadies in Tag vier überging, vermengten sich Geschäft und Vergnügen weiterhin. Jonathan schlug vor, dass sie den Tauchschulen einen Besuch abstatteten und sich im Wasser nach untergegangenen Rädern umsahen, und obwohl Violet wusste, dass es ein Schuss ins Blaue war, machte sie mit. Sie verbrachten einen Tag damit, im blauen Mittelmeerwasser zu tauchen. Danach führten sie diesen Gedankengang fort und suchten alle Ruinen auf der Insel auf, wobei sich Violet darüber ärgerte, dass sie das alles derart genoss. Jeder Tag war angenehm und gleichzeitig durch und durch frustrierend. Sie konnte einfach nicht mehr länger in diesem wunderbaren, schrecklichen Schwebezustand verharren. Irgendwann musste damit Schluss sein.

Es musste etwas passieren.

Offensichtlich jagte Jonathan ihr nicht mehr hinterher. Wenn sie ihn wollte, dann musste sie diese Rolle übernehmen und ihm ihr Verlangen mitteilen. Sie musste ihr Innerstes offenbaren und ihm ihr Herz anbieten, ohne zu wissen, ob es ihn überhaupt noch interessierte. Vielleicht war er mit ihrer jetzigen Freundschaft einfach zufrieden.

Violet musste ein Risiko eingehen. Das ängstigte sie, aber es war nicht so schlimm wie die Vorstellung, einen weiteren Tag mit einem distanzierten Jonathan zu verbringen, der unverbindlich und höflich war und sie ebenso wenig vertraut behandelte wie die Hotelangestellten.

Sie hatte geglaubt, sie wollte seine Freundin sein.

Aber da hatte sie sich geirrt. Gewaltig sogar.

Daher schmiedete Violet einen Plan. Wenn sie aus dieser Freundschaft ausbrechen wollte, dann musste sie alles geben.

*

Am nächsten Tag schlug Violet vor, dass sie den Nachmittag am Strand verbrachten, was Jonathan überraschte. Sie war mit jedem Tag, den sie sich auf der Insel aufhielten, nervöser geworden. Ihre frustrierte Körpersprache und die Art, wie sie ihn ständig mit finsterer Miene anstarrte, sagten ihm, dass er irgendetwas falsch machte.

Was genau das war, wusste er nicht. Er ließ ihr Freiraum, wie sie es verlangt hatte. Er fasste sie nicht mehr an, auch wenn ihn das beinahe umbrachte. Jede Nacht schlief er schlecht, weil sein Bett so leer war, und stand stundenlang unter der Dusche, um zu masturbieren und seinen Körper von der endlosen, schmerzhaften Begierde zu befreien, die er für Violet empfand.

Wenn sie nichts als Freundschaft wollte, dann würde er sie nicht zu mehr drängen. Er würde nehmen, was sie ihm zu geben bereit war, und damit zufrieden sein.

Dass sie mit dem Hinweis nicht weiterkamen, setzte ihr augenscheinlich zu. Jeden Tag schien es sie mehr zu ärgern, dass sie keine Fortschritte machten. Er war jedoch nicht unglücklich deswegen, sondern genoss es, diese Tage mit Violet verbringen zu können. Sie hatten beide das Gedicht auswendig gelernt und hielten überall Ausschau nach Rädern. Außerdem hatten sie sich überall nach Dr. DeWitt erkundigt, und es gab nichts, was sie noch nicht versucht hatten. Jeden Tag befürchtete Jonathan, dass Violet sich zu ihm umdrehen und sagen würde: »Das war's. Hier gibt es nichts zu finden.« Und dann hätte er keine andere Wahl mehr, als sie nach Hause zu schicken, und sie würde wieder aus seinem Leben verschwinden.

Er war ein schrecklicher Mensch, weil er froh war, dass sie nichts finden konnten. Jeder Tag, den sie festsaßen, war ein weiterer Tag, an dem er ihre Gegenwart genießen, ihre Bewegungen beim Essen beobachten und mitansehen konnte, wie sie ihr hübsches Gesicht in die Sonne hielt. Die Art, wie sie lächelte. Der Duft ihres Haares. Wie sie ihre Finger an ihre vollen Lippen legte, um an ihren Nägeln herumzuknabbern.

Daher überraschte es ihn, als sie vorschlug, an den Strand zu gehen. Nicht, dass er sich beschweren wollte. Ein weiterer entspannter Tag mit Violet an seiner Seite entsprach genau seinen Vorstellungen.

Sobald sie den Strand erreichten und sie sich auszog, verschlug es ihm jedoch die Sprache.

Anstatt ihres praktischen schwarzen Einteilers, den Violet die letzten Male getragen hatte, musste sie sich irgendwann einen Bikini gekauft haben. Und nicht irgendeinen Bikini, sondern einen winzigen orangefarbenen, dessen Oberteil ihre wundervollen Brüste noch mehr zusammenpresste, die bei jedem Schritt wippten.

Bei diesem Anblick musste er mehrmals seine Badehose wieder zurechtrücken.

Nicht, dass sie es bemerkt hätte – Violet hatte ihn kaum

eines Blickes gewürdigt, sondern schaute nur aufs Wasser hinaus. »Das Wetter ist heute wirklich schön.«

Wollte sie jetzt wirklich mit ihm über das Wetter reden? Während ihre bebenden Brüste nur darum zu betteln schienen, aus diesen interessant geformten Riemen, die sie zusammenhielten, befreit zu werden?

Sie blickte mit zusammengekniffenen Augen in die Sonne und legte ihr Handtuch in den Sand. »Ich sollte mich lieber eincremen, um keinen Sonnenbrand zu bekommen. Wärst du so freundlich?« Sie reichte ihm eine kleine weiße Tube und drehte ihm den Rücken zu.

Er nahm ihr die Sonnencreme ab und fragte sich, ob das eine Art Folter sein sollte. Auf ihrem Steißbein sah er die beiden Grübchen, die ihr Tattoo einrahmten: *Carpe Diem.* Doch wenn er das Tattoo anstarrte, brachte er sich nur in Teufels Küche. Sein Blick wanderte nach oben zu ihren Schultern. Das war auch keine gute Idee. Jonathan starrte Violets Nacken einen langen Augenblick an und musterte die winzige Schleife, mit der ihr Bikinioberteil verschlossen war. Sie schien förmlich danach zu schreien, aufgezogen zu werden, und dann würden ihre Brüste aus dem Oberteil herausfallen …

Und jeder am Strand würde seine Frau anstarren. Na ja, mehr, als jetzt schon zu ihr herüberblickten. Er musterte die anderen Männer mit finsterer Miene.

Wütend gab Jonathan etwas Sonnencreme auf seine Hand und legte sie auf Violets Schulter.

Sie erschauerte und zuckte zusammen. »Das ist kalt!«

Himmel, sein Penis war so verdammt hart. Es wäre unglaublich peinlich, wenn irgendjemand die Erektion sah, die seine Badeshorts ausbeulte. Aber Violet musste vor der Sonne geschützt werden, also cremte er sie ein – was eine wundervolle Art der Folter war, vor allem, da sie bei seiner Berührung auch noch leise lustvoll stöhnte.

»Hmm, danke«, sagte sie, als er fertig war.

Er erwiderte nichts, sondern stürmte sofort ins Wasser, um seine Erektion zu verbergen. Als es ihm bis zu den Hüften reichte, tauchte er unter und starrte dann auf das blaue Meer hinaus, während er versuchte, sich zu sammeln.

Verärgert stellte er fest, dass Violet zu ihm herausgeschwommen kam und die Tatsache ignorierte, dass er vor ihr geflohen war. »Hattest du schon Glück mit dem Gedicht?«

»Nein«, stieß er hervor. Er hatte überhaupt nicht mehr daran gedacht. Eigentlich interessierte es ihn auch nicht besonders. Wenn sie einen Monat brauchten, um Dr. DeWitts kryptische Nachricht zu entschlüsseln, hätte er auch nichts dagegen gehabt, schließlich durfte er diese Zeit mit Violet verbringen. Er konnte sie ansehen, ihre Gegenwart genießen und ihrer sanften Stimme lauschen. »Ich habe heute noch nicht daran gearbeitet.«

»Kein Problem«, erwiderte sie. »Ich stecke auch irgendwie in einer Sackgasse.« Sie stand auf und ließ das Wasser über ihr dünnes Oberteil laufen, sodass ihre großartigen Brüste in der Sonne glänzten.

Er musste sie einfach anstarren. Folterte sie ihn absichtlich so? Sie war doch diejenige, die vorgeschlagen hatte, dass sie nur Freunde sein sollten. Er spielte bloß mit.

Warum kam es ihm dann so vor, als würde sie ihm vor Augen halten, dass er sie nicht haben konnte? Er tauchte mit dem Kopf unter, um sich abzukühlen.

Sie blieben einige Stunden lang am Strand. Als sie ins Hotel zurückkehrten, kündigte Violet an, dass sie ein Nickerchen machen wollte.

Jonathan ging unter die kalte Dusche, und als das auch nichts half, masturbierte er.

Einige Stunden später rief sie ihn an. »Um wie viel Uhr wollen wir essen gehen?«

»Wann immer du willst«, erwiderte er.

»Gut. Treffen wir uns in einer halben Stunde unten?«

Damit war er einverstanden, und er ging zur vereinbarten Zeit lässig gekleidet nach unten.

Doch sobald er in der Lobby eintraf, bekam er den Mund nicht mehr zu. Violet sah … umwerfend aus. Sie trug eine hautenge Jeans und Riemchensandalen. Dazu hatte sie ein weißes Top mit lockerem tiefen Ausschnitt angezogen, in dem ihre Brüste gut zur Geltung kamen. Ihre vollen Lippen waren rot geschminkt und ihre Haut von der Sonne geküsst.

Sie war wunderschön.

Und sie wollte ihn definitiv quälen.

Violet schenkte ihm ein strahlendes Lächeln, als er auf sie zukam. »Da bist du ja. Ich habe einen Riesenhunger.« Sie legte die Hände auf ihren Bauch, und sein Blick wurde wie magisch von ihrem Dekolleté angezogen, aus dem ihre Brüste förmlich herausquollen. »Ich muss sofort etwas in den Mund bekommen.«

Und wie sie ihn folterte.

Als sie sich setzen wollten, bestand Violet darauf, dass sie nicht an ihrem üblichen, sondern an einem abgetrennten Tisch Platz nahmen. Dort setzte sie sich neben ihn. »Ich dachte, ich schaue dir über die Schulter, während wir online nach Rädern auf Santorin suchen. Irgendwann werden wir die Verbindung schon finden.«

Er blickte auf sie herab und bemühte sich um eine ausdruckslose Miene. Violet war klein, und ihr Kopf reichte ihm im Stehen gerade mal bis zur Schulter. Das gefiel ihm, aber an diesem Abend war es ein zweischneidiges Schwert, da er immer, wenn er zu ihr herübersah, das wohl schönste Dekolleté im ganzen Mittelmeerraum betrachtete.

Dabei musste er die ganze Zeit so tun, als würde ihn das kalt lassen, da sie ja angeblich nur *Freunde* waren.

Jonathan zog sein Tablet aus der Tasche und versuchte, sich allein darauf zu konzentrieren. Wenn er zu Violet schaute, würde er nur wieder ihren wundervollen Körper anstarren. Und das ging nun mal nicht, wenn er ihr Freund war, denn ihre Brüste hatten einen Freund nicht zu interessieren. Doch sie schienen um seine Aufmerksamkeit zu betteln, dass er sie mit dem Mund und den Händen liebkoste und sie stundenlang verwöhnte.

Als die Kellnerin ein Glas Wasser vor ihm abstellte, nahm er es und stürzte es hinunter, wobei er die Tatsache zu ignorieren versuchte, dass sein Arm Violets Brust berührte. Verdammt noch mal!

»Kannst du das Gedicht mal aufrufen?«, bat Violet ihn leise. Sie beugte sich zu ihm herüber, damit sie aufs Display sehen konnte, und dabei berührten ihre Brüste erneut seinen Arm.

»Sicher«, entgegnete er und war froh, dass der Tisch seine Erektion verbarg. Während er die Datei aufrief und Violet das Tablet reichte, versuchte er mental, seinen Penis zu beruhigen.

Aber sie nahm ihm das Tablet nicht ab, sondern lehnte sich nur gegen seinen Arm und las das Gedicht, wobei sie die Lippen auf eine Art bewegte, bei der er sofort an Sex denken musste. Andererseits musste er bei allem, was sie tat, an Sex denken.

Nach einem Augenblick schüttelte sie den Kopf. »Ich werde daraus noch immer nicht schlau. Und du?«

Wie in aller Welt konnte sie erwarten, dass er sich konzentrierte, wenn sie ihren Oberschenkel an seinen presste und sich ihre Brüste bei jeder ihrer Bewegungen an seinem Arm rieben? »Ich auch nicht.«

Sie lehnte sich gegen ihn und deutete auf den ersten Abschnitt des Gedichts, das ihnen Rätsel aufgab. »›Glück, dreh dein Rad, den Stolzen mache klein.‹ Hier steht mehrfach was vom Glück und von Rädern. Denkst du, wir sollten vielleicht eine hiesige Wahrsagerin aufsuchen?«

»Wir können tun, was immer du möchtest«, sagte Jonathan angespannt und wollte ihr erneut das Tablet in die Hand drücken.

Sie ignorierte ihn und stieß ihn am Arm an. »Wir sollen das Rätsel zusammen lösen.«

»Ich bin dir dabei leider keine große Hilfe. Ich bin nur der Geldgeber, aber du bist das Gehirn.«

Violet starrte ihn mit gerunzelter Stirn an und sagte nichts mehr dazu.

Sie aßen schweigend, und Violet schien keinen großen Appetit zu haben. Jonathan schlang sein Essen so schnell wie möglich herunter, damit er wieder auf sein Zimmer gehen und masturbieren konnte. Es war schon traurig, dass er das in letzter Zeit regelmäßig tun musste. Allein in Violets Nähe zu sein reichte schon aus, um seine Libido zu Höchstleistungen anzukurbeln.

Violet bestellte einen Nachtisch. Er wollte nichts, aber da er nicht unhöflich sein und sie allein am Tisch sitzen lassen wollte, ließ er sich noch einen Kaffee bringen. Ihr Dessert war ein Gebilde aus Schlagsahne auf einem Stück Kuchen, gekrönt von einer Kirsche, und er musste sofort wieder an ihre Brüste denken, diese weichen, runden Hügel mit den kirschroten Brustwarzen und …

Ach, verdammt. Er musste schnellstmöglich unter die kalte Dusche.

Sie hob einen Löffel des Desserts an ihre Lippen. Als sie leise lustvoll stöhnte, verspannte sich Jonathan am ganzen Körper.

»Großer Gott, ist das lecker. Möchtest du mal kosten, Jonathan?«

Er schaute sie an – verdammt, das hätte er nicht tun dürfen, denn jetzt hatte er schon wieder ihren tiefen Ausschnitt gesehen, der weitaus verlockender wirkte als jeder Nachtisch. Obwohl er eigentlich hätte ablehnen sollen, öffnete er den Mund, als sie mit dem Löffel näher kam.

Sie fütterte ihn mit einem Stück und sah ihn dann erwartungsvoll an. Er schmeckte nichts, da er nur an Violets Haut und ihren Geschmack denken konnte. »Gut«, stieß er grimmig hervor und hätte beinahe laut gestöhnt, als sie sich über die Lippen leckte. Er wollte allen Gottheiten der Welt danken, als sie ihm keine weitere Kostprobe anbot, trank mit mürrischer Miene seinen Kaffee und starrte vor sich ins Leere.

Das Essen schien ewig zu dauern. Als die Rechnung kam und er bezahlte, ignorierte er Violet, die weiter ihr Dessert genüsslich stöhnend und plaudernd verzehrte und sich die Finger und die Lippen ableckte. Er wollte nur noch hier weg.

Sobald er auf seinem Zimmer war, rannte er fast schon zur Dusche. Er schaltete sie ein – so kalt es nur ging – und begann, sich schnell auszuziehen. Wenn er einige Male masturbiert hatte, konnte er vielleicht wieder an etwas anderes als an Violet denken. Hoffte er zumindest. Himmel, in letzter Zeit beschäftigte er sich ja mehr mit seinem Penis als ein pubertierender Schuljunge.

Es klopfte an der Zimmertür. Fluchend zog Jonathan den Reißverschluss seiner Hose wieder hoch. Als sein Penis noch herausragte, sodass man deutlich erkennen konnte, was er gerade vorgehabt hatte, griff er noch einmal in seine Hose und rückte ihn zurecht, drückte ihn an seinen Bauch und presste die Eichel unter seinen Gürtel. Das tat zwar weh, ging aber nicht anders. Vielleicht lenkte ihn der Schmerz ja ab. Er ging mit nacktem Oberkörper zur Tür.

Ein schneller Blick durch das Guckloch verriet ihm, dass Violet auf dem Hotelflur stand. Besorgt öffnete er die Tür und fragte: »Ist alles in Ordnung?«

Sie musterte seine nackte Brust und sah ihm dann in die Augen. Er hätte schwören können, dass ihre Lider kurz geflattert hatten. »Ich habe da ein kleines Problem. Können wir reden?«

»Aber natürlich.« Er öffnete die Tür etwas weiter und bedeutete ihr, sie möge eintreten. Wenn Violet ein Problem hatte, dann hatte er auch eins. Sein Herz klopfte schneller. Hoffentlich bat sie ihn nicht darum, abreisen zu dürfen, denn er war noch nicht bereit, sie gehen zu lassen. Selbst wenn ihn ihre Gegenwart quälte, so war es doch die süßeste, wundervollste Folter, die er je erlebt hatte, und er wollte nicht darauf verzichten. Als er sich zu ihr umdrehte, stellte er bestürzt fest, dass sie nicht gerade glücklich aussah. »Wie kann ich dir helfen?«

»Ich ... Nun ja, ich weiß nicht recht, wie ich es ausdrücken soll.« Sie wrang die Hände, biss sich auf die Unterlippe und ging im Zimmer auf und ab.

Verdammt, sie würde ihn tatsächlich bitten, wieder nach Hause fahren zu dürfen, oder? Wut und Besitzansprüche drohten, ihn zu übermannen, und er ballte die Fäuste und knallte die Zimmertür zu. »Wenn du wissen willst, ob du abreisen darfst, lautet meine Antwort Nein. Nicht, solange wir nicht das gefunden haben, was dein Vater uns hinterlassen hat.«

Sein Ausbruch schien sie zu überraschen. »Welche Laus ist dir denn über die Leber gelaufen?«

Du, hätte er am liebsten gefaucht. *Du, weil du nicht hier bei mir sein willst und ich alles in meiner Macht Stehende getan habe, um dich zurückzugewinnen, und es trotzdem nicht reicht.* »Nichts.«

»Es klingt aber nicht nach nichts«, erwiderte sie und stemmte die Hände in die Hüften. Durch diese Bewegung wurden ihre Kurven noch mehr betont, und er wünschte sich beinahe, dass sie die Arme wieder sinken lassen würde. Aber nur beinahe. »Wollen wir uns nicht hinsetzen, damit wir reden können?«

»Ich weiß nicht. Wird es lange dauern?«

Ihre Nasenflügel flatterten, und sie machte kurz den Eindruck, als hätte sie ihn am liebsten geschlagen. »Warum benimmst du dich mir gegenüber wie ein Arschloch? Was habe ich dir getan?«

Er benahm sich tatsächlich wie ein Arschloch, und das war unfair. »Es liegt nicht an dir, sondern an mir«, stellte er grimmig fest und ging ins Bad. Nachdem er die Dusche ausgestellt hatte, kam er ins Zimmer zurück und stellte fest, dass Violet auf der Bettkante saß und wieder nervös mit den Händen herumzappelte. »Entschuldige. Jetzt erzähl mir, was los ist, vielleicht kann ich dir ja helfen.«

»Tja«, begann sie und schob sich mit flattriger Hand eine Strähne hinter ein Ohr. »Ich ... Die Sache ist so.«

Er verschränkte die Arme vor der Brust und wartete.

Sie ließ die Hände auf den Schoß sinken und schob sich das Haar dann hinter das andere Ohr, was ein sicheres Anzeichen dafür war, dass ihre Nerven verrücktspielten. »Nehmen wir mal an, ich hätte große Lust auf Baklava.«

Jetzt war er irritiert und deutete auf das Telefon. »Hast du Hunger? Soll ich dir noch was bestellen …«

Sie sah ihn eindringlich an. »Lass mich einfach ausreden.«

Jonathan hob kapitulierend die Hände und bedeutete ihr, dass sie fortfahren solle. Ihre Körpersprache verriet ihm, dass sie unter großer Anspannung stand. Doch selbst jetzt war sie noch wunderschön anzusehen. Er wurde es nie leid, ihren herrlichen Körper zu betrachten.

Sie rutschte auf dem Bettrand herum und legte die Hände auf die Oberschenkel. »Okay. Gehen wir mal davon aus, dass ich beim letzten Mal, als ich Baklava gegessen habe, danach eine schlimme Lebensmittelvergiftung hatte. Ich hab mir geschworen, nie mehr in meinem Leben Baklava zu essen. Aber dann taucht irgendwann jemand mit einem Teller voller Baklava auf, und es sieht unglaublich lecker aus. Ich erinnere mich daran, wie lecker es geschmeckt hat. Die Frage ist nun, ob ich das Risiko eingehe – in dem Wissen, dass ich erneut auf die Nase fallen könnte. Oder halte ich mein Versprechen und esse es nicht, weil es sicherer ist?«

Er hatte nicht ein Wort gehört. Sie hatte sich beim Reden nach vorn gebeugt, sodass der Ausschnitt ihres T-Shirts nach unten gerutscht war, und seine Welt bestand auf einmal nur noch aus Violets Brüsten. Dieses T-Shirt war eine Qual. Warum in aller Welt hatte sie es überhaupt angezogen …

»Jonathan?«

»Hmmm?« Er zwang sich, den Blick von dieser herrlichen Aussicht abzuwenden und ihr ins Gesicht zu sehen.

»Hast du überhaupt gehört, was ich gesagt habe?«

Irgendetwas über Baklava. Und Lebensmittelvergiftung. Und …

Großer Gott, hatte sie etwa harte Brustwarzen? Himmel, er musste unbedingt schnellstmöglich unter die kalte Dusche. »Soll ich dir jetzt was beim Zimmerservice bestellen?«

»Nein!«, rief sie wütend. Sie ballte die Fäuste an den Seiten und setzte sich aufrecht hin, wobei sie den ganzen Körper versteifte. »Du hörst mir überhaupt nicht zu, oder?«

»Ich bin ein wenig abgelenkt.« Von deinen Brüsten und deiner Nähe.

Violet stand mit einer schnellen Bewegung auf, bei der ihre Brüste wippten. Nicht, dass ihm das aufgefallen wäre. Nein, nein. »Verdammt, Jonathan, rief sie. »Was muss eine Frau denn noch tun, damit du sie bemerkst? Wenn du dich nicht mehr zu mir hingezogen fühlst, dann sag es doch einfach! Tanz nicht wie ein Idiot um den heißen Brei herum!«

11

Jonathan starrte Violet an, während sie ihre Kleidung richtete.

Sie legte den Kopf in den Nacken und blickte ihn herausfordernd an.

»Wie kommst du auf die Idee, ich würde mich nicht zu dir hingezogen fühlen?«, fragte er langsam. War sie verrückt geworden? Er kämpfte die ganze Zeit gegen seine Gefühle für sie an und gab sich die größte Mühe, die Grenze, ab der es nicht mehr Freundschaft war, nicht zu überschreiten.

Ihre Augen glitzerten, da ihr die Tränen kamen. »Ich werfe mich dir gerade praktisch an den Hals.«

Sie tat was? Was meinte sie damit? Den Bikini und das Essen, bei dem sie sich förmlich an ihm gerieben hatte? Jonathan war schockiert.

»Aber wenn du kein Interesse hast, dann sag es einfach. Mir ist klar, dass ich mich in den letzten Jahren verändert habe, und ich habe große Angst davor, erneut verletzt zu werden, aber es kommt mir so vor, als ginge es nur mir so ...«

Jonathan stürmte auf sie zu und legte ihr die Hände auf die Wangen. Er küsste sie, bevor sie ihre Meinung wieder ändern konnte, und ließ jeden möglichen Protest verstummen. »So etwas darfst du niemals denken«, murmelte er zwischen den Küssen. »Du darfst nicht eine Sekunde lang glauben, ich würde dich nicht lieben und anbeten.«

»Ich habe Angst«, flüsterte Violet, während sie sich an seine Schultern klammerte. »Ich habe solche Angst davor, wieder verletzt zu werden. Beim letzten Mal … hätte es mich beinahe zerrissen.«

Als er die Furcht in ihren Augen sah und die tiefen Empfindungen, drohte ihm das Herz zu zerspringen. Er hatte ihr das angetan. Zärtlich strich er ihr mit einem Daumen über die Wange und beugte sich vor, um sie noch einmal zu küssen. Sanft. Ehrfürchtig. »Ich werde dir nie wieder wehtun«, versprach er ihr.

Sie blickte unsicher zu ihm auf. Dann nickte sie langsam und drückte sich an ihn. »Es fällt mir so schwer, anderen Menschen zu vertrauen, aber … dir vertraue ich.«

Ihm war, als hätte er ein großes Geschenk bekommen. Wieder küsste er sie und musste an ein Gedicht denken, als sie zu ihm aufblickte.

»Ich liebte dich: vielleicht ist noch bis heute
In meiner Brust dies Feuer nicht verglüht;
Doch will ich nicht, dass sich dein Schmerz erneute –
Nichts soll fortan erregen dein Gemüt!
Ich liebte dich mit hoffnungslosem Schweigen,
Bald schüchtern, bald durch Eifersucht betrübt;
Ich liebte dich so innig, so treueigen –
Gott gebe, dass ein andrer dich so liebt!«

»Das ist wunderschön«, sagte Violet mit leiser, sehnsüchtiger Stimme. »Von wem ist das?«

»Von Puschkin«, murmelte er und küsste ehrfürchtig ihre linke Augenbraue. Er hätte am liebsten ihr ganzes Gesicht mit Küssen bedeckt und fing gleich damit an, indem er seine Lippen zärtlich auf ihre Stirn, ihre Wangen und ihre Nase drückte. »Ich musste immer an dich denken, wenn ich dieses

Gedicht gehört habe. Nur nicht bei der letzten Zeile, muss ich gestehen.«

»Bei der letzten Zeile?«, hakte sie nach und genoss jeden seiner Küsse.

»Ich wollte nie, dass dich ein anderer liebt«, gab er zu und legte ihr einen Finger unter das Kinn, um ihr herzförmiges Gesicht anzuheben. »Weil ich dich immer für mich allein haben wollte. Ich habe nie aufgehört, dich zu lieben oder dich zu begehren. In jeder Sekunde hat mein Herz immer nur dir gehört.«

Violet sah ihn mit ihren wunderschönen Augen an, in denen sich tiefe Gefühle spiegelten. Sie sagte nichts, legte ihm aber eine Hand in den Nacken und zog ihn an sich, um ihn zu küssen. Als sich ihre Lippen berührten, murmelte sie an seinem Mund: »Liebe mich.«

»Alles, was ich für dich tue, geschieht aus Liebe«, erklärte er zwischen schnellen, fieberhaften Küssen. »Aber dich zu berühren, das ist schon Anbetung.«

»Dann bete mich an«, sagte sie leise, strich mit der anderen Hand über seine Brust und legte sie über sein Herz. »Zeig mir deine Liebe.«

Er stöhnte, und seine Begierde durchflutete ihn heiß und verzehrend. Vor seinem inneren Auge sah er, wie er Violet aufs Bett warf, ihr die Kleider vom Leib riss und sich wild in sie hineinstieß, während sie vor Lust schrie und ihre Fingernägel in seinen Rücken bohrte. Er erschauerte. Dafür wäre später noch genug Zeit. Fürs Erste wollte er sie verführen. Sie so langsam und liebevoll lieben, dass sie gar nicht anders konnte, als sich erneut in ihn zu verlieben.

Er hatte ihr seine Liebe gestanden, ihr wieder und wieder gesagt, dass er sie liebte. Von ihr hatte er diese Worte jedoch nicht gehört. Er wusste, dass sie ihr Herz mit einer dicken

Mauer umgeben hatte und dass es an ihm war, diese ein weiteres Mal einzureißen.

»Nimmst du die Pille?«, erkundigte er sich sicherheitshalber.

Sie grinste schief. »Natürlich.«

»Ich bin sauber«, versicherte er ihr nickend.

»Ich auch«, sie schien zu zögern, »aber ich möchte trotzdem, dass wir ein Kondom benutzen. Vorsichtshalber.« Sie biss sich auf die Unterlippe.

Falls die Pille versagte? Wollte sie kein weiteres Mal schwanger im Stich gelassen werden? Kurz kam er sich vor wie das größte Arschloch der Welt. Er hatte die Frau, die er liebte, vor all diesen Jahren verlassen, obwohl sie schwanger gewesen war. »Kondome«, stimmte er mit belegter Stimme zu. Er ging ins Bad und kramte in der Tasche herum, die ihm einer seiner Assistenten gepackt hatte und in der eigentlich immer Kondome waren. Nach einem Augenblick hatte er eins gefunden, kehrte damit ins Schlafzimmer zurück und legte es auf den Nachttisch. Dabei fiel ihm auf, dass Violet erneut besorgt wirkte.

Es gefiel ihm gar nicht, dass sie so nervös wegen etwas war, was doch ein wunderschöner Akt der Liebe sein sollte. Früher hatten sie sich geliebt, und Jonathan war fest entschlossen, dass es wieder so sein sollte. Er würde dafür sorgen, dass ihre Ängste verschwanden. Violet würde seine Berührungen wieder genießen und keine Angst vor einer weiteren Schwangerschaft haben müssen.

Wieder einmal würde es nur um sie gehen.

Er ging auf sie zu, nahm sie in die Arme und küsste sie erneut. Der Kuss begann sanft und zart, eine zärtliche Berührung ihrer Lippen. Als sie den Mund öffnete und sich entspannte, wurden seine Küsse leidenschaftlicher und tiefer. Er strich mit der Zunge federleicht über ihre weichen Lippen, und als sie leise lustvoll keuchte, musste er ein Stöhnen unterdrücken. Wie er diese Frau liebte! »Lass mich dich lieben, Violet. Lass mich dich anbeten. Ich werde dir nichts als Wonne schenken. Ich werde dir zeigen, wie sehr ich dich verehre.«

Sie nickte, und er spürte ihre leichte Kopfbewegung und wie sie die Finger an seiner Brust krümmte. Auch wenn sie sich an ihn klammerte, hatte sie sich noch nicht im Augenblick verloren. Er musste ihre Furcht durchbrechen, ihr Misstrauen vertreiben, das verhinderte, dass sie sich ihm ganz öffnen konnte. Was musste er dafür tun? Er erinnerte sich daran, wie sie im Flugzeug auf ihn reagiert hatte. Das war so wunderschön gewesen. Hatte er sie da überrascht? Musste er ihre Abwehr jetzt auf dieselbe Weise durchbrechen?

War es Zeit, dass er sie erneut überrumpelte? Musste Violet hinter ihren Mauern hervorgelockt werden, damit sie es erneut genießen konnte?

Wenn es notwendig war, dann würde er es tun. Er würde alles tun, damit sie ihre Lust wieder laut herausschrie. Vor seinem inneren Auge sah er, wie sie im Flugzeug ausgesehen hatte – die Hände an seinen Kopf gepresst, während ihre Hüften unter seinem Gesicht zitterten und ihr köstlicher Geschmack seinen Mund erfüllte.

Er stöhnte vor Schmerz und Begierde. Genau das brauchte er jetzt.

»Was ist?«, flüsterte sie und drückte die Finger fester gegen seine Brust.

»Vertraust du mir?«, fragte er mit heiserer Stimme.

Sie sah ihn überrascht an und blinzelte. »Ich … Warum?«

»Beantworte einfach meine Frage, Violet. Vertraust du mir?«

Sie sah ihm so lange in die Augen, dass er schon glaubte, sie würde es verneinen. Ihr Blick schien sein Gesicht abzusuchen, und nach einer viel zu langen Zeit nickte sie langsam. »Ich vertraue dir«, flüsterte sie.

»Gut.« Diese unglaubliche Besitzgier erfasste ihn wieder. Er fuhr mit den Fingern durch ihr Haar und legte dann die Hände an ihre Wangen. »Gut.«

Sie reckte ihm mit geschlossenen Augen das Gesicht entgegen, als wollte sie ihm ihr Vertrauen so beweisen.

Da kam ihm eine Idee.

»Ich möchte dich fesseln, Violet.«

Sie riss die Augen auf. »W... was?«

Sobald er es laut ausgesprochen hatte, wusste er, dass es genau das Richtige war. »Du vertraust mir doch, nicht wahr? Dann lass mich dich fesseln.« Auf diese Weise konnte sie ihm ihr Vertrauen nicht nur mit Worten, sondern auf körperliche Weise beweisen. Sie musste ihm durch und durch vertrauen, um zuzulassen, dass er sie fesselte und mit ihr machen konnte, was er wollte. Dazu brauchte es mehr als ein Lippenbekenntnis. Er wollte sich absolut sicher sein, dass sie ihm vertraute und dass es nicht nur so dahingesagt war.

Ihre Lider flatterten, und er beobachtete, wie sich Unsicherheit auf ihrem Gesicht abzeichnete. Nach einem langen Augenblick voller Zweifel nickte sie langsam. »Ich ... In Ordnung.« Sie sah zum Bett hinüber und musterte Jonathan dann erneut. »Was genau hast du vor?«

»Geh zum Bett«, bat er sie. »Und zieh dich für mich aus.«

Sie zitterte sichtlich, nickte jedoch. Ihre Bereitwilligkeit gefiel ihm. Er wollte sie mit Küssen überhäufen, aber das musste warten.

Während sie zum Bett ging, zog er eine Schublade auf und holte zwei Seidenkrawatten heraus, die er für den Fall einer unverhofften Geschäftsbesprechung oder wichtiger Besucher stets bei sich hatte. Für das, was er vorhatte, waren sie perfekt geeignet. Er knotete die schmalen Enden zu einem langen, weichen Seil zusammen und drehte sich dann zu Violet und dem Bett um.

Sie saß auf der Bettkante und hatte ihr seidiges, weites Oberteil ausgezogen und auf den Boden geworfen. Nachdem sie ihre enge Jeans ausgezogen hatte, trug sie nur noch ein schwarzes Höschen mit hohem Beinausschnitt und einen schwarzen Spitzen-BH, der eher verführerisch als funktional wirkte. Hatte sie ihn etwa mit der Absicht angezogen, ihn zu verführen? Bei diesem Gedanken wurde ihm ganz heiß – dass die Frau, die er begehrte und von der er seit so langer Zeit träumte, bei ihm war, weil sie es so wollte.

Er war fest entschlossen, sie nicht zu enttäuschen.

Als er sich dem Bett näherte, zeigte er ihr die Krawatten, die er in der Hand hielt. »Bist du dir sicher, dass du das tun möchtest, Violet? Ich werde dir keine Vorwürfe machen, falls du deine Meinung änderst.«

Sie sah die Krawatten an, leckte sich die Lippen und schaute Jonathan dann in die Augen. »Ich möchte es.«

Er strich mit den Fingern der rechten Hand über ihre Wange. »Wie lautet dein Safeword, falls du aufhören willst?«

Violet dachte kurz nach. »Stopp?«

Er kicherte und streichelte weiterhin ihr Gesicht, fasziniert von der Art, wie sie seine Berührung genoss. »Es soll etwas sein, das du nicht vor lauter Leidenschaft ausrufen würdest.«

»Na, ich will doch hoffen, dass ich dann nicht ›stopp‹ rufen würde«, erwiderte sie leicht pikiert.

»Nimm lieber ein ungebräuchlicheres Wort, mit dem ich nicht rechnen würde.«

Ein neckisches Glänzen schimmerte in ihren Augen. »Daddy?«

»Du willst meiner Erektion wohl den Garaus machen, was?«, meinte er lachend.

Sie grinste, und die seltsame Anspannung zwischen ihnen verschwand. »Wie hieß der Dichter von vorhin doch gleich?«

»Puschkin.«

Zu seiner Überraschung schüttelte sie energisch den Kopf. »Das gefällt mir nicht. Ich sollte lieber ein anderes Safeword nehmen. Wie wäre es mit Osymandias?«

Er grinste. Das war typisch für seine Violet, dass sie erst gründlich darüber nachdachte, welches Safeword sie nehmen wollte – auch wenn er davon ausging, dass sie es überhaupt nicht brauchen würde. »In Ordnung, dann also Osymandias. Jetzt gib mir deine Hände.«

Sie hielt ihm ihre Hände hin, die Handflächen nach oben und die Handgelenke aneinandergepresst, und sah ihn vertrauensvoll, aber auch nervös an.

Er hatte das Gefühl, ein unschätzbares Geschenk zu bekommen. Jonathan nahm ihre Handgelenke und küsste sie zärtlich. »Bevor wir anfangen, möchte ich dir noch danken, Violet.«

Sie sah ihn überrascht an. »Wofür denn?«

»Dafür, dass du mir vertraust.« Es schnürte ihm die Kehle zu. War ihr überhaupt bewusst, wie sehr ihn ihr Vertrauen rührte?

»Ich vertraue dir«, sagte sie mit einem strahlenden Lächeln. »Ich habe nur ein bisschen Angst.«

Er würde dafür sorgen, dass ihr Vertrauen nie wieder missbraucht wurde. Vorsichtig wickelte er den Seidenstoff um ihre Handgelenke, führte ihn auch dazwischen durch und band ihn fest. »Ist das zu eng?«

Sie bewegte die Hände. »Nein, das ist in Ordnung.«

»Gut. Ich möchte dich jetzt am Kopfende festbinden.« Er trat zur Seite und stapelte die Kissen auf dem Bett. Dann bat er Violet, sich mit dem Rücken dagegenzulehnen.

Sie riss die Augen auf, nickte dann jedoch. Nach einem kurzen Blick nach hinten rutschte sie auf dem Bett herum und allein, wie sie ihren Körper bewegte, machte Jonathan vor Verlangen ganz heiß. Als sie endlich an den Kissen lehnte, legte sie sich hin und hob prüfend die Hände über den Kopf.

»Perfekt.« Jonathan nahm die Krawatte, die zwischen ihren Handgelenken herunterbaumelte, und musterte das Kopfbrett. Es bestand aus dickem, schwerem Holz, in das ein griechisches Muster eingestanzt war, das sich ideal dazu eignete, die Fessel festzubinden. Er schob ein Ende durch eines der Löcher und machte einen Knoten. »Ist das so okay?«

Sie nickte. »Machst du das öfter? Das hätte ich vielleicht schon früher fragen sollen.«

»Das ist das erste Mal«, antwortete er. »Bisher hatte ich nie den Drang dazu.«

»Das ist vielleicht nicht der beste Zeitpunkt, um das zu fragen«, meinte sie nach kurzem Nachdenken, »aber hattest du … eine ernste Beziehung, nachdem wir … du weißt schon …«

»Nein«, erwiderte er aufrichtig. »Für mich hat es nie eine andere als dich gegeben.«

»Ich weiß nicht, ob ich mich jetzt besser fühlen oder es mit der Angst zu tun bekommen soll.« Sie bewegte die Hände und testete die Fessel.

»Warum sollte dir das Angst machen?« Er strich mit den Fingern über ihren rechten Arm. Ihre Haut war so weich.

»Weil ich mehr und mehr das Gefühl bekomme, dass ich mit dem Bild, das du dir von mir gemacht hast, nicht mithalten kann. Ich bin nicht mehr derselbe Mensch wie damals.«

»Das weiß ich doch.« Diese Violet war viel vorsichtiger, und wenn sie ihn erst einmal an sich herangelassen hatte, auch viel verletzlicher. »Mir macht es nichts aus, dass sich einiges verändert hat. Ich liebe dich so, wie du bist.«

»Mein Hintern ist nicht mehr so klein wie früher …«

»Dein Hintern ist wunderschön.« Er ließ eine Hand auf ihr Becken wandern.

Sie schnaubte.

»Es stimmt aber. Er ist groß und prall, und ich würde am liebsten reinbeißen.«

Daraufhin kicherte sie nervös.

»Was ist?«, fragte er und musste selbst lachen. »Ich kann es kaum erwarten, meine Zähne in deine cremefarbene Haut zu versenken.«

»Bei dir klingt es, als wäre ich dein Abendessen.«

»Nein, du bist eher das Dessert. Süß und köstlich, und ich kann es kaum erwarten, dich zu kosten.«

Ihr stockte der Atem, und wieder flatterten ihre Augenlider.

»Soll ich mich ausziehen?«, fragte er und strich mit einer Hand über ihren schönen rechten Oberschenkel.

Sie nickte nur.

Er legte eine Hand an den Gürtel und öffnete ihn ganz langsam. Zufrieden stellte er fest, dass sie ihn genau beobachtete und mit flammendem Blick zusah, wie er den Gürtel aus den Schlaufen zog und auf den Boden fallen ließ, dann seine Hose aufknöpfte und auszog. Sein Penis war hart und drückte sich schmerzhaft gegen seine Boxershorts. Doch seine Befriedigung musste warten. Er hatte vor, Violet kommen zu lassen, bis sie vor Lust zerfloss. Und danach vielleicht noch ein weiteres Mal.

Während er daran dachte, zog er sich die Boxershorts aus.

Violet riss die Augen auf und leckte sich bei seinem Anblick die Lippen, woraufhin seine Erektion noch härter wurde. »Ich hatte ganz vergessen, wie heiß du nackt aussiehst. Das ist so unfair.«

»Wieso ist das unfair?« Er nahm seinen Penis in die Hand und streichelte langsam von der Eichel bis zu den Hoden darüber, nur um ihre Reaktion darauf zu sehen. Fasziniert starrte sie seine Hand an. Das gefiel ihm.

»Weil du nicht so gut aussehen dürftest. Ich wollte endlich über dich hinwegkommen, und du siehst besser aus als jemals zuvor. Dein Sixpack reicht dir ja fast bis zur Kehle.«

Als er seinen Penis erneut streichelte, folgte sie seiner Hand mit dem Blick, leckte sich erneut die Lippen und wimmerte leise.

»Willst du nur da rumstehen und mich auf die Folter spannen?«, fragte sie.

»Da spricht doch nichts dagegen«, entgegnete Jonathan und rieb sich noch einmal den Penis, da er es genoss, wie ihre Augen dabei zu glitzern begannen. »Das regt den Appetit an.«

»Ich habe schon jetzt einen gesunden Appetit«, stellte sie klar.

»Hm. Gesund, aber nicht ausgehungert.«

»Und du bist ausgehungert?«

»Nach dir schon.«

Sie erschauerte. »Dann beweis es mir.«

Wie konnte er sich diesem Vorschlag verwehren?

Jonathan machte ein paar Schritte auf das Bett zu und legte sich dann neben Violet, ohne den Blick von ihr abzuwenden. Er bemerkte, wie sie seinen Körper nervös musterte, als er sich auf sie legte, und dann hockte er auf allen vieren über ihrer hilflosen Gestalt. Sie war unter ihm gefangen. Jonathan grinste sie an. Es gefiel ihm, die völlige Kontrolle zu haben, dass er mit Violet machen konnte, was er wollte. Und er hatte vor, das auszunutzen. »Vertraust du mir immer noch?«

»Natürlich.« Sie klang zuversichtlicher, als sie aussah.

»Gut.« Er beugte sich vor und gab ihr einen sanften Kuss.

Sie hob den Kopf an, kam ihm mit ihrer Zunge entgegen, und er verlor sich in ihrem Geschmack. Violet schmeckte so gut. Alles an ihr, ihre weichen Lippen, ihre freche Zunge, ihr heißer, feuchter Mund, war perfekt. Jonathan stöhnte und übernahm dann den Kuss, indem er seine Zunge schneller bewegte und den Kuss vertiefte, bis es sich so anfühlte, als wollten sie einander verschlingen. Violet stieß ein leises Wimmern aus, in dem sich ihre Lust und Begierde widerspiegelten, und Jonathans Penis wurde noch steifer. Er hätte ihn zu gern an sie gedrückt, aber da sie gefesselt war und auf dem Rücken lag, war er etwas eingeschränkt. Doch so konnte er sich über ihr bewegen und mit ihr machen, was er wollte, und genau das hatte er auch vor.

Widerstrebend beendete er den Kuss, biss ihr jedoch noch kurz in die Unterlippe und saugte daran, bevor er sich zurückzog.

Sie keuchte auf, und ihre Augen waren vor Verlangen ganz glasig geworden, als sie ihn ansah. »Oh Mann, du kannst wirklich gut küssen. Bis vor ein paar Wochen hatte ich das ganz vergessen.«

»Und dann war ich so gut, dass du mir in die Eier getreten hast?«

Sie kicherte wie ein kleines Mädchen. »Da warst du selbst schuld. Man überfällt eine Frau, die man zehn Jahre lang nicht gesehen hat, nicht auf diese Weise.«

»Nicht einmal, wenn sie das schönste Wesen ist, das ich

je gesehen habe, und ich seit einem Jahrzehnt nur von ihr träume?«

Violet stöhnte, als er ihr sanft in ein Ohrläppchen biss. »Nicht einmal dann.«

»Das ist aber gemein«, stellte er fest und leckte ihr über den Hals. Ihre Brüste drückten sich gegen seine Brust, und er konnte selbst durch den Stoff ihres BHs spüren, dass ihre Brustwarzen hart geworden waren. Den BH würde er ihr sehr bald ausziehen. Er wollte ihre nackte Haut spüren.

»Jonathan?«, fragte sie atemlos.

Er bedeckte ihren Hals weiterhin mit Küssen. »Hmm?«

»Du hast mich gar nicht gefragt, ob ich in den letzten zehn Jahren einen anderen hatte.« Ihr Körper zitterte vor Anspannung.

Das hatte er nicht getan, weil ihn allein die Vorstellung in den Wahnsinn trieb. »Gibt es momentan einen anderen?«

»Nein! Natürlich nicht!«

»Dann ist mir alles andere egal, denn von diesem Augenblick an gehörst du mit Haut und Haaren ganz allein mir.« Er presste den Mund auf ihre Kehle und saugte daran. Am liebsten hätte er sie gezeichnet, als die Seine gebrandmarkt, auch wenn er wusste, dass das verrückt war. Aber seine unglaubliche Liebe zu Violet trieb ihn in den Wahnsinn. Sie war seine erste und einzige Liebe, und sie wieder in den Armen zu halten war ein Traum, der in Erfüllung gegangen war.

»Oh, Jonathan«, stieß sie seufzend aus und reckte ihren Hals in die Höhe, damit er ihn besser küssen und daran saugen konnte. »Manchmal sagst du einfach die richtigen Dinge, damit ein Mädchen weiche Knie bekommt.«

»Ich habe das aber nicht deswegen gesagt, Violet. Das ist genau das, was ich empfinde. Das war schon immer so. Du bist die Meine und bist es immer gewesen. Dir hat schon immer mein ganzes Herz gehört. Ich habe nie aufgehört, dich zu lieben.«

Sie biss sich auf die Unterlippe und grinste ihn schelmisch an. »Du hörst auch nie auf zu reden. Ich dachte, wir wollten etwas ganz anderes machen?« Bei diesen Worten rüttelte sie leicht an ihrer Fessel.

Waren ihr seine Liebesschwüre etwa unangenehm? Dann würde er damit aufhören. Für sie war er zu allem bereit. Sie hatte nur wissen sollen, was er für sie empfand. »Mir war gar nicht klar, dass du so begierig darauf bist«, murmelte er, hob den Kopf und umfing mit einer Hand ihre linke Brust. Die Brustwarze war durch die Spitze deutlich zu erkennen.

»Natürlich bin ich das«, erwiderte sie leicht sarkastisch. »Ich habe mich dir heute schon den ganzen Tag an den Hals geworfen.«

»Hattest du deshalb den Bikini an? Der bestand ja aus noch weniger Stoff als das hier.« Er schob einen Finger in das Körbchen und streichelte die Haut darunter. »Er hat mir gefallen.«

»Das sollte er auch«, erklärte sie und atmete unter seiner Berührung schneller.

»Du wolltest mich verführen? Du Hexe.« Er küsste die weiche Haut über ihrem Schlüsselbein. »Ich fühle mich geschmeichelt. Und ich muss dafür sorgen, dass du für deine Bemühungen entschädigt wirst.«

Er schob eine Hand in ihren Rücken, und sie bäumte sich auf, damit er besser an den BH-Verschluss herankam. Inzwischen atmete sie schnell, und ihre Haut hatte vor Erregung eine leichte Röte bekommen. Er öffnete den BH mit einer Hand und schob ihn zur Seite.

»Das hat ja problemlos geklappt«, murmelte sie. »Hast du darin Erfahrung?«

»Falls du mit deiner Frage Hintergedanken hast, kann ich dich beruhigen. Es waren immer Professionelle, ich hatte keine Beziehungen. Nur sehr viele Prostituierte.«

»Ich …« Sie schüttelte den Kopf. »Ich weiß nicht, ob ich abgestoßen oder amüsiert sein soll. Ich hatte dich für einen Playboy gehalten.«

»Das ist alles nur Show.« Hin und wieder hatte er eine Frau zu wichtigen Ereignissen mitgenommen, weil das von ihm erwartet wurde, aber das war meist die Freundin eines Kollegen gewesen, und er war nie zweimal mit derselben ausgegangen.

»Ich bin nur überrascht. Prostituierte? Wirklich?«

»Das war einfacher als eine Beziehung«, erklärte er und schob ihren BH weiter zur Seite, damit er ihre entblößten Brüste bewundern konnte. Sie waren so wundervoll, so weich und cremefarben mit rosafarbenen Nippeln. »Die wollten nichts weiter als ein Kondom und Geld. Wenn ich das Bedürfnis hatte, rief ich eine Agentur an, die gesunde, überprüfte Mädchen anbot, und ließ eine davon kommen.«

»Bei dir klingt es so, als wäre der Sex nichts weiter als eine geschäftliche Transaktion.«

»Mehr war es auch nicht«, gestand er offen. »Dabei waren keine Gefühle im Spiel.«

»Und … bei mir?« Ihre Stimme stockte leicht.

Er beugte sich vor und leckte seitlich an einer Brust entlang, wobei er bei dem wunderbaren Geschmack ihrer Haut beinahe gestöhnt hätte. »Mit dir mache ich Liebe. Das ist überhaupt kein Vergleich.«

»Ist es … seltsam, dass ich froh darüber bin, dass es keine andere gab?«

Nur wenn es seltsam war, dass er sich ebenfalls darüber freute, wenn auch nur, weil er dann jetzt frei für Violet war.

»Ich habe mich nie für eine andere interessiert. Das wäre ihr gegenüber nicht fair gewesen, wo mein Herz doch immer dir gehört hat.«

»Himmel«, murmelte sie und wand sich unter ihm. »Willst du mich mit Worten allein verführen?«

»Nein, ich habe auch vor, meine Zunge zu benutzen.« Wie zum Beweis nahm er ihre wundervolle rechte Brustwarze in den Mund.

Violet stöhnte, bog den Rücken durch und zerrte an ihrer Fessel. Ihre Brustwarze war vor Erregung ganz hart, und er ließ die Zunge darüber schnellen und neckte sie. Natürlich wusste er, was sie am liebsten mochte – schnelles, festes Lecken an der Unterseite der Brustwarze –, aber er wollte die Sache ein bisschen in die Länge ziehen. Ihr ganzer Körper sollte zittern und vor Lust beben.

Während er eine Brustwarze mit dem Mund liebkoste, bewegte er den Körper ein wenig, sodass er sich ganz auf sie legen konnte. Am liebsten hätte er den Penis gegen ihren Venushügel gepresst, um zu spüren, wie sie sich an ihn drückte. Alles zu seiner Zeit, sagte er sich. Er musste sich zügeln. Das Wichtigste war, dass er Violet um den Verstand brachte. Das war sein Ziel.

Er hätte ihre andere Brust gern geknetet, um beide gleichzeitig zu verwöhnen, aber er musste sich auf dem Bett abstützen. Kurz verfluchte er seine tolle Idee, ihr die Hände zu fesseln. Er sehnte sich danach, von Violet berührt zu werden, damit sie ihm zeigen konnte, dass sie ihn ebenso sehr begehrte wie er sie. Es wäre so schön gewesen, ihre Hände auf seiner Haut zu spüren.

Sie wand sich unter ihm und stöhnte, und schon wieder bereute er die Fessel. Er wollte, dass Violet wild vor Lust unter ihm zuckte und alles mitmachte. Solange sie ans Bett gefesselt war, war sie jedoch hilflos ...

Da kam ihm ein Gedanke.

Er ließ von ihrer Brustwarze ab und nahm erfreut ihren Protest zur Kenntnis. »Sag mir, was ich tun soll, Violet.«

Ihr Blick war wirr und benommen vor lauter Lust. »W… was?«

Er beugte sich vor und küsste ihre Brust. »Gefällt es dir, meinen Mund hier zu spüren?«

»Ja«, hauchte sie.

»Dann sag mir, wo du ihn als Nächstes spüren möchtest.«

Sie starrte ihn einige Sekunden lang an, als könnte sie es nicht glauben, dass er ihr die Kontrolle überließ. Dann legte sie den Kopf in den Nacken und stöhnte. »Kannst du nicht einfach … improvisieren? Bisher machst du das sehr gut.«

»Ich möchte, dass du mir sagst, was ich tun soll«, beharrte er. »Hier geht es um deine Lust. Du sagst mir, was du willst, und ich mache es.«

Sie sog die Luft ein und schwieg.

War Violet in Bezug auf das, was sie sich im Bett wünschte, etwa schüchtern? Er versuchte, sich daran zu erinnern, aber seinem Gedächtnis zufolge waren sie beim Sex gleichberechtigte Partner gewesen und hatten beide nach den langen Tagen an der Ausgrabungsstätte ihre Hände und Münder nicht bei sich behalten können. Aber Violet schwieg weiter.

Er stützte das Kinn auf ihre weiche, wundervolle Haut und wartete.

Sie verlagerte das Gewicht. »Du … du willst wirklich, dass ich es sage?«

»Warum nicht?«

»Weil ich nicht mehr so dünn oder so hübsch bin wie damals. Ich bin nicht … sexy.« Sie biss sich auf die Unterlippe. »Ich bin erwachsen geworden und jetzt langweilig und öde.«

War sie verrückt geworden?

»Ich hatte mich damit abgefunden, bis ich dich gesehen habe und du einfach umwerfend aussiehst, und jetzt fühle ich mich ... na ja.« Sie seufzte. »Es kommt mir so vor, als hätte ich meinen Teil des Handels nicht eingehalten.«

»Du bist doch verrückt«, erwiderte er und leckte über ihre Brustwarze. »Ich kann an dir keinen Makel erkennen. Da ist nichts als wundervolle Haut und üppige Kurven, die danach schreien, geleckt zu werden.«

»Das ist nett von dir«, meinte sie mit nervösem Lächeln.

»Das ist nicht nett.« Wieder umkreiste er ihre Brustwarze mit der Zunge. »Nett zu sein hat nichts damit zu tun, dass ich dich in meinem Bett haben will. Du bist hier, weil ich dich begehre. Ich will dich jetzt noch viel mehr als früher. Mein Penis sehnt sich danach, tief in dich einzudringen. Und ich will dich. Die Violet mit dem kurzen Haar und den skeptischen Augen, weil das die Frau ist, die ich geliebt habe und immer noch liebe. Die Dinge, die ich an dir liebe – deinen messerscharfen Verstand, deine spitze Zunge, dein Lächeln –, all das hat sich nicht verändert. Du bist noch immer dieselbe Frau, in die ich mich vor zehn Jahren verliebt habe, und die Frau, in die ich mich gestern und vorgestern erneut verliebt habe.«

Sie schien unter ihm zu zittern. »Wie kommt es, dass die Gedichte süß klingen, deine Worte aber noch viel süßer sind?«

»Weil du weißt, dass sie von Herzen kommen«, sagte er und küsste die Stelle zwischen ihren Brüsten. »Und du weißt, dass ich nichts lieber tun würde, als dich zu verwöhnen. Das weißt du doch, oder?«

Wieder spürte er, wie sie zitterte, und als sie nichts sagte, sah er ihr ins Gesicht.

Sie nickte kaum merklich.

»Dann ... sag mir, was du willst.«

12

Bei ihm klang das so einfach. *Sag mir, was ich tun soll, Violet.* In der Theorie eine wunderbare Idee, aber jetzt, wo sie mit Jonathan im Bett lag, nackt, und er so großartig aussah mit seinen Muskeln und der gebräunten Haut, ganz im Gegensatz zu ihr? Da fiel es ihr nicht mehr so leicht, Dinge zu sagen wie *Ich will deinen Mund zwischen meinen Beinen spüren* oder *Steck deinen Schwanz tief in mich hinein.*

Alles, was Violet sehen konnte, waren ihre kalkweißen Oberschenkel, die sie an seine sonnengebräunte Haut drückte, und ihre weichen Kurven an seinen harten Muskeln. Er hatte in den letzten zehn Jahren viel trainiert. Und sie nicht.

Sie wusste selbst nicht, warum sie derart unruhig war. Er hatte sie im Flugzeug verführt, und da war sie ein wenig flattrig gewesen, aber bei Weitem nicht so nervös wie jetzt. Sie hatte sich begehrenswert gefühlt. Warum zitterte sie dann jetzt wie ein Schulmädchen, wenn sie nur daran dachte, von ihm zu verlangen, dasselbe noch einmal zu tun?

Weil mehr auf dem Spiel stand.

Jetzt hatte sie ihm ihr Herz geschenkt und wollte nicht von ihm enttäuscht werden. Die ganze vergangene Woche über hatte sie sich gefragt, ob es ihn abstoßen würde, sie zu berühren, und an ihrer Anziehungskraft gezweifelt.

Violet hielt sich natürlich nicht für abstoßend. Sie war nur etwas kleiner und kurviger als die meisten anderen Frauen. Das Problem war vielmehr, dass sie nicht mehr der langhaarige Wildfang war, den er damals gekannt hatte.

Sie wollte nicht, dass er enttäuscht war, schließlich war sie es von ihm auch nicht. Ganz im Gegenteil, sie liebte die Veränderungen an seinem Körper.

Also leckte sie sich die Lippen und versuchte, ihre Nervosität zu vertreiben. Er sah sie durchdringend an, und sein Blick gab ihr zu verstehen, dass sich seine Welt nur um sie drehte und nichts anderes von Bedeutung war. Es fiel ihr schwer, unter diesen Umständen etwas zu sagen, die schmutzigen, versauten Dinge auszusprechen, die sie sich wünschte.

»Sag es mir«, murmelte Jonathan und beugte sich vor, um mit der Zunge an ihrer Brustwarze herumzuspielen.

Sie keuchte und bog den Rücken durch, um ihre Brust gegen seinen Mund zu schieben. »Aber du machst das doch auch so sehr gut.«

»Aber ich will mehr. Ich will, dass du völlig ausgelaugt und erschöpft vor lauter Lust bist.«

»Da bist du schon auf dem besten Weg«, protestierte sie.

Seine Augen schienen zu lodern. »Sag mir, was ich tun soll.«

»Ich ... Ich will mehr Küsse.« Mann, sie war so ein Feigling.

Jonathan zog eine Augenbraue hoch, und bei dieser kleinen Geste wurde sie noch feuchter. »An einer bestimmten Stelle?«

Sie sog die Luft ein. »Auf den Mund?«

Er kroch über ihr nach oben, und Violet zerrte an ihrer Fessel. Sein großer Körper bedeckte den ihren und fühlte sich sündhaft gut an. Es gefiel ihr, dass er fast dreißig Zentimeter größer war als sie, sodass er sie selbst jetzt, wo er über ihr war, noch überall berühren konnte. Dadurch kam sie sich auf eine Art und Weise zierlich und zart vor, wie es kein anderer Mann vermochte.

Jonathan stützte die Hände neben ihren Kopf und lächelte sie sinnlich an, bevor er den Kopf senkte und ihre Lippen leicht mit seinen berührte. Dabei drückte er seinen Penis gegen ihren Venushügel, und ihr wurde bewusst, dass er auf die Knie gegangen war, damit er bei jeder Bewegung mit seiner Erektion über ihre empfindsamste Stelle reiben konnte.

Violet stöhnte.

Als sie den Mund öffnete, schob Jonathan seine Zunge hinein und küsste sie langsam und sinnlich. Diese sanften, leckenden Küsse schienen ewig zu dauern, während er ihren Mund erkundete und ihren Geschmack genoss. Sie war wie verzaubert von diesen Küssen, trunken von dieser Zärtlichkeit. Bei jedem Zungenschlag bewegte er auch die Hüften und drückte den Penis gegen ihre Schamlippen. Dabei war sie schon jetzt unglaublich feucht und sehnte sich nach mehr.

Sie keuchte in seinen Mund. Da sie um Küsse gebeten hatte, kam er ihrem Wunsch nach. Wieder und wieder liebkoste er sie auf diese Weise mit den Lippen und der Zunge, bis sie sich ganz in diesem Gefühl verlor, ebenso wie darin, seinen Penis in ihrem Schritt zu spüren, als wäre es eine lautlose, aber entschiedene Forderung.

Es war so gut. So unverschämt gut. Violet spreizte die Beine noch weiter, bis es nicht weiter ging, und als sein Penis zwischen ihre Schamlippen rutschte, konnte sie ihn ganz spüren.

Es war unglaublich.

Wieder stöhnte sie und verlor sich in ihren Empfindungen.

Seine Zunge tanzte über ihre Lippen. »Was soll ich jetzt machen, Violet?«

Oh. Wie sollte sie denn jetzt noch denken können? Ihr Verstand beschäftigte sich nur noch mit seinen Lippen, die die ihren berührten, und seinem Penis, der zwischen ihren Schamlippen hin- und herglitt und bei jeder Bewegung über ihre Klitoris rieb.

»Violet?«

»Hmmmm?« Ihre Lippen klebten an seinen, damit er sie ihr nicht entzog. Er hatte so wundervolle Lippen.

»Sag mir, was du willst, oder ich höre auf.«

Sie wimmerte leise. »Du bist so gemein.«

»Nein«, erwiderte er sanft und küsste sie erneut. »Ich möchte nur, dass du dich auch beteiligst, Liebste. Du sollst nicht das Gefühl haben, du hättest nichts zu sagen, nur weil deine Hände gefesselt sind. Auch wenn du diejenige bist, die sich nicht bewegen kann, hast du doch das Sagen.«

Sie erschauerte. Langsam hob sie das rechte Bein und legte es um seine Hüfte. Mit dem Fuß schob sie ihn weiter nach unten, damit er den Penis fester gegen ihre Scheide drückte. »Ich will mehr davon.«

Jonathan stöhnte und küsste ihren Unterkiefer. »Du willst mich in dir spüren?«

Oh ja, und wie sie das wollte. Aber noch nicht. »Bald«, versprach sie ihm. »Aber ich möchte, dass du mich noch weiter so berührst.«

»Ach ja?« Er leckte ihr seitlich über den Hals. »Ich denke, das lässt sich einrichten.«

Sie hob das andere Bein und legte es ebenfalls um seine Taille. »Beweis es mir.« Himmel, sie fühlte sich so verrucht, dass sie das von ihm verlangte.

»Sieh mich an«, bat er sie und hob den Kopf. »Sieh mich an, wenn ich dich berühre.«

Ihr war gar nicht aufgefallen, dass sie die Augen geschlossen hatte. Sie war in ihren Empfindungen gefangen. Es fiel ihr unfassbar schwer, die Augen zu öffnen, aber sie tat es und sah die Anspannung, die sich auf seinem hinreißenden Gesicht abzeichnete, seine dunklen Pupillen, seine dichten Wimpern und seine markanten Züge.

Er rieb mit einer überraschend zärtlichen Geste seine Nase an ihrer und bewegte dabei das Becken. Dadurch schob er seinen Penis über ihre Scheide und ihre empfindsamste Stelle. Und die ganze Zeit über sah er ihr in die Augen.

Das war so … erotisch. Violet schnappte nach Luft und erwiderte seinen Blick. Sie sah in seine dunkelblauen Augen mit den bernsteinfarbenen Flecken. Sein Blick schien immer mehr von ihr zu verlangen. Langsam rieb er mit dem Penis über ihre Klitoris, und sie spürte, wie sie immer feuchter wurde und auch seine Erektion benetzte.

Sie stöhnte.

»Gefällt dir das, Violet?«

Sie nickte, konnte den Blick nicht abwenden und brachte keinen Ton heraus. Jonathan hatte sie mit seiner Intensität in seinen Bann geschlagen.

Er drückte sich an sie und konzentrierte sich darauf, mit seiner Erektion über ihre Klitoris zu reiben. Sein Penis schob ihre Schamlippen auseinander und verteilte ihre Feuchtigkeit. Die ganze Zeit sah Jonathan in ihre Augen.

»Du gehörst mir«, sagte er leise und bewegte erneut das Becken. »Du bist meine Violet. Meine Liebe. Das weißt du doch, nicht wahr?«

Sie erzitterte unter ihm. »Ich … ich …«

»Sch.« Er küsste sie. »Du musst nichts sagen. Ich will nur, dass du es weißt.«

Als er sich erneut bewegte, zuckte sie unter ihm. So schön und sinnlich die Situation war, so war sie auch eine Qual. Ihr Körper verlangte nach mehr als dieser Reibung. Ihre Brustwarzen schmerzten und sehnten sich nach mehr Aufmerksamkeit.

Wieder zerrte sie an ihrer Fessel.

»Ist mit deinen Armen alles in Ordnung, Liebling?«

»Ich würde dich gern umarmen«, sagte sie atemlos.

»Nicht dieses Mal«, erwiderte er. »Hier geht es um deine Lust.«

Aber so war es auch beim letzten Mal schon gewesen. Wann würde sie an der Reihe sein, ihn zu verwöhnen? Violet wollte schon protestieren, aber er knabberte nur wieder an ihrer Unterlippe.

»Sag mir, was du willst.«

Sie drückte den Rücken durch, um ihm ihre Brüste zu präsentieren. »Penetration«, stieß sie keuchend aus.

Er stöhnte, und kurz sah es so aus, als würde er die Kontrolle verlieren. Violet war fasziniert, und ihre Erregung wurde noch größer. Sie wollte mehr davon. Sie wollte, dass er sich ebenfalls hingab. Das, was er mit ihr machte, war zwar aufregend, aber die Vorstellung, dass er den Verstand verlor, während er sie berührte, war sogar noch aufregender.

Daher beschloss sie, in die Offensive zu gehen, denn sein Stöhnen, das ihr noch in den Ohren hallte, machte sie mutiger. »Wäre das in Ordnung?«, fragte sie und biss sanft in seine Unterlippe. »Oder wolltest du die Sache noch in die Länge ziehen? Denn ich sehne mich schon seit Tagen danach, dich tief in mir zu spüren.«

Er schloss die Augen, seine Lider zuckten, und sein Unterkiefer verspannte sich. Offenbar fiel es ihm schwer, sich zusammenzureißen.

Wieder knabberte sie an seiner Lippe, sogar dann noch, als er den Penis erneut über ihre Scheide bewegte, wobei er etwas fester zudrückte. »Versteh mich nicht falsch«, murmelte sie. »Ich liebe dieses Gefühl, deinen großen, prallen Penis so zu spüren, aber ich hätte ihn noch viel lieber tief in mir. Wenn ich mir vorstelle, wie du mich ausfüllst und ausdehnst, weil dein Penis so unglaublich groß ist …«

»Violet …«, stieß er stöhnend aus.

»Aber es stimmt doch. Er ist wirklich groß. Es war immer ziemlich eng, wenn du in mir warst. Daran erinnere ich mich genau.« Sie bewegte die Hüften und keuchte, als ihre Klitoris zu kribbeln begann. »Es war so schön, dich in mir zu spüren, wie du mich ausgefüllt hast. Wenn ich nur daran denke, werde ich schon ganz heiß. Und du weißt, dass ich immer daran denken muss, seitdem du mich im Flugzeug berührt hast.«

»Wirklich?«, meinte er mit rauer Stimme und drückte die Lippen auf ihre, um sie leidenschaftlich zu küssen.

»Hmmm«, murmelte sie, als er von ihr abließ. »Davon habe ich geträumt. Dass du mich packst, mich auf dein Bett wirfst und mich besteigst wie ein …«

Stöhnend presste er das Gesicht an ihren Hals. »Verdammt! Halt den Mund, Violet, sonst verliere ich die Kontrolle.« Er stieß grob mit den Hüften gegen ihre und zog sich dann ein wenig zurück. Sie hob das Becken an, und auf einmal presste er seine Eichel gegen ihren Eingang.

Sie bäumte sich unter ihm auf. »Kondom«, hauchte sie. »Wir brauchen ein Kondom.«

»Ja«, stimmte er ihr mit belegter Stimme zu, aber er stand nicht auf. Vielmehr verkrampfte er sich auf ihr, sodass sie beinahe durchdrehte. Dann presste er die Lippen auf ihre und küsste sie erneut sanft und innig.

Doch ihr ging es zu langsam. Vor lauter Lust und Verlangen fuhr sie fast aus der Haut, und sie fühlte sich so leer an, dass sie am liebsten laut aufgeschrien hätte. »Möchtest du nicht tief in mich eindringen, Jonathan? Dich bis zu den Eiern in mir vergraben und mich dazu bringen, vor Lust laut zu schreien?«

Jonathan stöhnte wieder und erhob sich widerwillig. Er sprang vom Bett und nahm das Kondom vom Nachttisch.

Sie sah ihm gierig dabei zu, wie er es auspackte und über seine pralle Erektion rollte. Seine Eichel hatte einen wundervollen dunklen Purpurton angenommen, und sie konnte sich gut vorstellen, dass er sich genauso sehr danach sehnte, in ihr zu sein, wie sie sich danach verzehrte, ihn in sich zu spüren.

Als er mit aufgezogenem Kondom zum Bett kam, zitterte sie vor Verlangen, da er sie mit gierigem Blick betrachtete. Sie wollte, dass er sie sofort bestieg und nahm. Dass er wild in sie eindrang und sie ausfüllte. Himmel, sie wollte es so sehr.

Aber er war entschlossen, sie vor Lust in den Wahnsinn zu treiben, so, wie es aussah. Er setzte sich auf den Bettrand und blickte auf sie herab, wie sie ausgebreitet und keuchend dalag.

»Du bist wunderschön, Violet. Habe ich dir das schon gesagt?« Er streichelte ihre Wange.

»Du hast es ein oder zwei Mal erwähnt«, erwiderte sie und bemühte sich um einen verspielten Tonfall. Als er mit den Fingern in die Nähe ihrer Lippen kam, tat sie so, als wollte sie danach schnappen.

»Ich könnte dich die ganze Nacht nur ansehen«, fuhr er fort, und sein Blick wanderte zu ihren Brüsten. Er umfing eine mit einer Hand und streichelte die Brustwarze mit dem Daumen, während Violet stöhnte und an den Krawatten zerrte, mit denen ihre Hände festgebunden waren und die verhinderten, dass sie die Arme ausstreckte und diesen großen, wundervollen Penis packte, der so nah und doch so weit entfernt war.

»Ich will doch hoffen, dass du das nicht tust«, protestierte sie atemlos. »Denn das würde ich nicht überleben.«

»Und das wollen wir ja nicht, nicht wahr?« Er beugte sich vor und küsste sie erneut so innig, dass sie völlig abgelenkt war. Sie war so fasziniert von dem Gefühl, seinen Mund auf ihrem zu spüren, dass sie seine Hand erst bemerkte, als sie auf ihrem Venushügel lag und er die Finger zwischen ihren feuchten Schamlippen bewegte.

Violet wimmerte und keuchte. Sie hob das Becken vom Bett und bäumte sich unter seiner Hand auf. »Oh Gott, Jonathan, bitte.«

»Bitte was, Liebes?«, flüsterte er an ihrem Mund. »Sag mir, was du willst.«

Sie wollte, dass er sie von dieser unglaublichen erotischen Folter erlöste, die seine Finger mit ihr anstellten. Sie wollte mehr davon. Verdammt, sie wusste doch selbst nicht, was sie wollte. Sie wollte den Orgasmus, der schon so nah war, dass sie ihn beinahe spüren konnte. Daher bewegte sie einfach die Hüften unter seiner Hand, und als seine Finger wieder über ihre Klitoris glitten, keuchte sie. »Genau da!«

»Hier, Liebling?« Er ließ einen Finger durch ihre feuchte Spalte zu ihrer Vagina gleiten.

»Nein, nein«, murmelte sie. Was für eine grausame Qual.

»Hier«, flüsterte er und umkreiste ihre Klitoris mit zwei Fingern.

Sie stöhnte. »Ja! Oh Gott, ja! Genau da!«

»Sag mir, dass es das ist, was du willst.«

Violet wimmerte. Er quälte sie so. »Ich will es, Jonathan«, stieß sie fast schon schluchzend hervor. »Bitte, bitte, streichel meine Klit.«

»Ich liebe es, wenn du das sagst«, meinte er und setzte sich etwas anders hin. Er beugte sich vor und leckte ihre rechte Brustwarze, während er weiter ihre Perle rieb. Violet stöhnte, und die beiden Empfindungen brachten sie dem Höhepunkt immer näher. Sie vergaß die Penetration, die sie sich eben noch so sehr gewünscht hatte, und wollte nur noch, dass er sie kommen ließ. Jetzt war sie es, die den Verstand verlor.

Seine Finger fanden einen langsamen, gleichmäßigen Rhythmus, der ebenso unerträglich wie wunderbar war. »Schneller«, stieß sie keuchend aus, und er biss ihr sanft in die Brustwarze. »Oh Gott! Und hör nicht damit auf!«

»Werde ich nicht.« Seine Stimme war ganz belegt. »Meine süße, wunderschöne Violet.« Sie spürte, wie er die Hand bewegte und den Daumen auf ihre Klitoris drückte, um ihn dann langsam vor und zurück zu bewegen und mit zwei Fingern in sie einzudringen.

Sie stöhnte laut und zog die Scheidenmuskeln um seine Finger herum zusammen. »Ja!«, schrie sie auf. »Ich bin so kurz davor!« Die Empfindungen überwältigten sie, und ihr ganzer Körper fühlte sich an, als wäre er gespannt wie ein Bogen. Jonathan streichelte und liebkoste ihre Klitoris weiter mit dem Daumen und drückte die Finger tief in sie hinein, während er mit dem Mund ihre Brustwarze bearbeitete.

Einen Augenblick später wurde sie von ihrem Höhepunkt übermannt. Sie schrie und kam so heftig, dass sie selbst überrascht war. Sie zuckte und verkrampfte die Gliedmaßen, während Jonathan sie weiterhin streichelte und ihren Orgasmus ausdehnte, bis sie zitternd und keuchend auf dem Bett lag. Dann erschlaffte sie und schnappte nach Luft. »Oh«, flüsterte sie. »Großer Gott.« Das war vielleicht intensiv gewesen.

Jonathan hob den Kopf, und als sie ihn ansah, leckte er ihr über die Brustwarze. Daraufhin erschauerte sie noch einmal und spürte, wie sich ihre Scheide um seine Finger zusammenzog. Langsam bewegte er den Daumen über ihre Klitoris, und wieder erfasste sie ein Schauer, und sie stöhnte kehlig.

»Ich möchte, dass du noch einmal für mich kommst«, sagte

er mit tiefer Stimme. Er zog die Finger aus ihr heraus und drang sofort wieder damit in sie ein, und sie drückte den Rücken durch, während ihre Muskeln zuckten. »Das muss ich noch mal sehen. Du hast so unglaublich heiß ausgesehen, dass mir fast das Herz stehen geblieben ist.«

»Jonathan, bitte«, murmelte sie. »Ich will dich in mir spüren. Sehnst du dich nicht auch danach?«

»Schon, aber ich genieße es viel zu sehr, dich anzusehen.«

Es war offenbar Zeit für weitere klare Worte. Sie war außer Atem und bebte unter seiner Berührung, da er ihre überempfindliche Klitoris noch immer rieb. Himmel, sie wollte, dass er aufhörte – und dass er weitermachte. Kleine orgasmische Wellen fuhren durch ihren Körper und ließen sie wissen, dass der nächste Höhepunkt nicht lange auf sich warten lassen würde. »Aber du hast versprochen, dass du in mich eindringst, wenn ich dich darum bitte«, sagte sie leise. »Und ich habe dich darum gebeten. Ich habe dich praktisch angefleht.«

Wieder drang er mit den Fingern tief in sie ein, sodass sie aufstöhnte. »Aber das tue ich doch.«

»Nein, ich will alles«, verlangte sie. »Ich will deinen großen, dicken Schwanz in mir spüren, bis er mich so weit ausfüllt, dass ich es kaum noch ertragen kann. Deine Finger fühlen sich gut an, aber dein Penis ist noch besser, und es ist viel zu lange her, dass ich ihn in mir hatte.«

Seine Augen sahen vor Begierde fast schon schwarz aus. »Möchtest du nicht, dass ich den Kopf zwischen deinen Beinen vergrabe und dich erneut kommen lasse, Violet? Ich lecke dich so gern. Ich liebe deinen Geschmack.«

Violet erbebte. Er wusste, was er sagen musste, damit sie einknickte. Jetzt hatte sie dieses Bild vor Augen und musste an den unglaublichen Orgasmus denken, den er ihr im Flugzeug beschert hatte. Aber die Sehnsucht tief in ihrem Inneren verschwand nicht, und dieses Mal wollte sie auch sehen, wie Jonathan kam. Er hatte ihr schon zwei Höhepunkte geschenkt, und sie wollte dieselbe Befriedigung auch auf seinem Gesicht sehen. Sie wollte, dass Jonathan losließ.

»Bitte, Jonathan«, flehte sie. »Ich brauche dich in mir.«

»Komm noch einmal für mich«, bat er sie.

Sie spannte die Scheidenmuskeln an und drückte sie gegen seine Finger. »Nur, wenn du in mir bist und wir zusammen kommen.«

Er zögerte, aber dann stöhnte er und drückte das Gesicht auf ihren Bauch. »Ich liebe dich so sehr.«

Sie konnte nur hoffen, dass sie jetzt endlich bekam, was sie wollte. »Beeil dich«, ermutigte sie ihn. »Ich sehne mich so sehr nach dir.«

Jonathan drehte sich um und stieg auf das Bett. Dann beugte er sich vor und küsste sie, und sie legte ihm begierig die Beine um die Hüften. Er stöhnte an ihrem Mund, und sie spürte seine Hand zwischen ihren Körpern, die seinen Penis an genau die richtige Stelle zwischen ihren Beinen bewegte. Als er die Eichel vor ihre Öffnung legte, zögerte er.

Sie bäumte sich unter ihm auf, um ihn zu ermutigen. »Ja!« Aber er rieb sich nur an ihr, dieser gemeine Kerl. Sie stöhnte, als er sich gegen den Eingang drückte, aber sich nicht hineinstieß. »Tu es!«

»Ich liebe dich, Violet«, sagte er mit rauer Stimme. Dann drang er ganz in sie ein.

Sie keuchte auf, und das nicht nur wegen seiner Worte, die von Herzen kamen, sondern auch, weil sie ihn endlich spürte und er sie so ausfüllte, wie sie es in Erinnerung gehabt hatte. Der Sex mit Jonathan war schon immer gut gewesen, selbst damals, als sie noch unerfahrene Teenager waren. Sie zog die

Scheidenmuskeln um seinen Penis herum zusammen und genoss es, ihn tief in sich zu spüren. Er fühlte sich so gut an. So perfekt.

Jonathan stöhnte und schloss die Augen, und sie sah ihm ins Gesicht, da sie seine Lust sehen wollte. Sie wollte beobachten, wie er die Kontrolle verlor. Sie wollte spüren, wie er sich tief in ihr bewegte, aber noch mehr als das wollte sie sehen, wie er kam, wie er das Gesicht während seines Höhepunkts verzog und wie sich die Befriedigung darauf abzeichnete.

Sie gierte förmlich danach. Daher bewegte Violet die Hüften, um ihn zu ermutigen, sich zu bewegen. »Du fühlst dich unglaublich an, Jonathan. Du bist ganz tief in mir, nicht wahr?«

»Violet«, murmelte er. »Meine Violet.«

»Deine Violet«, bestätigte sie und keuchte, als er die Hüften bewegte und sich in sie stieß. Es war so wundervoll.

»Meine«, sagte er mit tiefer Stimme und penetrierte sie erneut. Seine Bewegungen wurden gleichmäßiger. »Das bist du, nicht wahr?«

Sie antwortete ihm nicht, aber das musste sie auch gar nicht. Die Art, wie sie gierig das Becken hob, um ihm entgegenzukommen, und wie sie an der Fessel zerrte, da sie ihn so gern berührt hätte, sagte alles. Sie wollte ihn mit Haut und Haaren. Daher drückte sie die Fersen in seine Pobacken und hob bei jedem seiner kraftvollen Stöße die Hüften an.

Falls Jonathan geglaubt hatte, er könne sie mit langsamen, maßvollen Stößen in den Wahnsinn treiben, dann hatte er sich selbst überschätzt. Sie spürte, wie sein Körper zitterte, und sah, wie er das Gesicht verzog, als hätte er Mühe, an sich zu halten. Mit einer Hand umklammerte er ihre Hüfte und hielt sie fest, während er sich tief in sie hineinstieß.

»Ja«, rief sie, kam ihm entgegen und spannte die Muskeln an. »Ja, Jonathan. Gib's mir.«

Er verlor immer mehr die Kontrolle. Seine nächsten Stöße waren nicht mehr so rhythmisch, und dann hob er ihr rechtes Bein an und legte es sich auf die Schulter. Er drückte ihr kurz einen Kuss auf die Haut und drang wieder in sie ein, und jetzt penetrierte er sie noch tiefer und wundervoller als zuvor. Violet schrie leise auf und biss sich auf die Lippe. Himmel, war das großartig!

Er stieß fester und immer fester zu. Sie hörte, wie seine Hoden gegen ihren Hintern klatschten, und spürte seine Haut an ihrer, wenn er kraftvoll in sie eindrang. Es war wunderbar. Noch besser war, dass seine Miene fast erstarrt war und sie ihm ansehen konnte, dass er kurz vor dem Höhepunkt stand. Er drang jetzt so hart in sie ein, dass ihre Brüste heftig wippten und das Hotelbett laut quietschte.

Aber das war ihr egal. Sie genoss einfach alles.

Sie war derart fixiert auf Jonathans Lust und seine Miene, dass es sie überraschte, als sich ihr nächster Orgasmus tief in ihrem Inneren ankündigte. »Oh!«, schrie sie erschrocken auf. Normalerweise kam sie nie, wenn ihre Klitoris nicht stimuliert wurde, aber Jonathans wilde Stöße schienen dieses Mal auszureichen. »Oh, Jonathan«, stieß sie keuchend aus, während sich ihr Höhepunkt aufbaute. Sie krümmte die Zehen und drückte den Fuß gegen seine Schulter. »Hör nicht auf!«

»Komm für mich«, knurrte er, und seine Stimme war vor Lust ganz rau. Das Bett quietschte noch lauter, und Jonathan drang immer härter in sie ein. Er nahm die Hand von ihrer Hüfte und stützte sich jetzt mit beiden Händen ab, während er sie nahm. Ihre Brüste wackelten wie wild, und sie genoss es. Ihr Stöhnen wurde bei jedem Stoß lauter. Violet dachte kurz, dass man sie bestimmt auf der ganzen Etage hören konnte.

Aber das war ihr egal. Sie schloss die Augen, biss sich wieder auf die Lippe und konzentrierte sich nur noch auf ihren Höhepunkt und das Gefühl, Jonathan in sich zu spüren. »Oh Gott, bitte mach weiter. Genau so. Oh Gott, ja. Ja!« Ihr Höhepunkt kam immer näher, und sie hob die Hüften noch weiter, um seinen hämmernden Stößen entgegenzukommen, während er sich unglaublich schnell bewegte. Sie konnte mit seinem Rhythmus nicht mehr mithalten, und ihre Körper bewegten sich nicht mehr im Einklang. Aber das war egal. Ihr machte es nichts aus. Wichtig war nur noch dieser Orgasmus ...

Und auf einmal kam sie. Violet schrie, als ihr Körper zu zucken begann und sich ihre Scheide um Jonathans Penis zusammenzog. Sie kam und kam und kam. Funken explodierten hinter ihren Augenlidern, und ihr ganzer Körper bebte. Himmel, es war so gut.

Zwischen den Stößen stieß er immer wieder ihren Namen aus. »Violet.«

Sie schlug die Augen auf, obwohl sie noch immer zitterte, und hätte am liebsten sein Gesicht berührt. »Komm für mich, Jonathan«, flüsterte sie. »Oh Gott, komm für mich.«

Während die Nachwirkungen ihres Höhepunkts langsam abebbten, legte Jonathan den Kopf in den Nacken und stöhnte. Er spannte die Muskeln am Hals an und kam heftig. Violet beobachtete erstaunt, wie sein Körper sich verspannte und sein Gesicht rot anlief, und ihr schoss durch den Kopf, dass Jonathan Lyons bei einem Orgasmus der schönste Anblick war, der sich ihr je geboten hatte. Seine Stöße wurden unregelmäßiger und langsamer, sein Keuchen ließ nach, und dann stieß er sich fast schon erschöpft ein letztes Mal in sie hinein und öffnete die Augen, um sie erstaunt anzusehen.

»Violet«, murmelte er erstickt.

»Ich bin hier«, sagte sie leise. »Ich bin hier.«

Schwer atmend rollte er sich von ihr herunter, zog sich das Kondom ab und stand auf, um es in den Mülleimer zu werfen. Sie bewunderte seine Pobacken, die sich beim Gehen anspannten, und die Bräunungslinie zwischen Taille und Hintern. Er drehte sich wieder zum Bett um, ging zum Kopfbrett und löste die Knoten an ihren Fesseln. »Ist alles okay?«

»Ich muss dir gestehen, dass ich mein Safeword völlig vergessen habe«, gestand sie ihm.

Er erstarrte. »Habe ich dir wehgetan?«

Sie schnaubte und setzte sich auf, da sie endlich befreit war, um sich die Handgelenke zu reiben. Eigentlich tat es nur an den Stellen, an denen sie gezerrt hatte, etwas weh. »Mach dich nicht lächerlich, Jonathan. Wenn ich geschrien habe, dann nur vor Lust.«

Er entspannte sich und kam wieder ins Bett zurück. Bevor sie ins Bad gehen konnte, um sich zu waschen, legte er die Hände um ihre Taille und hielt sie fest. »Verlass mich noch nicht.«

Diese Worte trafen sie wie ein Messer ins Herz. *Verlass mich noch nicht.* Armer Jonathan. Sie schmiegte sich an ihn und genoss es, dass sie ihn endlich berühren konnte. Während sie sich auf die Seite drehte, damit sie ihn ansehen konnte, strich sie mit den Fingern über seinen flachen Bauch.

»Hmmm«, sagte er leise, als sie die dünne Haarlinie unter seinem Bauchnabel streichelte. »Beim nächsten Mal fessele ich deine Hände nicht. Dafür genieße ich deine Berührungen viel zu sehr.«

Violet fragte sich, ob es ein nächstes Mal geben würde. Sie beschloss, dass die Antwort nur Ja lauten konnte. Sie war keine Idiotin. Mit Jonathan hatte sie unglaublichen, umwerfenden Sex, und sie würde jede Gelegenheit dazu nutzen, bevor sich ihre Wege wieder trennen würden.

Dann runzelte sie die Stirn. Sie würden sich wieder trennen müssen. Daher war es keine gute Idee, sich wieder in Jonathan zu verlieben. Gut, er würde stets einen Platz in ihrem Herzen haben, und sie genoss es, mit ihm zu schlafen, aber sie wusste nicht, ob sie bereit für eine Beziehung mit ihm war. Ihr Herz trug noch immer die Narben vom letzten Mal.

Besorgt drehte sich Violet auf den Rücken und starrte die Decke an.

»Ist alles in Ordnung?« Jonathan strich ihr mit einer Hand über den Arm.

»Ich denke nur nach.« Ihre Gedanken schlugen keine schöne Richtung ein. Sie drehten sich um ihre Rückkehr nach Detroit, wo sie ihren ruhigen Job als Lehrerin wieder aufnehmen würde, während Jonathan seinen aufregenden Lebensstil voller faszinierender Projekte fortführte, berühmte und gefährliche Orte erkundete und sein Autounternehmen leitete. Auch wenn sie als Collegestudenten gut zusammengepasst hatten, war ihr Lebensstil nach ihrer Rückkehr in die Vereinigten Staaten ein völlig anderer geworden. Als Erwachsene passten sie nicht mehr zusammen. Jonathan war ein Milliardär mit einem hektischen Leben und Violet ... nun ja, sie war langweilig. Bloß eine Lehrerin.

Er würde sie nach einer oder zwei Wochen leid sein.

Genau aus diesem Grund war es auch so wichtig, dass sie ihr Herz um jeden Preis schützte. Sie konnten miteinander schlafen, lachen und im Bett sowie außerhalb ihren Spaß haben, und sie konnte ihn küssen, aber sie durfte sich auf keinen Fall in ihn verlieben.

Denn wenn er ihr erneut das Herz brach, würde sie sich nie wieder davon erholen.

Violet seufzte und starrte nach oben, ohne wirklich etwas wahrzunehmen. Aber ihr fiel auf, dass das Bild an der Wand auf einmal schief hing. Es war etwa einen Meter über dem Kopfbrett an der Wand befestigt und neigte sich jetzt deutlich zur Seite. Das war irgendwie ziemlich witzig. »Ich glaube, wir waren ein wenig übereifrig«, meinte Violet grinsend und deutete darauf.

Erst in diesem Augenblick sah sie, welches Motiv es hatte. Keuchend setzte sie sich auf und wirbelte herum, um es anzustarren. Es war ein Giclée-Druck, ein Seriendruck einer Landschaft, wie er vermutlich in unzähligen Hotelzimmern voller hässlicher, aber unauffälliger Möbelstücke hing. Bisher war er ihr nicht einmal aufgefallen, und sie hätte das Bild auch jetzt nicht weiter beachtet, wäre darauf nicht ein Fluss abgebildet gewesen, an dem eine Mühle mit einem riesigen Mühlrad stand.

Ein Rad.

»Siehst du, was ich sehe?«, fragte sie und deutete auf das Bild.

Jonathan setzte sich auf. Nach einem Augenblick lachte er laut und zitierte die erste Zeile des Gedichts. »›Glück, dreh dein Rad, den Stolzen mache klein.‹«

»Glaubst du, dass das unser Rad ist?«, fragte Violet gespannt. Sie rutschte auf den Knien näher und nahm das Bild von der Wand, um sich die Rückseite anzusehen. Aber da war nichts.

»In meiner Nachricht stand der Name des Hotels«, stimmte ihr Jonathan zu. Er strich mit einer Hand über die Papprückseite des billigen Bildes. »Dann muss es also etwas mit diesem Hotel zu tun haben.«

Violet musterte das Bild nachdenklich. »Das ist kein Original. Ob in den anderen Zimmern wohl ähnliche Bilder hängen?«

Jonathan sah sie nachdenklich an. »Soll ich das ganze Hotel mieten?«

»Könntest du das?«

Er lächelte sie auf diese ganz spezielle Weise an, bei der ihr Herz immer einen Satz machte. »Ein Milliardär kann tun, was immer er will, Liebes.«

13

Am nächsten Morgen hatte Jonathan jedes Zimmer auf ihrem Stockwerk gemietet – die ganze zweite Etage. Sie waren in jedem Zimmer gewesen und hatten das Bild, das über ihrem Bett hing, noch zwei weitere Male gefunden, aber auf keinem der Bilder war eine Nachricht gewesen.

Danach kehrten sie in Jonathans Zimmer zurück und waren genauso schlau wie zuvor.

Verwirrt und frustriert nahm sich Violet erneut das Gedicht vor und las es wieder und wieder. »Es muss einfach um das Rad gehen. Etwas anderes kann es nicht sein.«

Sie beugte sich über den Tisch, starrte die eingescannte Nachricht an und wartete auf eine Inspiration.

Dann beugte sich Jonathan über sie und flüsterte ihr ins Ohr: »Soll ich noch eine weitere Etage mieten?«

»Das wäre nur Geldverschwendung, wenn wir auf der falschen Spur sind«, erwiderte Violet mit einem wohligen Schauer, als sie seinen Atem an ihrem Ohr spürte.

»Du weißt, dass mir das Geld völlig egal ist«, erklärte er, beugte sich vor und gab ihr einen Kuss in den Nacken.

Violet keuchte und senkte den Kopf, damit er sie besser küssen konnte. Nach dem langen Liebesspiel der letzten Nacht hatten sie ein paar Stunden geschlafen, bis Jonathan sie mitten in der Nacht mit leidenschaftlichen Küssen wieder geweckt hatte. Sie hatten sich noch zwei Mal geliebt, wobei sie jedes Mal wilder wurden, und erst als es dämmerte, war Violet endlich erschöpft eingeschlafen.

Selbst jetzt hatte sie sich nur in die Bettdecke gewickelt und saß am Tisch in ihrem Zimmer, obwohl es schon später Nachmittag war. Nachdem sie in den Zimmern auf dem zweiten Stock nicht fündig geworden waren, hatten sie sich in Jonathans Bett ein weiteres Mal geliebt.

Und danach noch einmal.

Jonathan hatte gerade geduscht und roch frisch und sauber, und sie hätte die Wassertropfen am liebsten von seiner bronzefarbenen Haut geleckt. Er war einfach unwiderstehlich.

»Hey, ich versuche hier zu arbeiten«, neckte sie ihn, während er weiter an ihrem Hals knabberte. Sie entwand sich ihm grinsend und deutete auf das Tablet. »Sieh mal, was ich wegen dir angestellt habe.« Bei seinem Kuss hatte sie auf das Display gedrückt und das Bild versehentlich vergrößert, sodass die Handschrift jetzt riesengroß war.

»Komm schon«, murmelte Jonathan und knabberte an ihrem Ohrläppchen. »Ignorier es einfach. Wir können uns später damit beschäftigen.«

»Du bist unverbesserlich«, erklärte sie grinsend.

»Hmmm, und das aus dem Mund einer Lehrerin.« Er biss ihr zärtlich ins Ohrläppchen, schob eine Hand unter die Bettdecke und umfing ihre linke Brust. »Das macht mich an.«

»Dich macht doch alles an«, stichelte sie.

»Alles an dir«, stimmte er ihr zu, und während der nächsten Stunden hatte sie die Nachricht völlig vergessen.

*

Als Violet um Gnade winselte, zog sich Jonathan an und ging nach unten, um etwas zu trinken zu holen. Sie hatten während ihrer heißen Nacht das ganze Mineralwasser aus der Minibar getrunken und hatten beide Durst. Während sie auf Jonathan wartete, ging Violet schnell unter die Dusche und zog sich dann eines seiner T-Shirts an, da ihre Kleidung noch in ihrem Zimmer war. Es würde ihm bestimmt nichts ausmachen. Vermutlich gefiel es ihm eher, wie sich der Schriftzug auf der Vorderseite über ihren Brüsten spannte.

Dann ging sie mit dem Tablet in der Hand wieder ins Bett, fest entschlossen, das Rätsel des Gedichts zu lösen. Auf dem Tablet war noch immer die eingescannte Nachricht geöffnet, und die riesigen Buchstaben sprangen ihr förmlich entgegen, als sie auf das Display tippte. Sie strich mit den Fingern darüber, um es zu verkleinern, doch dabei stach ihr etwas Seltsames ins Auge: Das »I« in der vierten Zeile schien dunkler zu sein als die anderen Buchstaben. Aus größerer Entfernung war das unmöglich zu erkennen, aber in dieser Vergrößerung war es eindeutig dunkler.

Konzentriert ging Violet das ganze Gedicht noch einmal durch. Dabei fiel ihr auf, dass es noch weitere dunklere Buchstaben gab. Sie holte sich einen Stift und ein Blatt Papier vom Nachttisch und schrieb die Buchstaben auf.

Glück, dreh dein Rad, den Stolzen mache klein,
Dreh wild dein Rad bei Sturm und Sonnenschein,
Dein Rad und du sind uns nicht lieb noch leid.

Glück, dreh dein Rad, und wechsle dein Gesicht,
Dein tolles Rad, uns hebt und stürzt es nicht,
Arm sind wir nur, doch unsre Herzen weit.

Lach uns, wir lächeln, Herrn von vielem Land,
Zürn uns, wir lächeln, Herrn durch eigne Hand,
Ein Mann beherrscht sein Schicksal allezeit.

Dreh, dreh dein Rad, dir jauchzt nur Pöbel zu,
Verschwomm'ne Schatten sind dein Rad und du,
Dein Rad und du sind uns nicht lieb noch leid.

Nachdenklich starrte sie ihre Notiz an. IIIIVIII sagte ihr auf Anhieb gar nichts. Dann bemerkte sie, dass es im ersten Abschnitt keine dunkleren Buchstaben gab, und sie fragte sich, ob die Abstände etwas damit zu tun hatten. Aus einer Ahnung heraus schrieb sie die Buchstaben noch einmal auf. III IV III.

Das waren römische Ziffern.

343.

Das Kallista Hotel hatte drei Stockwerke.

Sie keuchte auf. Das war es! Sie hatten es die ganze Zeit direkt vor ihrer Nase gehabt. Aber sie waren derart auf das Gedicht konzentriert gewesen, dass ihnen die dickeren Buchstaben gar nicht aufgefallen waren.

Die Tür ging auf, und Jonathan kam mit einer Plastiktasche voller Wasserflaschen und einer kleinen Tüte, die nach frischer Baklava duftete, herein. »Ich dachte, du hast vielleicht Hunger …«

Sie sprang kreischend vom Bett und fiel ihm in die Arme. »Ich habe es herausgefunden!«

Jonathan ließ die Tüten fallen und hielt sie fest, als sie die Arme um seinen Hals warf. »Du hast es geschafft?«

»Ich hab's! Zimmer 343!« Sie grinste ihn breit an. »Ich wette zehn Dollar, dass in dem Zimmer auch eins dieser hässlichen Bilder hängt.«

»Wie bist du darauf gekommen?« Seine Hände wanderten zu ihrem Hintern, und er stöhnte. »Und warum trägst du keinen Slip?«

Sie hatte nur sein T-Shirt an. »Ich trage das hier, weil ich mein Zimmer in den letzten vierundzwanzig Stunden nicht betreten habe«, neckte sie ihn. Dann nahm sie seine Hand und zog ihn zum Bett. »Komm, ich zeig es dir.«

Er setzte sich auf die Bettkante, und sie nahm neben ihm Platz, zog das Tablet und ihre Notizen heran und zeigte ihm, was sie herausgefunden hatte.

»Das ist ja unglaublich«, murmelte Jonathan und sah sie dann mit einem strahlenden Lächeln an. »*Du* bist unglaublich.«

Violet erwiderte begeistert sein Lächeln. Dieses Rätsel hatte sie ganz allein gelöst. Und wenn er sie so anlächelte, fühlte sie sich tatsächlich unglaublich. In diesem Moment hätte Violet die Welt erobern können.

Als sein Blick auf ihrem Mund verharrte, wurde Violet bewusst, dass er erregt war. Anscheinend hatte ihr nackter Hintern ihn abgelenkt. Sie fühlte sich sehr sexy und machtvoll. Ja, sie wollte ihn, aber dieses Mal würde sie es sein, die die Kontrolle hatte.

Violet sah ihn schelmisch an und beugte sich vor, um Jonathan zu küssen. Als sich ihre Lippen berührten, legte sie eine Hand zwischen seine Beine und streichelte die Wölbung in seiner Hose.

Jonathan stöhnte und legte eine Hand auf ihre. »Was ist mit dem Zimmer?«

»Das kann warten«, erklärte sie und liebkoste durch die Jeans hindurch weiter seinen Penis. »Jetzt bin ich an der Reihe, die Kontrolle zu übernehmen.« Lächelnd legte sie ihm eine Hand auf die Brust und stieß ihn sanft an, damit er sich auf den Rücken legte.

Er ließ sich aufs Bett fallen und starrte sie mit gierigem Blick an.

Sie öffnete geschickt seinen Gürtel und berührte dabei immer wieder seinen Penis, damit seine Erregung nicht nachließ. Danach waren die Hosenknöpfe an der Reihe, und schon schob sie ihm die Jeans über die Hüften nach unten. Er hob das Becken an, um ihr zu helfen, und sie griff nach seinen Boxershorts, zerrte sie ebenfalls herunter und entblößte das Objekt ihrer Begierde: seinen Penis.

Er war erigiert und bereit für sie, so dick und hart, wie er bereits war. Violet erschauerte vor Wonne bei diesem Anblick und beugte sich darüber. »Das wollte ich schon seit Tagen machen.«

»Ach ja?«, flüsterte er heiser.

»Oh ja.« Sie umfing die Peniswurzel und bewegte dabei die Finger. Sein Penis war so herrlich dick, und sie liebte die glatte, weiche Haut, über die sich die prallen Venen zogen. Er fühlte sich so gut an unter ihren Fingern. »Darum war es so eine Qual, dass du mir letzte Nacht die Hände gefesselt hast. Ich wollte mir den hier schnappen und in den Mund nehmen.«

Jonathan stöhnte.

»Aber jetzt kann mich nichts mehr davon abhalten.« Ihre Stimme klang vor Lust ganz rau. Sie beugte sich vor, leckte über die Eichel und genoss es, wie Jonathan dabei den Körper anspannte. »Und er schmeckt genauso gut, wie ich es mir ausgemalt habe.«

Er sagte nichts mehr, schob aber eine Hand in ihr Haar und wickelte einige Strähnen um seine Finger, als müsse er sich festhalten.

Das gefiel ihr. Violet leckte ihn wieder und wieder, bis sein Penis mit ihrem Speichel benetzt war. Sie umkreiste die kleine Einkerbung in der Mitte mit der Zunge und leckte das Präejakulat weg, das sich dort sammelte. »Du schmeckst köstlich, weißt du?«

»Nicht so köstlich wie du«, murmelte er. »Ich liebe es, deinen Geschmack auf der Zunge zu haben.«

»Das mag sein, aber jetzt bin ich an der Reihe«, säuselte sie. »Also lenk mich nicht ab.« Als er noch etwas sagen wollte, nahm sie die Eichel ganz in den Mund und saugte daran.

Er ließ den Kopf auf das Laken fallen und stöhnte.

Violet stieß leise kehlige Geräusche aus. Während sie den Schaft mit der linken Hand umfasste, bewegte sie die rechte zu seinen Hoden und massierte sie. Dabei saugte sie weiter an der Eichel und rieb mit der Zungenspitze darüber. Sie pumpte mit einer Hand, beugte sich über ihn und nahm ihn nach und nach mit langsamen, gleichmäßigen Bewegungen weiter in den Mund. Es gefiel ihr, ihn mit den Lippen und der Zunge zu verwöhnen, während sein Penis ihren Mund ausfüllte und ausdehnte, da er so unglaublich groß war.

»Violet«, stieß Jonathan stöhnend aus, als sie mit der Hand seine Peniswurzel drückte und ihn weit in den Mund saugte. »Das halte ich nicht lange durch.«

Sie ließ seinen Penis mit hörbarem Ploppen aus dem Mund rutschen. »Du armer Schatz«, murmelte sie, wobei er ihr nicht im Geringsten leidtat. Sie beugte sich vor, um erneut kurz über die Eichel zu lecken. »Sorgt die böse Violet etwa dafür, dass du die Kontrolle verlierst?«

Er bohrte die Finger in ihre Kopfhaut. »Das tut sie. Sie ist eine ganz Schlimme.«

»Hmmm, das gefällt mir«, murmelte sie leise und nahm seinen Penis wieder tief in den Mund. Dieses Mal spürte sie, wie er seine Hand gegen ihren Hinterkopf drückte, als wollte er sie auffordern weiterzumachen. Sie gehorchte ihm nur zu gern und saugte sein Glied immer wieder tief in den Mund.

Dann spürte sie, wie er sich unter ihr anspannte. »Violet, ich komme …«

Sie summte leise tief in ihrer Kehle, um ihn wissen zu lassen, dass das in Ordnung ging, und saugte erneut an ihm.

Er fluchte, bäumte sich unter ihr auf und stieß ihr den Penis weit in die Kehle. Schon spürte sie seinen heißen Samen, der sich in sie ergoss, und hörte, wie Jonathan ekstatisch stöhnte. »Oh Gott, Violet!«

Langsam ließ sie seinen Penis aus dem Mund gleiten, schluckte sein Sperma herunter und gab ihm noch einen Abschiedskuss auf die Eichel. Das hatte entschieden zu viel Spaß gemacht, fand sie. »Du hast aber nicht lange durchgehalten für einen Mann, der mich stundenlang quälen kann.«

Er stöhnte und legte einen Arm auf seine Stirn, während er noch immer keuchte. »Ich kann nichts daran ändern. Du hast einen unglaublichen Mund.«

»Schmeichler«, neckte sie ihn und rutschte vom Bett.

»Wo willst du hin?«

»Ich geh mir die Zähne putzen, und dann sehen wir uns Zimmer 343 mal genauer an«, rief sie ihm zu und war sehr zufrieden mit sich.

»Gib mir einen Augenblick, um mich zu erholen«, erwiderte er matt, stöhnte noch einmal und blieb auf dem Bett liegen.

»Eine Minute«, neckte sie ihn. »Aber nicht länger.«

*

Violet kehrte in ihr Zimmer zurück, um sich anzuziehen.

Sie hatte sich, nur mit einem Handtuch umwickelt, aus Jonathans Zimmer geschlichen und war durch den Flur zu ihrem eigenen geeilt, das nur wenige Türen weiter war. Nachdem sie sich angezogen und vergeblich mit ihren Haaren abgemüht hatte, musterte sie ihr Spiegelbild und errötete. Ihr

Hals war übersät mit roten Knutschflecken, die ihr kurzes Haar nicht verdecken konnte. Alle Welt konnte sehen, was sie getrieben hatten, aber … eigentlich war ihr das egal. Sie zog sich ein Paar Schuhe an und verließ ihr Zimmer. Jonathan wartete bereits auf dem Flur auf sie.

An der Rezeption erwartete sie jedoch eine schlechte Nachricht. »Es tut mir leid, aber Zimmer 343 ist vergeben.«

»Es ist sehr wichtig, dass ich dieses Zimmer bekomme«, erklärte Jonathan, zog seine Geldscheinklammer aus der Tasche und legte ein paar Hundertdollarscheine auf die Theke. »Wie viel?«

»Es tut mir sehr leid, Sir«, sagte die Rezeptionistin entschuldigend. »Ich kann die Gäste gern anrufen, die das Zimmer momentan gemietet haben, und sie fragen, ob sie zu einem Tausch bereit sind, aber ich kann sie nicht dazu zwingen.«

Violet legte eine Hand auf die Geldscheine, damit Jonathan nicht damit anfing, die Hotelangestellte damit zu bewerfen. Sie lächelte die Frau an, nahm dann Jonathans Arm und zog ihn zur Seite. Als sie außer Hörweite waren, schlug sie vor: »Warum gehen wir nicht nach oben und fragen sie, ob sie kurz mit uns reden?« Sie brauchten ja nicht das ganze Zimmer, sondern nur das Bild.

Theoretisch zumindest. Es konnte aber auch sein, dass sie falschlagen.

Jonathan sah Violet an, nickte dann und steckte sein Geld wieder weg. Er legte einen Arm um sie und zog sie lässig an sich. »Dann lass uns mal nachsehen, ob wir Glück haben.«

Einige Minuten später gingen sie im dritten Stock durch den Flur und fanden das gesuchte Zimmer. Ein »Bitte nicht stören«-Schild hing an der Tür.

»Oh nein«, rief Violet aus. »Vielleicht sollten wir später wiederkommen.«

Aber Jonathan ignorierte sie und klopfte an.

Violet zuckte zusammen und rechnete schon damit, dass ein wütender Mann an der Tür auftauchen und sie beschimpfen würde. Eine Minute verging, und dann hörten sie Schritte, die sich der Tür näherten. Kurz darauf wurde sie einen Spaltbreit geöffnet, mit noch vorgelegter Kette, und ein alter Mann schaute Violet und Jonathan an. »Wir haben genug Handtücher.«

»Ich bin nicht wegen der Handtücher hier, Sir«, sagte Jonathan lächelnd.

»Wir hatten uns gefragt, ob wir uns das Bild in Ihrem Zimmer vielleicht kurz mal ansehen könnten«, warf Violet ein. Der alte Mann musterte sie misstrauisch, und sie wollte verhindern, dass er die Rezeption anrief und sie aus dem Hotel werfen ließ. Es war völlig egal, wie viele Zimmer Jonathan mietete, wenn sie andere Gäste belästigten, würde man sie trotzdem vor die Tür setzen.

Der Mann schüttelte den Kopf und wollte schon wieder die Tür schließen.

Jonathan schob einen Fuß in den Spalt. »Ich zahle Ihnen zehntausend Dollar, wenn Sie uns das Bild geben, das in Ihrem Zimmer an der Wand hängt.«

Der Mann riss die Augen auf.

»Das macht er wirklich«, bestätigte Violet. »Er ist stinkreich. Versprochen. Zeig es ihm, Jonathan.«

Sofort zog Jonathan die Geldklammer aus der Hosentasche und schwenkte sie in der Luft herum.

Der alte Mann starrte sie noch kurz an und streckte dann eine Hand aus. Jonathan zog seinen Fuß aus der Tür und reichte ihm ein Bündel Geldscheine. Die Tür fiel ins Schloss, und Violet war kurz besorgt. Was, wenn er einfach nicht mehr aufmachte?

Aber einen Augenblick später wurde die Tür wieder geöffnet, und Violet und Jonathan lächelten den alten Mann nervös an, der nur ein Unterhemd und alte Boxershorts trug. Auf dem Bett saß seine Frau, die im selben Alter sein musste, in einem geblümten Bademantel und hatte eine Fernbedienung in der Hand.

Er bedeutete Violet und Jonathan, dass sie reinkommen sollten.

»Wir wollen nur das Bild«, versicherte ihm Violet schnell. Das war vielleicht eine seltsame Situation.

»Nehmen Sie es«, erwiderte der Alte. »Es ist sowieso hässlich.«

»Vielen Dank«, sagte Jonathan und trat zum Bett. Violet biss sich auf die Innenseite der Wange, um ja keine Miene zu verziehen, als Jonathan das Bild von der Wand nahm, dem Paar zunickte und das Zimmer wieder verließ. Sie folgte ihm und kämpfte gegen ihre Aufregung an. Jonathans Miene war undurchdringlich und sein Gesicht wie versteinert, als sie zum Fahrstuhl gingen.

Nachdem sich die Türen geschlossen hatten, drehte er sich zu ihr um und grinste sie an. »Das lief gut.«

Sie schnaubte, wrang die Hände und starrte das Bild an. »Abgesehen davon, dass du dein Geld los bist, hast du wohl recht.«

»Das war doch nur Kleingeld.«

Für ihn vielleicht. Für den Rest der Welt war es schon eine bedeutsame Summe. Sie schüttelte den Kopf und konzentrierte sich auf das Bild. »Steht irgendwas auf der Rückseite?«

»Ich konnte noch nichts entdecken. Wir werden es auseinandernehmen, sobald wir auf meinem Zimmer sind. Unserem Zimmer«, korrigierte er sich. »Ich möchte, dass du ab sofort bei mir wohnst.«

Das war ziemlich selbstherrlich von ihm. »Du hast mich noch gar nicht gefragt, ob ich das auch will«, erwiderte sie leichthin.

»Das liegt nur daran, dass du mir gehörst und ich vorhabe, dich stundenlang zu lecken, um sicherzustellen, dass du diese Tatsache auch verinnerlicht hast«, erwiderte er und sah sie besitzergreifend an.

Okay, sie war überzeugt. »In Ordnung.« Sie fächelte sich mit einer Hand Luft zu, da ihr plötzlich ganz heiß wurde.

Der Fahrstuhl pingte, und sie waren wieder auf ihrer Etage. Violet wäre am liebsten ins Zimmer gerannt, da sie es kaum erwarten konnte, aber sie zwang sich, langsam neben Jonathan herzugehen, der es überhaupt nicht eilig zu haben schien.

Aber als sie wenige Augenblicke später in seinem Zimmer waren, legte Jonathan das Bild aufs Bett, das fast identisch mit dem war, das an ihrer Wand hing. Darauf war die ländliche Szene aus einem anderen Winkel abgebildet, mit dem Mühlrad im Vordergrund.

»Das muss es sein«, meinte Violet aufgeregt.

Jonathan drehte das Bild um und tastete die Papprückseite ab. »Mal sehen, ob man das abnehmen kann.«

Violet sah nervös zu, wie er die Rückseite langsam löste und schließlich entfernte. Auf der Unterseite des Bildes klebten zwei Umschläge, auf denen jeweils ein Wort stand. Die Handschrift kannten sie bereits. *Violet. Jonathan.* Ein Umschlag für jeden von ihnen.

»Das ist es«, hauchte Violet. Sie griff nach dem Umschlag mit ihrem Namen und strich mit den Fingern über die Schrift ihres Vaters. Auf der Rückseite konnte sie das Wachssiegel ertasten. Er hatte sich mit alldem so viel Mühe gemacht, und sie verstand es einfach nicht. Ihrer Erfahrung nach war ihr

Vater ein Mann, den außer seinen eigenen Wünschen kaum etwas interessierte. Dass er all dies eingefädelt hatte, damit sie es – mit Jonathan an ihrer Seite – nach seinem Tod entdeckte, verwirrte sie. Sie fragte sich, ob sie am Ende der Schatzsuche nur die Stele und die Tagebücher finden würden oder etwas noch Wichtigeres.

Jonathan nahm seinen Umschlag heraus. »Möchtest du deinen zuerst aufmachen?«

Sie strich mit einem Finger über den Rand des dicken Umschlags und zögerte trotz ihrer Neugier. »Ich wette zehn Dollar, dass darin noch ein Gedicht ist«, sagte sie zu ihm und versuchte, scherzhaft zu klingen, was ihr jedoch nicht gelang. Aus irgendeinem seltsamen Grund war sie auf einmal sehr emotional. War dies möglicherweise der letzte Umschlag? Somit wäre er auch die letzte Verbindung zu ihrem Vater. Einem Mann, dem sie nie besonders nahegestanden hatte, der sie jedoch nach seinem Tod in diese Sache mit reingezogen hatte – ebenso wie Jonathan.

Sie wusste einfach nicht, was sie davon halten sollte. Sie wappnete sich, brach das Wachssiegel, zog den Brief heraus und begann zu lesen.

»Ich lief in den Garten der Liebe
Und sah, was ich noch nie gesehen:
Eine Kapelle, erbaut in der Mitte,
Wo ich als Kind pflegte zu gehen.

Und die Tore der Kapelle waren verschlossen,
»Du darfst nicht« stand über den Pforten;
So wandte ich mich in den Garten der Liebe,
Der voll war von süßen Blumensorten.

Und ich sah, dass er voller Gräber war,
Und Grüfte, alle Blumen vergangen:
Priester in schwarzen Roben gingen umher,
Banden Dornen um mein Glück und Verlangen.«

Sie blinzelte, als sie alles gelesen hatte. »Wow. Das ist ja … finster.« Dann sah sie Jonathan an. »Was denkst du?«

Er verzog den Mund. »Hört sich ganz danach an, als ginge es um den Verlust der Liebe.«

Natürlich tat es das. War dies ein weiterer Schlag, den ihr Vater ihnen noch nach seinem Ableben versetzte? Violet sah sich die Schrift genauer an, konnte aber keine dickeren oder ungewöhnlichen Buchstaben erkennen. Sie schüttelte den Kopf, faltete den Brief zusammen und steckte ihn wieder in den Umschlag. »Ich weiß nicht, was ich davon halten soll.«

»Vielleicht ergibt es zusammen mit meinem Brief ja mehr Sinn«, schlug Jonathan vor. Er riss seinen Umschlag auf und zog das Blatt Papier heraus. Nachdem er es schnell überflogen hatte, räusperte er sich.

»Was ist?«, wollte Violet wissen, die die Luft angehalten hatte. »Was steht da?«

Er reichte ihr wortlos den Brief.

Sie riss ihm das Blatt aus der Hand und las: *Unter meinem Grabstein befindet sich ein Riegel, mit dem man ein Geheimfach öffnet. Dort findet ihr die Antworten, die ihr sucht.*

Violet wurde eiskalt, und sie bekam eine Gänsehaut. Er schickte sie zu seinem Grab? Er war in Detroit begraben. Zu Hause. Er hatte sie nach England, New Mexico und Griechenland geschickt … damit sie wieder nach Hause fuhren? »Das verstehe ich nicht.«

»Violet«, sagte Jonathan leise und streichelte ihren rechten Arm. »Geht es dir gut?«

»Ich weiß nicht«, antwortete sie. Sie wusste es wirklich nicht. Sie wurde aus ihren Gefühlen nicht schlau. Einerseits war sie unglaublich wütend, andererseits aber auch enttäuscht. »Er schickt uns um die halbe Welt, nur damit wir nach Detroit zurückkehren? Was soll das? Warum hat er uns denn nicht gleich dahin gelotst?«

»Vielleicht hatten die ganzen Orte und Gedichte etwas zu bedeuten, oder er wollte uns damit etwas mitteilen.«

Sie schürzte wütend die Lippen. »Jedes Gedicht klang irgendwie so, als würde er mich schelten, weil ich eine schlechte Tochter gewesen bin, die ihren lieben alten Vater ignoriert hat. Wenn das seine Botschaft ist und ich mich deswegen schämen soll, dann muss ich ihn leider enttäuschen.«

»Mach dir nicht so viele Gedanken«, besänftigte Jonathan sie und legte ihr den Arm um die Schultern. »Wir werden es schon herausfinden, sobald wir bei seinem Grab sind. Laut der Nachricht bekommen wir dort alle Antworten.«

Sie entzog sich seinem Arm und schüttelte den Kopf. »Ich will da nicht hin.«

»Was?«

»Das ist doch pure Manipulation. Das Ganze hier.« Sie deutete auf die Briefe. »Das ist nur wieder eins seiner dummen Spiele. Was werden wir am Ende finden? Eine Abschrift seiner Lieblingsvorlesung? Sein Lieblingsbuch?«

»Ich hoffe eher auf meine Stele«, erwiderte Jonathan leise. »Seine Notizen wären ein schöner Bonus, aber vor allem möchte ich die Stele zur Ausgrabungsstätte nach Cádiz zurückbringen.«

Sie schüttelte den Kopf. Nach dem ganzen emotionalen

Tumult zwischen ihr und Jonathan und nachdem sie von einem Land ins nächste gereist waren, fand sie jetzt heraus, dass ihr Vater von ihr verlangte, sein Grab zu besuchen? Sie fühlte sich, als hätte er sie wieder einmal nach seiner Pfeife tanzen lassen. »Ich will da nicht hin.«

»Ich werde bei dir sein, Violet«, versprach Jonathan ihr. »Es ist in Ordnung. Er kann dir nicht mehr wehtun. Wir sind wieder zusammen. Als hätte es die letzten zehn Jahre nie gegeben.«

Es war wie ein Schlag ins Gesicht.

Als hätte es die letzten zehn Jahre nicht gegeben? Und ob es sie gegeben hatte. Violet wurde auf einmal eiskalt, und selbst ihr Herz schien zu gefrieren. »Aber es hat die letzten zehn Jahre gegeben. Das können wir nicht ändern.«

»Sie sind jetzt nur noch eine schlimme Erinnerung.«

Sie zuckte zusammen. Für sie waren diese Jahre nicht nur eine schlimme Erinnerung. Verdammt noch mal! Er hatte ihr hinterhergetrauert und ein schönes Leben geführt, während sie sich erst eins aus den Trümmern aufbauen musste.

Er mochte sich die letzten zehn Jahre zwischen seinen archäologischen Ausgrabungen und Reisen um die Welt nach ihr gesehnt haben, aber sie hatte die Hölle durchlebt. Sie war durch die Hölle gegangen ... und als starker, unabhängiger Mensch wieder herausgekommen. Sie kannte den Unterschied zwischen Liebe, Lust und Leidenschaft.

Und sie würde die letzten zehn Jahre nicht einfach vergessen, nur weil sie Jonathan im Moment begehrte.

Vor zehn Jahren hatte Violet DeWitt Jonathan Lyons gebraucht, aber er hatte sie im Stich gelassen. Die neunundzwanzigjährige Violet DeWitt brauchte niemanden mehr.

Und selbst nach zehn Jahren verstand Jonathan Lyons sie noch immer nicht.

Ruhig faltete sie den Brief zusammen, steckte ihn in den Umschlag und reichte diesen Jonathan. »Nur weil du nicht an die letzten zehn Jahre denken möchtest, bedeutete das noch lange nicht, dass es sie nicht gegeben hat. Sie sind kein Fehler, den du einfach ausradieren kannst. Du kannst nicht so tun, als hätte es sie nie gegeben. Sie sind passiert, und wir müssen daraus lernen.«

Als sie diese Worte aussprach, stiegen erste Gewissensbisse in ihr auf. Vor zehn Jahren hatte sie in Jonathans Bett gelegen und war danach schwanger und allein zurückgeblieben. Jetzt deutete alles darauf hin, als wollte sie denselben Fehler ein zweites Mal machen.

»Violet, das ist doch nicht das, was ich gemeint habe ...« Er streckte eine Hand nach ihr aus.

Sie entzog sich ihm und stand auf. »Ich muss nachdenken, Jonathan.«

Er sprang ebenfalls auf und lief ihr nach, als sie zur Tür ging. »Wo willst du denn hin?«

»Zurück in mein Zimmer.«

»Damit du nachdenken kannst? Worüber denn?«

Sie sah ihm ruhig ins Gesicht. »Vielleicht werde ich über die vergangenen zehn Jahre nachdenken, die es für mich nämlich definitiv gegeben hat.«

»Du weißt, dass ich das nicht so gemeint habe, Violet ...«

»Eigentlich weiß ich das nicht.« Ihre Stimme klang eisig. »Ich weiß, dass ich vor zehn Jahren einen Fehler gemacht habe, als ich mit dir ins Bett gegangen bin, Probleme bekommen habe und damit gerechnet habe, dass du mich retten würdest. Doch das hast du nicht getan, und ich musste auf die harte Tour lernen, dass man sich nur auf sich selbst verlassen kann. Und jetzt, zehn Jahre später, bin ich fast in derselben Lage wie zuvor, und ich bin nicht gerade stolz darauf.«

Jonathans Züge waren wie versteinert. »Violet«, hauchte er. »Ich liebe dich. Daran hat sich nichts geändert …«

Sie tätschelte ihm sanft die Brust. »Du hast dich vielleicht nicht geändert, Jonathan, ich aber schon. Und jetzt brauche ich Zeit zum Nachdenken.«

Sie drehte sich zur Tür um und wollte sie öffnen, aber Jonathan legte eine Hand auf ihren Arm. »Bitte geh nicht, Violet.« Seine Stimme klang schmerzverzerrt. »Es tut mir leid, was ich gesagt habe. Ich wollte nicht …«

»Ich weiß«, unterbrach sie ihn. »Ich weiß, dass du es nicht so gemeint hast. Aber ich bleibe dennoch dabei: Dir macht es nichts aus, die letzten zehn Jahre zu vergessen, mir aber schon. Ich kann nicht wieder zu dem Mädchen werden, das ich damals gewesen bin. Und ich muss wissen, dass du die Frau willst, die ich heute bin.«

»Das tue ich …«

Sie lächelte ihn sanft an. »Und ich muss herausfinden, ob ich noch dieselben Dinge will wie vor zehn Jahren.« Sie entzog sich ihm. »Ich muss nachdenken, Jonathan. Gib mir einfach ein bisschen Zeit, ja?«

Damit drehte sich Violet um und ließ ihn stehen. Jonathan folgte ihr nicht, und sie wusste nicht, ob sie sich darüber freuen oder enttäuscht sein sollte.

*

Als hätte es die letzten zehn Jahre nie gegeben.

Sie sind jetzt nur noch eine schlimme Erinnerung.

Diese beiden Zeilen hallten immer wieder durch Violets Kopf wie eine Schallplatte in einer Endlosschleife. Sie lag den Rest des Tages auf dem Rücken in ihrem Bett, bewegte sich nicht und starrte die Decke an, während sie nachdachte.

Sie dachte an Jonathan, den Jonathan aus der Vergangenheit und den aus der Gegenwart. Sie dachte an ihren Vater und seine manipulativen Spiele. Sie dachte an das Baby, das sie vor zehn Jahren verloren hatte. Sie dachte an ihren Job in Detroit, an ihre Schüler, ihre Freunde und ihre Kollegen.

Jonathan wollte so tun, als hätte es die Vergangenheit nie gegeben, aber das konnte sie nicht. Und es schmerzte sie, dass er so etwas auch nur vorschlug. Sie hatte Fehler gemacht und daraus gelernt, war daran gewachsen. Klüger, stärker, zäher geworden. Man hatte sie verletzt, sie hatte geweint und schließlich daraus gelernt.

Sie konnte nicht wieder zu dem Mädchen werden, das sie vor zehn Jahren gewesen war, und das wollte sie auch gar nicht.

Allein, dass Jonathan sie darum bat, verletzte sie bis ins Innerste.

Er kannte sie überhaupt nicht, wenn er so etwas sagen konnte. Aber er hatte auch nicht wie sie diesen schmerzhaften Verlust durchmachen müssen. Sie hatte sowohl um ihre Beziehung als auch um das Baby getrauert. Seine Worte ließen sie daran zweifeln, ob er jemals das Gefühl gehabt hatte, sie verloren zu haben, oder ob er sie doch nur vorübergehend abgeschrieben hatte.

Und jetzt, wo sie ein paar Wochen zusammen verbracht hatten, erwartete er, dass sie einfach wieder mit ihm ins Bett ging und Teil seines Lebens wurde, als wäre nie etwas vorgefallen?

Sie musste sich eingestehen, dass es idiotisch gewesen war, mit ihm zu schlafen, daher war sie nicht ganz unschuldig an der Situation. Obwohl sie es genoss, mit Jonathan zusammen zu sein, insbesondere den Sex, war sie sich noch immer nicht sicher, was sie über diese Lücke in ihrer Beziehung denken sollte. Der Sex war super, aber was war Sex ohne Liebe? Jonathan behauptete, sie zu lieben, aber sie … sie wusste es einfach nicht.

Sie wusste eigentlich überhaupt nichts mehr.

14

Nachdem sie sich stundenlang gequält hatte, traf Violet eine Entscheidung.

Sie packte in Ruhe ihre Taschen und zog sich für den Rückflug an. Dann bestellte sie sich telefonisch ein Flugticket, rief sich ein Taxi, und als sie es nicht länger hinauszögern konnte, ging sie zu Jonathans Zimmer.

Ihr Herz schmerzte und schien wie ein Stein in ihrer Brust zu liegen. Noch an diesem Morgen war sie glücklich gewesen, so unglaublich töricht glücklich. Aber dieses Glück war äußerst fragil, und es hatte nur einen beiläufigen Kommentar von Jonathan gebraucht, damit sie begriff, wie wenig sie voneinander wussten.

Und sie war zu verantwortungsbewusst, um sich Hals über Kopf in eine weitere unglückliche Beziehung zu stürzen, die für sie nur schmerzhaft und mit Leere enden konnte. Da war es besser, jetzt gleich einen Schlussstrich zu ziehen, solange sie das noch konnte. Wenn sie erst einmal tiefer in der Sache drinsteckte, wäre ihr das vielleicht gar nicht mehr möglich.

Violet schob sich das Haar hinter die Ohren, drückte ihre Handtasche an sich und klopfte an Jonathans Tür. Sie hörte, wie er zur Tür gerannt kam und sie aufriss. Er stand mit zerknittertem T-Shirt, zerzaustem Haar und müdem Gesicht vor ihr und schien in wenigen Stunden um Jahre gealtert zu sein.

»Violet«, murmelte er und hielt ihr die Tür auf. »Komm doch rein.«

»Das kann ich nicht«, erwiderte sie leise. Ihr Herz zog sich zusammen, und sie kämpfte gegen die Tränen. »Ich bin nur hier, um mich von dir zu verabschieden.«

»Nein«, hauchte er. Er kniff die Augen zusammen, die auf einmal hart wurden. »Nein, Violet. Tu mir das nicht an.« Er griff nach ihr, als wollte er sie festhalten, hielt dann jedoch inne, als hätte er gemerkt, dass sie sich ihm entziehen würde. »Violet, bitte. Lass uns darüber reden …«

»Es gibt nichts zu bereden, Jonathan. Ich … Es war ein Fehler, hierherzukommen. Ich habe zugelassen, dass ich in diese Sache verwickelt wurde, und jetzt ist es Zeit, dass ich nach Hause fahre und mein normales Leben weiterführe, bevor ich zu tief hineingezogen werde. Es war schön, dich zu sehen, aber ich kann das nicht.«

»Wir müssen nicht zum Grab deines Vaters gehen«, sagte er rasch und sah sie ernst an. »Wir können vergessen, dass er diese blödsinnige Schatzsuche angezettelt hat. Bleib einfach bei mir. *Bitte*.«

Sie schüttelte den Kopf und machte einen Schritt nach hinten. »Mach es nicht schwerer, als es ohnehin schon ist …«

»Ich mache es schwerer?« Er lachte, und das Geräusch klang hart und hässlich. »Mir kommt es eher so vor, als würde es dir sehr leichtfallen, mich zu verlassen. Dies ist das zweite Mal, dass die Sache ernst wird, und wieder ziehst du den Kopf ein und rennst weg.«

»Das ist nicht fair.« Sie drückte ihre Handtasche an ihre Seite, als wäre sie ein Rettungsring.

»Mir ist scheißegal, ob das fair ist, Violet. Ich liebe dich.« Seine Stimme klang gepeinigt, und sie konnte den Schmerz in seinem Gesicht kaum ertragen. »Ich habe dich immer geliebt. Daran hat sich nie etwas geändert.«

»Aber *ich* habe mich verändert, Jonathan. Und ich glaube,

in dieser Hinsicht sind wir unterschiedlicher Meinung. Ich habe mich verändert, aber du hast es nicht mitbekommen.« Sie lächelte ihn entschuldigend und traurig an.

»Du gibst mir ja nicht einmal eine Chance. Verdammt, Violet, gib mir doch wenigstens eine Chance!«

Ihr war durchaus bewusst, dass sie ihm diese Chance verweigerte. Aber sie wusste auch, dass es gar nicht nötig war, da ohnehin klar war, wie die Sache ausgehen würde. »Gehen wir mal davon aus, ich würde es tun. Stellen wir uns mal vor, ich würde mit dir ins Bett hüpfen und wir hätten unseren Spaß. Was dann?«

Er runzelte die Stirn. »Was meinst du?«

»Ich möchte wissen, was dann mit uns passieren würde.«

Seine Miene wirkte verzweifelt. »Was immer du willst. Es ist mir egal, Violet, solange wir zusammen sind. Das ist alles, was für mich wichtig ist.«

»Okay, aber du hast ein Leben und du hast Freunde. Ebenso wie ich. Du unterstützt archäologische Ausgrabungen und leitest ein Automobilunternehmen. Ich unterrichte an einer Schule. Du lebst in New York, nicht wahr? Ich in Detroit. Das passt alles nicht zusammen. Wann würden wir einander sehen?«

Er klappte den Mund auf, machte ihn jedoch sofort wieder zu und kniff die Augen zusammen, als witterte er eine Falle.

Sie hob eine Hand, um sich stillschweigend zu entschuldigen. »Ich weiß. Es gibt keine korrekte Antwort darauf. Du kannst dein Unternehmen und deine Projekte nicht einfach aufgeben, um bei mir zu sein, während ich unterrichte, und ich kann die Schule und meine Schüler nicht einfach verlassen, damit ich deine Freundin sein kann.«

»Violet ...«

Sie schüttelte den Kopf. »Begreifst du es denn nicht? Wir haben uns weiterentwickelt. Wir leben in unterschiedlichen Welten.«

»Das sehe ich völlig anders«, sagte er und wurde immer lauter. »Aber ich sehe, dass du wieder versuchst, mich auszuschließen ...«

»Das stimmt doch gar nicht ...«

»Du lässt mich ja nicht einmal ausreden«, fauchte er. »Tust du das, weil dir nicht gefallen wird, was ich zu sagen habe? Weil es sicherer ist, einfach zu beschließen, dass du dir eine Meinung über mich gebildet hast und dein Leben ohne mich weiterleben willst?«

Sie klappte den Mund zu und starrte ihn an, während sie immer ärgerlicher wurde. Als sie an seine Tür gekommen war, war sie traurig gewesen, und jetzt wollte er den Spieß einfach umdrehen? Da er jedoch nichts mehr sagte – und sie durfte ihn ja auf keinen Fall unterbrechen –, seufzte sie leise. »Ich bin nicht hergekommen, um mich mit dir zu streiten ...«

»Nein, du bist nur hier, um mich zu verlassen.« Er fuhr sich mit einer Hand durch das Haar und sah so gequält aus, dass ihr kurz Zweifel kamen. »Violet, bitte. Was immer du willst, ich werde es arrangieren. Ich will dich nur nicht noch einmal verlieren.«

Sie zwang sich zu einem Lächeln. »Wie sagt man doch so schön: Wenn du jemanden liebst, lass ihn gehen?«

»Tu das nicht«, stieß er gepeinigt hervor und drehte den Kopf zur Seite.

»Es tut mir leid, Jonathan. Ich ... Ich kann das einfach nicht. Ich kann mein Glück nicht in die Hände eines anderen Menschen legen. Es muss aus meinem Inneren kommen.«

»Du machst mich glücklich, Violet.«

Er sah aus, als wäre er den Tränen nahe, und ihr Herz wurde noch schwerer. Das machte das, was sie noch zu sagen hatte, nicht einfacher. »Das mag sein, aber ich weiß nicht, ob ich dasselbe empfinde.«

Jonathan schloss die Augen. »Lass mich versuchen, dich glücklich zu machen. Bitte, Violet. Gib mir wenigstens eine Chance.«

Sie schüttelte den Kopf. »Leb wohl, Jonathan. Komm mir nicht hinterher, hörst du? Lass mich gehen.«

Bevor er noch etwas sagen konnte, beugte sie sich vor, gab ihm einen flüchtigen Kuss auf die Wange, drehte sich dann um und lief zum Fahrstuhl. Sie wusste, dass sie es bereuen würde, wenn sie sich jetzt umdrehte. Wenn sie den Schmerz in seinen Augen sah, würde er die Qualen, die sie gerade durchmachte, noch verschlimmern. Aber sie wusste auch, dass sie das überstehen konnte. Sie hatte es einmal geschafft und konnte es wieder tun.

Als sie den Fahrstuhl betrat, hörte sie hinter sich eine Lampe an einer Wand zerschellen.

*

Violet war gegangen. Sie hatte ihn wieder einmal verlassen. Auch wenn sie behauptete, es wäre für sie beide das Beste, kannte er die Wahrheit: Violet hatte Angst, daher lief sie wieder fort.

Komm mir nicht hinterher, hörst du? Lass mich gehen.

Großer Gott! Er ballte die Fäuste und atmete schwer, während er nach dem nächsten Objekt Ausschau hielt, das er werfen konnte. Der Fernseher stand in der Nähe, und so packte er ihn und schleuderte ihn gegen die Wand. Als die Scherben auf den Teppich fielen, empfand er eine grimmige Freude.

Scheiß auf alles!

Eine ebenso kleine wie wunderschöne Frau, die er von ganzem Herzen liebte, hatte ihm gerade das Herz aus der Brust gerissen und war darauf herumgetrampelt. Jemand, den er nicht glücklich machte. Das nagte mehr an ihm als alles andere. *Er konnte sie nicht glücklich machen.* Selbst wenn sie bei ihm geblieben wäre, wäre sie unglücklich gewesen.

Er konnte ihre Liebe nicht zurückgewinnen, da sie ihn nun einmal nicht liebte.

Violet hatte nicht einmal den Versuch gewagt. Er hatte geglaubt, sie würde ihre Mauer aufgeben und ihn in ihr Herz lassen. Stattdessen hatte sie einfach dichtgemacht und ihn ausgeschlossen, als würde sie nicht das Geringste für ihn empfinden. Als wäre er für sie nicht existent.

Dagegen konnte er nichts tun. Er war hilflos. Sie wollte nicht einmal, dass er ihr folgte.

Sie wollte ihn nicht.

Mit einem wutentbrannten Schnauben fuhr er mit den Händen über die Kommode und warf alles, was darauf lag, zu Boden.

*

Ohne Violets wunderschönes, lächelndes Gesicht an seiner Seite war Dr. DeWitts posthume Schatzsuche für Jonathan bedeutungslos. Er verließ Santorin und flog zu seinem neuesten Projekt, der Ausgrabungsstätte in Cádiz, aber selbst die enthusiastischen Berichte des archäologischen Teams konnten die dunkle Wolke über seinem Kopf und seine Apathie nicht vertreiben.

Nachdem er sich zwei Tage in Spanien aufgehalten hatte, reiste er zurück nach New York, um sich in die Arbeit zu stürzen. Zwar hatte Lyons Motors einen äußerst fähigen Aufsichtsrat, und sein Privatunternehmen lief auch ohne die Einmischung seines Besitzers reibungslos, aber er versuchte sich von Zeit zu Zeit gern an einem neuen Projekt. Dieses Mal schlug er vor, ein neues Automodell zu entwickeln, mit dem sie auf einem anderen Markt Fuß fassen konnten. Damit wollte er sich ablenken, aber es klappte nicht. Er berief Meetings ein und traf sich mit den Ingenieuren und Designern, um sich ihre begeisterten Vorschläge anzuhören, in der Hoffnung, dass der Funke auch auf ihn übersprang.

Doch es war sinnlos. Was er auch tat, er konnte Violets ausdruckslose Augen und ihren viel zu ruhigen Gesichtsausdruck einfach nicht vergessen. Ebenso wenig wie die Art, auf die sie ihn effizient aus ihrem Leben entfernt hatte.

Beim letzten Mal hatte sie ihn angefleht, sie nach Hause zu begleiten. Dieses Mal verließ sie ihn anscheinend schon, bevor er ihr erst wehtun konnte. In den zehn Jahren, die sie getrennt gewesen waren, hatte Violet gelernt, jeden von sich wegzustoßen. Noch an jenem Morgen war sie rundum glücklich mit ihm gewesen, doch als sie die Briefe ihres Vaters fanden, hatte sie ihn ausgeschlossen und aus ihrem Leben verbannt.

Das Traurige war, dass er nachvollziehen konnte, warum sie ihn wegstieß. Er wusste, dass sie sowohl von ihrem Vater als auch von ihm sehr verletzt worden war und dass sie Angst hatte, wieder verletzt zu werden. Aber wie konnte er ihr beweisen, dass er ihr nicht wehtun würde, wenn sie gar nicht erst den Versuch wagte, ihn in ihr Leben zu lassen?

Er konnte nachts nicht schlafen, weil er sich danach sehnte, sie neben sich zu spüren. Tagsüber konnte er sich nicht konzentrieren, weil er sich immer fragte, was Violet gerade machte. Ging es ihr ebenso elend wie ihm? Oder war sie längst wieder in ihre alte Routine zurückgeschlüpft und hatte ihr Herz hinter einer dicken Panzerung verschanzt? Oder weinte sie und war unglücklich, weil sie ihn lieben wollte, aber gleichzeitig Angst davor hatte? Was war, wenn die Kondome und die Pille versagt hatten und sie aus irgendeinem Grund erneut schwanger geworden war? Wenn er sie wieder im Stich gelassen hatte?

Wenigstens ein Dutzend Mal am Tag nahm er den Telefonhörer in die Hand und rief sie dann doch nicht an. Damit würde er sie nur belästigen, schließlich hatte sie selbst gesagt, dass er keinen Kontakt zu ihr aufnehmen sollte. Sie hatte seine Nummer und wusste, wie sie ihn erreichen konnte. Das sagte er sich immer wieder, und falls es ein Problem gab oder sie ihn sprechen wollte, dann würde sie anrufen.

Aber Violet rief nicht an, und Jonathan musste sich eingestehen, dass es vielleicht doch eine einseitige Liebe gewesen war. Möglicherweise hatte er Violet mehr geliebt als sie ihn.

Die Liebe eines Menschen reichte vermutlich nicht aus für eine Beziehung.

*

»Du siehst scheiße aus, Mann!«, rief Reese, als sich Jonathan auf seinen angestammten Platz am Pokertisch setzte.

»Die Geschäftsbesprechung hat länger gedauert«, behauptete er mit tonloser Stimme, nahm sein leeres Glas und erhob es ebenso wie die anderen fünf Männer, als sie die Besprechung der Bruderschaft eröffneten. *»Fratres in prosperitatum«*, sagten sie gemeinsam. Sie hatten auf ihn gewartet, bevor sie ihr wöchentliches Treffen einläuteten.

»Dieses Treffen der Bruderschaft ist hiermit eröffnet«, sagte Logan. »Euren Einsatz bitte.« Er teilte die Karten aus, und die Männer setzten sich an den Tisch, um einen Abend lang Karten zu spielen, Zigarren zu rauchen und über Geschäfte zu reden.

Jonathan stellte sein leeres Glas ab und schob es an den Rand des Tisches. Normalerweise trank er beim Kartenspielen gern mal einen Scotch, aber seitdem er Violets entsetzte Miene gesehen hatte, als er sich sinnlos betrunken hatte, konnte er dem Alkohol nichts mehr abgewinnen. Nicht, dass das jetzt noch von Bedeutung war, wo Violet ihn aus ihrem Leben verbannt hatte. Er betrachtete das Glas und schüttelte dann den Kopf. Ihm war es trotz allem wichtig, abstinent zu bleiben.

»Ganz im Ernst, du siehst schrecklich aus«, sagte Reese und kaute auf einer teuren Zigarre herum, während er nach seinen Karten griff. »Ist alles in Ordnung?«

»Alles bestens«, erwiderte Jonathan angespannt und hoffte, dass die Unterhaltung damit beendet war.

»Du müsstest doch gute Laune haben«, fiel Hunter ein, dessen Stimme wie immer rau und heiser klang. Der vernarbte Milliardär saß Jonathan direkt gegenüber, und zur Abwechslung hockte seine Verlobte mal nicht auf seinem Schoß. »Keine Frauen heute.«

Jonathan schnaubte, um die Eifersucht zu verbergen, die in ihm aufstieg. Es machte ganz den Anschein, als hätten alle seine Freunde im letzten Jahr eine Partnerin gefunden. Ihre wöchentlichen Treffen wurden regelmäßig von Reeses frisch Angetrauter, Hunters Verlobter und Logans Zukünftiger gestört. Selbst Griffin, dieser steife Mistkerl, hatte sich vor Kurzem verlobt und neigte dazu, sich von seiner Freundin mit den krausen Haaren gängeln zu lassen. Wenn er Griffins Miene richtig deutete, war der Mann auch noch glücklich dabei. Der letzte Single in ihrer Gruppe war Cade.

Er runzelte die Stirn. Und er selbst. Er war immer noch Single, auch wenn sein Herz bis in alle Ewigkeit Violet gehörte.

Die Pokerrunden vergingen mit altbekannten Diskussionen. Jonathan schwieg die meiste Zeit, erwähnte allerdings die neue Roadster-Serie, die er entwickelte, als er an der Reihe war und die anderen über seine letzten Geschäftsereignisse zu informieren hatte. Dennoch war er abgelenkt.

Violet ging ihm einfach nicht aus dem Kopf. Bereute sie ihre voreilige Abreise? Oder dachte sie schon gar nicht mehr daran? So, wie er Violet kannte – und er glaubte, sie zu kennen –, verdrängte sie alle Gefühle und verbarrikadierte sie in ihrem Inneren, bis sie nichts mehr empfand. Sie würde einfach ihr Leben fortsetzen, gepanzert und zu einem Eisblock erstarrt, bis irgendetwas sie aus der Fassung brachte. Dann explodierte sie allerdings, fing an zu weinen und fühlte sich hundeelend.

Bei diesem Gedanken zog sich sein Herz noch mehr zusammen. Er war nicht einmal sauer, dass Violet ihn von sich wegstieß, sondern fürchtete sich eher vor dem Tag, an dem sie endgültig die Kontrolle verlor und zusammenbrach, weil er derjenige sein wollte, der sie dann tröstete. Sie brauchte eine Schulter, an der sie sich ausweinen konnte, selbst wenn es seine war.

Irgendwann gegen Mitternacht warf Jonathan seine letzten Chips in die Tischmitte. »All in.« Er wusste, dass er schlechte Karten hatte, und er hatte schon die ganze Nacht leichtsinnig gespielt und ein kleines Vermögen verloren. Nicht, dass es ihm wichtig war. Er wollte nur noch hier weg. Er wollte nach Hause, seine Wunden lecken und noch etwas den Verlust von Violet betrauern.

Ihm war selbst klar, dass er an diesem Abend ein schlechter Gesellschafter war.

Als Cade das Spiel gewann, freute er sich. »Damit bin ich raus«, meinte Jonathan und schnitt eine Grimasse. »Auch gut. Es wird sowieso Zeit, dass ich nach Hause komme.« Er stand auf, verabschiedete sich von seinen Freunden und eilte die Treppe hinauf und durch den Klub zu seinem reservierten Parkplatz.

»Warte«, rief jemand hinter ihm, als er schon die Wagenschlüssel aus der Hosentasche zog.

Jonathan drehte sich um und starrte Cade Archer mit finsterer Miene an, der ihm nach draußen gefolgt war. Der blonde Mann hatte die Hände in die Taschen seiner hellen Jacke gesteckt und sah mit zusammengekniffenen Augen die Straße entlang, wo er vermutlich Ausschau nach seinem Fahrer und seinem Wagen hielt. Cade ging auf Jonathan zu und blieb vor ihm stehen.

»Was ist?«, erkundigte sich Jonathan.

»Ich wollte nur wissen, wie die Sache mit Violet gelaufen ist«, meinte Cade. »Ihr beide kennt euch ja schon verdammt lange.«

»Halt dich da raus.«

»So gut, ja?« Cade grinste ihn an. »Tut mir leid, das zu hören. Ich weiß, dass sie dir sehr am Herzen liegt.«

Jonathan knirschte mit den Zähnen und verkrampfte die Hand um seine Autoschlüssel. Ein Teil von ihm hätte Cade am liebsten geschlagen – ausgerechnet Cade, den liebenswürdigsten Menschen, den es gab –, während ein anderer ihm am liebsten das Herz ausschütten wollte.

»Willst du mir erzählen, was passiert ist?«, fragte Cade, als Jonathan zögerte.

»Sie hat mich wieder ausgeschlossen.«

»Wieder?«

Jonathan knirschte mit den Zähnen. »Ich dachte, du kennst die Geschichte?«

»Erzähl sie mir zuliebe noch mal.«

»Vor zehn Jahren hat mich Violet gebeten, mit ihr durchzubrennen. Ich habe abgelehnt, und sie ist ohne mich gegangen. Anscheinend hat sie mich angefleht, ihr zu folgen, aber ich habe ihre Nachricht nie erhalten. Sie war schwanger und hat das Baby verloren.« Es kam ihm vor, als würde er eine kaum verschorfte Wunde aufkratzen, als er es laut aussprach. Himmel, was war er für ein schlechter Mensch. Er hatte eine Frau wie Violet gar nicht verdient. Die nächsten Worte bekam er kaum über die Lippen. »Dieses Mal haben wir gevögelt, sie hat Angst bekommen und ist wieder abgehauen. Sie hat gesagt, ich soll ihr nicht folgen.«

»Hmmm«, war alles, was Cade dazu sagte.

Das war aber nicht das, was Jonathan hören wollte. »Was zum Teufel soll das bitte schön heißen?«

»Sie hat dich beim ersten Mal gebeten, ihr zu folgen, und du hast es nicht getan?«

»Ich wusste nicht, dass sie schwanger war. Ihr Vater hat mir erzählt, sie wäre nach Hause gegangen und hätte einen anderen geheiratet. Ich dachte ... Ich dachte, sie wäre für mich verloren.«

»Dann hast du also nicht um sie gekämpft. Hast du sie wenigstens angerufen, um dich zu erkundigen, wie es ihr geht? Um die Sache endgültig abzuschließen, damit ihr beide nach vorn sehen könnt?«

Wieder mahlte Jonathan mit dem Kiefer. »Nein. Ich war stinksauer.« Und verletzt. Und neunzehn Jahre alt und hatte mit dem Verlust meiner ersten und einzigen Liebe zu kämpfen.

»Hmmm.«

»Gottverdammt, was ist?«

»Dieses Mal hat sie Angst bekommen und dich verlassen, und du bist hier?«

Er starrte Cade wütend an. »Sie hat gesagt, ich soll ihr nicht folgen.«

Jonathans zunehmende Wut schien Cade nicht zu beeindrucken. Er schabte mit einem seiner teuren Lederschuhe über den Bürgersteig und schaute zurück zum Klub, in dem trotz der späten Stunde noch sehr viel los war. »Als ich mich mit Violet unterhalten habe, hatte ich den Eindruck, dass sie keine sehr glückliche Kindheit hatte. Sie scheint ihren Vater nicht besonders gemocht zu haben. Liege ich da richtig?«

Jonathan nickte kurz und fragte sich, worauf sein Freund hinauswollte.

»Ist dir schon einmal in den Sinn gekommen, dass Violet erwartet, von allen Menschen, die ihr etwas bedeuten, enttäuscht zu werden? Vielleicht fällt es ihr leichter, sich zurückzuziehen, als sich Mühe zu geben, damit eine Beziehung funktioniert.«

Jonathan starrte ihn einfach nur an.

»Daher habe ich mich gefragt ... Ich meine, es ist doch klar, dass sie dich wegstößt. Du hast ihr in der Vergangenheit wehgetan, und sie hat Angst davor, erneut verletzt zu werden. Mir ist allerdings nicht klar, warum du nicht um sie kämpfst.«

Auf einmal hatte Jonathan einen trockenen Mund.

Aber natürlich.

Er war ja so dämlich! Er war derart in seinem eigenen Unglück gefangen, dass ihm nicht einmal in den Sinn gekommen war, ihr zu folgen. Jetzt schien alles auf einmal so offensichtlich. Violet stieß ihn von sich weg, weil sie Angst hatte, verletzt zu werden. Beim letzten Mal war er ihr nicht gefolgt und hatte sie zehn Jahre lang nicht mehr wiedergesehen. Dieses Mal war es nur die Angst, die sie und ihn zurückhielt.

Und Jonathan musste Violet beweisen, dass er sich nicht fürchtete.

Er packte Cade am Kragen. »Du bist ein Genie, weißt du das?«

Cade grinste. »Freut mich, wenn ich helfen konnte.«

15

Violet nippte an ihrem Kaffee und musterte das neue Schild vor der Neptune Middle School, das die Arbeiter gerade anbrachten. Es entbehrte nicht einer gewissen Ironie, dass sie jetzt jeden Tag an der Jonathan Lyons Middle School arbeiten würde. Das Schicksal konnte manchmal wirklich grausam sein.

»Hey, lange nicht gesehen«, sagte jemand hinter ihr, und als sich Violet umdrehte, sah sie ihre Freundin Kirsten auf sich zukommen. »Schön, dass du wieder da bist«, meinte Kirsten grinsend und hielt einen identischen Kaffeebecher in der Hand. »Wie war der Urlaub?«

»Er war interessant«, antwortete Violet und bemühte sich um einen lockeren Tonfall. Sie trank noch einen Schluck Kaffee, um nicht mehr dazu sagen zu müssen. Kirsten gesellte sich zu ihr, und die beiden Lehrerinnen betraten die Schule.

»Tja, hier hast du nicht viel verpasst«, berichtete Kirsten und befestigte ihr braunes Haar mit einer Hand in einer Haarspange, was von jahrelanger Übung zeugte. »Weitere Besprechungen, weitere Nachsitzer, aber immerhin steht uns jetzt dank deines geheimnisvollen Wohltäters mehr Geld für das Förderprogramm in Musik zur Verfügung.«

Sie klang begeistert, aber Kirsten war auch Musiklehrerin, und für sie drehte sich alles nur um Holzblas- und Blechinstrumente. »Du bist ganz schön braun geworden. Wo seid ihr denn gewesen?«

»In Griechenland«, murmelte Violet, und als Kirsten

begeistert aufstöhnte, fügte sie hinzu: »Aber größtenteils, um Nachforschungen anzustellen.«

»Mann, Griechenland! Sag diesem Milliardär, wenn er mal eine Musiklehrerin braucht, soll er sich an mich wenden!«

Bei diesen Worten bekam Violet es mit der Eifersucht zu tun. Kirsten wäre genau Jonathans Typ, nicht wahr? Sie war quirlig, hübsch und umgänglich, so, wie Violet früher gewesen war. Wie sie es heute nicht mehr war. Wenn sie eine gute Freundin war, dann brachte sie die beiden zusammen und war gleich zwei Probleme auf einmal los. Kirsten wäre glücklich, und Jonathan würde Violet vergessen.

Aber sie sagte nichts, weil ihr allein die Vorstellung mächtig an die Nieren ging.

Das liegt nur daran, dass alles noch so frisch ist, sagte sich Violet. *Gib dir ein paar Monate Zeit, um über ihn hinwegzukommen, dann ist alles wieder gut.*

Diese Worte hatte sie sich während der letzten Woche als eine Art Mantra vorgebetet. Sie hielten sie zwar in Augenblicken der Schwäche nicht vom Weinen ab oder verhinderten, dass sie nachts aufwachte und sich wünschte, er läge neben ihr. Sie verhinderten auch nicht, dass sie schlechte Laune hatte und ihre Rückkehr in die Schule so lange wie irgend möglich hinausgezögert hatte.

Sie brauchte einfach nur Zeit, sagte sich Violet. Die Zeit heilte alle Wunden. Theoretisch zumindest. Diese jedoch war noch nicht einmal verschorft.

Daher hörte Violet zu, wie Kirsten von dem neuen Stück erzählte, das sie mit ihren Schülern einstudierte, und dass ihr einziger Tubaspieler nicht einen einzigen Ton traf, das arme Kind. Schließlich kam Violet in ihrem Klassenzimmer an, wo ihre Schüler nicht gerade erfreut waren, sie zu sehen. Ihre Vertretung hatte ihnen während Violets Abwesenheit hauptsächlich Filme gezeigt, und Violet fand, dass es nicht schaden konnte, das noch einige Tage länger zu tun. Sie legte einen Dokumentarfilm über Mumien ein, ließ sie damit allein und sah aus dem Fenster. Obwohl sie wieder zu Hause war, fühlte sich irgendwas ... anders an. Violet konnte es nicht beschreiben. Es war irgendwie falsch.

Erst als sie in der Mittagspause auf der Lehrertoilette war, dämmerte es ihr langsam. Sie saß in einer der Kabinen und hatte den Kopf in die Hände gestützt. Eigentlich musste sie gar nicht, sondern versteckte sich nur vor der Welt. Wenn sie auf der Toilette war, musste sie keine Fragen über Jonathan oder ihre Reise beantworten, wonach sich alle erkundigten. Es war nicht böse gemeint, und man konnte es Violet, die stets ein starres Lächeln beibehielt, auch nicht ansehen, dass sie nicht darüber reden wollte.

Eine Kollegin in der Nachbarkabine klopfte an die Zwischenwand. »Hast du zufällig einen Tampon dabei?«

»Ja, klar«, erwiderte Violet und griff nach ihrer Handtasche, die am Haken hing. Sie holte einen Tampon heraus und reichte ihn unter der Wand hindurch.

»Danke«, sagte die Frau auf der anderen Seite. »Diesen Monat hat es mich irgendwie überrascht.«

»Das ist mir auch schon passiert«, versicherte Violet ihr mitfühlend, doch dann erstarrte sie. Ihr Blut schien zu gefrieren. Das war es, was fehlte.

Sie hatte ihre Periode nicht bekommen.

Ihr schlug das Herz bis zum Hals, und das Geräusch war so laut, dass sie nicht mehr klar denken konnte. Ihre Gefühle spielten total verrückt. Keine Periode. Großer Gott. Mit tauben Fingern kramte sie in ihrer Handtasche herum und holte ihre Pillenpackung heraus. Doch selbst bei genauer Betrachtung schien sie die Pille an keinem Tag vergessen zu haben.

Außerdem hatten Jonathan und sie immer noch ein Kondom benutzt.

Aber … sie hatte ihre Tage nicht bekommen.

Das ist nur der Stress, sagte sie sich. *Nur der Stress. Die ganze Sache mit Jonathan belastet dich, darum kannst du nachts auch nicht schlafen. Das hat dich aus der Bahn geworfen. Du bist nicht schwanger. Nein, du bist nicht schwanger.*

Aber sie ging nach der Arbeit trotzdem in die Apotheke und kaufte einen Schwangerschaftstest. Wie in Trance fuhr sie danach in ihre Wohnung. Der Schwangerschaftstest wartete in ihrer Handtasche.

Sie musste ihn nur noch auspacken, auf das Stäbchen pinkeln, und schon wüsste sie Bescheid. Dann würde sie wissen, ob sie in derselben Lage war wie vor zehn Jahren oder ob sie sich ganz umsonst Sorgen machte.

Aber anstatt ins Bad zu gehen und sich Gewissheit zu verschaffen, setzte sich Violet auf die Couch, starrte ins Leere und dachte nach.

Dieses Mal war sie nicht außer sich vor Panik. Vielleicht lag es daran, dass sie keine Collegestudentin mehr war, sondern jetzt über mehr Stabilität und Lebenserfahrung verfügte. Was immer auch passierte, sie würde damit fertigwerden.

Wenn sie wirklich schwanger war …

Dann musste sie es Jonathan sagen. Seltsam, dass ihr Herz bei diesem Gedanken plötzlich schneller schlug. Sie hätten noch einen anderen Grund als die reine animalische Lust, um zusammen zu sein. Das würde zwar allem widersprechen, was sie ihrer Meinung nach tun sollte, aber wenn sie ein Kind bekam, dann hatten sie einen guten Grund, zum Leben des jeweils anderen dazuzugehören.

Bei diesem Gedanken schlug ihr Herz noch schneller.

Vielleicht, nur vielleicht, konnten sie es ja langsam angehen lassen, das Baby zusammen aufziehen und einander besser kennenlernen. Sie konnten neu anfangen.

Sie konnten von vorn anfangen.

Eigentlich sollte sie sich das gar nicht wünschen. Das sollte das Letzte sein, was sie wollte. Aber die Vorstellung, Jonathan an ihrer Seite zu haben, wenn sie zu den Untersuchungen ging, Jonathan, der ihren Bauch streichelte, Jonathan, der ihr Kind wieder in den Schlaf wiegte und dann zurück zu ihr ins Bett kam …

Himmel, sie wünschte sich das so sehr. Sie sehnte sich so sehr danach, dass es sie selbst überraschte. Sie hatte sich von Jonathan getrennt, damit er ihr nicht das Herz brechen konnte, aber anscheinend hatte ihr Herz bereits entschieden, dass es Jonathan wollte.

Doch sie hatte ihn weggestoßen.

Violet wrang die Hände auf dem Schoß und fragte sich, was er denken würde, wenn sie jetzt zu ihm ging und ihm sagte, dass sie schwanger war. Würde er sich darüber freuen?

Oder würde er glauben, sie wollte ihn ärgern? Bei diesem Gedanken wurde ihr das Herz schwer. Er war ein reicher, attraktiver Mann und konnte jede Frau haben, die er begehrte. Er hatte Violet gewollt, aber sie hatte ihn jetzt zum zweiten Mal abgewiesen. Vermutlich hatte er sie inzwischen aufgegeben.

Wegen ihres eigenen Verhaltens befand sie sich jetzt in derselben Lage wie vor zehn Jahren: Sie war allein, hatte Probleme und war möglicherweise schwanger. Und dieses Mal konnte sie nicht ihrem Vater die Schuld geben, weil sie Jonathan von sich weggestoßen hatte.

Dieses Mal war sie selbst schuld.

Violet presste die Fingerspitzen gegen die Lippen, und ihr wurde übel. Warum war sie so ausgeflippt, als er gesagt hatte, die letzten zehn Jahre wären bedeutungslos gewesen?

Sie hatte sich seine Erklärung nicht einmal anhören wollen. Sie hatte Jonathans sorglos dahingesagte Äußerung gehört, ihm sofort Vorwürfe gemacht und war abgereist. Jegliche Hoffnung auf eine Beziehung hatte sie auf einen Schlag zunichtegemacht. Sie hatte schlicht und einfach entschieden, dass er noch immer derselbe Idiot war, für den sie ihn gehalten hatte, und ihn abgesägt, bevor er ihr alles erklären konnte. Das hatte sie schon immer getan, sie war weggelaufen und hatte den Kopf in den Sand gesteckt, wenn es haarig wurde. Und sie hatte es schon wieder getan.

Oh Gott, jetzt wurde ihr tatsächlich übel.

Es klingelte an der Tür.

Violet presste eine Hand vor ihren Mund, stand auf und ging automatisch zur Tür. Ausgerechnet jetzt klingelt es. Der Schwangerschaftstest spukte ihr im Hinterkopf herum, und sie konnte nicht aufhören, an Jonathan zu denken und …

Sie öffnete die Tür und starrte den Mann, der davorstand, ungläubig an.

Jonathan sah schrecklich aus. Er hatte sich seit Tagen nicht rasiert, und unter seinen Augen zeichneten sich dunkle Ringe ab. Sein dunkles Haar war zerzaust, und seine Jacke und das Shirt darunter sahen aus, als hätte er darin geschlafen. Normalerweise trug er lässige Kleidung, und es überraschte sie, ihn so zerknittert zu sehen.

Eigentlich überraschte es sie, dass er überhaupt vor ihrer Tür stand.

»Jonathan«, sagte sie, da ihr nichts anderes einfallen wollte. »W … Was machst du denn hier?«

Seine Miene war grimmig und stur. »Ich bin hier, weil ich um dich kämpfen will.«

Sie riss die Augen auf. »Du willst was?«

»Ich bin hier, um um dich zu kämpfen«, wiederholte er und legte eine Hand an die Tür, damit Violet sie ihm nicht vor der Nase zuknallen konnte. Er machte einen Schritt auf sie zu und verschlang sie mit Blicken. »Beim letzten Mal habe ich nicht um dich gekämpft. Damals ging ich davon aus, dass du für mich unerreichbar bist und dass ich dich loslassen muss. Diesen Fehler werde ich nicht noch einmal machen.«

Ihr Kopf war vor Schreck wie leer gefegt, und sie trat einen Schritt zur Seite und ließ ihn durch. »Komm rein.«

Während er durch die Tür kam, beobachtete sie ihn und konnte es kaum glauben, dass er wirklich da war. Seine breiten Schultern schienen ihr winziges Apartment zu sprengen. Sie fragte sich, was er von ihrer Wohnung hielt, die klein und voller Bücher und anderer Dinge war, die ihr am Herzen lagen. An einer Wand hing eine Karte des Römischen Reiches. An einer anderen bewahrte sie eine Reihe alter chinesischer Keramikgefäße auf. Es gab nur sehr wenige persönliche Bilder, und sie hatte keine Haustiere oder Exfreunde, die etwas von sich hinterlassen hatten. Sie war nicht einmal eine gute Hausfrau. Wie peinlich. Rasch hob sie eine zerknüllte Decke auf und faltete sie ordentlich zusammen. »Was machst du denn in Detroit? Ich dachte, du wohnst in New York.«

»Tue ich. Tat ich.« Er sah sich um und schaute dann wieder Violet an. »Vielleicht bleibe ich eine Weile hier. Möglicherweise sogar für immer.«

Ihr Herz klopfte so schnell, als ob sie gerade gerannt wäre. »Was? Warum denn das?«

»Weil du hier bist, Violet. Wenn du hier bist, will ich ebenfalls hier sein.« Er kam auf sie zu wie ein großes, jagendes Raubtier und nahm die zitternde Hand, die sie gerade an ihre Lippen gepresst hatte, um ihre Fingerspitzen zu küssen. »Ich weiß, dass du gesagt hast, ich soll dir nicht folgen. Du hast gesagt, es würde nicht funktionieren. Dass wir jetzt andere Menschen sind. Aber die Sache ist die … Das weiß ich längst.« Er lächelte sie sanft und fast schon entschuldigend an, während er sie gleichzeitig weiter mit Blicken verschlang. »Du bist nicht mehr das Mädchen, das du vor zehn Jahren gewesen bist, und ich bin nicht mehr dieser idiotische Junge. Ich bilde mir ein, ich hätte aus meinen Fehlern gelernt, daher werde ich dich dieses Mal nicht gehen lassen.«

»Nicht?«

»Nein. Wir machen das auf deine Weise. Wie immer du es willst. Wenn du mich die nächsten zehn Jahre lang ignorieren willst, um dann eine Nacht mit mir zu verbringen und mich danach wieder auszuschließen, werden wir es genau so machen. Wann immer und wie immer du mich brauchst, ich werde da sein.«

Sie zuckte bei seinen Worten zusammen. Das klang ja fast so, als wäre sie eine eiskalte, berechnende Person. Verletzt entzog sie ihm ihre Hand. »Das ist nicht fair, Jonathan …«

»Es ist mir scheißegal, ob das fair ist. Ich bin es leid, das Richtige zu tun, wenn das bedeutet, dass ich dich nicht haben kann.« Er kam näher und legte ihr sanft die Hände auf die Schultern. »Du verstehst mich falsch, Violet. Ich sage das nicht, um dich zu verletzen. Ich teile dir gerade mit, dass ich immer für dich da sein werde. Immer. Ich weiß, dass du Angst davor hast, verletzt und enttäuscht zu werden. Ich weiß, dass du dich davor fürchtest, ich könnte dir erneut wehtun und dich dann im Stich lassen. Ich weiß, dass dein Vater der einzige Mann in deinem Leben gewesen ist und dass er dich vernachlässigt hat. Ich weiß, dass deine Mutter ihre eigenen Probleme hatte und du dich nie auf sie verlassen konntest.

Und ich bin hier, um dir zu sagen, dass ich für dich da sein werde, Violet. Ich bin hier. Ich werde immer da sein. Du kannst dich auf mich verlassen.« Er strich ihr mit den Daumen über die Schultern und sah sie so zärtlich an, dass sich ihr Innerstes zusammenzog. »Immer.«

Violets Lippen zitterten. Ein Schwall an Emotionen brach aus ihr hervor. Er schwor ihr nicht wie sonst seine heiße, leidenschaftliche Liebe.

Er versprach, an ihrer Seite zu sein – für immer.

Und das war genau das, was sie hören musste. Wonach sie sich so verzweifelt gesehnt hatte, auch wenn sie es nie gewagt hätte, darum zu bitten. »Jonathan ...«

»Schick mich nicht weg, Violet. Bitte. Wie meine Rolle in deinem Leben auch immer aussehen soll, ich werde da sein. Selbst wenn du mich nicht als deinen Liebhaber haben willst, dann als dein Freund, ich werde immer für dich da sein.«

Jetzt liefen ihr Tränen die Wangen herunter. Er war so selbstlos. Sie hatte weder ihn noch seine Liebe verdient. Sie war nur eine verwundete Kreatur, der so oft Liebe und Zuneigung vorenthalten worden war, dass sie gar nicht wusste, wie man darum bat. Sie wusste nicht, wie man einfach »Ja, danke« sagte.

Aber Jonathans verständnisvoller Blick gab ihr zu verstehen, dass er das ebenfalls wusste.

»Ich habe Angst«, gestand sie ihm leise und mit zittriger Stimme. »Immer, wenn ich jemanden liebe, werde ich verletzt.«

»Manchmal gehört der Schmerz zur Liebe dazu, Violet.« Er streichelte ihr über die Wangen und wischte ihre Tränen weg. »Aber die Freude an der Liebe ist größer als der Schmerz. Um so vieles größer. Du musst nur bereit sein, diesen Schritt zu wagen.«

»Und was ist, wenn es in zehn Jahren nicht mehr funktioniert? Was ist, wenn wir uns dann trennen?«

»Dann hatte ich zehn Jahre lang deine Liebe. Zehn Jahre voller großartiger, wundervoller Erinnerungen, und ich würde keinen Augenblick davon bereuen. Jeder Moment, jedes Jahr, jede Stunde ist von Bedeutung. Das ist mir endlich klar geworden.« Er verzog die Lippen zu einem schiefen Grinsen. »Weißt du noch, wie ich gesagt habe, die letzten zehn Jahre wären unwichtig? Da habe ich mich geirrt. Denn wenn es die letzten zehn Jahre nicht gegeben hätte, dann wüsste ich jetzt nicht, wie es ist, dich zu verlieren. Dann wäre ich nicht hergekommen, obwohl ich weiß, dass du mich gar nicht hier haben willst. Ich hätte keinen Neuanfang gewagt, sondern einfach weitergemacht. Aber in diesen zehn Jahren habe ich aus meinen Fehlern gelernt.«

Violet weinte jetzt heftig, fiel in seine Arme und drückte sich an seine Brust. »Ich liebe dich«, stieß sie zwischen dem Rotz, den Tränen und ihrem Schluchzen hervor. »Ich liebe dich, und ich habe solche Angst.« Sie klammerte sich an seine Jacke. »Bitte verlass mich nie wieder.«

»Du wirst mich nicht mehr los, Liebste, das verspreche ich dir. Was auch passiert, ich gehöre ganz dir.« Er legte die Arme um sie und drückte sie fest an sich, während sie sich ausweinte.

Sehr lange Zeit blieben sie einfach so stehen. Violet versuchte, die Fassung wiederzugewinnen, und Jonathan streichelte ihre Schultern, ihre Arme und ihr Haar. Sie war sich nicht sicher, ob er das tat, um sie zu trösten, oder ob er einfach nicht genug davon bekommen konnte, sie zu berühren. Was auch immer es war, sie genoss es sehr. Sie liebte es, von ihm berührt zu werden, und wollte nie mehr darauf verzichten müssen.

Mit einem letzten Schniefen entzog sie sich ihm, trat einen Schritt zurück und sah ihm ins Gesicht. Sein unrasiertes, hohläugiges, wunderschönes Gesicht. »Ich liebe dich. Das ist mir nur erst bewusst geworden, nachdem ich dich wieder weggestoßen hatte.«

»Ich liebe dich auch, Violet. Ich habe das Mädchen geliebt, das ich vor zehn Jahren kennengelernt habe, aber ich liebe die Frau, die du jetzt bist, noch viel mehr.« Er streichelte ihren Hals, zog sie an sich, und als sich ihre Lippen berührten und sie sich zärtlich küssten, keimte sacht die Hoffnung in Violet auf.

Plötzlich war die Welt wieder voller Möglichkeiten.

»Ich bin so froh, dass du da bist«, flüsterte sie.

»Und ich bin froh, dass du dich darüber freust«, murmelte er. »Ich dachte mir, dass du mich entweder anhören wirst oder die Polizei rufst und eine einstweilige Verfügung gegen mich erwirkst. Eigentlich bin ich überrascht, dass du Letzteres nicht getan hast.«

Sie kicherte tränenerstickt. »Ich habe mir so gewünscht, dass du herkommst. Aber ich musste dich wohl erst verlieren, um zu erkennen, was ich längst hatte.«

»Du hast mich nie verloren«, versicherte er ihr und schob ihr mit einer so zärtlichen Geste das Haar hinter die Ohren, dass ihr der Atem stockte. »So etwas darfst du nicht einmal denken.«

Sie klammerte sich an seine Jacke. »Ich hatte solche Angst, dass du mich endgültig aufgeben würdest, nachdem ich dich wieder weggestoßen hatte. Dass ich diesen Fehler nie wiedergutmachen kann.« Sie zögerte und fügte dann hinzu: »Außerdem … habe ich meine Periode nicht gekriegt.«

Sie spürte, wie Jonathan erstarrte. »Ich dachte, du nimmst die Pille?«

»Das tue ich auch, und ich habe sie nicht einmal vergessen.«

»Und wir haben Kondome benutzt.«

»Ich weiß, aber ich habe trotzdem einen Schwangerschaftstest gekauft.« Sie biss sich auf die Unterlippe. »Mir ist klar, dass die Wahrscheinlichkeit sehr gering ist, aber …«

»Es gibt immer einen Funken Hoffnung.«

Violet erkannte, dass es wirklich Hoffnung war, was sie empfand. Sie hatte sich ein Kind gewünscht, das Jonathan an sie band und ihn zwang, wieder Teil ihres Lebens zu werden. Aber nun, wo er da war, stellte sie fest, dass sie sich das Baby noch immer wünschte. Sie hatte seit Langem von einer Familie geträumt. Mehr noch als nach Unabhängigkeit, Reisen oder einer Karriere sehnte sie sich nach einer waschechten Familie. Einem Kern aus Menschen, die sie bedingungslos liebten. Etwas, das sie bisher noch nie gehabt hatte.

Bis jetzt. Sie sah Jonathan an und schenkte ihm ein unsicheres Lächeln. »Sollen wir ins Bad gehen und zusammen auf ein Stäbchen pinkeln?«

»Ich weiß ja nicht, was bei mir passieren wird, aber wenn du das willst, bin ich dabei.«

Violet strahlte ihn trotz ihrer Tränen an.

*

Zehn Minuten später saß Violet im Bad und wartete auf das Ergebnis. Sie hatte ihre Aufgabe erfüllt und Jonathan direkt danach hereingelassen.

Eigentlich überraschte es sie nicht, dass der Test negativ ausfiel. Es war wohl zu viel der Hoffnung gewesen. »Kein Baby«, sagte sie leise und warf den Test in den Mülleimer. Sie war enttäuscht, auch wenn das verrückt war. »Vermutlich ist es besser so.«

»Ist es seltsam, dass ich deswegen traurig bin?«, fragte Jonathan und nahm sie in die Arme.

»Nein«, erwiderte Violet, die genauso empfand. Ihre altbekannten, vertrauten Sorgen strömten wieder auf sie ein. Wenn sie nicht schwanger war, dann mussten sie eigentlich auch nicht zusammenbleiben, oder? Er konnte jederzeit gehen.

»Schlag dir diesen Gedanken aus dem Kopf«, sagte Jonathan leise und gab ihr einen Kuss auf die Stirn. »Ich sehe dir doch an der Nase an, dass du schon wieder glaubst, ich würde weglaufen.«

War sie wirklich so durchschaubar? »Das habe ich nicht gesagt.«

»Nein, aber du hast es gedacht.« Seine Lippen zuckten, und dann lächelte er. »Nur weil du jetzt nicht schwanger bist, heißt das nicht, dass wir nicht in ein oder zwei Jahren Eltern werden können.«

Bei seinen Worten kribbelte ihre Haut, aber nicht vor Angst, sondern aus Vorfreude und vor Aufregung. Allein der Gedanke, zwei Jahre mit Jonathan zu verbringen, bewirkte, dass sie vor Freude kaum noch an sich halten konnte. »Und was passiert jetzt?«

»Wir verlassen das Badezimmer?«

Violet verdrehte die Augen, löste sich aus seinen Armen und ging durch den Flur. Sie wollte ins Wohnzimmer gehen, aber Jonathan nahm ihre Hand und führte sie stattdessen ins Schlafzimmer.

Damit hatte sie kein Problem. Sie ließ sich von ihm mitziehen, zuckte jedoch zusammen, als sie ihr ungemachtes Bett und die schmutzige Wäsche auf dem Boden sah. »Ich bin nicht gerade sehr ordentlich.«

»Dann werde ich dir eine Haushälterin besorgen«, versprach er, setzte sich auf die Bettkante und zog sie neben sich.

»Ich möchte nicht, dass du mir eine Haushälterin bezahlst«, erwiderte sie. »Ich bin Lehrerin.«

»Dann bleibst du eben eine verarmte Lehrerin, und ich nehme die Haushälterin«, meinte er und zog sie an sich, damit er an ihrem Ohr knabbern konnte.

»Hast du denn hier in Detroit ein Haus?« Es fiel ihr schwer, sich zu konzentrieren, wenn sie seine Zunge an ihrem Ohr spürte. »Ich dachte, du lebst in New York.«

»Ich muss geschäftlich sehr oft nach Detroit fliegen, lebe aber die meiste Zeit in New York. Normalerweise steige ich hier immer in einem Hotel ab, aber da du hier bist, möchte ich ebenfalls hier sein.«

»Aber was ist mit meinem Job?«

»Ich würde dich niemals bitten, für mich deinen Job aufzugeben.« Er schob ihr Haar zur Seite und küsste ihren Hals, ihre Wange und jede andere Stelle, an die er herankam. »Mir gehören ein paar Privatflugzeuge. Ich fliege einfach öfter hin und her, vorausgesetzt, du begleitest mich gelegentlich. Wir kriegen das schon hin.«

»Das glaube ich auch.« Es gab Hoffnung für sie, und ihr Herz schlug immer schneller.

»Ich habe jeden Donnerstagabend eine Besprechung, die ich nicht verpassen darf, aber wenn du mich einen Abend in der Woche entbehren kannst, gehöre ich die restliche Zeit dir.«

»Du würdest für mich umziehen?« Das klang ja so, als wäre er zu allem bereit, um ihr entgegenzukommen. Dabei hatte sie nur diesen armseligen Job, und er war Milliardär und leitete eine riesige Firma. Trotzdem machte er sich Sorgen, dass ihr etwas nicht passen könnte?

»Du scheinst es nicht zu verstehen, Violet. Ich würde alles für dich tun.«

Sie drehte sich zu ihm um und warf ihm die Arme um den Hals. »Ich liebe dich, Jonathan.«

Er ließ sich nach hinten aufs Bett fallen und legte die Arme um ihre Taille. »Ist dir eigentlich klar, dass ich das gar nicht oft genug hören kann?«

»Ich habe Angst davor, jemanden zu lieben«, gab sie zu. »Ich fürchte mich davor, mich zu sehr zu öffnen und verletzt zu werden.«

»Ich werde dir auf gar keinen Fall wehtun«, versprach er ihr mit heiserer Stimme, und sein Blick war voller Liebe.

»So langsam glaube ich dir sogar.« Sie strich ihm mit den Fingern durchs Haar und beugte sich zu ihm hinunter, um ihn zu küssen, richtete sich dann aber wieder auf. »Aber es wird eine Weile dauern, bis ich mich an alles gewöhnt habe. Von Zeit zu Zeit könnte es schwierig werden ...«

»Schwierig klingt gut.«

»Und ich werde dich vermutlich wegstoßen, wenn ich verletzt oder verärgert bin.«

»Dann muss ich mir den Weg eben wieder neu bahnen.«

»Und ich bin schrecklich unordentlich.«

»Ich sagte ja schon, dass ich dir eine Haushälterin besorge.«

Sie lachte und fühlte sich auf einmal ganz leicht und wunderbar. »Das ist gut.«

»Solange du mich nie wieder verlässt.« Jonathan legte die Hände fester um ihre Taille. »Ich kann mit allen schwierigen Dingen klarkommen, mit schmutzigen Böden und allem, was du mir noch an den Kopf wirfst.«

»Ich werde dich nie wieder verlassen, das verspreche ich dir.« Sie fuhr mit einem Finger über seine Bartstoppeln. »Ich liebe dich.«

»Und ich liebe dich mehr als alles andere auf der Welt.«

Sie lächelte ihn an und kuschelte sich an seine Brust, sodass ihre rechte Wange direkt über seinem Herzen lag. Es war so schön, diese Worte zu hören, und sie hatte das Gefühl, dass sie sie ständig hören musste, nur um daran zu glauben, aber Jonathan beteuerte ihr auch regelmäßig seine Liebe.

Er streichelte mit einer Hand ihre Hüfte. »Ich bin wirklich froh, dass du mir nicht die Tür vor der Nase zugeknallt hast.«

Ihre Lippen zuckten amüsiert. In diesem Augenblick fühlte sie sich so leicht und sorglos. Sie liebte ihn. Sie liebte ihn, und er gehörte ihr. So oft sie wollte, und so lange sie wollte. Auf einmal stieg eine Besitzgier in Violet auf, die sich mit Verlangen mischte. Sie streichelte ihm mit einer Hand die Brust und ließ sie dann in seinen Schritt wandern. Er bekam augenblicklich eine Erektion. »Du scheinst dich zu freuen. Sehr sogar.«

Jonathan stöhnte und legte die Hände fester um sie. »Willst du mich etwa ablenken?«

»Wäre das schlimm?«

»Nein, ganz und gar nicht. Lenk mich ab, so viel du willst.«

Sie konnte nicht aufhören zu lächeln und streichelte durch den Stoff seiner Jeans nachdenklich seinen Penis. »Rezitierst du mir ein Gedicht?«

»Ein Gedicht?«, wiederholte er verblüfft.

»Ja. Etwas Romantisches.« Sie liebkoste weiter sein Glied.

Er schwieg einen langen Moment, und während er überlegte, fuhr sie mit den Fingern die Umrisse seines Glieds nach und umkreiste die Eichel durch den Stoff, bis sein Penis zuckte. »Magst du ... Rossetti?«

»Bestimmt.«

»Na gut.« Er sog die Luft ein, als sie die Fingernägel über den Jeansstoff zog, und begann: »›Ich liebte dich zuerst, doch danach übertraf deine Liebe meine und sang ein erhabeneres Lied ...‹ und so weiter.«

Sie kicherte. »Und so weiter?«

»Ich ... kann mich irgendwie nicht mehr daran erinnern. Du lenkst mich ab.« Er ließ seine Hand über ihren Rücken gleiten und zupfte am Verschluss ihres BHs. »Es fällt mir bestimmt wieder ein, wenn wir nackt sind.«

»Wirklich?«

»Es kann zumindest nicht schaden.«

»Dann sollten wir es ausprobieren«, meinte sie und setzte sich auf. Sie lächelte ihn an, zog sich die Bluse über den Kopf und warf sie auf den Boden. Einen Augenblick später landete auch ihr BH dort, und sie saß mit nacktem Oberkörper vor ihm.

Jonathan stöhnte und zog sie wieder zu sich herunter, um sie zu küssen. »Himmel, du bist so wunderschön. Ich bin der glücklichste Mann der Welt.«

Sie sah ihn lächelnd an und dachte, dass eigentlich sie es war, die Glück gehabt hatte. Dieser wundervolle, kluge, attraktive Mann liebte sie. Er liebte sie über alle Maßen. Er liebte sie sogar noch, wenn sie unmöglich oder verängstigt war. Daher erwiderte sie seinen Kuss und versuchte, all ihre Liebe hineinzulegen, die in diesem Augenblick übermächtig zu sein schien. Sie ließ die Zunge über seine Lippen schnellen und zog sich dann zurück. »Was macht dein Gedächtnis?«

Mit den Fingern einer Hand streichelte er ihre Brustwarzen. »Gib mir noch einen Moment, dann fällt es mir bestimmt wieder ein.«

»Ach, lass dir Zeit«, murmelte sie und gab sich seiner Liebkosung hin. Sie legte den Kopf in den Nacken und seufzte vor Wonne. »Ich habe es nicht eilig.«

»Dann würde es dir also nichts ausmachen, wenn ich das jeden Tag mache?«

Sie bekam eine Gänsehaut bei der Vorstellung, sich einfach zurückzulehnen und sich träge den ganzen Tag lang von Jonathan streicheln zu lassen. »Ganz und gar nicht.«

»Hm. Ich glaube allerdings, dass einige meiner Körperteile das nicht sehr lange durchhalten würden.« Er setzte sich auf und zog sie an sich. Dann drückte er das Gesicht gegen ihre Brüste, saugte daran und küsste die weiche Haut. Seine Bartstoppeln kitzelten sie und ließen eine Vielzahl an Empfindungen in ihr aufsteigen. Während sie erschauerte, knabberte er sanft an ihr herum. »Ich liebe deine Brüste.« Er umfing die rechte, hob sie an seinen Mund und zog ihre Brustwarze über seine vollen Lippen.

»Sind sie dein Lieblingskörperteil?«

»Nein, das ist dein Gehirn«, erwiderte er, und sie schmolz schon wieder dahin. »Aber sie schmecken am besten.«

Sie musste kichern. »Gut zu wissen, dass ich wenigstens lecker schmecke.«

»Leckerer geht's gar nicht«, versicherte er ihr.

»Damit willst du mich doch nur von der Tatsache ablenken, dass du keine anderen Gedichte kennst, gib es ruhig zu.«

Er lachte, und sein Atem wehte über ihre Haut. »Das stimmt überhaupt nicht. Ich sage das nur, damit ich noch länger daran saugen kann.« Nachdem er eine Brustwarze mit dem Daumen gerieben hatte, steckte er sie sich wieder in den Mund und ließ seine Zunge darüberschnellen.

Violet stöhnte und wurde immer feuchter. Bei Jonathan fühlte sie sich immer so gut und so sexy. Da war es völlig egal, dass ihre Brüste nicht mehr so prall abstanden wie vor zehn

Jahren und dass ihre Hüften breiter geworden waren. Er gab ihr das Gefühl, die schönste Frau der Welt zu sein. Vielleicht war sie das in seinen Augen sogar.

»Jetzt ist mir noch eine Zeile eingefallen«, murmelte er und umkreiste ihre Brustwarze weiter mit der Zunge. »Das ist auf jeden Fall hilfreich.«

»Hmmm, dann mach weiter. Ich bin froh, wenn ich helfen kann.« Sie fuhr ihm träge mit den Fingern durchs Haar und über seine Wangen, über die Bartstoppeln. Sie hätte ihn den ganzen Tag so berühren können, ohne dass es langweilig wurde.

»›Wahre Liebe kennt kein Dein, das nicht ist mein, denn beide sind in Kraft und Länge gleich, drum sind wir durch die Macht der Liebe eins.‹«

»Das ist wunderschön«, sagte sie leise und drückte ihn kurz so fest an ihre Brust, als könnte sie ihm auf diese Weise einen Teil der Liebe abgeben, die ihr Herz flutete. Sie hatte Angst, war aber dennoch auf Wolke sieben. Aus irgendeinem Grund wusste sie, dass Jonathan ihr jetzt, wo sie seine Liebe akzeptiert hatte, nie wieder wehtun würde, denn das entspräche einfach nicht seinem Charakter.

»Es stimmt«, meinte er und sah ihr ernst in die Augen. »Die Liebe macht uns eins. Wenn ich bei dir bin, fühle ich mich erst wie ein ganzer Mensch.«

»Mir geht es genauso.« Violet drehte seinen Kopf, damit sie ihn küssen konnte, und danach ließ er sich rücklings aufs Bett fallen. Sie legte sich kurz auf ihn und küsste ihn wieder, und dann rollte er sie beide herum, sodass sie unter ihm lag.

»Ich möchte dich nackt sehen, Liebes. Und ich möchte dich überall küssen.« Sein Mund wanderte von ihren Lippen über ihren Unterkiefer zu ihren Brüsten, während er gleichzeitig an ihrem Rock zerrte.

Sie zappelte unter ihm herum und ertrank in seinen Liebkosungen. Ja, sie wollte seinen Mund überall spüren, denn schon allein der Gedanke, dass seine Lippen ihre Scheide berühren könnten, entlockte ihr ein Stöhnen. Sie führte seine Hand zum Reißverschluss an ihrer Hüfte, den er langsam herunterzog. Doch er klemmte auf halber Höhe, und Jonathan zerrte ihn fluchend bis ganz nach unten.

Violet war es egal. »Ich möchte deine Lippen spüren, Jonathan. Jetzt. Bitte.«

Er biss ihr als Reaktion darauf sanft in eine Brustwarze, und sie wäre beinahe vom Bett gesprungen. Ein himmlischer Schock aus Lust, vermischt mit leichtem Schmerz, toste durch sie hindurch. »Geduld. Ich muss mein Geschenk erst noch auspacken.«

»Beeil dich ein bisschen«, forderte sie und hob lüstern das Becken an. »Ich brauche dich.«

»Wir haben alle Zeit der Welt, Liebes.« Langsam leckte er über ihre Brustwarze und besänftigte den Schmerz.

»Aber ich sehne mich so nach dir«, jammerte sie. »Ich habe die ganze Zeit von dir geträumt. Jede Nacht.«

Er stöhnte und drückte das Gesicht gegen ihren leicht gerundeten Bauch, während er weiter an ihrem Rock zerrte. »Hast du das?«

»Oh ja.«

»Ich hatte schon Angst, dass ich als Einziger wie besessen war, nachdem du mich verlassen hattest, und dass ich dir ganz egal bin.«

»Das stimmt aber nicht«, erwiderte sie mit sanfter Stimme und schnappte nach Luft, als er die Zunge in ihren Bauchnabel schob. Bisher war ihr nicht bewusst gewesen, dass sie an dieser Stelle kitzelig war, aber sie wand und krümmte sich unter seiner Zunge. »Ich habe jede Nacht von dir geträumt.«

»Waren es erotische Träume?«

»Sehr erotische«, antwortete sie. »Heiß, sinnlich und wunderschön.«

»Hmm, erzähl mir mehr darüber.«

Sie erinnerte sich nicht mehr an viel. Alles, was sie noch wusste, war, dass sie sein Gesicht gesehen und gespürt hatte, wie er seinen Körper an sie presste, und nach dem Aufwachen war ihr Höschen feucht gewesen, und sie hatte sich nach Erlösung gesehnt. »Es war nie so gut wie in der Realität, aber ich bin jeden Morgen aufgewacht und habe mich nach dir gesehnt.«

Er schob die Finger unter ihren Rock, der sich noch immer um ihre Hüften ballte, und umfing ihren Venushügel durch ihren dünnen Seidenslip hindurch. »Hast du dich hier nach mir gesehnt?«

Sie stöhnte. »Ja.«

Als er einen Finger zwischen ihre Schamlippen schob und über den feuchten Stoff bewegte, fragte er: »Bist du für mich so feucht?«

Violet spreizte die Beine etwas weiter, um ihn zu ermutigen. »Oh, Jonathan, das fühlt sich so gut an.«

»Wie gut?« Er rieb weiter mit dem Finger über die Stelle und drückte gegen ihr Fleisch, als wäre er ein Bildhauer, der eine neue Skulptur erschaffen wollte.

»D... Dekadent«, stieß sie keuchend aus und gab ein leises Wimmern von sich, als sein Finger ihre Klitoris berührte.

»Oh, das Wort gefällt mir. Ich glaube, bei ›dekadent‹ sehe ich süße, wundervolle Dinge vor mir. Bist du süß und wundervoll, Violet?«

»Warum kostest du nicht und findest es heraus?«, fragte sie atemlos und hob ein Knie an, sodass sie jetzt mit weit gespreizten Beinen einladend vor ihm saß.

»Oh, das werde ich. Ich hebe mir meinen Nachtisch nur noch ein wenig auf.« Er zog die Hand zwischen ihren Beinen hervor, hob sie an seinen Mund und leckte sich die Finger ab. Sie beobachtete, wie er genießerisch die Augen schloss. »Himmel, du schmeckst gut.«

»Willst du es dir trotzdem aufheben?« Sie bewegte auffordernd die Hüften, während er sie begierig ansah. »Oder ist das nur eine Ausrede, weil du es nicht schaffst, mir den Rock auszuziehen?«

Er warf den Kopf in den Nacken und lachte. »Ich werde überhaupt nichts zugeben.«

Violet grinste, schob eine Hand unter ihren Rock und hob die Hüften, um ihn langsam nach unten zu bewegen. Warum in aller Welt hatte sie sich an diesem Morgen für so einen engen und unelastischen Stoff entschieden? Okay, er sah gut aus, ließ sich aber nicht gerade leicht ausziehen. Als sie den Rock jedoch bis auf die Knie heruntergezogen hatte, packte Jonathan den Stoff und riss ihn Violet von den Beinen, um ihn dann auf den Boden zu werfen. Jetzt hatte sie nur noch ihren rosafarbenen Seidenslip an, dessen Schritt schon ganz durchnässt war. Jonathan starrte sie an und schien sie zu studieren. Unwillkürlich spreizte sie die Beine, präsentierte sich ihm und wartete darauf, was er als Nächstes tun würde.

Zu ihrer Überraschung legte er eine Handfläche auf ihren Bauch direkt über ihrem Bauchnabel und sah sie nachdenklich an. »Hast du … schon mal über die Zukunft nachgedacht?«

Sie schnappte nach Luft und konnte es kaum glauben. »Du meinst, über ein Baby?«

Er nickte und streichelte ihre Haut.

Oh, wow. Violet musste blinzeln, da ihr die Tränen in die

Augen stiegen, und zwang sich zu einem Achselzucken. »Vorhin natürlich schon. Jetzt ... keine Ahnung.«

»Ich denke, es würde mir gefallen, wenn du mein Kind in dir trägst«, erklärte er leise und beugte sich vor, um ihren Bauch zu küssen. »Vielleicht nicht sofort. Wir brauchen noch Zeit für uns. Aber in ein paar Jahren durchaus.«

Violet nickte und wurde beinahe von ihren Gefühlen überwältigt. »Das wäre schön«, sagte sie sehnsüchtig. Es wäre zwar kein Ersatz für das Kind, das sie verloren hatte – dieses Ungeborene, das nicht einmal einen Namen bekommen hatte, aber immer einen Platz in ihrem Herzen haben würde –, aber sie konnten eine Familie gründen. Neu anfangen. Es noch einmal miteinander versuchen.

Die Vorstellung gefiel ihr. Sie fuhr ihm mit einer Hand durch das Haar und strich es ihm sanft aus der Stirn. »Vielleicht lassen wir das Kondom dieses Mal weg.«

Jonathan sah sie überrascht an. »Nimmst du noch die Pille?«

»Ja. Immer schön einen Schritt nach dem anderen. Noch wollen wir kein Baby, aber ... ich möchte dich in mir spüren können.« Sie wollte diese Verbindung spüren, die nur bei direktem Hautkontakt entstand. Die Intimität durch das Wissen, dass sie nichts voneinander trennte, dass sie sich dem Körper des anderen hingaben.

»In Ordnung«, sagte Jonathan leise und ließ seine Hand wieder zu ihrem Höschen wandern. Dieses Mal schob er die Finger unter den Saum und betastete ihre Haut unter dem Stoff. »Aber ich will deine Hände auf mir spüren, Violet. Ich möchte jeden Zentimeter deiner Haut in jedem Augenblick an meiner fühlen.«

»Das lässt sich einrichten«, murmelte sie. »Es wäre mir ein Vergnügen.« Sie legte ihm eine Hand an die Wange, während er ihren Venushügel berührte. Er wollte, dass sie ihn anfasste? Nichts lieber als das. Sie streichelte über seinen Hals und seine muskulöse Schulter und spürte, wie seine Finger ihre feuchten Schamlippen auseinanderschoben und ihre Öffnung suchten.

Er stöhnte, als er ihre Feuchtigkeit spürte. »Oh Gott, du bist so unglaublich feucht für mich, Violet. Ich kann es kaum abwarten, dich dort mit den Lippen zu berühren und alles wegzulecken. Ich möchte meine Zunge mit deinem süßen Honig benetzen.«

Bei seinen Worten wimmerte sie leise. Wenn das stimmte, warum hatte er ihr dann nicht längst das Höschen ausgezogen? Es war ohnehin das letzte Kleidungsstück, das sie noch trug. Jonathan hingegen war noch vollständig angezogen. Sie ließ die Finger über den Kragen seines T-Shirts wandern, um lautlos zu fordern, dass er es auszog. Sie wollte Haut. Seine warme, wunderbare, gebräunte Haut. Das war es, was sie wollte.

Seine Finger glitten tiefer, und sie spürte, wie er in sie eindrang. Violet stöhnte und drückte sich gegen seine Hand. »Oh ja!«

»Du bist so feucht und eng für mich, Violet.« Er führte seine Finger wieder tief in sie ein und rieb seine Handfläche über ihre Klitoris, sodass Schockwellen durch ihren Körper rasten. »Himmel, wie ich es liebe, dass du so feucht für mich bist.«

Sie stöhnte und drückte sich gegen seine Hand. »Zieh dich aus, Jonathan«, verlangte sie. »Ich will dich nackt sehen.«

»Gleich«, erwiderte er. »Ich kann es nicht mehr erwarten und muss dich schmecken.« Er zog seine Finger aus ihr heraus, und sie stieß ein protestierendes Wimmern aus. Einen Augenblick später presste er den Mund auch schon zwischen ihre Beine und schob sich ihren Slip unter das Kinn, um sie zu lecken. Seine Hände umrahmten ihren Venushügel, schoben ihr Höschen zur Seite und drückten ihre Schamlippen weiter auseinander, um ihre Klitoris freizulegen.

Dann beugte er sich vor und leckte genüsslich darüber.

Violet wäre beinahe auf der Stelle gekommen. »Oh!«

»Dieser süße Geschmack hat mir gefehlt«, murmelte Jonathan gegen ihren Schritt. »Ich möchte ihn für den Rest meines Lebens jeden Tag schmecken. Morgens, mittags und abends.«

Sie stöhnte, als er wieder über ihre Klitoris leckte. »Jonathan, bitte.«

»Bitte was, Liebes?« Selbst sein Atem, der über ihre feuchte Haut blies, trieb sie in den Wahnsinn.

Sie schluchzte, weil sie es laut aussprechen musste. »Bitte, lass mich kommen.«

»Keine Sorge, das habe ich vor. Aber ich brauche mehr von diesem süßen Saft.« Er ließ die Zunge über ihre Schamlippen flirren, die inzwischen vor Erregung angeschwollen waren. »Ich habe vor, dich wieder und wieder kommen zu lassen.«

Violet drückte sich gegen seinen Mund und versuchte, sich auffordernd an ihm zu reiben. Er leckte sie weiter, und jede seiner Bewegungen und Liebkosungen brachte sie dem Höhepunkt näher, aber sie kam dem Orgasmus nur quälend nah, kam jedoch nicht. Sie berührte ihre Brustwarzen und streichelte sie, während er sie mit der Zunge verwöhnte. »Dein Mund ist so unglaublich«, stieß sie stöhnend aus.

»Du bist so wunderbar, Violet. So wunderschön. Ich möchte, dass du heftig für mich kommst. Komm auf meinem Gesicht, damit ich alles weglecken kann.«

Seine Worte und ihre Berührungen schafften es endlich, sie

zum Höhepunkt zu bringen, und sie kam mit lautem Stöhnen. Ihre Beine zitterten, während Jonathan sie weiter in einem ruhigen Rhythmus leckte und leckte, bis sie bei jedem Zungenschlag erbebte, weil die Nachwirkungen ihres Höhepunkts nicht abklingen wollten.

Endlich löste er sich von ihr mit glänzenden Lippen und vor Leidenschaft schimmernden Augen. »Nichts schmeckt besser.«

Sie streckte träge die Arme über dem Kopf aus und fühlte sich großartig. »Du bist viel zu gut darin.«

Sofort leckte er sie wieder, und sie zuckte ein weiteres Mal. »Das ist meine absolute Lieblingsbeschäftigung – zu sehen, wie du in meinen Armen die Kontrolle verlierst.«

Erneut zerrte sie an seinem T-Shirt. »Weißt du, worüber ich mich freuen würde? Wenn du dich endlich ausziehst, damit ich dich überall berühren kann.«

Seine Augen glänzten, und er drückte ihr noch einen letzten Kuss auf den Venushügel und setzte sich dann auf. »Das lässt sich einrichten.«

Sie stützte sich auf die Ellbogen und beobachtete ihn, wie er sich erst das Jackett und dann das T-Shirt auszog und dabei die Muskeln anspannte. In dem Moment, in dem er sich an seiner Hose zu schaffen machen wollte, drückte sie ihm einen Fuß gegen den Unterbauch. »Ich weiß ja nicht, wie es dir geht, aber ich habe gar kein Interesse mehr an Gedichten.«

»Was für Gedichte?«, erwiderte er und grinste sie so anzüglich an, dass sie erschauerte.

»Genau.« Violet zog ihren Fuß zurück, als Jonathan sich vorbeugte, um die Hose auszuziehen. Einen Augenblick später stand er aufrecht da und trat aus der Hose heraus. Violet seufzte vor Wonne auf, als sie ihn nackt und wunderschön vor sich stehen sah. »Das ist schon besser.« Sie setzte sich hin und strich mit den Händen über seine Brust, wobei sie einen zufriedenen Seufzer ausstieß. »Du bist überall so hart.«

»Das bin ich«, murmelte er mit rauer Stimme. »Du hast ja keine Ahnung, wie hart ich bin.«

»Oh, das sehe ich.« Sie nahm seinen Penis in die Hand, der vollständig erigiert und mit Präejakulat benetzt war. Dann rieb sie mit dem Daumen über die Feuchtigkeit auf der Eichel und malte Kreise auf seiner Haut. »All das sieht für mich sehr hart und einsam aus.«

»Einsam?« Seine Stimme klang gepresst, und er vergrub die Finger in ihrem Haar, drückte ihren Kopf nach hinten und küsste sie.

»Er macht auf mich den Anschein, als wollte er gern nach Hause«, erklärte sie ihm verschmitzt. »Und ich wüsste da den perfekten Ort für ihn.« Sie legte die Hand um sein Glied und bewegte sie auf und ab. »Da ist es warm, feucht und eng ...«

Er stöhnte an ihrem Mund.

»Und das Beste ist, dass er nicht einmal einen Regenmantel braucht«, fuhr sie fort und knabberte an seiner Oberlippe. »Hört sich das für dich so an, als wäre das der richtige Ort für ihn?«

»Oh ja.«

Violet legte die Beine um seine Hüften und zog ihn an sich. Sie küssten sich, und sie konnte ihre Lust auf seinen Lippen schmecken. Sie strich ihm mit den Händen über den Rücken, und er stöhnte erneut. »Ich liebe deine Berührungen.«

»Und ich liebe es, dich zu berühren«, gab sie zu. Seine Haut fühlte sich warm an, und er roch nach einer Mischung aus Schweiß, Moschus und Jonathan. Sie konnte gar nicht genug von ihm bekommen. Als sie sich vorbeugte und gerader hinsetzte, rieben sich ihre Brustwarzen an seiner Brust, und dann schnappte sie nach Luft, als er ihre Hüften an sich zog, bis sich sein Glied gegen ihre Scheide presste. Er drückte sie an sich, während sie auf der Bettkante saß und ihre Gliedmaßen um ihn legte, um nicht hinzufallen.

»Ich möchte in dir sein«, sagte er.

»Und ich möchte dich in mir spüren«, entgegnete sie mit einem spielerischen Lächeln. »Worauf wartest du noch?«

Er krümmte die Finger in ihrem Haar, drückte ihren Kopf ein wenig weiter nach hinten und küsste sie erneut. »Ich liebe dich, Violet. Von ganzem Herzen.«

Während ihr Herz nach diesem aufrichtigen und wunderschönen Geständnis noch flatterte, drückte er sich nach vorn und drang tief in sie ein.

Violet keuchte. Sie war immer ein wenig erschrocken, wenn sie ihn plötzlich in sich spürte. Sein praller Penis und das Gefühl, von ihm penetriert zu werden – das war gleichzeitig wundervoll und erschreckend. Heute kam noch hinzu, dass er kein Kondom trug und sie jede Vene spüren konnte, die sich an ihre Scheidenwände drückte. »Oh, wow.«

»Gottverdammt«, murmelte Jonathan heiser. »Du ohne Gummi ... Mann!«

»Ich weiß.« Sie streichelte seine Brust. »Ich weiß.«

»Ich hatte ganz vergessen, wie gut sich das anfühlt.« Er schloss die Augen, zog sie enger an sich und vergrub das Gesicht an ihrem Hals. »Du bist die Einzige, mit der ich je ohne Kondom geschlafen habe.«

»Wirklich?« Sie schluckte schwer. Warum fühlte sich das so an, als wäre es von großer Bedeutung?

»Wirklich.« Er legte die Arme um sie, drückte sie an sich und ließ sie dann langsam nach hinten aufs Bett sinken, um sich über sie zu bewegen. »Du warst die einzige Freundin, die ich je gehabt habe. Die anderen ... Das war nur bezahlter Sex.«

Das hatte er schon einmal erwähnt, aber irgendwie war es in seiner ganzen Tragweite noch nicht zu ihr durchgedrungen. Jetzt erst begriff sie, was das bedeutete. Für ihn hatte es nie eine andere außer ihr gegeben.

Sie konnte es kaum fassen.

»Habe ich dir schon mal gesagt, dass ich dich liebe?« Sie streichelte seine Schultern.

Er zog sich ein wenig aus ihr heraus und drang dann unglaublich langsam wieder in sie ein. Mit einem Arm hielt er sie fest und mit dem anderen stützte er sich ab, damit er sie nicht erdrückte. »Du kannst es mir immer wieder sagen, denn ich kann es gar nicht oft genug hören.«

»Das ist gut, denn wir haben sehr viel nachzuholen«, meinte sie leise. Doch ihre Worte gingen in ein Stöhnen über, als er sich wieder in sie hineinstieß und das so kraftvoll tat, dass sie beide über das Laken rutschten.

»Ich habe mal gehört, dass Versöhnungssex der beste sein soll.«

Sie musste kichern, fing aber kurz darauf an zu keuchen, als er einen stetigen Rhythmus fand und sich immer wieder kraftvoll in sie hineinstieß. Ihre Unbeschwertheit war dahin, und sie klammerte sich an ihn, bohrte die Fingernägel in seine Schultern und stöhnte seinen Namen. Ihre Fersen gruben sich in seine Pobacken, und ihre Hüften wurden bei jedem Stoß angehoben. Immer wenn ihre Körper gegeneinanderprallten, spürte Violet, dass ihr Orgasmus näher kam, aber sie wollte zusammen mit Jonathan kommen. Sie hatte schon einen Höhepunkt ohne ihn gehabt, wollte den nächsten aber gemeinsam mit ihm erleben. Noch nie hatte sie sich ihm näher gefühlt als in diesem Moment, und sie klammerte sich an ihn, als wäre er ihr Rettungsanker, und spürte jeden Stoß in ihrem Herzen und in ihrer Seele.

»Ich liebe dich«, stieß sie stöhnend aus, während er sich schneller in sie hineinpumpte.

»Hör nicht auf, mir das zu sagen«, verlangte er. »Ich liebe es, diese Worte aus deinem Mund zu hören.«

»Ich liebe dich«, wiederholte sie noch einmal und keuchte, als er das Becken kreisförmig bewegte und dadurch neue Nervenenden in Aufruhr versetzte. »Ach Gott, Jonathan! Ich liebe dich!«

»Noch mal. Sag es noch mal.«

Und so tat sie es. Wieder und immer wieder, jedes Mal, wenn er in sie eindrang, sagte sie ihm, dass sie ihn liebte. Sie schien seine Intensität dadurch zu steigern. Innerhalb von Minuten war sie vor Lust wie von Sinnen, und ihre Stimme wurde schriller, während er sie immer heftiger penetrierte und noch wilder machte. »Ich liebe dich! Ich liebe dich!«

»Du gehörst mir, Violet!«

»Ich gehöre dir!«

»Und du wirst noch einmal für mich kommen!«

»Ja! Komm mit mir!«

Er drehte ihr Becken zur Seite, hielt sie an einer Hüfte fest und hämmerte sich erneut in sie hinein. Durch die neue Position veränderte sich die herrliche Reibung, und alles wurde auf einmal viel intensiver. Schon übermannte sie ihr Orgasmus, und sie kam, da sie ihn einfach nicht aufhalten konnte. Sie verkrampfte die Beine und spürte, wie sich ihre Scheide um Jonathans Penis zusammenzog, während die Wogen der Lust durch sie hindurchfluteten. Sie schrie auf …

Jemand in der Nachbarwohnung schlug gegen die Wand.

Violets Lustschrei verwandelte sich in ein entsetztes Keuchen. »Oh, mein Gott …«

»Sch«, murmelte Jonathan, legte ihr eine Hand auf den Mund und grinste sie wild und lüstern an. »Ich bin noch nicht fertig mit dir.« Schon drang er noch härter in sie ein, sodass sie kreischend den nächsten Höhepunkt erreichte und ihre Schreie nur durch seine Hand erstickt wurden. Noch während sie schrie, kam er ebenfalls, und eine Hitzewelle ergoss sich in ihrem Inneren und erfüllte sie mit tiefer Befriedigung, während Jonathan vor Wonne das Gesicht verzog und seine Stöße verlangsamte.

Schließlich nahm er die Hand von ihrem Mund und grinste sie erschöpft und verschwitzt, aber durch und durch befriedigt an. Er beugte sich vor, küsste sie noch ein letztes Mal und ließ sich dann keuchend auf die Seite fallen.

Sie lag wie benommen auf dem Rücken und starrte an die Decke.

Suchend schob er seine rechte Hand zu ihr herüber und verschränkte die Finger mit ihren, während sie flach auf dem Rücken lagen. Bei dieser kleinen zärtlichen Geste machte Violets Herz vor Freude einen Satz.

»Ich glaube, wir haben meine Nachbarn erschreckt«, flüsterte sie.

»Und ich glaube, du hast mir in die Hand gebissen«, neckte er sie.

Sie musste lachen.

Er sah sie prüfend an. »Und, liebst du mich, Violet?«

Daraufhin warf sie ihm unter den Wimpern hindurch einen Blick zu. »Das fragst du noch? Ich glaube, man hat im ganzen Gebäude gehört, dass ich dich liebe.«

Er grinste. »Wie sehr hängst du an diesem Gebäude?«

»Keine Ahnung. Warum?« Violet musterte ihn misstrauisch.

Er zuckte mit den Achseln. »Ich hatte überlegt, mir hier in Detroit eine Wohnung zu kaufen, aber sie müsste schon deutlich größer sein. Was meinst du?«

»In welcher Gegend?«, erkundigte sie sich.

»Wo immer du willst.«

Violet drehte sich auf die Seite und stellte amüsiert fest, dass Jonathans Blick auf ihren Brüsten ruhte. »Bittest du mich, mit dir zusammenzuziehen, Jonathan?«

»Ich dachte, das wäre offensichtlich. Möchtest du bei mir einziehen?«

Sie legte sich wieder auf den Rücken. »Ich werde darüber nachdenken.«

»Wie bitte?« Schon lag Jonathan wieder auf ihr und drückte sie in die Matratze. »Soll ich dich überzeugen? Darin bin ich sehr gut, weißt du?«

Während sie mit den Fingern über seine Brust strich, grinste sie ihn verschmitzt an und stellte fest, dass sie schon wieder erregt war. »Du könntest es ja mal versuchen.«

Während der nächsten Stunden verließ keiner von ihnen das Bett.

16

Zwei Wochen später

Bist du dir sicher, dass Violet nichts dagegen hat?«, erkundigte sich Cade Archer besorgt, als die beiden Männer aus Jonathans Sportwagen ausstiegen und zum Fahrstuhl der Tiefgarage gingen.

»Natürlich nicht«, versicherte ihm Jonathan und steckte die Wagenschlüssel in die Jackentasche. »Außerdem hatte ich so Gesellschaft auf dem Nachtflug zurück nach Detroit.« Darüber hatte er sich wirklich gefreut. Er war an diesem Abend ein bisschen müde, da er früher an diesem Tag wegen einer Geschäftsbesprechung nach New York geflogen war und danach das wöchentliche Treffen der Bruderschaft stattgefunden hatte. Kurz hatte er überlegt, in seinem Stadthaus in Manhattan zu übernachten, aber die Sehnsucht nach Violet hatte sein Schlafbedürfnis überstiegen. »Ich habe sie vorhin angerufen, und sie macht mir noch was zu essen.«

»Und wie läuft es so zwischen euch?«, wollte Cade wissen.

Jonathan warf seinem Freund einen neugierigen Blick zu. »Jetzt erzähl mir nicht, du bist den ganzen Weg aus New York nur mitgekommen, weil du sehen willst, wie Violet und ich miteinander auskommen?«

»Eigentlich nicht«, stellte Cade klar. »Ich kann schon anhand der Knutschflecken an deinem Hals erkennen, wie es um euch steht. Ich möchte hier in Detroit einen Freund besuchen und dachte, ich kann auch gleich mit dir mitfliegen und mal Hallo sagen.«

»Aber plan nicht zu viel Zeit dafür ein«, riet Jonathan ihm. »Ich habe nämlich vor, Violet bei der erstbesten Gelegenheit ins Bett zu zerren.«

»Verstanden«, erklärte Cade, der nicht im Geringsten beleidigt war. »Dann sollte ich mir wohl schnellstmöglich ein Hotelzimmer organisieren.«

»Na, du kannst wenigstens mit uns essen«, meinte Jonathan grinsend. »Aber danach verschwindest du wieder.«

Sie fuhren zum Penthouse im teuersten Gebäude der Stadt hinauf. Es lag zwar weiter weg von Violets Schule, als ihr lieb war, aber das Apartment hatte ihr auf den ersten Blick gefallen. Jonathan hatte das Fahrproblem gelöst, indem er einen Fahrer eingestellt hatte, sodass sie auf dem Weg zur Schule in Ruhe wach werden und ihren Frühstückskaffee trinken konnte. Auf diese Weise konnte er wenigstens mal etwas für sie tun. Glücklicherweise lag das Gebäude ganz in der Nähe seines Innenstadtbüros, sodass sie meist bereits zu Hause war und Tests korrigierte, wenn er heimkam. Er vermutete, dass man in seinem Büro in Detroit nicht recht wusste, was man davon halten sollte, dass er jetzt mehr Zeit hier als in New York verbrachte, aber daran würden sie sich schon gewöhnen. So hatte er wenigstens die Gelegenheit, hier alles unter die Lupe zu nehmen, da das Management im letzten Jahr die Erwartungen nicht voll erfüllt hatte. Im Großen und Ganzen lief es also wirklich gut für ihn.

Seitdem sie zusammenwohnten, erfreute sich Jonathan noch mehr an Violet. Es war unglaublich schön, jeden Morgen aufzuwachen und sie in seinem Bett zu haben. Es hatte sich herausgestellt, dass Violet im Schlaf gern kuschelte, und sie klammerte sich oft an ihn, als hätte sie Angst, dass er verschwinden würde, sobald sie ihn losließ. Daher wachte er oft auf und spürte, wie sich Violet an seinen Rücken presste und ihre kalten Füße gegen seine Waden drückte.

Er liebte jede einzelne Sekunde.

Sie liebten sich bei jeder sich bietenden Gelegenheit, sprachen über die Zukunft, und es war ihm sogar egal, dass sie dazu neigte, einfach die Schuhe auszuziehen, wenn ihr danach war. Manchmal führte eine richtige Spur aus Kleidungsstücken bis in ihr Schlafzimmer. Aber das störte ihn nicht, schließlich konnte er ja immer noch ein Dienstmädchen einstellen.

Viel wichtiger war ihm, dass Violet die Arme um ihn legte, sobald er ins Bett kam. Und wenn er aufwachte, musste er sich nur umdrehen, um ihr hübsches Gesicht auf dem Kissen neben sich liegen zu sehen.

Jonathans Herz war noch nie so erfüllt gewesen.

Cade hielt eine lockere Unterhaltung aufrecht, während sie durch den Flur zu Jonathans und Violets neuer Wohnung gingen, aber Jonathan hörte nur mit halbem Ohr zu. Er hatte Violet fast den ganzen Tag nicht gesehen, da er bereits vor dem Morgengrauen aufgebrochen war und erst jetzt – nach zwei Uhr am nächsten Morgen – zurückkehrte. So lange waren sie noch nie getrennt gewesen, und er vermisste sie schrecklich.

»Bist du sicher, dass sie noch wach ist?«, erkundigte sich Cade und unterdrückte ein Gähnen.

»Sie hat es versprochen«, antwortete Jonathan und öffnete die schwere Holztür des Apartments. Schon stieg ihnen der würzige Duft eines chinesischen Pfannengerichts in die Nase, und ihm lief das Wasser im Mund zusammen. Er liebte die asiatische Küche, die er auf seinen Reisen kennengelernt hatte, und Violet hatte sich das gemerkt.

Als hätte sie geahnt, dass er an sie dachte, kam sie aus der Küche. Sie trug eines seiner alten T-Shirts und seine ausgebeulte Schlafanzughose, die eng an ihren üppigen Kurven anlag. Ihr dunkles Haar war zerzaust, und ihre Augen sahen müde aus, aber sie hatte einen Pfannenwender in der Hand und strahlte ihn an. »Du bist zu Hause! Ich habe mir schon Sorgen gemacht.« Dann bemerkte sie Cade und lächelte ihn an. »Und du hast einen Freund mitgebracht! Hallo, Cade! Es ist so schön, dich zu sehen.«

»Violet«, sagte Cade und umarmte sie kurz. »Du siehst gut aus.«

Sobald Cade sie losgelassen hatte, nahm Jonathan seine wunderschöne Frau in die Arme und küsste sie leidenschaftlich. Sie erwiderte seinen Kuss und entzog sich ihm dann. »Wegen dir brennt noch das Essen an!«

»Du hättest nichts mehr kochen müssen«, sagte er leise.

»Ich bin froh darüber. Es riecht sehr lecker«, meinte Cade und lehnte sich an die Kücheninsel.

Violet errötete, löste sich aus Jonathans Armen und wandte sich wieder dem Wok auf dem Gasherd zu. »Ich musste mich doch irgendwie wach halten, während ich auf dich gewartet habe. Kaffee?« Sie deutete auf eine halb volle Kaffeekanne, die auf der Arbeitsplatte stand.

»Nein danke«, sagte Cade. »Habt ihr was dagegen, wenn ich mich ein bisschen umsehe, bis das Essen fertig ist?«

»Nur zu«, entgegnete Violet und zuckte dann zusammen. »Aber ... hier herrscht ein ziemliches Chaos. Ich habe nicht aufgeräumt.«

»Ich werde es geflissentlich ignorieren«, versprach Cade grinsend und verschwand im Wohnzimmer.

Im nächsten Augenblick zog Jonathan Violet an sich und küsste sie wieder, drückte sie dabei gegen den nächsten

Küchenschrank und rieb seine Erektion an ihrer Hüfte. »Du hast mir so gefehlt.«

Sie erwiderte seine Küsse ebenso wild und krallte sich in sein T-Shirt. »Nicht halb so sehr, wie du mir gefehlt hast.«

Er schob eine Hand in ihre Hose, und sie wimmerte und versuchte, ihn aufzuhalten. »Nicht, Jonathan, warte ...«

»Ich will nicht warten«, knurrte er. Er hatte schon den ganzen Tag darauf gewartet, sie wieder berühren zu können. Diese Feuchtigkeit zwischen ihren Beinen zu spüren, die nur für ihn bestimmt war. Zwanzig Stunden ohne Violet waren einfach zu viel. Wie hatte er es nur zehn Jahre ohne sie aushalten können?

»Wow, die Räume sind ganz schön hoch«, rief Cade aus dem Wohnzimmer. »Ist das Gästebad hier den Flur entlang?«

»J... Ja«, antwortete Violet atemlos, da Jonathans Finger bereits in ihrer Hose steckten. Er drückte sie gegen den Küchenschrank, aber sie wehrte sich nicht. Stattdessen klammerte sie sich an ihn und schob das Becken gegen seine Hand, als wollte sie ihn lautlos um mehr anflehen. Ah, da hatte er sie ja gefunden. Ihre Klitoris war bereits angeschwollen vor Begierde, und er spürte Violets Feuchtigkeit, sobald er ihre Schamlippen berührte. Himmel, sie war immer so feucht für ihn. Er rieb ihre Klitoris und genoss das leise Wimmern, das sie ausstieß, während sie seine Hand ritt.

Dann presste er die Lippen auf ihre und küsste sie hart und leidenschaftlich, während er sie zu einem schnellen, heftigen Orgasmus rieb. Sie kam nur wenige Augenblicke später, klammerte sich an ihn, benetzte seine Handfläche mit ihrer Feuchtigkeit, und er erstickte ihren leisen Schrei mit seiner Zunge. Er liebte ihren Anblick bei einem Orgasmus, diese glasigen, erschöpften Augen und diese Befriedigung, die in ihrem Gesicht stand, als er die Hand aus ihrer Hose zog. Sie klammerte sich noch immer an ihn und drückte den Kopf an seine Brust. »Hm, ich bin so froh, dass du wieder zu Hause bist.«

Er kicherte, nahm ihr den Pfannenwender ab und legte ihn auf die Arbeitsplatte. Das Essen brannte bereits an, daher schaltete er den Ofen aus. Violet gähnte und drückte sich an ihn. »Lass uns ins Bett gehen, Liebes.«

»Was ist mit dem Essen …«, protestierte sie schläfrig.

»Ich kann es morgen essen.«

»Und was ist mit Cade …«

Er hob sie hoch und trug sie in Richtung Schlafzimmer. »Er kann sich ein Hotelzimmer nehmen.«

Daraufhin protestierte Violet nicht etwa, wie er erwartet hatte, sondern vergrub den Kopf nur an seinem Hals und begann, ihn dort zu lecken und an seiner Haut zu saugen. Er stöhnte vor Begierde. »Beeil dich und schmeiß ihn raus«, murmelte sie, als er die Schlafzimmertür mit dem Fuß aufstieß und sie auf das zerwühlte Bett legte.

Jonathan gab Violet einen Kuss auf die Stirn. »Ich bin gleich wieder da.«

Damit hatte er recht, denn Cade kam diskret aus dem hinteren Teil des Penthouse, als Jonathan die Schlafzimmertür hinter sich schloss und seine Hose zurechtrückte. »Weißt du«, begann Cade, »ich haue doch lieber gleich wieder ab, wenn euch das nichts ausmacht.«

»Perfekt.« Jonathan grinste ihn an. »Du bist ein guter Freund.«

»Vielleicht komme ich in ein paar Tagen mal im Lyons-Büro vorbei«, fügte Cade nachdenklich hinzu. »Ich hatte mir überlegt, jemandem einen speziell maßgeschneiderten Wagen zu schenken.«

»Der geht auf mich«, versprach ihm Jonathan. *Solange du schnellstmöglich verschwindest.*

Cade nickte und schien abgelenkt zu sein. »Dann sehen wir uns in ein paar Tagen.« Er schlug Jonathan auf die Schulter. »Kannst du mir einen Wagen ausleihen?«

»Die Schlüssel meines Roadsters hängen am Haken neben der Tür. Er gehört dir.«

Cade grinste. »Ich finde allein raus. Richte Violet schöne Grüße aus. Ich habe mich gefreut, sie zu sehen.«

»Wird erledigt«, sagte Jonathan und wartete, dass Cade endlich ging. Kurz darauf war der blonde Mann verschwunden, und Jonathan lief durch die Wohnung, schaltete überall das Licht aus und hob Violets Schuhe auf, damit sie am nächsten Morgen nicht darüberstolperte. Er warf sie auf einen Stuhl und ging zum Schlafzimmer, wobei er sich auf dem Weg bereits seiner Jacke entledigte.

Violet schlief bereits tief und fest und hatte den Kopf auf die rechte Hand gelegt. Das war in Ordnung, denn er war schon völlig zufrieden damit, sich an seine schlafende Frau zu schmiegen. Allein sie zu berühren erfüllte ihn mit großer Freude. Er zog sich aus, schaltete das Licht aus und ging ins Bett.

Automatisch drehte sich Violet zu ihm um, und er drückte sie an seine Brust. Sie gähnte, als er sie auf die Stirn küsste, und schlief dann sofort wieder ein.

Zumindest glaubte er das. Doch auf einmal kam eine verschlafene Stimme aus der Dunkelheit. »Dieses Wochenende würde ich gern das Grab meines Vaters besuchen.«

»Was immer du willst«, erwiderte Jonathan und zog sie noch enger an sich. Er musste zugeben, dass auch er neugierig darauf war, was sich im Grab des alten Mannes befand und ob seine wertvolle Stele und vielleicht Dr. DeWitts Tagebücher dort versteckt waren. Falls dem so war, würde er sich nicht beschweren, aber das alles war bei Weitem nicht mehr so wichtig. Viel wichtiger war, dass er Violet wiederhatte, und so hatte er kein Problem damit, geduldig zu warten, bis sie bereit war, diese Aufgabe erneut anzugehen.

Gutes passierte dem, der geduldig warten konnte, und zehn lange Jahre des Wartens hatten ihm den besten Hauptgewinn eingebracht. Er küsste Violet noch einmal auf die Stirn, schloss die Augen und war über alle Maßen zufrieden.

Epilog

Am darauffolgenden Samstag war der Himmel blau, die Sonne schien, und das Wetter hätte besser nicht sein können. Es war einer dieser Tage, die sich für Picknicks und Spaziergänge im Wald anboten und nicht etwa für einen Besuch auf dem Friedhof. Aber jetzt, wo alles andere in Violets Leben irgendwie geregelt war, gab es nur noch eine unbeantwortete Frage, und Violet wollte endlich eine Antwort haben.

Selbst wenn der Preis am Ende dieser Schatzsuche nur wieder eine unwichtige Notiz ihres Vaters oder ein Forschungstagebuch war, würde sie die Sache dann wenigstens abschließen können. Jonathan hoffte darauf, dass seine Stele auch dort war, dann hätte sich die Sache für ihn ebenfalls erledigt, und Dr. DeWitt könnte sie nicht weiter aus dem Grab heraus manipulieren. Darauf freute sich vor allem Violet sehr.

»Du siehst hinreißend aus«, sagte Jonathan, als sie einen schlichten schwarzen Pullover anzog.

Violet schob die Füße in ihre flachen schwarzen Schuhe und musterte Jonathan skeptisch. Sie hatte sich an diesem Morgen nicht geschminkt, falls sie am Grab ihres Vaters doch von ihren Gefühlen übermannt würde. Außerdem war sie ganz in Schwarz gekleidet. Auf ihren Lippen lag ein nervöses Lächeln. Himmel, warum war sie denn so nervös? »Hinreißend, ja? Warum denn das?«

»Definitiv.« Er trat neben sie und hatte sich ebenfalls eine schwarze Jacke angezogen. Anstelle seiner üblichen Kleidung, die aus Jeans und einem normalen T-Shirt bestand, trug er aus

Respekt vor ihrem Vater ein schwarzes Oberhemd und eine Stoffhose. Er schob ihr mit einer Hand eine Haarsträhne hinter das Ohr und sah ihr ins Gesicht. »Es liegt vor allem daran, was du heute Morgen für ein Gesicht machst. Ich kann den Blick gar nicht von dir abwenden. Du wirkst so stark und entschlossen, und immer, wenn du mich anschaust, sehe ich die Liebe in deinen Augen. Du bist die schönste Frau, die ich je gesehen habe.«

Die Emotionen schnürten Violet die Kehle zu, und sie legte den Kopf in den Nacken, damit Jonathan sie küssen konnte, um sie zu beruhigen.

Er streifte ihre Lippen mit seinen. »Wollen wir los?«

Sie nickte nur, da sie sich nicht auf ihre Stimme verlassen wollte.

Hand in Hand gingen sie zum Roadster in der Tiefgarage. Jonathan setzte sich hinter das Lenkrad, und Violet nahm das Tablet, rief einen Routenplaner auf und navigierte. Der Friedhof lag am anderen Ende der Stadt, und während der Fahrt herrschte Schweigen im Wagen, das nur von Violets gelegentlichen Richtungsanweisungen unterbrochen wurde.

Als Jonathan schließlich auf den Parkplatz fuhr, zog sich Violets Herz schmerzhaft zusammen. »Da wären wir«, sagte Jonathan leise.

Sie nickte und saß wie erstarrt da.

»Weißt du, wo er begraben liegt?«

Sie starrte die Reihen aus Grabsteinen an, vor denen Blumengebinde lagen, und warf Jonathan dann einen flehentlichen Blick zu.

Er beugte sich zu ihr herüber und küsste sie. »Warte hier, Liebes. Ich werde mal nachfragen.«

Sie wartete im Wagen und drückte sich das Tablet an die Brust. Der Tag war wunderschön, und der Friedhof sah so friedlich aus. In der Ferne konnte sie ein älteres Ehepaar sehen, das durch die Reihen schritt. Aus irgendeinem Grund war Violet unglaublich nervös. Das lag nicht an der Konfrontation mit dem Tod. Ihre Mutter war gestorben, als Violet gerade einundzwanzig gewesen war, und hatte bis zum letzten Augenblick getrunken und unter ihren Depressionen gelitten.

Violet hatte Angst vor dem, was sie am Grab ihres Vaters und am Ende ihrer Schatzsuche finden würden.

Jonathan und sie hatten während der letzten Wochen in völliger Glückseligkeit gelebt. Natürlich mussten sie sich beide anstrengen, um Freiräume füreinander zu schaffen, da sie ja beide ihre Jobs hatten, und es gab die üblichen Probleme, die immer auftraten, wenn zwei Menschen zusammenzogen. Aber sie war so glücklich. So ungemein glücklich. Und jetzt fürchtete sie sich vor dem, was sie am Grab ihres Vaters finden würden, weil sie Angst hatte, dass es ihr junges Glück auf irgendeine Weise ruinieren oder gar für immer zerstören könnte.

Denn von Dr. Phineas DeWitt erwartete sie nichts weniger als das.

Ihre Kehle war staubtrocken, als Jonathan das Gebäude des Bestatters wieder verließ, mit den Händen in den Taschen zurück zum Wagen kam und ihr die Tür öffnete. »Sollen wir dann gehen?«

»Ja.« Sie klang nicht überzeugt, sondern verängstigt. Aber als sie ausgestiegen war, verschränkte Jonathan seine Finger mit ihren, und sie fühlte sich etwas besser.

Sie gingen an zahlreichen Grabsteinreihen vorbei zum hinteren Teil des Friedhofs. Hier, am Ende einer Reihe in der Nähe eines Baums, stand ein schmaler steinerner Grabstein, der wie ein berühmter Obelisk geformt war: Kleopatras

Nadel. Als Violet das sah, musste sie lachen. »Das ist doch nicht sein Ernst!«

Jonathan grinste sie an. »Irgendwie war mir klar, dass dein Vater seinen Stil beibehalten würde. Sieh mal«, er deutete auf die Spitze des Obelisken, »er hat sogar seinen Namen in einer Kartusche anbringen lassen.«

Ja, dort stand der Name ihres Vaters in Englisch, und darunter befand sich eine Kartusche mit ägyptischen Hieroglyphen. »Waren die nicht nur für Angehörige des Königshauses bestimmt?«, erkundigte sie sich amüsiert.

»Hat sich dein Vater jemals von so etwas aufhalten lassen?«

Da hatte er auch wieder recht. Wenn es irgendjemanden gab, der glaubte, er hätte alles verdient, was ihm die Welt anzubieten hatte, dann war das Dr. Phineas DeWitt gewesen. Lächelnd musterte Violet die Vorderseite des Obelisken. Darauf standen sein Geburts- und Sterbedatum und anstelle irgendeiner bekannten Plattitüde fand sich dort noch das Gedicht »Garten der Liebe«:

»Ich lief in den Garten der Liebe
Und sah, was ich noch nie gesehen:
Eine Kapelle, erbaut in der Mitte,
Wo ich als Kind pflegte zu gehen.

Und die Tore der Kapelle waren verschlossen,
»Du darfst nicht« stand über den Pforten;
So wandte ich mich in den Garten der Liebe,
Der voll war von süßen Blumensorten.

Und ich sah, dass er voller Gräber war,
Und Grüfte, alle Blumen vergangen:
Priester in schwarzen Roben gingen umher,
Banden Dornen um mein Glück und Verlangen.«

»Das Gedicht muss ihm ja sehr viel bedeutet haben«, meinte Violet leise.

Jonathan drückte mitfühlend ihre Hand. »Trotz all seiner Fehler war dein Vater tiefsinniger, als er es sich selbst eingestehen wollte. Alle sollten glauben, er wäre überlegen und hätte alles unter Kontrolle, aber manchmal war ich mir da nicht so sicher.« Er drehte sich zu Violet um. »Wie geht es dir?«

Sie betrachtete den Grabstein ihres Vaters. Es fiel ihr schwer, zu begreifen, dass er hier tatsächlich begraben war. Sie war nicht einmal zu seiner Beerdigung gegangen, weil sie ihn derart verabscheut hatte. Jetzt kam sie sich sehr egoistisch vor. »Ich weiß es wirklich nicht. Einerseits halte ich ihn noch immer für einen schlechten Menschen, andererseits ...«

»Liebst du ihn noch immer, weil er dein Vater war?«

»Ich glaube schon«, bestätigte sie mit belegter Stimme.

Jonathan legte ihr einen Arm um die Schultern und drückte sie an sich. »Wir können auch gehen, wenn du willst. Was immer er uns noch sagen oder geben wollte, ist die Sache vermutlich nicht wert. Wir können einfach umkehren und zum Wagen zurückgehen.«

Sie drückte den Kopf an seine Brust und genoss die Wärme und Kraft, die er ihr gab. »Aber was ist mit deiner Stele? Und den Tagebüchern? Ich weiß, dass du beides sehr gern hättest.«

Violet spürte, wie er mit den Achseln zuckte. »Es wird andere Stelen und andere Tagebücher geben.«

Sie wussten beide, dass das eine Lüge war, doch sie fand es dennoch sehr süß von ihm, dass er das sagte. Widerstrebend entzog sie sich Jonathans beruhigender Umarmung und schüttelte den Kopf. »Wir sind so weit gekommen, da können wir den Rest des Weges auch noch gehen.«

Er rieb ihr den Rücken. »In Ordnung. Möchtest du das übernehmen?«

»Nein, das überlasse ich dir.« Sie war sich nicht sicher, ob sie dazu in der Lage wäre. Aus irgendeinem Grund war sie gerade sehr emotional.

Jonathan drückte sie noch einmal und ging dann zur Rückseite des steinernen Obelisken. Er sah sich um und warf Violet einen reumütigen Blick zu. »Könntest du Schmiere stehen? Es wäre mir sehr unangenehm, wenn mich jemand sieht und sich fragt, was ich hier eigentlich mache.«

Bei der Vorstellung, Jonathan könnte auf frischer Tat dabei ertappt werden, wie er sich am Grab ihres Vaters zu schaffen machte, stieg ein hysterisches Kichern in Violets Kehle empor. Gehorsam drehte sie ihm den Rücken zu und sah sich um. In der Nähe war niemand zu sehen. In einiger Entfernung hantierte ein Gärtner mit einem Kantenstecher herum, und das ältere Paar, das sie zuvor schon gesehen hatten, war auf dem Weg zum Parkplatz.

Sie hörte, wie Jonathans Kleidung raschelte, und dann summte er leise. »Unter dem Stein hier ist ein kleiner Vorsprung, und ich kann darin einen winzigen Hebel ertasten.«

Violet erschauerte vor Aufregung. Das kam nicht überraschend, war aber dennoch spannend. Sie sah sich um, aber es war noch immer niemand nah genug, und so drehte sie sich zu Jonathan um und kniete sich neben ihn. Er tastete soeben die Unterseite des Obelisken ab. »Bekommst du ihn auf?«

»Ja. Da ist nur ein wenig Erde reingerutscht. Gib mir einen Augenblick … So.« Es klickte laut, und ein winziges Fach schoss einen Zentimeter weit auf und wurde dann vom dicken grünen Gras aufgehalten. Jonathan stöhnte frustriert. »Anscheinend hat er sich die Sache nicht besonders gründlich überlegt. Ich werde ein bisschen buddeln müssen.«

»Beeil dich«, flüsterte Violet und sah sich um. Der Friedhof war noch immer leer, aber ihr Herz schlug wie wild, als bestünde Gefahr, dass sie erwischt und bestraft wurden wie ungezogene Kinder.

»Gleich geschafft«, murmelte Jonathan. Er zupfte das Gras hinter dem Obelisken heraus und bohrte die Finger in die Erde, bis er das kleine Fach etwas weiter herausziehen konnte. Das Innere war rot ausgeschlagen und sah aus wie ein Schmuckkästchen, und darin lagen zwei cremefarbene Umschläge, die in Plastikfolie eingeschweißt waren.

Violet schnappte nach Luft. »Da sind sie ja.«

Jonathan wischte sich die Hände am Gras ab, griff nach der Plastiktüte und nahm sie vorsichtig aus dem Fach heraus. Er reichte sie Violet und schob die Finger noch einmal in das Geheimfach. »Da ist sonst nichts.«

»Keine Stele?« Sie war enttäuscht. Armer Jonathan. Er hätte die Stele so gern zurückgehabt, und sei es auch nur, um den guten Namen ihres Vaters reinzuwaschen.

»Keine Stele«, bestätigte Jonathan. »Aber das ist auch unwichtig.«

Sie nickte geistesabwesend und nahm die beiden Umschläge aus der schützenden Plastikhülle. Wieder waren sie mit dem vertrauten Wachssiegel ihres Vaters verschlossen und vorne mit ihren Namen beschriftet. Alles war wie immer, nur dass Violets Umschlag dieses Mal dicker war, als würde er mehrere Seiten enthalten. Sie reichte Jonathan seinen Umschlag mit zitternder Hand. Das war's. Wenn ihr Vater sie nicht auf eine weitere Suche schickte, war dies der letzte Brief, den sie je von ihm erhalten würde.

Bei diesem Gedanken fühlte sie sich merkwürdig leer.

»Mach deinen zuerst auf, Liebes.« Jonathan behielt seinen Umschlag in der Hand.

Violet nickte, hielt den Atem an und brach das Siegel. Im Inneren lagen mehrere handbeschriebene linierte Seiten. Anders als die Notizen zuvor, die auf dickem cremefarbenen Pergament geschrieben worden waren, waren diese Seiten offenbar aus einem einfachen Notizbuch herausgerissen. Die Zeilen in der lässigen Handschrift ihres Vaters waren immer wieder gefaltet worden, das Papier ganz weich, als hätte er sie immer wieder in der Hand gehabt, bevor er sie liebevoll in den Umschlag gelegt hatte, damit Violet sie nach seinem Tod darin fand.

Sie faltete die Seiten auseinander und begann zu lesen.

Liebste Violet Isolde DeWitt,

ich könnte mit einem Klischee anfangen und schreiben, dass ich tot sein werde, wenn du diese Zeilen liest. Aber ich war noch nie ein Mann, der auf das Offensichtliche hinweisen musste, wie du inzwischen vermutlich längst selbst weißt. Ich ziehe es vor, stilvoll meine Spuren zu hinterlassen. Daher bin ich dankbar, dass du (und hoffentlich auch Jonathan) meiner Spur bis zu meiner letzten Ruhestätte gefolgt bist.

Mir ist durchaus bewusst, dass du einen großen Groll gegen mich hegst. Zwischen uns hat es sehr viel böses Blut gegeben. Und da es uns nicht möglich ist, dass wir uns unterhalten, ohne dass uns die Gefühle und unsere Vergangenheit in die Quere kommen, wollte ich dir auf diese Weise alles aus meiner Perspektive erklären. Ich hoffe, dass du so deinen alten Herrn wenigstens ein bisschen besser verstehen kannst.

Deine Mutter und ich hätten nie heiraten sollen. Ich war ihr Lehrer, und sie war meine Schülerin, und wir hätten nie eine Beziehung eingehen dürfen, aber ich konnte ihr einfach nicht widerstehen. Ich war eigentlich nie dazu in der Lage. Da du jetzt erwachsen bist, wirst du das vielleicht nachempfinden können, aber als Kind muss es schwer für dich gewesen sein, derart zerstrittene Eltern zu haben. Ich war immer sehr in meine Arbeit vertieft, und deine Mutter hat ständig nach jemandem gesucht, der sie vor sich selbst retten konnte. Mir ist das erst klar geworden, als es längst zu spät war und sie dich bereits unter dem Herzen trug. Wir haben dich beide gewollt – wenngleich vielleicht nur, um unsere bereits scheiternde Beziehung zu retten, daher haben wir geheiratet. Aber dann wollte deine Mutter, dass ich meine Arbeit für sie aufgebe, und in der Beziehung konnte ich einfach nicht nachgeben. Während der ersten Jahre habe ich es zumindest versucht. Ich blieb zu Hause, anstatt mich bei wichtigen Ausgrabungsstätten aufzuhalten, für die ich andere Lösungen fand, und ich war immer an ihrer Seite, wenn ich nicht gerade in der Universität gearbeitet habe. Doch das war ihr noch immer nicht genug, und mir dämmerte nach und nach, dass das schwarze Loch in der Seele deiner Mutter, das ihr jegliche Zufriedenheit nahm, irgendwann auch auf mich überspringen würde, wenn ich es nicht zu verhindern wusste. Ich musste eine Entscheidung treffen, und ich entschied mich für meine Arbeit, da wir ansonsten beide auf Dauer unglücklich geworden wären.

Ich weiß, dass meine Entscheidung nicht die richtige für dich war, aber damals wusste ich nicht, was ich sonst tun sollte. Oftmals bestand deine Mutter darauf, dass ich fernblieb, auch wenn ich nach Hause kommen wollte. Ich habe einige deiner Geburtstage verpasst, deine Kindergartenfeier … aber ich habe immer nur versucht, es deiner Mutter recht zu machen. Als mir endlich aufging, dass sie nie zufrieden sein würde, war es zu spät, und wir beide hatten uns derart entfremdet, dass ich das Gefühl hatte, zwischen uns wäre ein unüberwindbarer Graben entstanden.

Violet schluckte schwer. Er war während ihrer Kindheit oft nicht nach Hause gekommen, weil ihre Mutter ihn darum gebeten hatte? Sie hatte immer geglaubt, er wäre zu beschäftigt gewesen und hätte sich zu wenig für sie interessiert. Es überraschte sie nicht, dass ihre unglückliche Mutter ebenso Schuld an Violets Einsamkeit trug, aber es brach ihr das Herz. Wie oft hatte sie den alten Phineas DeWitt noch falsch verstanden, der zwar wusste, wie man mit einer zweitausend Jahre alten Vase umgehen musste, aber keine Ahnung hatte, wie er Zeit mit seiner Tochter verbringen oder mit seiner jungen und labilen Frau fertigwerden sollte? Auf einmal schienen die Dinge nicht mehr nur schwarz oder weiß zu sein.

Du warst schon immer ein cleveres Mädchen, und auch wenn ich nicht der beste Vater war, so war ich doch immer sehr stolz auf dich. Du warst klug und vernünftig, wo ich es nicht war, und stark und unabhängig, wenn deine Mutter es nicht sein konnte. Deine Mutter und ich waren beide im Grunde sehr schwache Menschen, aber ich war immer der Ansicht, dass wir mit dir etwas ganz Besonderes geschaffen hatten. Nach deinem Collegeabschluss wollte ich dich in Akrotiri den Sommer über an meiner Seite haben. Deine Mutter war dagegen. Ich vermute, dass sie eifersüchtig war und vielleicht auch einsam, aber ich habe darauf bestanden. Es war so schön, dich in jenem Sommer an meiner Seite zu haben. Ich weiß, dass wir nicht so viel Zeit miteinander verbracht haben, wie wir es uns erhofft hatten, aber ich war so stolz auf dich. Das bin ich noch immer.

Jetzt fragst du dich vermutlich, warum ich dich durch die halbe Welt gescheucht und erneut mit Jonathan Lyons zusammengebracht habe. Das hat alles mit Akrotiri zu tun, denn in jenem Sommer … habe ich einen großen Fehler gemacht.

Es hat nicht lange gedauert, bis ich herausgefunden habe, was du für Probleme hattest. Irgendjemand hatte mit angehört, dass du Jonathan sagtest, du wolltest eine Familie gründen, und eines der Mädchen, mit denen du zusammengewohnt hast, hat mir gestanden, dass du sehr viel weinst. Da wurde ich wieder an die Anfangszeit der Beziehung zwischen deiner Mutter und mir erinnert. Ich habe vermutet, dass du schwanger warst und versucht hast, Jonathan zu überreden, mit dir zurück nach Hause zu kommen.

Und ich wurde egoistisch. Ich sah Jonathan als den Sohn, den ich nie hatte, und die Vorstellung, dass er seine Träume aufgeben und ein Baby mit dir aufziehen sollte … Da hatte ich das Gefühl, als würde sich die Geschichte wiederholen. Ich hatte gerade einen weiteren erbitterten Streit mit deiner Mutter hinter mir, und wir waren kurz davor, einige bahnbrechende Entdeckungen in Akrotiri zu machen, und dann will mir meine Tochter einfach meinen Lieblingsassistenten vor der Nase wegschnappen. Also habe ich nur in meinem eigenen Interesse gehandelt, und als du Jonathan den Brief hinterlassen hattest, nahm ich ihn an mich und versteckte ihn.

Er hat deine Nachricht nie erhalten, Violet. Das war ganz allein meine Schuld. Es war jedoch offensichtlich, dass er in dich verliebt war. Nachdem du abgereist warst, hat er sich völlig verändert. Er wurde zu einem anderen Menschen und war niedergeschlagen und unglücklich. Es war, als wäre das Licht in ihm erloschen, und ich wusste, dass du dieses Licht warst. Also tat ich mein Bestes, um dafür zu sorgen, dass er dich vergaß und ich meinen Assistenten zurückbekam. Ich sagte ihm, du hättest direkt nach deiner Rückkehr einen anderen geheiratet. Ich glaube, das hat ihm das Herz gebrochen, aber es hat funktioniert. Er stürzte sich wieder in die Arbeit, und ich unterdrückte meine Schuldgefühle. Ich wusste, dass ich eure Beziehung zerstört hatte, aber ich hoffte törichterweise darauf, dass es für euch beide letzten Endes das Beste wäre. Als mir deine Mutter mitteilte, dass du das Baby verloren hättest, war ich am Boden zerstört. Aber ich glaubte auch, dass ich vom eingeschlagenen Weg nicht mehr abweichen konnte. Du hast mich dafür verachtet, dass ich weiterhin Zeit mit Jonathan verbrachte, und ich hatte das Gefühl, mein kleines Mädchen endgültig verloren zu haben – und das auch noch selbst verschuldet. Ich hatte mich ein weiteres Mal für die Archäologie anstatt für die Familie entschieden, und ab da blieb mir nichts mehr außer meiner Arbeit. Also habe ich gearbeitet. Da ich mich für das, was ich getan hatte, niemals entschuldigen konnte, versuchte ich zu vergessen, dass es je geschehen war.

Natürlich rächte sich das irgendwann, als ich krank wurde und nicht mehr arbeiten konnte. Aber zu diesem Zeitpunkt war es längst zu spät. Ich hatte niemanden, der am Bett des einsamen alten Mannes saß, seine Hand hielt und ihm Gesellschaft leistete. Ich hatte alle aus meinem Leben verbannt und nur noch meine Arbeitskollegen gehabt, und wenn man nicht mehr arbeiten kann, dann verliert man auch sie.

Ich habe dich auf diese lange, verrückte Schatzsuche geschickt, damit du mich vielleicht irgendwann etwas besser in Erinnerung hast. Außerdem habe ich gehofft, dass du dich dabei mit Jonathan aussöhnst und ihr wenigstens wieder Freunde seid. Es war meine Schuld, dass ihr beide vor zehn Jahren nicht zusammengeblieben seid, da konnte ich wenigstens nach meinem Tod versuchen, dafür zu sorgen, dass sich eure Wege noch einmal kreuzen.

Du hast dich vermutlich auch über die Gedichte gewundert. Ich erinnere mich noch gut daran, dass meine süße Violet die Poesie früher einmal sehr geliebt hat. Sie war eine Aus-

drucksform für jemanden, dem es schwerfiel, seine Gefühle zu offenbaren. Ich hoffe, dir haben die Gedichte gefallen, die ich ausgesucht habe. Sie haben mich berührt, und ich fand, die Themen Liebe und Verlust entsprachen sehr gut meinen Empfindungen. Vielleicht hast du die Unfähigkeit, deine Emotionen zu zeigen, ja von deinem guten alten Dad geerbt?

Bitte sag Jonathan, dass ich die Stele absichtlich gestohlen habe, damit er bei der Schatzsuche mitmacht. Sie befindet sich in einem Schließfach der Detroit Credit Union unter meinem Namen, und der Zugangscode ist dein Geburtsdatum. Meine Tagebücher habe ich vernichtet, als ich herausfand, dass ich krank war. Auch ein alter Mistkerl wie ich hat das Recht auf ein paar Geheimnisse.

Vor allem aber sollst du wissen, dass ich vielleicht ein schlechter Vater gewesen bin, der nie da war, aber ich habe dich mit meinem ganzen kleinen, egoistischen Herzen geliebt, und ich bin unglaublich stolz auf dich.

Dein Vater
Dr. Phineas DeWitt

Violet stiegen die Tränen in die Augen. *Ich habe dich mit meinem ganzen kleinen, egoistischen Herzen geliebt, und ich bin unglaublich stolz auf dich.* Wie oft hatte sie sich als kleines Mädchen gewünscht, diese Worte aus dem Mund ihres Vaters zu hören? Aber als Erwachsene hätte sie sich verächtlich von ihm abgewandt, da ihr Herz durch all die Enttäuschungen längst zu Stein geworden war. Vorsichtig faltete sie den Brief zusammen, während ihr die Tränen über die Wangen liefen. Dann reichte sie ihn Jonathan, damit er ihn ebenfalls lesen konnte. Das tat er auch, und er war dabei sehr schweigsam und überflog die Worte, die mit zitternder Hand geschrieben worden waren. Sie wischte sich ärgerlich die Tränen weg, aber es kamen immer mehr.

In diesem Augenblick empfand sie so viel: Trauer um ihren Vater, der einsam und allein gestorben war, in dem Wissen, dass die Entscheidungen, die er selbst in seinen Beziehungen getroffen hatte, ihn zur Einsamkeit verdammt hatten. Hilflose Frustration, da sie jetzt die Motive kannte, aus denen ihr Vater ihr Leben derart gravierend beeinflusst hatte. Und einen traurigen, bittersüßen Schmerz darüber, dass sie nie die Gelegenheit bekommen hatte, ihrem Vater zu sagen, dass sie ihn immer geliebt hatte, trotz all der Enttäuschungen.

Aber am meisten weinte sie, weil ihr klar geworden war, dass sie beinahe so wie ihr Vater geworden wäre.

Sie hatte eine Beziehung nach der anderen in den Sand gesetzt, weil sie nicht bereit gewesen war, sich so weit zu öffnen, dass sie verletzt werden konnte. Bevor sich Jonathan mit Gewalt wieder in ihr Leben gedrängt hatte, war sie allein gewesen, hatte zwar Freunde bei der Arbeit, verbrachte aber die Wochenenden ohne Gesellschaft und vergrub sich in ihre Arbeit. Genau wie ihr Vater.

Jonathan faltete den Brief zusammen und steckte ihn wieder in den Umschlag. Dann sah er sie an. »Geht es dir gut, Violet?«

Sie zitterte und konnte nur mit Mühe ihr Schluchzen unterdrücken. »Ich … Ich wäre fast so geworden wie er, verstehst du? Ich war so lange Zeit wütend auf ihn, dass ich ihn nicht einmal sehen wollte, nachdem er krank geworden war. Ich hätte auch dich beinahe von mir weggestoßen. Und danach hätte es keinen Brief gegeben, der dich wissen lässt, dass ich dich noch immer liebe, weil es dann zu spät gewesen wäre.«

Sie bebte am ganzen Körper. »Ich wünschte, ich hätte noch ein Mal mit ihm reden können.«

Jonathan zog sie an sich und hielt sie fest, während sie weinte. Er strich ihr beruhigend über die Schultern. »Er hat es verstanden, Violet. Dein Vater kannte dich, und er wusste, dass du verletzt warst. Ich glaube, er hat dich genau aus diesem Grund auf diese Schatzsuche geschickt. Das war der einzige Weg, auf dem er deine Barrieren einreißen konnte. Ich bin jedenfalls froh, dass sich die Dinge so entwickelt haben.«

Sie zupfte mit den Fingern am Revers seines Sakkos herum. »Weil wir jetzt zusammen sind?«

»Weil wir jetzt zusammen sind«, bestätigte er. »Das war die Sache wert. Ich würde nichts von alldem ändern, wenn ich es könnte, weil wir nur dadurch in der Lage sind, jetzt und hier zusammen zu sein.«

Sie klammerte sich an ihn. »Ich liebe dich.«

»Ich liebe dich auch.«

Wieder schniefte sie. »Hast du deinen Umschlag schon geöffnet?«

»Noch nicht.« Ohne sie loszulassen, brach er das Siegel und holte seinen Brief heraus.

Ein gelbes Blatt, das aus einem Notizblock herausgerissen worden war und das Violet auf die kunstvolle Art gefaltet hatte, die sie auf der Highschool gelernt hatte, fiel ins Gras. Darauf prangten der winzige Poststempel von Santorin sowie die Worte »AN JONATHAN – WICHTIG!!!«

Violet keuchte, als sie den Brief sah. »Das ist mein Brief ... in dem ich dir das mit dem Baby schreibe!«

»Er ist noch immer verschlossen«, stellte Jonathan mit gepeinigter Stimme fest. Er legte die Arme enger um sie. »Einerseits möchte ich deinen Vater deswegen hassen.«

»Andererseits tut er dir aber auch leid«, murmelte sie. Ihr ging es genauso. »Aber jetzt sind wir zusammen.«

Er nickte.

»Dann können wir jetzt ja deine Stele holen.«

»Da ich sie nun nicht mehr auf dem Kopf eines gewissen Menschen zertrümmern kann? Ja, das könnten wir.«

Violet kicherte leise, als sie es sich bildlich vorstellte. »Das hättest du sowieso nicht getan.«

»Nicht?« Er schob sie ein Stück von sich weg und sah ihr ernst in die Augen. »Ist dir eigentlich bewusst, dass du mir alles bedeutest, Violet? Nichts auf dieser Welt ist für mich wichtiger als du. Gar nichts. Ich würde jede Stele aus dem Smithsonian zerbrechen, wenn dich das glücklich macht.«

»Das würde mich aber nicht glücklich machen«, stellte Violet klar. »Auch wenn das ein sehr süßes Angebot ist.«

»Was würde dich dann glücklich machen, Violet?«

Sie sah in sein attraktives, besorgtes Gesicht. Er sorgte sich um sie. Und sie empfand so unglaublich viel Liebe für diesen leidenschaftlichen Mann. »Ich möchte einfach nur Teil deines Lebens sein. Von jedem Teil deines Lebens. Für immer.« Sie drückte die rechte Wange an seine Schulter. »Aber ich muss dich warnen, ich werde vermutlich eine sehr anhängliche Freundin sein.«

»Die Vorstellung, dass du sehr anhänglich bist, macht mich unglaublich glücklich«, gestand Jonathan. »Klammere, so viel du willst. Und was den Rest meines Lebens angeht, so bedeutet er mir gar nichts, wenn du nicht an meiner Seite bist.«

Violet seufzte zufrieden. Das hörte sie gern.

Jonathan gab ihr einen Kuss auf die Schläfe und murmelte dann: »Wo wir gerade dabei sind: Was machst du nächsten Donnerstag? Ich möchte nämlich, dass du mit mir nach New York fliegst.«

»Warum?«

»Weil ich dich einigen meiner Freunde vorstellen möchte.«

*

An diesem Donnerstag raste Violet aus der Jonathan Lyons Middle School, sobald die letzte Stunde vorbei war. Sie warf sich ihre Handtasche über die Schulter und eilte zusammen mit ihren Schülern zur Tür, wobei sie genauso aufgeregt und fröhlich war wie sie.

Vor der Tür stand eine vertraute Gestalt in einer lässigen Jacke und einem T-Shirt und lehnte an einem glänzenden roten Lyons-Roadster. Jonathan lächelte Violet an, als sie aus der Schule gestürmt kam, und küsste sie, sobald sie bei ihm war. »Bist du bereit, Liebste?«

»Bereit.«

Er öffnete ihr die Wagentür, und sie setzte sich auf den Beifahrersitz. Einen Augenblick später entfernten sie sich auch schon von der Schule und fuhren zu einem Privatflughafen, auf dem Jonathans Turboprop-Socata wartete.

Sie landeten in New York, als die Sonne gerade unterging, und Violet unterdrückte ein Gähnen, während Jonathan sie in eine Limousine geleitete und dem Fahrer eine Adresse nannte, die ihr nicht bekannt vorkam.

Der Wagen hielt vor einem Klub, und Violet sah Jonathan misstrauisch an. Das war der Klub, in dem er »geschäftlich« zu tun gehabt hatte, während sie im Wagen warten musste. Seltsam, dass sie erneut hierherkamen. Sie war auch nicht angemessen gekleidet, sondern trug noch ihre normale Lehrerinnenkleidung: einen Bleistiftrock und eine hochgeschlossene Bluse mit langen Ärmeln. »Ich habe die falschen Sachen an, um in einen Klub zu gehen, Jonathan.«

»Mach dir keine Sorgen«, versicherte er ihr, trat neben sie und legte ihr besitzergreifend einen Arm um die Taille. »Der Klub ist nicht unser Ziel.«

Violet war verwirrt, behielt ihre Gedanken jedoch für sich. Jonathan führte sie durch den Klub und im hinteren Teil des Gebäudes in einen Flur. Dort stand ein Bodyguard und bewachte eine Tür, und Violet hätte die seltsame Geste beinahe übersehen, die Jonathan machte. Der Mann knurrte und trat zur Seite, und Jonathan sah Violet ernst an. »Du musst mir versprechen, dass du niemandem etwas davon erzählst, okay?«

»Versprochen«, entgegnete sie und war jetzt doch eher neugierig als müde.

Er nahm ihre Hand und küsste ihren Handrücken. Dann verschränkte er die Finger mit ihren, ging voraus und eine Treppe hinunter in den Keller. Violet roch Zigarrenrauch und hörte leise Stimmen, als die Tür hinter ihnen ins Schloss fiel.

»Männer«, kündigte Jonathan an, als er die Stufen verließ und den Raum betrat. »Ich habe heute jemanden mitgebracht.«

Fünf Augenpaare starrten sie überrascht an, als Violet zusammen mit Jonathan den Kellerraum betrat. In der Mitte stand ein großer Kartentisch, um den fünf Männer saßen, während ein Stuhl am anderen Ende leer war und vermutlich auf Jonathan wartete. Auf dem Tisch waren Drinks und Karten zu sehen, und in der Luft hing schwerer Zigarrenrauch.

»Hallo?«, sagte Violet und sah Jonathan neugierig an.

»Ich habe Violet mitgebracht, damit sie meine Brüder kennenlernt«, erklärte Jonathan und sah sehr stolz aus, während er Violet weiter in den Raum schob.

»Brüder?«, fragte sie neugierig. Jonathan hatte doch keine Brüder, oder? Sie erinnerte sich vage an einen älteren Bruder, der jedoch inzwischen gestorben war. Als sie die Gesichter der Männer am Tisch musterte, stellte sie erstaunt fest, dass auch Cade Archer dort saß und sie breit angrinste.

»Ach, verdammt«, murmelte ein Mann mit einem Ziegenbart. »Jetzt geht das schon wieder los.«